AF288315

**Angelika Lauriel**, Diplom-Übersetzerin und Autorin, schreibt Bücher für Kinder, Jugendliche und Erwachsene. Daneben ist sie als Literaturübersetzerin, Lektorin und Korrektorin tätig. Angelika Lauriel hält oft Lesungen – unter anderem an Schulen. Bei diesen Anlässen spricht sie mit den Zuhörerinnen und Zuhörern gern über ihre Bücher und das Schreiben als Handwerk. Ihre Heimat ist das Saarland. Viele, aber nicht alle ihrer Romane spielen dort.

ANGELIKA LAURIEL

# SCHÖNER MORDEN

## AN DER SAAR

WER LIEBT, STIRBT ZUERST

Erstausgabe September 2024

Copyright © 2024 dp Verlag, ein Imprint der
dp DIGITAL PUBLISHERS GmbH
Made in Stuttgart with ♥
Alle Rechte vorbehalten

# Wer liebt, stirbt zuerst

ISBN 978-3-98998-340-3
E-Book-ISBN 978-3-98998-274-1

Copyright © 2020, Angelika Lauriel
Dies ist eine überarbeitete Neuausgabe des bereits 2020 bei
Angelika Lauriel erschienenen Titels Tote Männer essen kein Gelato
(ISBN: 978-3-75286-690-2).

Covergestaltung: Nadine Most
Umschlaggestaltung: ArtC.ore Design
shutterstock.com: © NATALIA-P, ©Gizele,
© gaga.vastard, © Rasto SK,
© aPhoenix photographer, © A K O
Lektorat: Daniela Guse
Satz: dp DIGITAL PUBLISHERS GmbH
Druck und Bindung: Books on Demand GmbH, Norderstedt

# Prolog

Die Nacht hatte sich längst über das Meer gestülpt, da erklang ein Platschen. Ein Mensch war ins Wasser gesprungen; anscheinend hatte er sich von weit oben abgestoßen, denn er tauchte sehr tief hinunter. Doch dann verhielt er sich anders, als es die Menschen sonst tun: Er ruderte nicht mit den Armen und Beinen. Außerdem trug er Kleidung auf seiner Haut.

Das Menschenwesen *schwebte* gleichsam nach unten, dem Meeresgrund entgegen. Zuletzt sanken seine vier Gliedmaßen auf den Boden. Etwas war um den schmalsten Teil des Körpers geschlungen; aalähnlich glitt das lange Ende ebenfalls zum Grund und legte sich neben den Kopf. Ein paar Luftblasen stiegen in spiralförmiger Bewegung nach oben, dem Nachthimmel über der Wasseroberfläche entgegen.

# Kapitel 1: Das Leben ist kein Spielkreis

## Lucy

### Saarlouis im Mai 2015

»Tymon Nowak wird wegen guter Führung vorzeitig aus der Haft entlassen. Er kommt im Juli frei.«

Diesen Satz hörte ich aus dem Mund meines Herzensbullen Kriminaloberkommissar Frank Kraus am Abend eines turbulenten Frühlingstages. Mit meinen Zwillingsmädchen hatte ich den Tag mehr oder minder erfolgreich gemeistert, und Franks Äußerung löste – nach einem kurzen Moment der Schreckensstarre – einiges in mir aus.

Tymon Nowak, der sich als »Hengst von Hamburg« zu bezeichnen pflegte, war der Mann, an den ich nie wieder hatte denken wollen, und der es definitiv noch nicht verdient hatte, aus der Haft entlassen zu werden. Die Information über seine Haftentlassung bewegte mich endlich dazu, meinen ungeliebten Job im Callcenter Mediaboutique in Saarlouis zu kündigen, nachdem ich die Entscheidung, das zu tun, seit der Geburt der Kinder erfolgreich vor mir hergeschoben hatte. Doch jetzt war es Zeit, Nägel mit Köpfen zu machen, und ich wollte nicht mehr länger warten.

Wie war es möglich, dass ich Tymon Nowak komplett hatte vergessen können? Darüber dachte ich nach, während ich zwei Tage später den Buggy mit meinen schlafenden Kindern durch die Saarlouiser Mailuft schob.

Diese partielle Vergesslichkeit musste mit meinem Alltag als Zwillingsmama und selbständige Modedesignerin zusammenhängen. Mein Leben war viel zu prall, um mich mit Geistern aus der Vergangenheit zu befassen. Als ich an diesem Morgen also den Wagen durch die Glastür des Callcenters lenkte, bestürmten mich eigenartige Gefühle. Zunächst musste ich beim Anblick des Metallgitters neben dem Eingang daran denken, wie vor gut drei Jahren alles begonnen hatte – mit dem Ruinieren meiner sonnengelben Manolo Blahniks, deren Absätze in eben jenem Gitter hängen geblieben waren. In diesem Moment kam es mir wie ein komplett anderes Leben vor.

Dann, beim Betreten des Aufzugs, rechnete ich fast damit, dass sich vor dem Schließen der Türen eine schmale Hand dazwischenschob, um sie für meine liebe Freundin Ilina nochmals zu öffnen, die dann hereinhuschen und mich mit ihrer kernigen Stimme ansprechen würde – wahrscheinlich mit einem respektlosen Witz über meine wild gewachsenen Haare oder die praktischen Klamotten. Doch das war ja alles Geschichte. »Ilina Kowalska«, das Kittelmädchen und meine wertvolle Verbündete im Kampf gegen das Verbrechen, gab es nicht mehr. Sie hieß ja auch gar nicht Ilina, sondern Leonie, stammte aus Hamburg und war bereits damals in einem Zeugenschutzprogramm gewesen. Mittlerweile lebte sie irgendwo weit weg an einem Ort, den ich nicht kannte, unter einem Namen, den ich nicht kannte.

In regelmäßigen Abständen malte ich mir aus, wie es wäre, wenn wir uns als heimliche Brieffreundinnen schreiben könnten. Ich vermisste sie so sehr! Nach Ilina/Leonie hatte ich meine Kinder benannt, denn sie und ich fühlten uns dank der Erlebnisse mit besagtem Tymon Nowak wie Seelenschwestern. Lange Zeit hatte ich noch Albträume davon, dass ein verstörend schöner Mann maliziös lächelnd Ilina und mich mit gefesselten Händen an einer Art Schleppleine hinter sich herzog. Glücklicherweise waren diese Träume seltener geworden. Bis gestern jedenfalls. Nun lauerten sie wieder im Hintergrund, und Erinnerungssplitter an den besessenen Stalker drohten sich permanent an die Oberfläche meines Bewusstseins zu bohren.

Diese Gedanken schüttelte ich rasch ab, streichelte den Mädchen mit einem wehmütigen Lächeln über die Köpfchen, und dann öffnete sich die Aufzugtür zum wohlbekannten *Pling.* Davor erwartete mich, wie verabredet, Lena, die vor einem Jahr von meiner Lieblingskollegin zur Schwägerin geworden war. Wir hatten uns darauf geeinigt, unserem Chef gemeinsam unsere Kündigungen zu überreichen.

Meine Schwägerin hatte kurz vor ihrer Trauung bereits ihr Fernstudium in Wirtschaft begonnen, und unser Internethandel *L&L – Fashion von Frauen für Frauen* ließ ihr einfach keine Zeit mehr für diesen ungeliebten Job in der Mediaboutique. Lena und ich verdienten mittlerweile mit unserer Modelinie mehr als im Callcenter, und so war es nur logisch, dass Lena den Schritt aus Dürris Dunstkreis ebenfalls vollziehen wollte.

»Ei, da seid ihr ja!« Sie begrüßte mich mit einer Umarmung, wie ich sie nur von Lena kannte – zupackend und zugleich auffangend –, bevor sie sich über den Wagen beugte. Sie lächelte zärtlich, anstatt die Kids durch Betatschen der rosigen Wangen aufzuwecken. Wie ein weiblicher Bodyguard hielt sie mir anschließend auf dem Catwalk zwischen den dicht stehenden Schreibtischen des Großraumbüros die Kolleginnen vom Leibe. Wir hatten uns vor diesem Antritt bei Dürrbier nämlich eine Strategie zurechtgelegt, zu der unter anderem gehörte, dass wir erst nach der gemeisterten Herausforderung, uns Dürri zu stellen, den gemütlichen Plausch mit den Kolleginnen suchen wollten.

Die Jalousie hinter der Glastür zum Chefbüro war heruntergelassen. Lena klopfte beherzt an, öffnete, ohne sein »Herein« abzuwarten, und hielt die Tür für mich auf, sodass ich den Wagen vorsichtig hindurchnavigieren konnte. Mit der Zwillingskarosse wirkte das Büro überfüllt.

Dürri richtete sich hektisch in seinem Stuhl auf, wobei er sich mit der einen Hand auf dem Schreibtisch, mit der anderen auf der Armlehne abstützte. Es wirkte, als wäre er eingenickt gewesen und durch das Klopfen und unser Hereinstürmen so erschrocken, dass er vom

Stuhl gerutscht war. Ich hörte leises Kichern aus Lenas Richtung und blickte bewusst nicht zu ihr hinüber. Trotzdem fiel es mir beim Blick auf die Mimik unseres baldigen Ex-Chefs nicht leicht, ernst zu bleiben. Er runzelte die Stirn, dann zeichnete sich Erkennen ab, und für eine Sekunde wirkte es geradezu, als wollte er lächeln. Doch dann sackten die Mundwinkel seiner bräunlich-ledrigen Lippen nach unten, was uns allerdings – positiver Nebeneffekt – den Anblick seiner von Zigarillorauch und Kaffee verfärbten Zähne ersparte.

»Frau Schober«, schnarrte er in meine Richtung, dann, eine Spur freundlicher, zu Lena: »Frau Kougelhupf-Schober, womit kann ich dienen?«

Lena hatte mich in den letzten Jahren als beste Verkäuferin des Callcenters sozusagen beerbt. Uns beiden war völlig klar: Er würde ausflippen, sobald ihm dämmerte, dass er sie verlieren würde. Deshalb hatte Lena sich gefreut, als ich ihr am Abend zuvor in unserem Telefongespräch vorgeschlagen hatte, unsere Kündigungen gemeinsam zu überreichen.

»Guten Tag«, grüßte ich ihn also unverbindlich und parkte den Buggy neben der Bürowand. Leonie und Ilina schliefen glücklicherweise noch. »Ich habe Ihnen etwas mitgebracht, das Sie sehr freuen wird, schätze ich.« Damit zog ich den DIN-A5-Umschlag mit meiner Kündigung aus dem Netz des Wagens und hielt ihn über den Schreibtisch.

Beinahe musste ich lachen, als ich sah, wie ein Lächeln über Dürris Gesicht huschte. Seine kleinen, farblosen Äuglein glitzerten, während er mein Schreiben las. Danach sah er zu mir auf, direkt in mein Gesicht. Das hatte ich im Laufe meines Arbeitslebens hier im

Callcenter immer nur dann erlebt, wenn ich einen sehr guten Abschluss getätigt hatte. Nun, das war Vergangenheit, und ich lächelte ihn scheißfreundlich an, als sein Tonfall mir gegenüber in ein begeistertes, raues Falsett wechselte.

»Meine liebe Frau Schober, das sind erfreuliche Neuigkeiten! Wie schön, dass Sie zur Vernunft gekommen sind. Sie haben sicherlich eingesehen, dass es so für uns alle das Beste ist, nicht wahr?«

Ich lächelte, bevor ich ihm in säuselndem Tonfall das sagte, was ihm die Stimmung gleich wieder verhageln würde. Nicht einmal ein Zwinkern erlaubte ich mir, denn jetzt wollte ich es genau mitbekommen, wenn ihm dämmerte, weshalb Lena hier war. Diese hatte, wie besprochen, ihre Kündigung hinter dem Rücken verborgen und zog sie zu meinen nächsten Worten hervor, um sie dem Chef feierlich zu überreichen.

»Aber heute kündige nicht nur ich, sondern meine Schwägerin und Geschäftspartnerin Lena tut das Gleiche.«

»Bitte sehr, Herr Dürrbier«, sagte Lena. »Drei Monate, dann bin ich weg.« Sie grinste.

Sein Gesicht nahm eine eigenartige Farbe an, der Umschlag in seiner Hand bebte. »Das können Sie nicht tun!«, spie er aus.

»Un ob! Dreimonatige Kündigungsfrist. Wenn Sie wolle, könne Sie es drauf ankomme lasse. Aber Sie kenne ja mei Mann, Rechtsanwalt Rouwen Schober, un Ihne ist klar, dass Sie keine Handhabe han.«

Dürri riss den Umschlag auf und überflog den Text, der bis auf wenige Kleinigkeiten wortgleich mit meinem eigenen war, dann warf er ihn von sich und knurrte. Angelegentlich beobachtete ich ihn: ein etwas gebeugter, unsympathischer Mann mit der charmanten Ausstrahlung eines Bernd Stromberg, der, den Kopf vorgereckt, mit hervortretenden Augen wie ein Hund knurrte und die Zähne bleckte. Als wolle man ihm ein Spielzeug vor der Schnauze wegziehen.

Ihm war auf einen Schlag klar, dass er Lena verloren hatte. Wieso ihn ihre Entscheidung überraschte, würde mir allerdings ein Rätsel bleiben. Glaubte der Kerl etwa allen Ernstes, dass seine Untergebenen diesen Job gern machten?

Wie auch immer, in dem Moment, in dem Dürri knurrte, wachten Illi und Leo auf – als hätten sie gespürt, was hier stattfand, oder als wären sie von Ilinas Geist beseelt – und schrien sofort los, und zwar keineswegs unisono wie zu Hause. Nein, sie gellten in zwei verschiedenen Tonlagen, was eine Dissonanz erzeugte, die sogar mir in den Ohren wehtat.

Das Geschrei zeigte Wirkung: Ich zuckte, eine Reaktion aus meinem Rückenmark, als müsste ich sie sofort mit Nahrung versorgen. Lena wandte sich dem Wägelchen zu, um es hektisch zu wiegen, während Dürri den Mund schloss und sich die Hände auf die Ohren presste. Sein Gesicht verwandelte sich in eine schmerzverzerrte Grimasse.

Lena und ich holten Illi und Leo aus dem Wagen, wodurch beide sich wieder beruhigten. Die süßen Frätzchen sahen Dürri an, als wäre er etwas völlig Neues für sie, ein Clown vielleicht oder ein großes Tier, das sie noch nie gesehen hatten. Mit dem weisen Blick der Zweijährigen bestaunten sie ihn, ohne einen Mucks von sich zu geben, und Dürri nahm die Arme wieder herunter. Er war offensichtlich überfordert und hatte keine Ahnung, was er tun sollte. Also übernahmen Lena und ich die Gesprächsleitung.

»Könnten Sie uns wohl die Tür aufhalten, damit wir hindurch können?«

»Danke, zu freundlich.« Damit verließen wir das Büro. Ich fühlte mich, als hätte ich eine Last von meinen Schultern gestreift. Nun bedrückte mich nur noch der Gedanke an Tymon Nowak, der bald auf freiem Fuße sein würde.

***

Den Nachmittag verbrachte ich in meinem Nähställchen, das Frank für mich gebaut hatte. Es funktionierte auf die gleiche Art und Weise wie ein Laufställchen für Babys und Kleinkinder, bloß in die andere Richtung: Es hielt die Kinder draußen statt drinnen. Die Bauart war ähnlich; Frank hatte es lediglich größer entworfen, damit meine Nähmaschine, der Zuschneidetisch und mein Stuhl Platz fanden.

Ich saß an besagter Nähmaschine, um meinen neuesten Entwurf, Latzröckchen mit Monsterdesign, zu schneidern, damit ich ihn an den Kindern sehen und entscheiden konnte, ob ich ihn in die nächste Kollektion aufnehmen wollte, während Illi und Leo mit ihrer innig geliebten Holzeisenbahn spielten. Dabei unterhielten sie sich in der Geheimsprache, die sie im Lauf mehrerer Monate entwickelt hatten, und die immer komplexer wurde, soweit ich das beurteilen konnte.

Leider verstand ich sie ja nicht, wenn sie Lillisch sprachen, und ich hatte insgeheim den Eindruck, dass das eine bewusste Strategie der beiden war.

Ich kontrollierte ab und zu mit einem Blick durch die Gitterstäbe, ob sie nicht irgendwo hochgeklettert waren, um Feuerzeug oder Blumendünger oder ähnlich gefährliche Sachen zu holen. Das erste der beiden Jeansröckchen hing bereits auf dem Bügel an der Querstange zwischen den Gitterstäben, und das knallorange Monster grinste mich vom Latz mit einem Zahnlückenlächeln an. Das zweite Exemplar war auch fast fertig. Darauf hatte ich das Monster in leuchtendem Gelb appliziert, und es hatte einen leichten Silberblick, genau wie Illi, die Erstgeborene der beiden.

Das Telefon klingelte. Ich hatte es mit in meinen Käfig genommen und erkannte auf dem Display Franks Namen. Mein Herz machte einen kleinen Freudensprung, ich nahm den Fuß vom Pedal und die Hände vom Stoff und ging dran. »Herzensbulle«, flötete ich und musste lachen, als er mit einem Grunzen reagierte. Dann erst realisierte ich, was es vermutlich zu bedeuten hatte, wenn er mich um diese Zeit anrief, und tatsächlich klang seine Stimme etwas gedämpft.

»Liebes, heute wird es wieder später, tut mir leid! Du musst nicht auf mich warten, okay?«

»Ach Mensch, schade. Wann hat das denn ein Ende?«

»Ich kann es dir nicht sagen. Aber wir machen unseren Urlaub, sobald es geht, ja?«

»Worauf du dich verlassen kannst!«

Enttäuscht legte ich auf. Hoffentlich wäre er zum Schlafengehen zu Hause. Seine Gegenwart half mir nämlich immer beim Einschlafen, vor allem in den angstbehafteten Phasen meines Lebens. Doch den Gedanken brach ich sofort wieder ab, bevor sich ein Name in meinem Kopf formen konnte, den ich dort nicht wollte.

# Kapitel 2: Mangiare, pregare, amare

## Malin

### Piano di Sorrento im Juni 2015

Diese Tage in der fast unerträglichen Sommerhitze Kampaniens waren schwierig für Malin, da die wenigen Stunden, die ihr zum Schreiben ihres Romans blieben, nicht gerade optimale Bedingungen boten. In den Nächten schlief sie nur oberflächlich, denn die Dachgeschosswohnung, in der sie am Rand von Piano di Sorrento wohnte, war schlecht isoliert, und erst die Kühle der frühen Morgenstunden brachte Erleichterung. Doch während sie an den Vormittagen eigentlich zu müde zum Schreiben war, fiel es ihr in der Mittagshitze zunehmend schwer, sich auf ihren Text zu konzentrieren. Zum Glück waren nur noch Feinarbeiten an ihrem fertigen Romanmanuskript zu machen.

Daran dachte sie, als sie an diesem Abend in der *Osteria Russo* verträumt neben der großen Kühltheke mit den wenigen verbliebenen Foccaccie, Pizzette und fast leeren Affetato-Platten stand und ein paar Kunden freundlich zunickte, die sich verabschiedeten. Es war nicht mal elf Uhr abends, und doch genossen die meisten Gäste bereits ihren Espresso, obwohl die extreme Nachmittagshitze dazu geführt hatte, dass die Menschen ihre Siesta bis in die frühen Abendstunden ausdehnten.

»*Buona notte, a domani!*« Malin winkte den beiden kleinen Kindern hinterher. Diese deutsche Familie kam seit ihrem ersten Urlaubstag abends zum Essen her. Jedes Mal, wenn Malin den weizenblonden Schopf des Mädchens und die dunklen Locken des Jungen betrachtete, fragte sie sich, wie wohl die Zwillinge von Lucy und Frank aussahen. Sie folgte zwar Lucys Postings auf Facebook und Instagram, aber die Freundin hatte keine Fotos ihrer Kinder eingestellt, nicht einmal von hinten. Obwohl Malin das für eine gute Entscheidung hielt, bedauerte sie, dass sie Klein-Leonie und Klein-Ilina nie zu Gesicht bekam.

Bevor die Familie zur Tür hinaus war, kam das Mädchen noch einmal zurückgelaufen und umfing Malins Beine mit beiden Armen, legte den Kopf in den Nacken und blinzelte zu ihr hoch. »Tsüss, bis morgen.« Dann war sie weg. Malin wusste, dass die Kleine ein halbes Jahr älter als Lucys Zwillinge war.

An den Tischen im Freien lichteten sich die Reihen ebenfalls. Olivia kam mit einem Tablett leerer Gläser herein und stellte sie hinten auf der Durchreiche zur Küche ab, bevor sie die Finger an ihrer Bistroschürze trockenrieb und sich zu Malin gesellte. »Na, gleich Feierabend? Ich bin froh, wenn ich heute vor Mitternacht ins Bett komme. Morgen besucht uns Lara, sie ist auf der Durchreise von Mailand nach Cefalù. Ihr Freund kommt von dort, und sie wollen die Semesterferien bei seiner Familie verbringen.« Olivias schwarze Augen blitzten vergnügt. Sie war das Paradebeispiel für eine süditalienische Frau: klein und zierlich, mit einer Körperspannung, als wolle sie jeden Moment tanzen. Ihre widerspenstigen Locken hatte sie zu einem Dutt am Hinterkopf zusammengesteckt. In der Strähne, die ihr in die Stirn fiel, lockerten einige silberne Haare das Dunkel ihres Schopfes auf. Malin musste sich immer, wenn Olivia von ihren erwachsenen Kindern sprach, klarmachen, dass diese Frau Mitte vierzig war.

»Du freust dich bestimmt darauf, sie zu sehen.«

»Und wie! Seit die Kinder studieren, bekomme ich sie viel zu selten zu Gesicht.« Sie reckte das Kinn, schnappte sich das Tablett und huschte zur Tür. »Ich muss raus, da macht mir ein Gast Handzeichen.«

»Malin?«, hörte sie darauf die tiefe Stimme von Alessio. Er stand im Gastraum, den man durch einen bogenförmigen Durchbruch betrat, und hielt das große Portemonnaie in der Hand. Er betrachtete sie mit dem intensiven Blick, den er für sie reserviert hatte. Dabei lächelte er. »*Tre Grappe per i Signori e un Limoncello.*« Mit der freien Hand deutete er auf den Tisch, an dem er stand. Malin nickte und bestellte bei *Zia* Marina das Gewünschte, dann brachte sie den Gästen die Getränke. Alessio war bereits zum Nachbartisch weitergegangen, um dort zu kassieren. Er warf Malin einen Seitenblick zu und nickte. Malin wartete ab, was sie für diesen Tisch noch bringen sollte, bevor sie zurück zum Tresen ging, um die Bestellung an *Zia* Marina weiterzugeben.

»Besuch für dich«, flötete Olivia, als sie erneut mit einem vollen Tablett hereinkam. Hinter ihr trat Ben Richter ein, lässig in zerrissene Jeansbermudas und ein zerknittertes Leinenhemd gekleidet. Seine Haare hoben sich hell von der sonnengebräunten Haut ab. Er wirkte gepflegt, obwohl seine Kleidung arg abgenutzt und ausgebleicht aussah. Malin wusste jedoch, dass er Wert auf Frische legte. Wahrscheinlich hatte er bei seinen Führungen durch Pompeji die Erfahrung gemacht, dass sein Trinkgeld besonders üppig ausfiel, wenn er nach Waschmittel, Duschbad und Aftershave duftete. Er schob die Sonnenbrille in den Haaransatz und lächelte. Das eigenartige Gewitterwolkengrau seiner Augen faszinierte Malin immer noch, auch wenn sich die Wirkung seines Blicks auf sie inzwischen abgeschwächt hatte. Sie winkte ihm zu, bevor sie die Drinks an den Tisch brachte.

»*Ciao*, Ben«, hörte Malin Alessio den blonden Hünen begrüßen. »Setz dich nach draußen, wir schließen gleich.«

Doch Ben wartete, bis Malin aus dem Speisesaal zurück war und ihr Tablett mit den leeren Gläsern auf der Durchreiche abgestellt hatte.

»Was möchtest du trinken?« Sie schmiegte die Wange kurz an seine und hauchte *bacini* in die Luft, während er, wie immer, versuchte, die Küsschen auf ihrer Haut zu platzieren. Wäre er nicht Ben, hätte sie darauf pampig reagiert, aber ihm ließ sie es durchgehen. Schließlich wussten beide, woran sie miteinander waren.

»Ein *Ichnusa* für mich, ich warte draußen. Alessio wird sich ja wohl nicht abhalten lassen, auch zu uns zu kommen.« Er grinste und schlenderte zur Terrasse.

Zwanzig Minuten später hatte Malin das Herrichten der Tische im Speiseraum für den nächsten Tag beendet, legte ihre Servierschürze ab und verabschiedete sich von *Zia* Marina mit einem Küsschen, bevor diese nach oben in ihre Wohnung stieg. Im Hinausgehen winkte Malin der Putzfrau zu, die die Böden wischte, und betrat die Terrasse aus dunklem Holz, wo Ben sie an einem der Tische sitzend erwartete.

»*Buona notte a tutti*«, rief Olivia, die aus dem Nebeneingang kam und zu ihrem Roller lief. Sie warf Kusshändchen, stieg auf und brauste davon. Bevor Malin sich hinsetzte und ihr Bier vor sich abstellte, sah sie Alessio aus dem *Ristorante* heraustreten. Er zog die Tür zu, sperrte aber noch nicht ab.

»Dieser Kerl sieht aus wie ein Nachwuchspate der Camorra, oder?« Feixend deutete Ben mit dem Kinn in Alessios Richtung.

Malin schüttelte mit einem Auflachen den Kopf. »Er ähnelt Lucifer Morningstar.«

»Lucifer wer?« Alessio hatte ihre letzten Worte offenbar gehört, und seine Miene verriet Malin, dass er sich geschmeichelt fühlte. Er setzte sich neben sie und hielt den beiden sein Glas zum Anstoßen hin. »*Salute!*«

»Lucifer Morningstar«, wiederholte Malin, nachdem sie einen Schluck des kühlen Biers genommen hatte. »Ist eine Amazon-Prime-Serie. Keine Angst, das ist durchaus ein Kompliment.«

Das Lächeln, das sich um Alessios Lippen legte, als er sich leicht in Malins Richtung vorbeugte, glich tatsächlich dem des attraktiven Schauspielers. »Darauf trinke ich.«

Sie stießen an.

»*Buona sera a tutti*«, erklang eine weitere männliche Stimme. Noch bevor Malin sich umdrehen konnte, legten sich Hände an ihre Oberarme, und erschrocken ruckte sie mit dem Kopf herum. Die Stimme gehörte zu Riccardo, der sich über das Holzgeländer gebeugt hatte. Der Kuss, den er ihr wohl auf die Wange hatte tupfen wollen, landete auf ihren Lippen. Riccardo zögerte die Berührung einen winzigen Moment hinaus, bevor er sich zurückzog. Als Malin sein offenes Lächeln sah, schluckte sie die angepisste Bemerkung herunter, die ihr auf der Zunge lag.

Alessio hob beide Hände zum Kopf. »Ah, wieder alles voller Deutscher hier! Und sie umschwirren die schwedische Schönheit.« Er stand auf und winkte den Hinzukommenden unter das Holzdach zum Tisch. »Ein Bier für dich, Riccardo, mein deutsch-italienischer Nebenbuhler?«

Malin lachte leicht irritiert zu Alessios Wortwahl und wandte sich Riccardo zu. »Wie kommt es, dass du hier bist? Seid ihr mit der Arbeit in der *Gelateria* für heute fertig?« Seine Ankunft mit dem Roller hatte sie gar nicht gehört, doch sie sah seine türkisfarbene Vespa auf der anderen Straßenseite vor der *Bar Mariniello* stehen.

Riccardo begrüßte Ben mit High Five, Alessio legte ihm kurz die Hand auf den Rücken, als er mit dem Bier zurückkam und es vor ihm abstellte.

»Mir hat es für heute gereicht«, antwortete Riccardo. »Und ich hatte Sehnsucht, dich zu sehen. Natürlich freue ich mich auch, euch zu sehen.« Damit prostete er in Bens und Alessios Richtung, bevor er einen tiefen Zug aus dem Glas nahm.

»Wie weit bist du mit deiner *Gelateria*?«, wollte Alessio wissen. Seine Miene war undurchdringlich.

»Am ersten Sonntag im August öffnen wir die Tore. Bis dahin muss der Eiswagen noch herhalten. Danach wird Carlo den übernehmen, auf ihn kann ich mich verlassen.«

Alessio verzog das Gesicht, sodass Malin sich – nicht zum ersten Mal – fragte, was genau hinter seiner Stirn vor sich ging. Er schien etwas zu verbergen, wovon sie keine Ahnung hatte. Jedoch zweifelte sie, ob die Andeutungen bezüglich der Camorra, die er gelegentlich fallen ließ, ernst gemeint waren oder nur Schau. Es fiel ihr noch immer schwer, ihn einzuschätzen. In seltenen Momenten hatte sie ihn erschöpft gesehen. Dann wirkte er, als hätte er das Visier gesenkt, und sie spürte in ihm Unsicherheit und Einsamkeit. In diesen Momenten fühlte sie sich ihm nahe. Schließlich war sie selbst auch gezwungen, eine Fassade aufrecht-zuerhalten. Niemand in diesem Ort kannte sie wirklich. Manchmal war das verdammt hart.

Sie schüttelte die Gedanken ab und legte eine Hand auf die von Riccardo, der sie für die Geste mit einem Lächeln voller Zuneigung bedachte. »Ich wünsche dir Glück, Rick! Ich bin mir sicher, dass deine *Gelateria* ein Erfolg wird.«

»Na, ich verstehe nicht, wieso du überhaupt die Genehmigung dafür bekommen hast. Du stammst nicht mal aus Napoli. Nicht, dass ich es dir nicht gönne. Das tue ich, *veramente*.« Alessios Blick jedoch drückte etwas anderes aus.

Riccardo ging sofort in die Defensive. »Ich habe Verwandte hier, du weißt doch, dass ich das Lokal von meinem *Zio* geerbt habe. Und meine Familie betreibt in Deutschland in der dritten Generation Eiscafés. Ich weiß, was ich tue, das kannst du mir glauben.«

»Hört auf zu streiten, *amici*, dafür ist der Abend zu schön.« Ben ließ seinen Blick zwischen Alessio und Riccardo hin- und herwandern, dann sah er Malin in die Augen. »Und wir sitzen mit der schönsten Frau in ganz Piano di Sorrento zusammen. Was sage ich? In ganz Kampanien.«

Malin grinste verlegen und verdrehte die Augen.

»*È vero*!«, stimmte Alessio zu und schenkte ihr abermals einen seiner Glutblicke.

»He!«, stieß Riccardo aus. »Baggert ihr etwa mein Mädchen an?«

»Ich bin niemandes Mädchen«, erklärte Malin und runzelte die Stirn, aber dann lachte sie. Niemand hier meinte ernst, was er sagte. Oder doch?

»Ihm hast du aber einen Kuss auf den Mund gegeben.« Ben schob die Unterlippe vor.

»Ich hab ihn doch nicht ...«

»*Un bacio sulle labbra, è vero*«, bestätigte Alessio Bens Aussage und nickte. »Ich will auch einen!« Er beugte sich vor in dem Versuch, Malin einen Kuss zu stehlen.

Sie schob ihn zur Seite. »Ey, ist gut jetzt, ja?«

Riccardo sah sie mit leicht hochgezogenen Brauen an und schwieg. Malin ließ den Blick zwischen den Männern wandern. Die drei wussten, dass sie nicht an einer festen Beziehung interessiert war, und das Gebalze war nichts als harmloses Geplänkel. Alessio benahm sich allerdings gerade, als ob Malin an Riccardo ein größeres

Interesse hätte. Dabei war es lediglich der dialektale Anklang in Riccardos Deutsch – und Italienisch – gewesen, der auf sie eine besonders starke Anziehung ausgeübt hatte. Das konnte keiner der Jungs wissen, da sie von einer »Ilina Kowalska« nichts ahnten, deren beste Freundin in Saarlouis lebte, der Heimatstadt von Riccardo. Malins wahre Identität war niemandem hier bekannt.

»Ich habe eine Idee«, rief Ben aus. »Wir alle machen der roten Malin ein Geschenk, und wer ihr das bringt, was sie sich im Herzen wünscht, den nimmt sie zum Gemahl. Wie im Märchen. Aber viel besser, als Drachen zu töten, oder?« Er zwinkerte ihnen zu und begann, den Mittelfinger seiner rechten Hand zu bearbeiten. Dort trug er einen der beiden Ringe, die eine Art Markenzeichen von ihm waren: Den Daumen der linken und den Mittelfinger der rechten Hand zierte je ein breiter Silberring. Ben drehte an dem Ring, den er anscheinend selbst nachts nicht abzulegen pflegte. Mit einiger Mühe zog er ihn schließlich herunter, und Malin erkannte die Einfurchung in Bens Haut, die der Ring hinterlassen hatte. Sie musste lächeln, weil der helle Streifen dort zeigte, welche Hautfarbe Ben eigentlich hatte. Sie kannte seine Farbe natürlich, weil sie ihn schon hüllenlos gesehen hatte. Diesen Gedanken schob sie rasch weg. Diese Seite ihrer Beziehung gehörte der Vergangenheit an, und Ben hatte es akzeptiert. Hatte sie jedenfalls bis eben geglaubt.

Nun legte er das Schmuckstück auf die flache Hand und hielt es ihr entgegen. Malin griff neugierig nach dem Ring. »Was ist das denn für ein Muster? Das habe ich noch nie bemerkt.«

»Das ist keltisch«, erklärte Ben. »Den Ring habe ich vor vielen Jahren in der Bretagne von einer Frau geschenkt bekommen.«

»Soso, von einer Frau? Und den willst du mir weitergeben? Ts!« Sie lachte und hielt ihn Ben hin, der jedoch nicht danach griff.

»Ja, Angebetete, nimm ihn und erhöre meinen Wunsch, dich zu freien.«

»Pah«, rief Alessio aus, griff nach dem Ring, betrachtete ihn eine Sekunde und reichte ihn dann an Riccardo weiter. »Das ist nur Silber. Der Ring, den ich dir zu Füßen lege, *Principessa*, wird aus purem Gold sein!«

»Wo ist der, den will ich sehen!« Ben nahm seinen Ring aus Riccardos Händen wieder entgegen.

»Natürlich nicht hier, sondern im Safe. Dort wartet er darauf, von der einzigen Frau getragen zu werden, die seiner würdig ist. Sag ja, Malin, und werde meine vergötterte Frau!«

Malin lachte, es klang in ihren eigenen Ohren aufgesetzt. Sie wurde einfach nicht das Gefühl los, dass bei jedem von ihnen Ernsthaftigkeit hinter dem zur Schau gestellten Spaß lag. Und Riccardo? Unsicher blickte sie schließlich zu ihm.

Er sah sie an, ohne zu lächeln. Ein Schimmer des Straßenlaternenlichts ließ seine Augen bernsteinfarben glänzen. Gegenüber Ben und Alessio wirkte er fast unbeholfen, obwohl sie ihn gut genug kennengelernt hatte, um zu wissen, dass seine Stärke nicht im Extrovertierten lag. Riccardos bodenständige und gutherzige Art erinnerte sie an ihren Großvater Richard Spreulhagen, und es war nur einer der Gründe, weshalb sie ihn sehr mochte.

»Ich habe auch ein Geschenk für dich«, sagte er mit leiser Stimme, die nichtsdestotrotz besser zu verstehen war als das lautstarke Tönen der beiden anderen. »Am Tag der Eröffnung gibt es zum ersten Mal *Gelato Malin* zu probieren. Ich habe es für dich kreiert.«

»Was für eine wunderschöne Idee! So was hat noch nie jemand für mich gemacht.« Malin griff seine Hand und drückte sie. Wie unbeschwert ihr Leben sein könnte, wenn sie sich vorbehaltlos auf eine neue Liebe einlassen könnte!

»*Vero*?«, rief Alessio aus. »Wir legen dir Gold und Geschmeide zu Füßen – nun gut, ich tue das, von Ben kam ja nur ein billiger Plastikring –, und du lässt dich von einer Kugel Eis becircen?«

Ben schlug Alessio gegen den Oberarm. »Gib nicht an wie eine Tüte voller Mücken. Du redest ja nur vom Gold, gesehen haben wir noch nix. Mein Ring ist immerhin der einer weisen Frau.« Damit schob er ihn sich über den Finger, wodurch die verletzlich wirkende helle Stelle wieder verdeckt wurde. »Allerdings kann ich dir auch so viel Eis schenken, wie du nur willst, Malin. Lass dich doch nicht von einer so flüchtigen Substanz beeindrucken.«

Malin sah von Ben zu Alessio und Riccardo, schüttelte den Kopf und erhob sich von ihrem Platz. »Freunde«, sagte sie, »das wird mir hier alles zu bunt. Außerdem bin ich müde. Ich gehe heim. Morgen muss ich arbeiten. Ich meine, nicht nur hier, sondern an meinem Manuskript. Gute Nacht, *amici*!« Sie winkte ihnen zu und entfernte sich rasch aus ihrer Reichweite, denn alle drei waren aufgestanden, um sie zu umarmen. Sie duckte sich und huschte davon, von der Holzterrasse hinunter, dann drehte sie sich nach links und eilte den Bürgersteig hinauf, um den Corso Italia zu überqueren, sobald sie die Piazza Cota hinter sich gelassen hatte. Ein Druckgefühl in ihrem Magen erwachte, das sie in den letzten paar Tagen schon einige Male gespürt hatte. Sie war sich nicht sicher, wie sie auf die Bemerkungen der Jungs reagieren sollte.

Wenn ihr nur jemand einen Rat geben könnte! Das war im Grunde das Schlimmste an ihrem Leben hier im Paradies: dass sie sich mit niemandem aussprechen konnte. Wie sehr fehlte ihr ihre beste Freundin! Ihre Kollegin Olivia konnte ihr nicht helfen, weil Malin sich ihr nicht offenbaren durfte. Sogar ihre vertraulichsten Gespräche mussten auf einer oberflächlichen Ebene bleiben.

Noch während Malin voraneilte, schob sich ein Gedanke in ihrem Kopf nach vorn, den sie bisher nie zugelassen hatte, und der ihr in diesem Moment verlockender erschien als je zuvor: War es wirklich zu gefährlich, an ihre Freundin Lucy zu schreiben? Sie brauchte dringend jemanden, der sie kannte. Sie selbst, nicht Malin Holm.

»Malin, warte«, hörte sie Riccardo auf Deutsch rufen, dann erklangen seine Schritte, und schließlich drehte sie sich zu ihm um. Kurz darauf stand er vor ihr. »Lass dich von uns nicht ärgern. Darf ich dich nach Hause bringen?« Er deutete auf die Vespa vorm *Mariniello*.

Nach einigem Zögern nickte sie. »Na gut.« Ich muss dir eh noch ein paar Takte sagen.

Nebeneinander kehrten sie um und gingen zurück zum Café. Riccardo nahm auf der Vespa Platz, Malin stieg hinter ihm auf und hielt sich an beiden Seiten des

Sitzes fest, als er quer über den Platz wendete. Sie winkte Ben und Alessio zu, die die Geste erwiderten. Vielleicht machte Malin sich zu viele Gedanken, und es war alles harmlos. Ganz bestimmt sogar.

Sie legte den Kopf in den Nacken und genoss die Nachtluft, die ihr Gesicht streichelte. Sie zeigte Riccardo, wo er entlangfahren musste, denn dort oben war er noch nie gewesen.

Als sie das Patrizierhaus, in dem sie wohnte, erreicht hatten, stieg sie ab. »Danke fürs Bringen«, sagte sie und beugte sich vor, um Rick, der seinen Helm in der Hand hielt, zum Abschied ein Küsschen auf die Wange zu geben.

»Warte.« Er griff nach ihrem Ellbogen. »Kommst du zur Eröffnung der *Gelateria*?«

»Das wird nicht gehen. Wir haben an dem Sonntag eine Hochzeitsfeier. Alessio braucht mich.«

»Komm, nur für eine Stunde ...« Er brach ab, vielleicht weil ihm klar wurde, dass allein die Zugfahrt nach Neapel zu lang dauern würde.

»Rick, ich würde gern, aber das klappt nicht. Sei mir nicht böse. Mit der Circumvesuviana brauche ich eine Dreiviertelstunde.«

Er zog die Schultern hoch, dann nahm er ihre Hand und versuchte, sie näher zu sich heranzuziehen. »Malin, wenn es nicht geht, akzeptiere ich das. Bitte versuch es trotzdem, ja?« Er schob den Arm um ihre Taille, doch sie legte beide Hände an seine Brust, um den Abstand wahren zu können.

»Wir müssen reden«, sagte sie. »Oder besser gesagt, muss ich etwas klarstellen. Ich mag dich sehr, das weißt du, nicht?«

Er zog die Hand von ihrem Rücken weg und setzte sich gerade auf. »Du magst mich.« Er blickte nach unten und atmete tief ein und aus, bevor er ihr erneut in die Augen sah. »Malin, bitte sprich nicht weiter, ich weiß, was du mir sagen willst. Vielleicht ist es einfach noch zu früh. Ich bin bereit zu warten. Du hast keinerlei Verpflichtungen mir gegenüber, okay? Ich behalte dich lieber als Freundin, als dich nicht mehr zu sehen. Du bedeutest mir sehr viel.«

Es erleichterte sie, dass er die Worte selbst ausgesprochen hatte. Es war Alessio und Ben gegenüber schon schwer gewesen, die Regeln aufzustellen. Wenn Riccardo das, was er ihr anbot, ernst meinte, war ja alles gut. Sie lächelte. »Ich bin dir sehr dankbar, dass du es so sehen kannst. Ich weiß, wie platt sich das alles anhört, aber wie soll man es sonst in Worte fassen? Ich bin sehr gern deine Freundin, und du bedeutest mir viel.«

Als ein hoffnungsvolles Leuchten über sein Gesicht glitt, fügte sie hinzu: »Wie Ben und Alessio. Ich möchte, dass wir uns aufeinander verlassen können, ja? Kann ich dir vertrauen, so wie den beiden?« Tatsächlich war sie sich an diesem Abend nicht mehr sicher, ob sie den beiden vertrauen konnte. Was wusste sie schon? Aber wenn Riccardo es ihr zusicherte, glaubte sie ihm.

»Ja, das kannst du. Ich bin für dich da, aber ich werde dich nicht mehr bedrängen. Dazu bist du mir einfach zu wichtig.«

Impulsiv umarmte sie ihn. »Ich danke dir. *Buona notte*, Riccardo!« Sie zog sich zurück und sah ihm noch einmal forschend ins Gesicht.

Er nickte. »Gute Nacht«, murmelte er, zog den Helm auf und fuhr los.

In ihrem Schlafzimmer angekommen riss Malin die Fenster auf, um die Bergluft hereinzulassen. Kaum lag sie im Bett, dachte sie an ihre Freundin. Was für ein Zufall, dass sie hier, an dem Ort, an den sie als Fremde geflüchtet war, ausgerechnet einem Mann aus der kleinen Stadt begegnet war, in der sie ein Jahr gelebt hatte. Mit den Gedanken an Saarlouis stürmten die Erinnerungen an ihre Zeit dort und die gemeinsamen Erlebnisse mit Lucy auf sie ein. Lucy würde verstehen, wie wichtig es war, Malins Aufenthalt geheim zu halten. In ihrem Kopf formulierte sie eine Mail, die sie ihrer Freundin schreiben könnte, und darüber schlief sie endlich ein.

# Kapitel 3: Zeit für Eis!

## Lucy

**Saarlouis im Juli 2015**

»Iss will aber!« Diesen Satz hörte ich mittlerweile mehrfach am Tag, und wenn ich nicht sofort darauf reagierte, spielte sich das immer gleiche Szenario ab: Illi sagte ihn jedes Mal lauter, beinahe war sie im Schreimodus angekommen. Leo war ruhiger, holte aber zusehends auf. Musste der Mythos der »terrible two« (was in unserem Fall durchaus doppeldeutig war) wirklich exakt mit dem zweiten Geburtstag einsetzen?

Leo und Illi waren pflegeleichte Babys gewesen. Natürlich hatte ich mich oft gefragt, womit ich das verdient hatte. Wie konnte ausgerechnet ich, die ein Leben lang gegen die eigenen Eltern aufbegehrt hatte und das jetzt wieder tat in meinem reifen Alter, wie also konnte ich zwei Mädchen bekommen, die Frank und mich die ersten beiden Jahre ihres Lebens so leben ließen, als wären sie nur *ein* Kind, und dann auch noch ein pflegeleichtes?

Turbulent war es trotzdem gewesen, das doppelte Glück. Die beiden Mäuse hatten für meine stark erschlankte Figur gesorgt. Nicht dass es mir wichtig wäre, aber es war von Vorteil, wenn Lena und ich *L&L Fashion* präsentierten. Wir beide standen sozusagen für die Bandbreite unserer Mode für erwachsene Frauen. Lena war das Wunderweib, ich der Typ »busy Mom«. Und es war gut so. Frank seinerseits litt darunter, dass er als mitschwangerer Mann einen runden, kleinen Bauch davongetragen hatte und ihn einfach nicht mehr loswurde. Mich störte die Kugel kein bisschen, zumal alles an ihm sich noch genauso gut anfühlte wie früher, aber bei ihm waren durch die Gewichtszunahme Kindheitstraumata aufgebrochen. Doch das war ein anderes Thema.

Die beiden Zuckerschnüsschen also hatten zwei Jahre lang ihr gesamtes Umfeld um ihre winzigen Speckfinger gewickelt. Mit ihrem Geheimcode, in dem sie sich inzwischen stundenlang unterhalten konnten – und ich war mir nie sicher, ob sie sich dabei regelmäßig gegen mich und den Rest der Welt verschworen –, brachten sie jeden zum Lachen, der das mitbekam. Genau das war der Grund, aus dem sie sich bisher selbst genug gewesen waren.

Seit der Geburtstagsparty der Mädchen jedoch stand das Thema »Kindergarten« im Raum. Natürlich war es meine Mutter, Apothekerin Frau Doktor Gloria Schober, die es aufs Tapet gebracht hatte. Wer auch sonst?

Ich hatte für die Geburtstagsfeier im Garten alles mit Luftballons und Papierschlangen bunt geschmückt, und die Mädchen hatten von Frank und mir eine Rutsche mit einem kleinen Klettergerüst bekommen (gebraucht gekauft). Das weihten sie mit Juchzen und viel Lachen ein, und da fielen die verhängnisvollen Worte meiner Mutter: »Ach, das wird ein Spaß, wenn ihr erst im Kindergarten seid! Dort gibt es noch mehr Klettergerüste, wie auf einem riesigen Spielplatz.«

Illi, die gerade heruntergerutscht und in den Armen ihrer Oma gelandet war, strahlte sie an. »Tinderdarten?« Das neudeutsche »Kita« fiel den Mädchen deutlich leichter, war bei meiner Mutter jedoch noch nicht angekommen.

Seit Leo und Illi begriffen hatten, was eine Kita bedeutete, wollten sie dahin, und diese Forderung wiederholten sie nun täglich, stündlich, fast minütlich. Ich meldete sie also flugs an. Es würde noch fast ein Jahr dauern, bis sie ihre Plätze tatsächlich bekämen. So ist das halt heute. Ich gab mir alle Mühe, diese Umstände meinen zwei Zweijährigen zu erklären und erntete damit heftigste Reaktionen. »Trotz« war ein zu harmloses Wort dafür.

Da dieser Zustand seit ihrem Geburtstag anhielt, war mein Nervenkostüm allmählich arg in Mitleidenschaft gezogen. Die schiere Lautstärke, die die beiden entwickelten, überforderte mich.

Also steckte ich mir die supersoften Ohrhörer in die Ohren und stellte die Lautstärke meines Smartphones einen Ticken höher als empfohlen, und zu der neuen Platte von Grönemeyer (die durfte ich eh nur mit Kopfhörer hören) nähte ich die besagten Monsterlatzröcke in den größeren Größen. Die hatten nämlich sämtliche weiblichen Familienmitglieder mit Begeisterung aufgenommen. Je lauter das Gequietsche außerhalb meines

Grönemeyer-Himmels wurde, desto pinker wurden die Farben, die ich für die Monstergesichter benutzte. Und desto stärker schielten die Monster. Nach und nach wurden sie außerdem immer hässlicher, während ich bis dahin das goldige Monster aus »The Masked Singer« als Denkanstoß benutzt hatte.

Ich steckte den Schnittbogen für das nächste Modell mit Nadeln am Stoff fest, da vibrierte mein Smartphone in der Gesäßtasche meiner Bermudashorts. In der Absicht, die Benachrichtigungen auf »lautlos« zu stellen, zog ich das Handy hervor und erkannte, dass ich eine neue Mail erhalten hatte. Der Name sagte mir nichts: Malin Holm. Bestimmt wieder irgendeine SPAM-Nachricht, die mir melden wollte, dass ein Vermögen für mich bereitstand, wenn ich sofort einen Link anklickte. Doch dann sah ich in der Betreffzeile die Worte »Wo der Pfeffer wächst«. Das löste in mir sofort ein Ganzkörperprickeln aus, denn das war die Formulierung, die Leonie vor zwei Jahren benutzt hatte, um das Land zu benennen, in das sie reisen würde. Sollte diese Mail etwa ...?

Ich stellte die Musik ab, behielt die Kopfhörer aber im Ohr, um die überschlauen kleinen Mädchen nicht darauf aufmerksam zu machen, dass sie wieder mit ihren Protestrufen anfangen könnten.

Ich bemerkte mit Erstaunen, wie mein Zeigefinger zitterte, als ich die besagte Mail öffnete. Mein Herz blieb fast stehen, denn schon nach den ersten Wörtern war ich mir sicher, dass ich mit meiner Vermutung richtig lag.

*Liebe Lucy,*
*deine Kontaktadresse habe ich bei penpal-gate gefunden,*
*und ich möchte dir vorschlagen, eine Brieffreundschaft zu*
*beginnen.*

Das war glatt gelogen, aber mir war klar, weshalb. Man durfte aus dieser Mail nicht herauslesen können, wer sie mir geschrieben hatte. Aufgeregt las ich die gesamte Mail durch und merkte, wie sich ein glückliches und gerührtes Lächeln auf mein Gesicht legte.

*Ein paar Worte zu mir: Ich bin Malin Holm, 31 Jahre alt, Schwedin, und lebe in einem verschlafenen Ort in einer warmen Region, von dem ich dir gern mehr erzählen würde. In meinem Leben ist in den letzten beiden Jahren viel passiert, sodass ich mich sehr über eine gute Freundin freuen würde, mit der ich mich darüber austauschen kann. Außerdem interessiere ich mich für Mode, für Zwillinge und für ausgefallene Namen.*
*Mehr möchte ich vorerst nicht verraten, da ich nicht weiß, ob bei dir überhaupt Interesse besteht. Falls du Lust darauf hast, mir zu antworten, empfehle ich das Telecafé. Dort kannst du schreiben, ohne dass jemand deine Adresse kennt. Manchmal ist das klug, um keine Aufmerksamkeit bei Menschen zu erregen, die ungefragt Gedichte oder Blumen schicken.*
*Es wäre doch gelacht, wenn wir nicht bald mehr voneinander erfahren könnten, ohne Spuren zu legen, nicht wahr?*
*Herzliche Grüße von Malin*

Ich zog mir die Stöpsel aus den Ohren und verließ meinen Käfig, weil mir dermaßen die Knie zitterten – vor Freude! –, dass ich einen Kaffee brauchte.

»Na, wer will einen Kakao?«, fragte ich Illi und Leo, und mein Angebot wirkte Wunder, denn sie fingen gar nicht erst mit dem leidigen Thema Kita an, sondern dackelten mir kichernd hinterher zur Küche. Kurz danach saß ich am kleinen Gartentisch auf der Terrasse, während die beiden mit kakaoverschmierten Gesichtern begeistert auf ihrem Gerüst herumturnten.

Das Smartphone in der Hand las ich die Mail von Malin Holm immer wieder, um all ihre geheimen Botschaften zu verstehen.

Zunächst einmal: Ihren Aufenthaltsort verriet sie mir nicht, nur der Hinweis in der Betreffzeile ließ vermuten, dass es Indien war. Aber ich wusste noch genau, dass Leonie damals neben dem Pfeffer Zitronen erwähnt hatte, und die ließen einen ganz anderen Schluss zu. Schweden passte da eher nicht, und der Zusatz »warme Region« deutete auch etwas anderes an, obwohl es im Sommer in Schweden sicherlich warm war.

Malin Holm, Schwedin – das musste ihre neue Schutzidentität sein. Lustig, dass sie mir auf Deutsch schrieb, wenn sie angeblich eine Schwedin war. Sicherlich gab es dafür eine schlüssige Begründung. Dann erwähnte sie Zwillinge und ausgefallene Namen, womit sie mir klar zu erkennen gab, dass sie wusste, wer ich bin.

Tja, und dann gab sie mir einen Tipp, von wo aus ich ihr antworten sollte. Das *Telecafé* war nämlich eines der Internetcafés in der City. Wenn ich von dort aus online ginge, um ihr zu schreiben, würde meine IP-Nummer nicht registriert. Was aus Gründen des Zeugenschutzes sehr sinnvoll war. Zwar wollte ich mir gar nicht vorstellen, dass meine Aktivitäten im Internet überwacht wurden, aber konnte ich es ausschließen? Das Trauma mit Tymon Nowak, dem Bordellbetreiber vom Hamburger Kiez, der aus einer Besessenheit heraus am Ende sowohl mich als auch Leonie (die er aus früheren Zeiten kannte) entführt hatte, um uns zu seinem Eigentum zu machen, saß recht tief. Leonie hatte einige Monate zuvor als Kronzeugin einen angesehenen und einflussreichen Bürger Hamburgs ans Messer geliefert gehabt, weshalb sie zu ihrer eigenen Sicherheit vom hohen Norden nach Saarlouis gezogen war, quasi als Zwischenstation. Mit ihrer Entdeckung durch Nowak, der in die damaligen Machenschaften ebenfalls verwickelt gewesen war, geriet sie erneut in Gefahr. Also war sie endgültig von der Bildfläche verschwunden, und niemand wusste, wohin.

Für mich selbst gab es natürlich kein Zeugenschutzprogramm, so weit ging der Opferschutz nicht. Tymon wurde eingesperrt und erhielt außerdem Kontaktverbot auf Lebenszeit. Ich versuchte, mich damit zu trösten, dass er sich daran halten würde. Ich war nicht bereit, mich ein Leben lang von Angst beherrschen zu lassen. Dann und wann tauchte sie aus den Tiefen meines Unterbewussten auf, und ich wendete die von meinem Therapeuten gelernten Techniken an, um sie wieder abzuschütteln.

Ihn, Tymon Nowak, meinte sie mit demjenigen, der mir Blumen und Gedichte schickte, und nach ihren wenigen Sätzen zu urteilen, hielt sie es ebenfalls für möglich, dass Menschen aus seinem Umfeld in der Lage wären, Tätigkeiten auf einem privaten PC zu überwachen. Frank hatte mir Tipps gegeben, wie ich meinen Browserverlauf verbergen und meine IP-Nummer verschlüsseln konnte. Und trotzdem war ich mir nicht immer sicher, ob ich wirklich anonym unterwegs war. Vielleicht war es paranoid, aber nach einem langen, nachdenklichen Blick auf meine beiden Monstermädchen prägte ich mir Malins Mailadresse ein und löschte dann die Mail. Anschließend holte ich meinen Laptop nach draußen, legte mir eine neue Mailadresse zu, aus der mein Name nicht ersichtlich war, und benutzte dafür gefälschte Angaben. Von dieser Adresse aus würde ich Malin antworten, und zwar aus dem Internetcafé, sobald ich dazu kam.

Nachdem ich das getan hatte, fühlte ich mich prima, und die latente Angst, die mich bei der Anspielung auf den Hengst von Hamburg befallen hatte, war wieder weg. Meine liebe Freundin Malin (der Name war noch ungewohnt, ich sollte vielleicht ab sofort nur noch ihn benutzen) hatte sich bei mir gemeldet, das war ein Grund zur Freude! Vorerst würde ich niemandem davon erzählen, auch Frank nicht. Sicher war sicher.

Nachdenklich ließ ich die Erinnerungen an die Zeit mit Malin zu, und bei vielen der Bilder in meinem Kopf musste ich lächeln. Erst als Frank – anscheinend nach mehrmaligem Rufen, das ich nicht gehört hatte – auf die Terrasse herauskam, bemerkte ich, dass ich völlig die Zeit vergessen hatte.

»Hier bist du ja.« Er kam zu mir, beugte sich herunter und küsste mich zur Begrüßung auf die Lippen. Bevor ich seinen Kuss allzu stürmisch erwiderte, zog er sich zurück und richtete sich auf, wobei seine Bewegungen eigenartig hölzern wirkten. Ich runzelte die Stirn, nichts Gutes ahnend. Er verzog den Mund, wodurch die kleine Narbe an seiner linken Wange die Form eines Halbmonds annahm. Diese unscheinbare Narbe, die sich etwas heller vor seiner leicht gebräunten Haut abhob, war einer der Gründe gewesen, weshalb ich mich sofort in ihn verliebt hatte, und sie rief noch immer unmittelbar eine zärtliche Regung in mir hervor. Doch seine Augen hinter der Hornbrille blickten so, als hätte er einen Geist gesehen. *Tymon?*, schoss es mir sofort durch Kopf, dann: *meine Eltern?*

Letzteres stimmte.

»Lucinda«, erklang die Stimme von Gloria Schober, und es war kein schönes Geräusch. Ich musste sie verärgert haben. Nun ja, irgendwann ließ der Zwillingsbaby-Effekt wohl nach, das war zu erwarten gewesen. Mit einem tiefen Atemzug stand ich auf und zog mein T-Shirt über der abgewetzten und zerrissen Jeans-Bermuda zurecht. Wenigstens eines konnte meine Mutter nicht mehr tun: mir zu verstehen geben, dass ich ihrer Ansicht nach bei meiner Figur nicht solche Kleidung tragen sollte.

Da kam sie heraus auf die Terrasse, meinen Vater im Schlepptau. Ui, beide hatten schon Feierabend? Ich schaltete mein Smartphone ein, schielte auf das Display und sah, dass es auf neunzehn Uhr zuging. Höchste Zeit, das Essen auf den Tisch zu bringen. Wenn ich es denn vorbereitet hätte, was ich nicht hatte.

»Wie sieht es denn in eurer Wohnung aus? War Frau Schneckl heute nicht da, um zu putzen?«

Ich verdrehte die Augen. Meine Nähsachen lagen natürlich noch wie Kraut und Rüben herum – allerdings in meinem Nähställchen, also was meckerte sie? Okay, wahrscheinlich zog sich die Trasse der Holzeisenbahn inzwischen durch den ganzen Flur. Illi und Leo strebten nämlich, was ihre Baukünste anging, nach Höherem und entwickelten sich zu wahren Baumeisterinnen.

Meine Mutter begrüßte mich mit dem obligatorischen Wangenküsschen – ich sah dabei in die Augen meines Vaters, der hinter ihr stand und grinste –, bevor sie ihren Blick weiterwandern ließ zu den beiden Minimonstern, die sie entdeckt hatten und freudig quietschend auf die Terrasse zugestürmt kamen. Von beiden Seiten umschlangen sie die Beine meiner Mutter, und sie konnte nicht anders, als laut zu lachen.

»Ein Glück, dass ich noch meine Arbeitshose trage«, kommentierte sie das Geschehen und schob die Mädchen mit je einer Hand ein Stück auf Abstand. Sie strahlten ihre Oma von unten herauf an, und die Kakaobärte machten mir einmal mehr klar, weshalb die Motive auf ihren Klamotten gar keine anderen sein könnten als die, die ich ihnen von Anfang an genäht hatte.

»Interessantes Design.« Ich deutete auf die braunen Kussmünder auf Mutters weißer Arbeitshose, bevor ich mich meinem Vater zuwendete und ihm einen Kuss auf die Wange hauchte. Er drückte mich kurz an sich, begrüßte seine Enkelinnen mit High Five und setzte sich dann an unseren Gartentisch. Frank kam kurz darauf mit zwei Bierstubbis heraus und stellte eins davon meinem Vater hin.

»Gloria«, er wendete sich an meine Mutter, »was möchtest du trinken?«

Sie sah mit tadelndem Ausdruck meinen Vater an. »Ein Wasser bitte.«

»Du auch etwas, Liebes?«, fragte Frank mich, worauf ich mit einem Kopfschütteln reagierte. Illi und Leo trollten sich wieder zu ihrem Klettergerüst.

»Meinst du mit ›Wie sieht es in eurer Wohnung aus‹ die Eisenbahn?«, fragte ich meine Mutter.

Überraschenderweise winkte sie ab, nachdem sie sich gesetzt hatte. »Vergiss es, ich wollte gar nichts sagen. Wir sind aus einem anderen Grund hier.«

Frank kam und stellte ihr ein Glas Wasser hin, bevor er sich auf den letzten freien Stuhl fallen ließ. Er wirkte müde, das war kein Wunder, denn in den letzten Wochen arbeitete er viel zu lang. Es gab wohl eine Welle von Verbrechen, in denen mehrere Bundesländer gemeinsam ermittelten. Es ging dabei um einen größeren Coup. Die Polizei war anscheinend an einigen großen Nummern aus der organisierten Kriminalität dran. Genaueres wusste ich leider nicht. Außer dem, was die Presse vermeldete, erzählte Frank mir für gewöhnlich nichts über seine Arbeit, und ich hatte mich inzwischen daran gewöhnt.

Da meine Eltern nach der Ankündigung meiner Mutter schwiegen, hakte ich also nach: »Und aus welchem Grund?«

»Bei der Geburtstagsfeier der Zwillinge hast du doch geklagt, dass ihr seit der Geburt noch keinen Urlaub gemacht hättet ...«

Ich nickte. »Das stimmt. Und euer Geschenk ist inzwischen ein halbes Jahr alt.«

»Wir können aber nicht mehr warten«, schaltete Frank sich ein, »zumal Lucy dringend eine Auszeit braucht.«

Überrascht blickte ich zu ihm. Meiner Ansicht nach war er eher derjenige, der dringend eine Pause von allem brauchte. Aber ich kannte meinen Herzensmann – da steckte mehr dahinter. Abwartend hielt ich den Blickkontakt aufrecht. Er wischte sich mit der Hand über die Stirn. »Nicht nur sie, sondern ich auch.« Er straffte die Schultern. »Deshalb habe ich endlich meinen Urlaubsantrag eingereicht und genehmigt bekommen, obwohl es total kurzfristig war. Ich habe im August zwei Wochen frei, und wir werden dann wegfahren, entweder mit den Kindern oder ohne, das liegt an euch.«

Innerlich applaudierte ich Frank, weil er Tatsachen geschaffen hatte. Zwar würden wir last minute verreisen müssen, solange wir nicht definitiv wussten, ob wir zu zweit oder zu viert in den Urlaub führen, aber das war mir egal. Ohnehin konnte ich mir kaum vorstellen, mich von Illi und Leo zu trennen. Andererseits sehnte sich alles in mir danach, endlich mal wieder mit Frank allein sein zu können, ohne jeden Moment damit zu rechnen, dass eines der Kinder die Tür zum Schlafzimmer aufriss. Und zwar länger als nur ein paar Stunden. Also nickte ich, um Franks Worten Nachdruck zu verleihen.

»Wir haben unser Geschenk an euch nicht vergessen«, sagte mein Vater. Er meinte damit den Gutschein, den meine Eltern uns zu Weihnachten überreicht hatten, und der eine Reise für zwei Personen im Wert von tausend Euro beinhaltete, kombiniert mit Kinderbetreuung von Oma und Opa Schober. Er lächelte, bevor er weitersprach. »Und der richtige Zeitpunkt für uns beide, Urlaub zu nehmen, kommt eh nie. Was im Umkehrschluss bedeutet: Er ist *immer* da. Wir müssen es einfach tun.« Nachdenklich drehte er sich zu meiner Mutter. »Das haben wir viel zu lange nicht gemacht, oder, meine Angebetete?«

Ich musste lächeln, als er diesen Kosenamen von früher benutzte. Bei jedem anderen hätte es sich ironisch angehört, aber bei meinen Eltern tat es das nicht, und es wärmte mir das Herz. Der Kosename stammte nämlich noch aus der Zeit, als meine Mutter von ihrer Rolle als Vollzeitapothekerin, Mama von vier kleinen Kindern und Vorstand einer Riege mehrerer Bediensteter überfordert war. Er verfehlte auch heute seine Wirkung nicht. Mutters Blick wurde weich, als sie meinem Vater die Hand auf den Unterarm legte.

»So ist es. Wir tun es einfach, das haben wir gestern beschlossen. Ich übergebe die Apotheke für zwei Wochen in die Hände meines Personals, und dein Vater überlässt die Kardiologie dem Oberarzt. Übrigens ein fähiger Mediziner. Wir freuen uns sehr darauf, Ilina und Leonie«, natürlich kürzte meine Mutter die Namen niemals ab, »für zwei Wochen bei uns zu haben.«

»Meint ihr nicht, dass ihr anschließend urlaubsreif sein werdet?«, fragte ich zur Sicherheit nach. Ich wagte es nämlich noch nicht, über diese Brücke zu gehen.

Meine Mutter warf die Hände in die Luft. »Ach was! Wir nehmen notfalls ein Kindermädchen mit.«

Ich musste laut lachen, bis mir aufging, was genau sie da gesagt hatte. »Wie, ihr nehmt es mit? Wohin?«

»Wir fahren mit den beiden natürlich weg. Ich dachte an eine Europareise. Na ja, eine kleine. Schweiz, Gardasee, Florenz ...«

»Ähm, wie wollt ihr denn das machen?«

Frank beugte sich vor und legte die Hand auf mein Knie. Und da ich eine kurze Hose trug und Frank angenehm trockene Hände hatte, rief er damit in mir die Reaktion hervor, die mich seit jeher durcheinandergebracht hatte und es immer noch tat, sobald er mich berührte. »Liebes, überlass das deinen Eltern. Sie lieben unsere Babys genauso wie wir und werden nichts Dummes tun, das weißt du.«

Stimmte allerdings. Meine Mutter war extrem vorsichtig gewesen, als meine Geschwister und ich noch klein waren. Man sollte meinen, dass eine vollbeschäftigte Frau mit eigener Apotheke unter Zeitdruck mal fünfe gerade sein lässt. Nicht so Gloria Schober! Was Ernährung und Sicherheitsfragen anging, brauchte ich mir deshalb um die Zwillinge tatsächlich keine Sorgen zu machen. Nun ja, und meinem Vater lag die Fürsorge für ihm anvertraute Menschen sozusagen im Blut. Auch wenn er oftmals beklagte, dass er im Klinikum zu wenig Zeit für die Patienten hatte, war er doch einer derjenigen Ärzte, denen das Wohl der Menschen am wichtigsten war – vor Rechnungen, Urlaubstagen und Anträgen. Er war nicht umsonst der Herzchirurg, dem die Patientinnen vertrauten. Seit er Opa geworden war, hatte er außerdem viel von der Strenge verloren, die er früher ausgestrahlt hatte und die meine Geschwister und mich sogar als erwachsene Menschen noch auf recht unangenehme Weise beeindruckt, wenn nicht sogar eingeschüchtert hatte.

»Abgemacht also«, sagte meine Mutter und strahlte. »Wir können ja recht flexibel planen. Wenn ihr beide ins Ausland wollt, solltet ihr möglichst bald buchen.«

»Das wird noch heute Abend erledigt«, erklärte Frank vollmundig.

»Apropos heute Abend«, mein Vater beugte sich vor und tippte mit dem Zeigefinger auf seine Armbanduhr. »Begleitet ihr uns zum Abendessen ins *Porto Cervo*? Wenn ich mich nicht irre, hast du noch nichts vorbereitet ...?«

Wie gewöhnlich wollte ich sofort ablehnen, weil ich mich von seiner letzten Bemerkung kritisiert fühlte, da kamen die beiden kleinen Monster angeflitzt. Die hatten ihre Ohren anscheinend ständig auf Empfang.

»Essen gehen mit Oma und Opa!«, riefen sie abwechselnd und hüpften dabei wie Quietscheflummis um den Tisch herum.

Franks gemurmeltes »Super Idee, mir kippt nämlich gleich der sprichwörtliche *Gewwel* um« gab dann den Ausschlag. Ich musste bei seiner saarländischen Aussprache des Wortes »Giebel« grinsen, freute mich aber insgeheim darüber. Zum Essenmachen war es mir eh viel zu heiß.

Geschäftig stand ich auf und bewegte meine Hände und Arme wie eine Stewardess bei der Sicherheitseinweisung, um meinen Worten Nachdruck zu verleihen. »Also gut, dann verschwinde ich rasch, um mich umzuziehen, und du, Frank, befreist bitte die Mädchen von den Kakaospuren. In fünf Minuten können wir los.«

***

Anderthalb Stunden später hatte ich meine Lieblingspizza schon angeschnitten, weil es mich einfach nicht beeindruckte, wenn meine Eltern hier viel gediegener speisen wollten. Das durften sie gern machen, mussten aber akzeptieren, dass ich mit Pizza, die Mädchen mit *Pasta in bianco* und Frank mit seinem üblichen Steak glücklich waren.

Die Tatsache jedoch, dass meine Eltern mit einem Aperitivo begonnen hatten und jetzt erst bei ihrem *Primo Piatto*, also der Vorspeise, waren, ließ ahnen, dass der Abend sich in die Länge ziehen konnte. Leider hatten die Monsterkinder ihre Nudeln in Öl längst verspeist, und von meiner Pizza mit Rucola war auch nicht mehr viel übrig. Frank hatte in kluger Voraussicht darum gebeten, dass man sein blutig gebratenes Steak, meine Pizza und die Pasta der Mädchen gleichzeitig zum *Primo* der Großeltern servieren möge, und so schob er sich gerade einen der letzten Bissen in den Mund, als das erste Minimonster mit weit aufgerissenem Schlund gähnte.

»Wie lange noch?«, fragte Illi, nachdem sie den Mund wieder auf Normalgröße gebracht hatte.

Ihre Oma verzog in bester Gloria-Schober-Manier das Gesicht. »Da müsst ihr nun noch ein bisschen Geduld haben, Mäuschen. Wie dumm, dass ihr eure Hauptmahlzeit schon gegessen habt, während wir noch bei der Vorspeise sind.« Geziert tupfte sie sich die Mundwinkel mit der Stoffserviette ab und legte sie neben den Teller. Leo und Illi schauten sie mit schief gelegten Köpfen an, als verstünden sie nicht, was Oma ihnen da sagte.

Als der Kellner kam, um abzutragen, fragte meine Mutter: »Haben Sie Malzeug hier, damit die Kinder sich beschäftigen können?«

»Leider nein, *Signora*. Ich werde anregen, dass wir uns so etwas zulegen. Darf es vielleicht noch ein Nachtisch für die kleinen Damen sein? Der vertreibt die Zeit.«

»Au ja, ein Eis von *Basile*!« Leo und Illi klatschten begeistert in die Hände.

Ich blinzelte entschuldigend zu dem Kellner hoch. *Basile* war eines der beliebtesten Eiscafés in Saarlouis, und die Kinder liebten vor allem das blaue Schlumpfeis. Dazu mussten wir quer durch die Fußgängerzone, aber bei dem schönen Sommerabend war das keine schlechte Idee.

»Dann lauft doch zu *Basile* und holt euch dort euren Nachtisch.« Mein Vater sprach unbeirrt weiter, obwohl meine Mutter anscheinend nicht fand, dass das angebracht wäre. Da würde sie noch einiges lernen müssen, wenn sie wirklich zwei Wochen die beiden Mäuse betreuen wollte, und das auf einer Reise durch mehrere Länder. *Geschieht ihr recht*, dachte ich und betrachtete Frank mit der unausgesprochenen Frage im Blick, was wir tun sollten.

»Gloria, ich möchte meine Saltimbocca in Ruhe essen und habe volles Verständnis, wenn das für die Mädchen zu lang dauert. Wir hätten selbst daran denken müssen, Malsachen oder anderes Spielzeug für sie mitzubringen. Die beiden sind erst zwei!«

Ich erwartete scharfe Worte meiner Mutter in meine Richtung, weil es natürlich meine Aufgabe gewesen wäre, an eine Belustigung für die Kinder zu denken, doch sie überraschte mich mit einem gnädigen Nicken.

»Nun gut, das Eis von Familie Basile ist das beste im ganzen Saarland. Nichts für ungut, *Signor* ähm ...«

Der Kellner deutete eine Verbeugung an, lächelte und entschwand, ohne die unausgesprochene Frage meiner Mutter nach seinem Namen zu beantworten. Es war nicht zu erkennen, ob er wusste, von wem wir sprachen, obwohl ich davon ausging, dass die Gastronomen unserer Stadt sich untereinander kannten. Ich war sehr erleichtert über dieses Übereinkommen, weil es inzwischen für die Mädchen recht spät war. Normalerweise lagen sie um acht Uhr im Bett. Und eine Störung ihres gewöhnlichen Rhythmus hatte meistens negative Auswirkungen. Frank kramte in seiner Gesäßtasche nach seinem Portemonnaie, aber mein Vater winkte ab.

»Ihr seid eingeladen. Es war uns eine Freude, dass ihr mitgekommen seid. Und nun schaut, dass ihr den Mädchen zu ihrem Schlumpfeis verhelft.«

So kam es, dass wir um neun Uhr abends im Eiscafé *Basile* saßen. Illi und Leo teilten sich ihren Eisbecher, während Frank und ich einen Espresso tranken.

*Signora* Basile kam hinter der Theke hervor und brachte für beide Mädchen einen Glitzerpompon mit. Sie liebte Kinder und vergötterte unsere Zwillinge geradezu. »Seht mal, was ich hier für euch habe, ihr Süßen«, damit reichte sie ihnen die Holzstäbchen mit den Lamettastreifen, und ihr Lächeln war mindestens so breit wie das von Leo und Illi, als die beiden sich überschwänglich dafür bedankten. Sie strich ihnen über die widerspenstigen rotblonden Locken, die denen meiner Schwester A-Mi sehr ähnelten. Sie seufzte, verschränkte die Hände und sah zuerst mich und dann

Frank an. Als käme ihr gerade ein wichtiger Gedanke, atmete sie tief ein und aus und zeigte mit einem Mal einen traurigen Gesichtsausdruck. »Genießt die Zeit, sie werden so schnell groß!« Sie verstummte, aber offensichtlich hatte sie noch etwas auf dem Herzen. Frau Basile war zur Hälfte Italienerin, zur Hälfte Deutsche. Ihre Bewegungen und ihre Mimik erinnerten mich an einen Film der Sechziger, in dem die typische italienische Mamma porträtiert wurde. Wie immer strahlte sie Aufmerksamkeit und Hilfsbereitschaft aus, doch jetzt wirkte sie besorgt.

»Wie geht es denn Ihren beiden Jungs?«, wollte Frank wissen. »Den Jüngsten habe ich lang nicht mehr gesehen.«

Das nahm *Signora* Basile zum Anlass, einen Stuhl vom Nachbartisch herbeizuziehen und sich zu uns zu setzen. »Mein Riccardo lebt jetzt in Italien, stellen Sie sich das nur vor! Die Eltern meines Mannes und meine Großeltern väterlicherseits sind damals nach Deutschland gekommen, weil sie in Italien nicht genug zum Leben hatten, und nun geht unser jüngster Sohn wieder zurück.« Sie schüttelte den Kopf.

»Das ist großartig«, rutschte es mir heraus. »Ich meine, seit den Sechzigern hat sich sehr viel getan. Oder nicht?«, fragte ich verunsichert nach, weil Frank eher abweisend dreinschaute und Frau Basile die Stirn runzelte.

»Schon«, sagte sie. »Aber ist das gut? Riccardo will in Napoli eine *Gelateria* eröffnen. Der leichtsinnige Junge! Was denkt er sich bloß? Glaubt er, er könne mit den dortigen *Gelatai* konkurrieren? Ausgerechnet in Napoli!«

Ich schaute zwischen Frank, dessen Miene ich nicht zu deuten wusste, und Frau Basile hin und her. »Ihr Sohn stammt doch aus einer Eisdynastie, wenn ich das so sagen darf. Haben die Eltern Ihres Mannes nicht im Stuttgarter Raum von der Pike auf ihr Geschäft aufgebaut?« Ich sah mich im Lokal um, das in Türkistönen gehalten und mit maritimen Dekorationen geschmackvoll eingerichtet war. Mein Blick blieb an der Galerie von Schwarz-Weiß-Fotos hängen, nach denen ich gesucht hatte. Eines der Bilder zeigte einen altmodischen, glupschäugigen Kleintransporter, der zu einem Eiswagen umgebaut war und aus dem heraus der alte *Signor* Basile fröhlich grinsend winkte. Die weiteren Fotos veranschaulichten, wie sich aus diesen Anfängen die Gelateria *Basile* mit mehreren Filialen in Südwestdeutschland entwickelt hatte. Das Eiscafé hier in Saarlouis hatte der Ehemann der *Signora* vor ungefähr zwanzig Jahren eröffnet; damals war Riccardo noch ein Kindergartenknirps gewesen. Sein großer Bruder Aldo arbeitete inzwischen fest im Lokal mit und würde es wohl anschließend übernehmen.

»Das ist richtig«, stimmte mir die *Signora* zu. »Und auch die Familie meines Vaters ist in der Gastronomie tätig. Aber als Eismann aus Deutschland nach Napoli zu gehen, das ist wie Tauben nach Rom zu tragen.« Erneut schwieg sie, und ich hatte das Gefühl, dass da viel mehr mitschwang. Da Frank und ich nicht gleich antworteten, fuhr sie nach einem tiefen Atemzug fort: »Der Onkel, dessen Ladenlokal am Rand der Krippenstraße in Neapel liegt, in der Nähe der *Spaccanapoli*, hat ganz andere Dinge verkauft, wissen Sie? Souvenirs und wertvolle Kunstgegenstände ... Wie kommt Riccardo bloß auf den Gedanken, dort eine *Gelateria* einzurichten? Das ist blauäugig. Ich weiß nicht, ob die Neapolitaner das akzeptieren werden.«

»Hm, wenn diese Straße so berühmt ist, werden dort vor allem Touristen unterwegs sein«, gab ich zu bedenken. »Und dann kann seine Idee super funktionieren. Warum nicht?«

Frank schien sich nur mit äußerster Beherrschung davon abhalten zu können, den Kopf zu schütteln oder mit der Zunge zu schnalzen. Mich ärgerte das, weil es mir das Gefühl gab, er nähme meine Meinung nicht ernst.

»Was denn?«, fuhr ich ihn in zugleich defensivem und aggressivem Tonfall an.

»Liebes, vielleicht kannst du die Situation nicht einschätzen. Das ist sicherlich nicht einfach.«

Endlich ging mir ein Licht auf. Hieß es nicht, dass die Polizei in ganz Deutschland Razzien durchführte, weil es mehrere kriminelle Taten im Zusammenhang mit dem organisierten Verbrechen gegeben hatte? Nichts Genaues wusste ich nicht, also wagte ich einen Schuss ins Blaue.

»Ach, jetzt verstehe ich. Ihr meint, wegen der Mafia!«

Frank verdrehte die Augen, *Signora* Basile zuckte deutlich wahrnehmbar zusammen. Beide zischten sie mich mit einem »Pscht!« aus. Ehrlich, ich fühlte mich wie in einem B-Movie.

»Was ist denn? Wir sind hier in Deutschland, da wird ja wohl niemand sofort eine Waffe zücken, wenn das Wort Mafia fällt.« Ich runzelte die Stirn und griff nach einer Papierserviette, um den beiden gesättigten Süßmonstern das blaue Zeug aus dem Gesicht zu wischen.

Beide Mädchen waren zu so später Stunde ungewohnt leise, ihre Augenlider hingen irgendwo auf Halbmast, und sie hatten sich auf der Sitzbank zurückgelehnt. Leo und Illi gehörten ins Bett. Ohne mit der Wimper zu zucken, ließen sie sich meine Säuberungsaktion gefallen.

»Natürlich nicht, *Signora* Kraus.« Frau Basile wusste nicht, dass Frank und ich nicht verheiratet waren, weshalb sie Franks Nachnamen verwendete. Sie machte eine beschwichtigende Bewegung mit beiden Händen. »Mit der Camorra haben wir nie zu tun gehabt, und das soll so bleiben.« Sie formte mit dem Zeige- und dem kleinen Finger der Rechten Hörner, eine typische Geste, mit der die Italiener Unglück abwendeten. »Wenn Sie mich fragen, sind es nur Gerüchte, dass die Camorra hier in Deutschland ihre Geschäfte betreibt.« Sie starrte Frank mit einem eigenartigen Ausdruck an, doch der ließ sich nach wie vor nicht in die Karten schauen.

Ich seufzte, weil ich beim besten Willen nicht wusste, was ich hiervon halten sollte. Hatte Frank Familie Basile vielleicht sogar befragt? Wie tief war er in die aktuellen Ermittlungen verwickelt, von denen man nur so wenig erfuhr? Und was, fragte ich mich zu guter Letzt, hatte das alles überhaupt mit mir, mit uns zu tun? Diese wirren Gedanken machten mir am Ende vor allem eines klar: dass ich wirklich reif für einen Urlaub war. Und am liebsten – diese Idee kam mir spontan – würde ich ihn am Mittelmeer verbringen, vielleicht in Südfrankreich, das war eine super Idee.

Plötzlich glitt Leo wie ein kleiner Oktopus auf dem Polster der Sitzbank nach unten und landete unter dem Tisch, wo sie sofort in Geschrei ausbrach. Ich sprang auf, doch noch bevor ich mich unter den Tisch beugen konnte, hatte Frank unsere Maus bereits hervorgezogen und hob sie hoch, um sie zu trösten.

Auch Illi kämpfte gegen den Schlaf, denn sie setzte sich aufrecht hin und rieb sich die Augen, dabei wirkte sie desorientiert. »Bin noch gar nicht müde«, murmelte sie. Ihre riesigen Pupillen und der glasige Schimmer in ihren Augen sprachen eine andere Sprache.

Ich lächelte, zahlte Frau Basile rasch den Betrag, der auf der Quittung stand, und nahm Illi auf meine Arme, denn Leo hatte bereits das Köpfchen an Franks Schulter sinken lassen und war erneut eingeschlafen.

»*Signora* Basile, Sie haben bestimmt recht damit, dass der lange Arm der Camorra nicht bis hierher reicht. Für Ihren Sohn drücke ich die Daumen, und ich glaube, dass seine Idee mit der *Gelateria* in Neapel wirklich gut ist. Machen Sie sich nicht so viele Sorgen. Er ist ein aufgeweckter Kerl, und mit seiner Ausstrahlung wird er die Kunden anlocken, da bin ich mir sicher.«

Erst als wir kurz darauf die Mädchen in den Zweierbuggy gelegt hatten und auf dem Weg nach Hause waren, wurde mir bewusst, dass Frank beim Gespräch mit Frau Basile zum Thema Mafia keinen Ton gesagt hatte. Doch noch bevor ich ihn dazu fragen konnte, schlug er mir vor, die Kinder ins Bett zu bringen, was nicht einfach sein würde, da sie sehr ungnädig reagieren konnten, wenn man ihnen die Zähne putzte, nachdem sie eingeschlafen waren.

Als ich etwas später im Bett nochmals auf das von ihm totgeschwiegene Thema zu sprechen kommen wollte, fragte er mich: »Hast du mit Lena schon geklärt,

dass sie euren Internethandel eine Weile allein mana-
gen muss, wenn wir im Urlaub sind?«

Nachdem ich ihm versprochen hatte, das gleich morgen mit ihr zu bereden, und ihm vorschlagen wollte,
unseren Urlaub in Südfrankreich zu verbringen, zog er
mich in die Arme und küsste mich unterhalb meines
Ohrs auf den Hals, wohl wissend, dass dort die Stelle
war, an der er mein Gehirn vom Denken auf reine Hor-
monausschüttung umschaltete. Als ich es leise gurrend
genoss, wie er mir zarte Küsschen auf die Schultern
tupfte, hörte ich ein Störgeräusch, und mein Hirn
schaltete leider vollautomatisch wieder in den Mama-
Modus zurück. Ich schob Frank zur Seite, was er mit einem gemurmelten »Hey« quittierte, zog mein
Nachthemd zurecht, und schon hatte sich die Schlafzimmertür vollends geöffnet.

»Mami«, flüsterte es aus zwei Kehlen, und jetzt begriff
Frank, warum ich so abweisend war. Wir rückten aus-
einander, und als die beiden Süßmonster sich in der Besucherritze unseres Kingsize-Bettes querlegten, hörte
ich meinen Herzensbullen »Definitiv Zeit für Urlaub zu
zweit« flüstern. Ein zärtliches Lächeln klang in seiner
Stimme mit, und mit halb geschlossenen Augen sah ich
noch, wie er Illis Füßchen aus seinem Gesicht schob.

\*\*\*

Am nächsten Tag – Frank hatte das Haus verlassen,
während ich schlief – traf ich mich am Vormittag mit
Lena in ihrer und Rouwens Wohnung. Die beiden hatten das Apartment in der Schanzenstraße übernommen, das meine Eltern ursprünglich für Frank, mich

und die Babys gekauft hatten. Dasjenige also, in das ich mich zwei Jahre zuvor mit Leonie vor meinem Stalker verschanzt und in dem Frank und ich mit unseren Kindern dann ein Jahr gelebt hatten. So blieb alles in der Familie.

Lena hatte für die Mädchen einen Obstsalat mit Joghurt vorbereitet, und während die beiden sich auf Lillisch unterhielten, saßen wir gemütlich bei einer Tasse Kaffee am Tisch. Soeben hatten wir die Frühjahrskollektion fürs nächste Jahr gemeinsam abgesegnet und die Nähaufträge zu einem großen Teil an unsere Mitarbeiterinnen delegiert. Da unsere Verkaufszahlen im letzten Jahr stetig gewachsen waren, hatten wir mehr Näherinnen beschäftigen können. Das würde mich langfristig entlasten. Ich brauchte im Grunde nur noch die Schnittmuster zu entwerfen und die Prototypen zu nähen, die Kollektionen fertigten dann unsere Leute.

»Dann könne mir eigentlich schon für nächste Sommer plane. Du weißt jo, es geht schneller, als wie ma meint.« Lenas Dialekt hatte sich intensiviert, seit sie nicht mehr im Callcenter arbeitete, und ich mochte das.

»Ja, aber für die Kinderlinie beginne ich erst nach dem Urlaub, okay? Ich fühle mich momentan ein kleines bisschen ausgepowert.«

»Klar! Ich wunner mich eh immer, wie du das alles schaffst! Genieße euer Urlaub, ich komme klar. Was sin schon zwei Woche!«

»Du, Lena?«, fragte ich vorsichtig. Ich war noch nicht im Internetcafé gewesen und brannte darauf, Malin endlich zu antworten. »Kannst du vielleicht die Mädchen für eine Stunde oder so hierbehalten? Ich will noch ins *Telecafé*, weil ich unbedingt Ma…« Rasch biss ich mir auf die Lippen. Beinahe hätte ich mich verplappert! Innerlich schlug ich mir mit der Hand vor die Stirn. »Also, ich müsste noch etwas erledigen.«

Lena spitzte den Mund und sah mich unverwandt an, bis ich unbehaglich auf dem Stuhl herumrutschte.

»Was wolltst du sagen, Lucy? Ma... un wie weiter?«

Ich winkte ab. »Meine ehemalige Studienkollegin arbeitet dort, und die will ich endlich besuchen.« Gerade nochmal die Kurve gekriegt! »Ich habe es ihr schon vor der Geburt der Kinder versprochen. Aber weil es so heiß ist, würde ich die Mädchen lieber nicht mitnehmen.« Ich fuhr mit dem Zeigefinger unter dem Ausschnitt meines T-Shirts entlang, um die Hitze zu veranschaulichen.

»Hm«, kam es in zweifelndem Ton von Lena. Sie war es nicht gewohnt, dass ich Geheimnisse vor ihr hatte. Tatsächlich war sie in den letzten Jahren zu meiner besten Freundin geworden. Lena war mir genauso nah wie meine Rebellenschwester Kat und näher als meine Juristenschwester A-Mi, sie wusste fast alles über mich. Nur Details aus unserem Liebesleben hielten wir voreinander geheim. Sie erzählte mir nichts über Rouwen und ich ihr nichts über Frank. Das fanden wir beide wichtig. Emotionale Verletzungen und Beleidigungen waren von diesem unausgesprochenen Gesetz natürlich ausgenommen, aber was hinter der Schlafzimmertür oder in anderen kuscheligen Ecken geschah, blieb ein Tabu. Noch immer sah sie mich abwartend an. Da ich nicht auf ihr »Hm« reagierte, zuckte sie schließlich mit einer Schulter und schaute nach Illi und Leo, die mittlerweile auf dem glatten Boden mit den großen

Bausteinen spielten, die Rouwen extra für sie vom Speicher meiner Eltern geholt hatte.

»Klar könne die zwei Minis hierbleibe. Du weißt, dass ich jederzeit als Babysitterin parat stehn.«

Begeistert sprang ich auf und drückte ihr ein Küsschen auf die Wange, dann ging ich neben den Mädchen in die Hocke und küsste sie nacheinander auf die runde Stirn. Sie waren so entzückend!

Bevor Lena mich nach meinen Gründen zum Besuch des Internetcafés befragte, huschte ich rasch zur Tür hinaus und machte mich auf den Weg in Richtung Innenstadt.

# Kapitel 4: Zeit für eine Auszeit

## Lucy

Auf meine erste Mail, die ich aus dem Internetcafé an Malin geschickt hatte, erhielt ich noch am selben Abend mehrere Briefe als Mailanhang, die Malin dort, wo sie jetzt lebte, auf dem PC geschrieben, aber nie abgeschickt hatte. Einen Moment fragte ich mich, ob es nicht schrecklich leichtsinnig war, mir diese Dokumente über das Internet zu schicken, dann zog ich sie auf einen Datenstick, um sie etwas später in Ruhe lesen zu können, und löschte sowohl die Mail als auch den Browserverlauf vom Rechner. Auf diese Weise dürften keine Spuren zurückbleiben, hoffte ich.

Als ich ihre Texte später las, befiel mich eine seltsame, intensive Empfindung, weil sich plötzlich die zwei Jahre, die wir getrennt voneinander verbracht hatten, vor mir entblätterten und mit Leben füllten. Während ich Malins Briefe durchlas, erstand meine Freundin wie ein Hologramm vor meinem inneren Auge. Ganz genau konnte ich mir die roten Haare und die grünen Augen an ihr vorstellen, die sie sich für ihre Scheinidentität als Schwedin zugelegt hatte.

Sie erzählte in den Briefen hauptsächlich von ihren Empfindungen in den Monaten nach ihrer Umsiedlung und von dem, was sie nicht allein hatte verarbeiten können. Sie benutzte keine, sehr geläufige oder abgekürzte Namen und nannte die Orte nicht, die sie beschrieb. Aber es gab ein paar Stellen, an denen ich gedanklich sofort einhaken musste, weil sie mir helfen konnten, herauszufinden, wo sie war.

Zum einen sprach sie von Osterprozessionen, in denen Männer- und Frauenchöre sangen. Zum anderen erzählte sie etwas später von einem »Richard«, ausgerechnet. Einem Richard, der in einer großen Stadt in einem geerbten Laden ein Eiscafé eröffnen wollte, und der einen Eiswagen fuhr. Das konnte nur Riccardo sein. Es wäre ein viel zu großer Zufall, wenn es noch irgendwo einen jungen Mann mit einem Eiswagen und einem geerbten Ladenlokal in einer großen Stadt gäbe, der »Richard« hieße. Ich wusste, dass Riccardo Basile nach Neapel gegangen war. Wenn ich auf der richtigen Spur war, musste sie also irgendwo dort in der Region leben.

Nachdem mir das klar war, suchte ich am nächsten Abend gezielt im Internet nach Osterprozessionen in Italien. Dort, wo sie lebte, gab es sieben Prozessionen an Gründonnerstag und Karfreitag, drei davon am Abend, die anderen in den frühen Morgenstunden. Und so landete ich schließlich bei Piano di Sorrento. Deshalb war ich mir sicher, dass sie in dieser Stadt lebte. Das ließ mich meine Pläne, nach Südfrankreich zu reisen, über den Haufen werfen. Die Tatsache, dass Frank mich nicht hatte zu Wort kommen lassen, als ich ihm Frankreich vorschlagen wollte, passte jetzt bestens, denn somit war noch nichts gebucht.

Piano di Sorrento – allein der Name weckte in mir Vorstellungen eines Traumlandes mit dem Meer unter azurblauem Himmel, Pinien und Zitronen an den Hängen der Steilküsten und im Hinterland. Vor Aufregung zitternd suchte ich sofort über eine private Wohnungsvermittlungsagentur nach einer Unterkunft für Frank und mich und entdeckte ein wunderschönes Apartment, relativ zentral gelegen, offenbar in einem alten Haus. Ich liebe alte Häuser! Also schlug ich zu und buchte die Wohnung für zwei Wochen.

Als Frank später nach Hause kam und ich ihm davon erzählte, freute er sich überraschenderweise, obwohl er sonst nicht gern überfahren wurde. Gleich am nächsten Morgen teilten wir unsere Pläne meinen Eltern mit, die sich ebenfalls freuten, weil sie jetzt sicher sein konnten, dass ihren eigenen Reiseplänen mit unseren Kindern nichts im Wege stand. Natürlich musste ich trotzdem schlucken, sobald ich mir klarmachte, dass die Zwillinge nicht bei uns sein würden. Dieses mulmige Gefühl verflüchtigte sich jedoch, wenn ich daran dachte, dass wir fünfzehn Nächte haben würden, in denen niemand unsere Schlafzimmertür öffnete.

Malin hatte mich in ihrer ersten Antwortmail nach Fotos der Zwillinge gefragt, also bewaffnete ich mich zwei Tage später erneut mit einem Datenstick, um ihr endlich ein paar Fotos zu schicken. Und erst bei meiner zweiten Mail, die ich vom Café aus schrieb, fiel mir Idiotin ein, sie über Nowak zu informieren.

Sie hatte ihn in ihren Briefen immer mal wieder erwähnt, woraus ich schloss, dass er ihr nach wie vor die eine oder andere schlaflose Nacht bescherte. Genau wie mir. Seit Frank mir gesagt hatte, dass Nowak früher entlassen werden sollte, träumte ich fast jede Nacht schreckliche Dinge. Zum Glück hatte Frank ein Händchen dafür, mich dann zu wecken und zu trösten. Auch Illi und Leo halfen mir sehr, wenn sie in der Besucherritze lagen und der Anblick ihrer roten, runden Schlafwangen mit den dunklen Wimpernkränzen darüber die Gespenster meiner Träume vertrieb.

Ich hätte es Malin wirklich gern erspart, zumal sie in den Mails über ihre gute Zeit mit den neuen Freunden berichtete (die ich allesamt gern kennenlernen wollte). Aber ich war mir absolut sicher, dass sie es mir vorgeworfen hätte, wenn ich sie nicht informiert hätte. Möglich, dass sie es ohnehin wusste, andererseits dachte ich mir, dass sie es bestimmt vermieden hatte, im Internet ausgerechnet nach Neuigkeiten über ihn zu suchen.

Also hob ich die Hände zur Tastatur und schickte mich an, ihr die unschöne Nachricht zu überbringen.

*Nun hast du meine Mäuse lebensecht und in Farbe vor dir, und vielleicht kannst du sogar erkennen, wer wer ist, wenn ich dir sage, dass Illi mehr mit Ilina und Leo mehr mit Leonie gemeinsam hat? Zu gern würde ich dein Gesicht sehen. Magst du sie?*

*Aber nun zu etwas anderem: Frank hat mir vor einigen Tagen anvertraut, dass T.N. vorzeitig aus der Haft entlassen wird! Vielleicht ist er es sogar schon. Ich dachte, ich sollte dir das sagen, im umgekehrten Fall würde ich das nämlich wollen.*

*Ich freue mich wahnsinnig, dass es dir dort gut geht, und ich wünsche dir von Herzen, dass du dich sicher und heimisch genug fühlst, um dich auf eine feste Beziehung einlassen zu können. Riccardo beschreibst du so, dass ich beinahe glaube, ihn zu kennen, und ich mag ihn.*

Den Satz über Riccardo löschte ich. Sie sollte nicht merken, dass ich einen Verdacht hatte, wo sie war. Oder dass ich ihren Freund persönlich kannte.

*Du Liebe, nun muss ich Schluss machen, denn die Mäuse sind bei Lena, die aber gleichzeitig mit den allerneuesten Entwürfen (für den Herbst nächsten Jahres) für die Frauenlinie bei L&L beschäftigt ist. Ich glaube, in Zukunft schreibe ich die Mails zu Hause vor und kopiere die Texte dann hier einfach ins Mailprogramm, das geht schneller.*
*Ich muss dir noch einmal sagen, wie sehr ich mich freue, von dir gehört zu haben, und wer weiß, womöglich habe ich bald schöne Nachrichten für dich.*
*Alles Liebe, deine L.*

Es fiel mir verdammt schwer, ihr nicht zu verraten, dass Frank und ich nach Piano di Sorrento in Urlaub fahren wollten. Irgendetwas hielt mich davon ab, diesen Ort in den Mails zu erwähnen, obwohl das vermutlich Unsinn war. Aber na ja, irgendwas hielt mich auch davon ab, Frank gegenüber anzudeuten, dass ich inzwischen Kontakt zu Malin hatte. Ob er ihre Tarnidentität kannte? Dazu hatte er mir ja nie ein Wort gesagt … Insofern brauchte ich kein schlechtes Gewissen zu haben, wenn ich *ihm* kein Wort sagte. Auch Lena gegenüber konnte ich Schweigen bewahren, obwohl sie mich sehr schräg angeguckt hatte, als ich sie innerhalb weniger Tage zum zweiten Mal darum bat, die Kinder zu betreuen, weil ich meine Ex-Kommilitonin im *Telecafé* besuchen wollte. Aber was hätte ich tun sollen?

Ich beschloss, aus der City ein paar der köstlichen Kaffeestückchen aus dem *Café Amelie* mitzunehmen. Deren Kuchen liebten wir alle. Am Ende entschied ich mich für Waffeln anstatt Kuchen oder Teilchen. In der Schanzenstraße angekommen musste ich beim Betreten des Hauses unwillkürlich daran denken, wie Malin und ich uns gefühlt hatten, als wir uns hier vor dem Hengst versteckt hatten.

In diesen Tagen, seit Frank mir von der Freilassung Nowaks erzählt hatte, fühlte ich mich oft zwei Jahre zurückkatapultiert. Ich hätte nicht gedacht, dass diese Nachricht so etwas auslösen könnte. In manchen Momenten rechnete ich inzwischen fast damit, dass ich in meinem Kopf wieder die verhassten Stimmen hörte: Lady Tough, die mich mit ihrer Schreckschraubennatur (ich schickte ein gedankliches Sorry an meine Mutter, der Lady Tough ja sehr ähnlich war) permanent kritisierte, und Heulsuse, die in mir die weinerlichste Seite hervorpulte. Meine inneren Zwillinge also, die kurz vor der Geburt meiner Kinder komplett verstummt waren, schienen dicht unter der Oberfläche meines gesunden Geistes auszuharren. Als ich diesen Gedankengang zu Ende geführt hatte, stand ich vor der Wohnungstür und klopfte an. Ich bewegte die Schultern, um die letzten Reste von Unwohlsein abzuschütteln, und setzte ein Lächeln auf. Hinter der Tür konnte ich die hohen

Stimmen meiner Monstermädchen hören, und das Lächeln wurde zu einer warmen Welle, die meinen Körper durchflutete.

»Da bist du ja. Na, alle Geheimpost erledigt?«

»Ja, und ich habe auch das von Tym...« Entsetzt schlug ich mir die Hand vor den Mund. Mist! Dreimal Mist!

Lena grinste breit, dann zog sie mich am Ellbogen herein. Illi und Leo stürmten auf mich zu und sprangen mich von beiden Seiten an, sodass ich mit den Armen geistesgegenwärtig zupacken musste, damit sie einen geordneten Abgang machten, anstatt voll auf den Boden zu knallen. Okay, sie waren erst zwei und konnten das noch nicht einschätzen, aber hätten sie nicht instinktiv merken müssen, dass ich nicht die Kraft ihres Vaters besaß? Frank konnte beide Mädchen so geschickt auffangen, dass er anschließend auf jeder Seite eines auf der Hüfte sitzen hatte. Ich nicht. Ausgeschlossen! Deshalb ließ ich immer sofort alles, was ich in Händen hielt, fallen, wenn ich bemerkte, dass sie mich von beiden Seiten ansprangen, und tat mein Bestes, um die Mädchen (jede für sich genommen war ein Fliegengewicht, aber beide zusammen ergaben ein Mittelschwergewicht) mit meinen Armen irgendwie zu bremsen. Dann glitten sie an meinem Körper entlang nach unten, und keine tat sich weh. Erst jetzt, wo sie wieder unbeschädigt auf dem Parkettboden ankamen und dabei vor sich hin kicherten, wurde mir bewusst, dass sie das mochten.

»Uff, irgendwann breche ich in der Mitte durch.« Damit versuchte ich, Lena von meiner verräterischen Be-

merkung abzulenken. Illi half mir beim Ablenkungs-
manöver, denn sie hatte als Erste die Papiertüte des Ca-
fés entdeckt, und stürzte sich begeistert darauf.

»Wie viele für mis, Mami?«

»Iss will auch«, stimmte Leo ihre übliche Arie an.

Lena nahm die Tüte ganz selbstverständlich aus Illis
Hand, die sich das anstandslos gefallen ließ (wie
machte Lena das?), und stellte sie auf dem Tisch ab. Die
Mädchen kletterten auf beiden Seiten auf einen Stuhl
und sahen uns erwartungsvoll entgegen.

»Ich mache uns schnell Kaffee und Kakao«, erklärte
Lena, und irgendetwas an ihrer Haltung ließ mich ah-
nen, dass ich ihr nicht durch die Lappen gehen würde.
Sie wollte Klarheit.

Doch Lena, diese wunderbare Frau, wartete ent-
spannt ab, bis die beiden Mädchen ihre Waffeln gegessen hatten und wieder auf den Boden geklettert waren,
um ihre Stadt aus Bausteinen zu vervollständigen, die
sie dort entstehen ließen. Ich betrachtete angelegentlich das jüngste Wunderwerk der Architektur und war
mir fast sicher, in welche berufliche Richtung diese beiden perfekten Kinder einmal gehen würden.

»So, un jetze raus mit der Sproch.«

Ich atmete tief ein und aus. »Nichts, Lena, ich habe dir
nichts zu berichten.«

Sie blickte mich an, eine Augenbraue hochgezogen,
was ihrem Gesicht mit den ausgeprägten Zügen einen
Anstrich verlieh, der mich an meinen Bruder Rouwen
erinnerte. Ob es stimmte, dass Menschen sich Lebensgefährten aussuchen, deren Physiognomie der eigenen
gleicht? Und wenn ja, inwieweit ähnelte ich dann meinem Herzensbullen? Frank war doch viel größer und

muskulöser als ich, außerdem hatte er braune Haare und Augen und diese unglaublich süße Narbe auf der linken Wange. Jaja, eine Narbe zog man sich erst im Lauf des Lebens zu, mit der wurde man nicht geboren. Normalerweise.

»Ich habe Frank nie gefragt, woher die Narbe auf seiner Wange stammt.«

Lena starrte mich wortlos an, bis mir selbst klar wurde, was für einen Blödsinn ich da gerade von mir gegeben hatte. Ich runzelte die Stirn. »Lena, du weißt, dass es Dinge zwischen Himmel und Erde gibt, die ein ewiges Geheimnis bleiben müssen.«

»Jo, ne, is klar. Wie zum Beispiel, dass du em Leonie schreibst.«

Ich fürchte, nach dieser Bemerkung sah ich wie die Schauspielerin in einem Stummfilm aus, die mangels Tons mit übertriebener Mimik ausdrücken musste, was sie empfand. Hochintelligent wirkte das jedenfalls nicht, das war mir klar. Also zog ich die Brauen tief über die Augen und verschränkte die Arme vor der Brust.

»Komm schon, ich hab recht, oder?«

Ich schwieg weiter vor mich hin. Nur am Rande bemerkte ich, dass die Unterhaltung auf Lillisch, die meine Töchter bei ihrem Bauvorhaben begonnen hatten, verstummt war. Ob sie irgendwelche Schwingungen spürten? Lena legte mir eine Hand auf den Unterarm, wodurch sie mich dazu bewegte, meine Bollwerkhaltung aufzugeben und meine Arme wieder zu lockern.

»Vergess nit, es Leonie ist ach mei Freundin. Mir sin doch zusamme durch dick un dünn gang.« Sie machte eine einschränkende Geste mit der rechten Hand. »Mo, fast. Die schlimmste Sachen han ihr jo allein erlebt.«

Lena hatte recht. Sie war meine Freundin, und wir hatten keine Geheimnisse voreinander. Außerdem war sie mit Leonie genauso eng befreundet wie ich. Innerlich rang ich noch mit mir, da redete sie mir bereits Mut zu. »Lucy, du weißt, dass ich nix nach außen lasse! Mir kannst du hunnertpro vertraue.«

»Malin«, schlich sich der Name fast ungewollt aus meinem Mund.

»Malin?«

»Das ist ihr Name. Sie heißt Malin Holm und ist schwedischer Herkunft.«

Lena klatschte in die Hände. »Wusst ich's doch! Klasse! Wie geht's ihm?«

Ich dachte angestrengt darüber nach, wie viel ich Lena verraten durfte. »Es geht ihr gut, Lena. Sie lebt an einem schönen Ort, sagt sie. Ich weiß nicht wo!«, schickte ich sofort hinterher, weil ich ahnte, dass das Lenas nächste Frage wäre. »Ihre Tarnidentität funktioniert super, sie hat neue Freunde, momentan keine Liebesbeziehung, und sie jobbt in einem Restaurant. Außerdem schreibt sie an einem Buch und hat schon einen Verlag gefunden. Einen deutschen.«

»Wie lang weißt du schon Bescheid?«

»Erst seit ein paar Tagen. Sie hat sich bei mir gemeldet, und das *Telecafé* ist eine Sicherheitsmaßnahme. Ich habe ihr Fotos der Zwillinge geschickt. Sie hat einfach Sehnsucht nach jemandem, mit dem sie reden kann. Nach uns.«

»Kann ma jo verstehn. Ein Glück, dass es dann wenigstens uns hat. Schreib nächstes Mal ein schöner Gruß, und ob ich ihm vielleicht mal schreibe soll.«

Ich schüttelte den Kopf. »Sie wird mir sicher böse sein, dass ich es dir gegenüber verraten habe. Wir warten lieber noch, okay?«

Ein Schatten huschte über Lenas Gesicht, und mir wurde klar, wie ich mich gefühlt hätte, wenn unsere gemeinsame Freundin nur eine von uns beiden angeschrieben hätte. Doch dann straffte sie die Schultern und schenkte mir ein Lächeln. »Na gut. Und du passt besser auf, ne?«

»Allerdings.« Ich runzelte die Stirn. »Irgendwie bin ich doch froh, dass du es jetzt weißt. Das bleibt zwischen uns beiden, ja? Ich habe Frank auch nichts davon gesagt.«

Lena hob schlicht einen Daumen hoch, dann deutete sie an, dass sie ihren Mund wie einen Reißverschluss verschloss.

\*\*\*

### Justizvollzugsanstalt Billwerder im Juli 2015

*Tymon Nowak reichte dem Vollzugsbeamten, der ihm die Außentür öffnete, zum Abschied die Hand, bevor er das Gebäude verließ. Er blickte nicht zurück, als er von der Anstalt wegschritt, auf den Kreisel zu, und sich dann nach links wandte. Einer seiner Mitarbeiter, Bruno Witkowsky, wartete bereits auf ihn. Er stand hinter seinem Wagen, den er in einer der Parklücken abgestellt hatte. Als er Tymon sah, kam er auf ihn zu und streckte die Hand aus, um ihm die Tasche abzunehmen.*

»Guten Morgen, Chef. Schön, Sie wieder in Freiheit zu sehen.«

Tymon übergab ihm die Tasche. »Guten Morgen, Bruno. Ganz meinerseits. Wie läufts im Dancing Cat?«

Er registrierte, dass Bruno leicht die rechte Augenbraue hob, und lächelte. Vermutlich hatte Witkowsky bemerkt, dass Tymon die Zeit im Knust genutzt hatte, um seine Aussprache zu verbessern. Die Mitinsassen waren ihm zwar keine große Hilfe gewesen, weil die meisten selbst nicht gerade gehobenes Deutsch sprachen, aber ihm war spätestens hier, in Billwerder, klargeworden, dass »Kanak« nicht das war, was er sprechen wollte.

»Bestens. Die Belegschaft freut sich auf Ihre Rückkehr.« Bruno öffnete den Kofferraum, verstaute Nowaks Reisetasche, wandte sich zu ihm und hielt ihm die Schlüssel hin. »Möchten Sie fahren?«

Mit leicht schief gelegtem Kopf nahm Nowak den Schlüssel entgegen, stieg ein und startete den Motor. Während er aus der Parklücke auf die Straße zurücksetzte, begann er, sich wieder wie ein normaler Mensch zu fühlen. Er fuhr auf den ovalen Kreisel zu und bog in den Dweerlandweg ein. Bruno beantwortete ihm bereitwillig all seine Fragen zum Betrieb des Clubs und versicherte ihm, dass er, wie geplant, die Leitung sofort wieder übernehmen konnte. Nowak drückte mit einem Nicken seine Zufriedenheit aus, dann endlich wandte er sich einer weiteren Frage zu, die ihn in den letzten beiden Jahren beschäftigt hatte. Hatte er zunächst noch geglaubt, seine krankhafte Besessenheit überwinden zu können, so zeigte ihm die Intensität seiner mit der Entlassung aufgekommenen Erinnerungen, dass es keineswegs so war. Bevor er wieder in sich ruhen könnte, hatte er eine Rechnung zu begleichen. Natürlich war mit äußerster Diskretion vorzugehen. Aber das verlangte seine alltägliche Arbeit als Besitzer und Leiter des Dancing Cat auch von ihm. Er schnalzte mit der Zunge, warf Bruno einen Seitenblick zu und grinste genüsslich, als er ihm schließlich seine Frage stellte: »Erstatte mir Bericht, Bruno. Was gibt es Neues über die beiden Ladies?«

»Lucy Schober lebt nach wie vor in Saarlouis, ist mit Kriminaloberkommissar Frank Kraus liiert, nicht verheiratet, sie haben zwei Kinder. Keine besonderen Vorkommnisse. Leonie Spreulhagen ist immer noch verschwunden.«

»Erzähl mir was Neues, das weiß ich doch alles.«

Mit einem raschen Blick zur Seite sah er, dass Bruno zufrieden lächelte.

»Lassen Sie mich aussprechen, Chef. Es kommt nämlich Bewegung in die Sache. Richard Spreulhagen ist gestorben.«

»Der Alte, den ihr überwacht habt?«

»Ja, Leonies Großvater. Er ist gestern friedlich in seinem Haus eingeschlafen. In der Todesanzeige ist die ganze Familie genannt.«

Tymon Nowak stieß ein Lachen aus. »Na, dann wird sich sicher etwas bewegen. Ich kenne Lucy, sie hat zu lange stillgehalten. Jetzt wird sie etwas unternehmen. Überwacht ihr den Bruder noch?«

»Hector Spreulhagen? Klar. Er ist geschickt, er benutzt immer andere Telefone und weiß, wie er seine Spuren im Internet verwischt.«

»Dranbleiben. Wann ist die Beerdigung?«

»Am Montag.«

»Du gehst hin.«

»Leonie kennt mich. Sollte sie auftauchen, wird sie sofort wissen, dass wir an ihr dran sind.«

»Sie wird nicht auftauchen. Aber du hast recht, wir schicken jemand anderen. Ich will wissen, wo sie ist. Sie hat mir zwei Jahre meines Lebens gestohlen und mich gezwungen, wieder bei null anzufangen. Das werde ich ihr nicht vergessen.«

»Und Lucinda Schober?«

Er lachte abgehackt auf. »Das Kätzchen. Mal sehen, was ich mir für sie überlege. Die ist ja nicht mal im Zeugenschutz. Kontaktverbot, dass ich nicht lache!« Er schwieg und dachte an Lucy Schober, die mit schuld daran war, dass er hatte einsitzen müssen. Seine Leute hatten keinerlei Anzeichen dafür gefunden, dass sie mit Leonie in Kontakt stand. Und doch ... Womöglich war sie unter seinem Radar hindurchgetaucht. Man durfte das Kätzchen nicht unterschätzen, auch wenn es immer so schusselig tat. »Ich will wissen, wo Leonie Spreulhagen sich verkrochen hat. Also, du schickst jemanden zur Beerdigung und bleibst an Hector dran. Ich habe so ein Gespür, dass der Bruder uns den Weg zur Schwester zeigen wird.«

*** 

# Lucy

## Saarlouis im Juli 2015

Wie gehetzt rannte ich mit dem Zwillingsbuggy quer durch Saarlouis. Im Dunkeln? Ich wusste nicht, wie ich in diese Situation hatte geraten können; es war doch

Sommer, und meine Kinder schliefen um diese Zeit längst in ihren Bettchen. Heute jedoch nicht. Aber es hatte auch einen Vorteil, dass bereits Nacht war, denn so waren wenigstens die Bürgersteige frei. Ich lief in höchster Panik vor den Schritten meines Verfolgers am Klopfer-Parkhaus vorbei in Richtung Großer Markt, und die beiden Mädchen waren längst aufgewacht, weil diese Fahrt für sie offenbar alles andere als angenehm war. Vielleicht spürten sie meine Todesangst. Komischerweise hielten sie trotzdem still. Ich sah, dass sie beide ihre Köpfchen in den Nacken gelegt hatten, um zu mir hochblicken zu können. Diese unschuldigen Augenpaare, das eine davon mit dem herzerweichenden Silberblick! Mir entrang sich ein Schluchzen, obwohl mir völlig klar war, dass ich durch solche Regungen und die falsche Atmung nur langsamer wurde.

Wie von Sinnen stieß ich den Buggy weiter. Da sah ich schon den Parkplatz, die Kirche Sankt Ludwig, daneben das Gebäude, in dem das Callcenter Mediaboutique untergebracht war. Wohin sollte ich bloß? Ich hatte keine Zeit, um nachzudenken, also war es wohl mein Rückenmark, das mich nach links lenken ließ. Die Schritte kamen näher, ich hörte den lauten Atem meines Verfolgers, dann seine Stimme, die so tief und markant war. Sie würde mir wieder monatelang nicht aus dem Kopf gehen, das wusste ich.

»Lucinda«, rief er, »bleib stehen, ich kriege dich sowieso.« Dann spürte ich eine Hand auf der Schulter, sie riss mich herum, und ich ließ instinktiv den Buggy los, damit meine Kinder nicht hinausfielen. Jetzt stimmten sie doch ihr Geschrei an, unisono dieses Mal. In höchster Panik brüllten sie los.

Vor mir stand er, mit demselben verstörend schönen Gesicht wie damals, als ich ihn zum ersten Mal gesehen hatte. Ich versuchte, mich unbemerkt von ihm wegzubewegen, indem ich den Fuß ein kleines Stück nach hinten setzte. Meine Hand legte ich wieder auf den Lenker des Kinderwagens.

»Oh, Herr Nowak, wie geht es Ihnen?«, plapperte ich.

»Gut jetzt. Was für eine Freude, zu sehen dich, Kätzchen.« Damit streckte er die Hand aus und streichelte mir mit den Fingern über die Wange. Ich schluckte heftig, um den aufkeimenden Brechreiz zu überwinden.

»Wie, du dich ekelst vor mir? Dabei ich will nur, was mir zusteht. Was ist in diesem Wagen?«

Ich schrie, doch schon beugte er sich hinüber und blickte in den Buggy. Er sah auf und grinste mich an. Plötzlich hielt er ein Messer in der Hand, ich wich zurück. Doch er näherte sich nicht mir, sondern beugte sich erneut über den Buggy und stieß mit der bewaffneten Hand vor.

»Neiiiin«, brüllte ich, »nicht die Zwillinge!«

*Klatsch*, ein kurzer, heftiger Schmerz an meiner Wange, und ich war wach. Die Mädchen brüllten tatsächlich, zwischen Frank und mir, und ich war nassgeschwitzt. Ich hob die Hand an meine brennende Wange, auf die Frank mir eine Ohrfeige gegeben haben musste.

»Du hast mich geschlagen?«, fuhr ich ihn an.

»Es ging nicht anders, Liebes. Du hast auf keine Ansprache und kein Schütteln an deiner Schulter reagiert, aber du hast geatmet, als wäre der Teufel hinter dir her, und die Geräusche aus deinem Mund waren schlimmer als alles, was ich bisher von dir gehört habe. Die Mädchen sind davon aufgewacht.«

Die beiden hatten sich inzwischen ein bisschen beruhigt, vermutlich durch die Stimme ihres Vaters, und jetzt schmiegte Leo sich an mich und Illi an Frank.

»Was hast du geträumt?«

»Von Tymon.«

»Das war zu erwarten«, brummte er. Über die beiden warmen Körper unserer Kinder hinweg legte er seine Hand beruhigend an meinen Oberarm. »Er kann dir nichts tun, Lucy. Er hat absolutes Kontaktverbot und darf sich dir nicht einmal ansatzweise nähern.«

Ich schnalzte mit der Zunge. »Wird ihn das zurückhalten, wenn er sich mir nähern *will*?«

»Ich denke schon. Vergiss nicht, dass er fast zwei Jahre hinter Gittern verbracht hat. Für dumm halte ich Tymon Nowak nicht. Und es wäre so was von dumm, wenn er versuchen würde, den Kontakt zu dir oder Leonie wiederherzustellen.«

Es lag mir auf der Zunge, ihn und die Polizei zu beschimpfen, weil Leonie im Gegensatz zu mir immerhin in Sicherheit war. Aber das wäre wiederum dumm von mir. Zumal ich ja gar nicht weggehen wollte, selbst wenn man mir ein Zeugenschutzprogramm anbieten würde. Schließlich war es mir noch nie so gut gegangen.

»Na gut«, brummte ich also versöhnlich. »Versprich mir, dass du mich weiterhin tröstest, wenn ich schlecht träume.«

»Natürlich, und im Urlaub noch mehr als das.«

Ich rutschte wieder in meine liebste Liegeposition, soweit Leo es zuließ, und versuchte, einzuschlafen. Kurz darauf hörte ich am tiefen Atmen der Kinder, dass sie den Schrecken schon verwunden hatten, und beschloss mit einem Seufzen, sie in ihre eigenen Betten zu tragen. Franks Schlaf war offenbar noch nicht sehr tief, denn er wachte auf, als ich mich mit Leo auf dem Arm von der Bettkante erhob.

»Gute Idee«, murmelte er und hob seinerseits Illi aus unserem Bett hoch. Wir trugen die beiden ins Kinderzimmer, und als wir sie im Bettchen ablegten, rutschten sie wie selbstverständlich zueinander und schliefen aneinander gekuschelt weiter. Beneidenswert. Frank und ich kuschelten uns kurz darauf im Kingsize-Bett genauso aneinander wie die Mädchen. Durch die Nähe angeregt, änderten wir unsere Position, und nachdem Frank mich sehr, sehr leise und sehr, sehr schnell geliebt (das lernte man mit schlaftechnisch unberechenbaren Zwillingen) und mir anschließend zärtliche und mutmachende Dinge ins Ohr geflüstert hatte, schaffte ich es am Ende und schlief den Rest der Nacht durch.

*\*\*\**

Endlich begann der August. Schreckgespenster vertrieben, neuer Monat, neues Glück. Noch neun Tage bis zum Urlaub.

Frank frühstückte mit uns, weil es bei seiner Arbeit offenbar wieder etwas ruhiger zuging. Er las die Zeitung, auf deren Titelseite ich die Überschrift »Deutschlandweiter Drogenring zerschlagen« sehen konnte.

»Ach, waren das die Ermittlungen, in denen ihr mit den anderen Bundesländern zusammengearbeitet habt?«

Frank ließ die Zeitung sinken und blickte auf die Überschrift. »Ja, genau.« Er grinste mich frech an. »Nichts mit der Mafia dieses Mal.«

»Und gab es im Saarland auch Festnahmen?«, wollte ich wissen.

»Kannst du nachher lesen. In Saarlouis nicht, aber in Saarbrücken. Da sind ein paar Dealer gefasst worden, die Drogen an Schulen verticken.«

»Bin ich froh, dass unsere Kinder nicht in Saarbrücken zur Schule gehen werden!«

Er lachte schallend. »In Saarbrooklyn!« Er zeichnete Anführungszeichen in die Luft.

Das war zu einem Running Gag zwischen uns geworden. Kürzlich hatte es im Fernsehen eine Dokumentation von Spiegel TV über die dunklen Seiten von Saarbrücken gegeben. Da war der Stadtteil Folsterhöhe porträtiert und ein einseitiges, negatives Bild gezeichnet worden, das die Vermutung nahelegte, dieser Stadtteil sei schlimmer als die Bronx in New York, mit Bandenkriminalität, extremer Armut, Drogensucht und was weiß ich noch alles.

»Liebes, ich muss los. Bis heute Nachmittag.« Frank stand auf und verabschiedete sich von mir und den Mädchen mit Küsschen, schnappte sich seine Autoschlüssel und verschwand.

»Wir haben nachher Spielkreis. Wollt ihr mir beim Abräumen helfen?«

Die Mädchen liebten den Spielkreis, dessen Leitung ich kurz nach ihrer Geburt von einer ehemaligen Kommilitonin übernommen hatte, als sie in den Schuldienst zurückgegangen war. Es war herrlich draußen, die große Hitze der letzten Wochen war gebrochen, und das Wetter präsentierte sich wie in einem ganz normalen Sommer, mit Sonne, Wolken, Wärme. Deshalb trafen wir uns heute auf einem Spielplatz.

Während die Mädchen in ihrem Zimmer die Kinderrucksäcke suchten, stellte ich die Milch zu der Kaffeekanne auf das Tablett. Da fiel mein Blick auf den Teil der SZ, der Neuigkeiten aus der gesamten Republik enthielt, und ein Name trat auf der Seite hervor, als wäre er mit Textmarker unterlegt: Richard Spreulhagen. Nanu? Ich zog die Zeitung an mich, und mit Entsetzen las ich die traurige Nachricht:

*Der Gründer der Restaurantkette Spreulhof war im Alter von nahezu neunzig Jahren verstorben. Das war Malins Opa! Ob sie es bereits erfahren hatte? Ich schaute auf den Todestag: am 30. Juli, vorgestern. Ich wusste, dass sie den alten Herrn geliebt hatte, er stand ihr besonders nahe.*

»Mami«, hörte ich Illis Stimme und sah nach unten. Beide Kindergesichter waren mir zugewandt, und meine Monstermäuschen blickten mich aus großen, runden Augen an. So wie letzte Nacht in meinem Traum, als sie meine Panik gespürt hatten.

Ich riss mich zusammen und wischte mir mit beiden Händen über die Wangen. »Alles gut. Wer ist als Erste im Bad, damit wir Händchen waschen können? Braucht ihr noch eine frische Windel?«

Auf die letzte Frage bekam ich nie eine ehrliche Antwort, es sei denn, in den Windeln schwappte die Flüssigkeit schon fast am Bäuchlein heraus. Mir blieb nichts anderes übrig, als die gerade erfahrene Neuigkeit in meinem Kopf nach hinten zu drängen und schleunigst dafür zu sorgen, dass die Gesichter von den Frühstücksspuren gereinigt, die Wickeltasche gepackt und die Pampers gewechselt wurden. Die Krabbelgruppe wartete auf uns, und ich konnte nicht einfach nicht da aufkreuzen.

Die nächsten zweieinhalb Stunden verstrichen also mit Kinderliedern, mit Tee, Obst und Knabberstangen, aber auch mit Sonnencreme, Schaukel-Anschubsen und Sand-aus-Äuglein-Pusten. Über eine beste Freundin, die in einem Zeugenschutzprogramm lebte, über einen Verbrecher, der wieder auf freiem Fuß war, oder über den Tod eines Restaurantgründers sprach ich mit den anderen Müttern nicht. Und das war auch gut so.

Doch als ich am Mittag wieder zu Hause war und es nach zwei weiteren Stunden (und noch etwas mehr) geschafft hatte, die Sandmonster zu baden, frischzumachen und mit einem Kinderessen zu füttern, das wunderbarerweise unsere Frau Schneckl zubereitet hatte, ließ ich mich auf die Couch sinken.

Und dann strömte alles auf mich ein, was ich den gesamten Vormittag unterdrückt hatte. Die Angst der letzten Nacht, der Gedanke an Richard Spreulhagen (ich konnte mich noch sehr gut daran erinnern, wie Leonie-Malin gestrahlt hatte, als sie von ihrem Opa erzählt hatte) und alles, was damit zusammenhing: Meine Freundin, die an einem fremden Ort allein verarbeiten sollte, was ihr widerfahren war, und die jetzt vom Tod ihres Großvaters erfahren musste. Die dann dort mit ihrer Trauer klarkommen sollte und ihre Eltern, ihren Bruder nicht sehen durfte. Wie traurig war das?

Ohne lange nachzudenken, schaltete ich den PC ein und suchte nach einer Trauerseite für Richard Spreulhagen. Tatsächlich wurde ich rasch fündig und zündete auf der Seite »www.trauer.de« eine Kerze an. Danach rief ich die Homepage des *Spreulhof* in Hamburg auf und fand im Impressum die Anschrift und sogar die E-Mail-Adresse von Hector Spreulhagen. Das war Leonies Bruder!

Ohne mir lang Gedanken zu machen, schrieb ich ihm eine Kondolenzmail, auch wenn ich ihn nur durch Erzählungen von Leonie-Malin kannte. Ich konnte gar nicht anders und musste diesem jungen Mann und seiner Familie meine Anteilnahme ausdrücken. Ehrlich gesagt zögerte ich nicht mal, und erst nachdem ich die Mail abgeschickt hatte und mir kaum zehn Minuten später (in denen ich noch die Fotos des *Spreulhof* und der Gründerfamilie betrachtete, auf denen eine sehr junge Leonie mit ellenlangem Haar in einem Taekwondo-Dress zu sehen war) ein *Pling* anzeigte, dass eine neue Mail eingegangen war ... da regte sich etwas in mir, das schlagartige Übelkeit auslöste. Fast meinte ich, Stimmen flüstern zu hören, als ich den Maileingang öffnete und mir die Betreff-Worte meiner eigenen, soeben abgeschickten Nachricht entgegen blinkten:

*Zum Tod Ihres lieben Verwandten Richard Spreulhagen*

Meine Finger zitterten, als ich die Mail anklickte und las, was Hector mir als Antwort geschrieben hatte.

*Liebe Lucy Schober,*

*herzlichen Dank für Ihre anteilnehmenden Grüße, die uns Trost spenden. Ich werde Ihre Worte an meine Eltern und meine Großmutter weiterleiten.*

*Eines beschäftigt mich jedoch: Ich kenne Ihren Namen nicht und kann mich nicht erinnern, ob ich Ihnen schon einmal begegnet bin. Ein Klick auf die Homepage, die Sie in Ihrer Mailsignatur verlinkt haben, hat mich zu ›LeL‹ geführt, und dort habe ich im Impressum eine saarländische Anschrift gefunden. Umso mehr frage ich mich, woher Sie unsere Familie kennen? Würden Sie Licht ins Dunkel bringen? Sind Sie am Ende eine Freundin meiner Schwester Leonie?*

*Bitte antworten Sie mir schnell.*

*Die Trauerfeier und die Beerdigung finden am nächsten Montag statt. Sollten Sie mit Leonie in Kontakt stehen, wäre ich Ihnen sehr dankbar, wenn Sie ihr diese Information zukommen lassen könnten.*

*Mit den besten Grüßen*

*Hector Spreulhagen*

Tja.

»Tja«, wiederholte eine harsche Stimme meinen Gedanken in meinen Kopf. Ich zuckte zusammen. Vielleicht hatte ich mich geirrt. Entschlossen wendete ich einen Trick an, den mir Doktor Treibel beigebracht hatte. Ihm hatte ich zwar nie von den inneren Zwillingen berichtet, weil ich selbst wusste, wie das aussah – nämlich nach einer Persönlichkeitsspaltung –, aber was er mir beigebracht hatte, um mich in einer absoluten Stresssituation wieder herunterzuholen, würde mir helfen: progressive Muskelentspannung.

Nie war der Moment günstiger, denn die Zwillinge schliefen erst seit einer halben Stunde, und wunderbarerweise dauerte ihr Mittagsschläfchen meistens dreimal so lang. Also stellte ich meinen Laptop auf dem Tisch ab, legte mich flach auf die Couch und konzentrierte mich darauf, in meinem Kopf die Worte zu formulieren, die ich von meinem Therapeuten gelernt hatte und die mich wie ein Mantra in einen meditativen Zustand versetzten. Zugleich achtete ich auf meine Atmung und spannte die Muskeln meines Körpers abwechselnd an und entspannte sie wieder.

Das Gezeter der beiden inneren Stimmen wurde überraschend schnell leiser und verklang. Gut, fürs Erste hatte ich sie besiegt.

Meine kleine persönliche Entspannungstour hatte etwa dreißig Minuten gedauert. Das Gefühl, innere Stimmen zu hören, hatte sich verflüchtigt. Allerdings fühlte ich mich nach wie vor wie zerschlagen. Und Hector Spreulhagen – was machte ich jetzt mit ihm?

Ich hatte diesen Gedanken noch nicht zu Ende geführt, da klingelte mein Handy. Nanu, wer wollte mich erreichen? Die Nummer auf dem Display war mir unbekannt. Doch sie hatte eine 040-Vorwahl. Verunsichert ging ich ran.

»Ja bitte?«

»Spreche ich mit Lucy Schober?« Eine männliche, sympathische Stimme. Mir war sofort klar, wer das sein könnte, und mir wurde heiß.

»Ja. Wer ist denn da?«

»Hector Spreulhagen.«

Jetzt hatte ich den Salat. Mir fiel auf die Schnelle nicht ein, was ich darauf antworten sollte. »Äh.«

»Bitte entschuldigen Sie, dass ich mich einfach bei Ihnen melde. Ihre Nummer steht in Ihrer E-Mail-Signatur.«

Ja, stimmte. Natürlich standen in meiner Signatur sowohl unsere L&L-Homepage als auch meine Handynummer für den Fall, dass jemand sofort Kontakt mit mir aufnehmen mochte. Die Telefonnummer war nicht mehr die gleiche wie vor zwei Jahren. Aber schließlich musste ich als Geschäftsfrau erreichbar sein.

»Es geht um meine Schwester«, fuhr Hector unbeirrt fort, und obwohl ich ihn nicht persönlich kannte, hatte ich den Eindruck, dass seine Stimme sich bei diesen Worten veränderte. Ich bildete mir ein, sowohl seine große Liebe zu Leonie als auch seine Sorge herauszuhören, und musste schlucken. Abermals wusste ich nicht, was ich ihm darauf sagen sollte, und schwieg.

»Leonora Spreulhagen heißt sie, abgekürzt Leonie. Kennen Sie sie?«

»Warum glauben Sie das?«

»Weil ich keine Ahnung habe, woher Sie uns kennen. Im Saarland haben wir nur wenige Bekannte, und die Betreiber des dortigen *Spreulhof* haben sich bereits gemeldet und eine Karte geschickt, die von der gesamten Belegschaft unterzeichnet wurde. Also kam ich auf die Idee, dass Sie Leonie kennen könnten. Wir haben seit Jahren nichts von ihr gehört, das wissen Sie vielleicht? Ich folge einfach jeder Spur, und sei sie noch so winzig. Also, kennen Sie Leonie?«

Mich erschreckte, wie mutig er das alles aussprach, aber dann wurde mir klar, dass es hier um eine Notsituation ging. Hector hatte seine Schwester bereits seit drei Jahren nicht mehr gesehen, und er hatte keine Ahnung, wo sie abgeblieben war und ob sie überhaupt noch lebte. Mir hätte klar sein müssen, dass er jede Gelegenheit ergreifen würde, um etwas über sie herauszufinden. Was hatte ich Idiotin da angerichtet?

»Lucy«, sein Ton wurde beschwörend, »Sie müssen es mir sagen. Kennen Sie Leonie und wissen Sie, wo sie ist, ob sie noch lebt? Was wissen Sie?«

In meinem Kopf löste sich eine Kaskade von Fragen. Wie viel wusste Leonies Familie überhaupt? Hatte sie (oder die Polizei) ihren Eltern damals gesagt, dass sie in ein Zeugenschutzprogramm aufgenommen würde, zunächst in ein nationales, dann jedoch in ein internationales? Abgründe der Verzweiflung taten sich auf, und ich schämte mich dafür, dass ich Malin nicht danach gefragt hatte, inwieweit ihre Familie eingeweiht war. Ich atmete tief ein und aus, bevor ich antwortete. »Nein, Hector, es tut mir sehr leid, ich weiß nichts von einer Leonie.«

»Dann erklären Sie mir, aus welchem Grund Sie uns überhaupt kondolieren? Niemand von uns hat Ihren Namen vorher schon einmal gehört, ich habe meine Eltern und meine Großmutter gefragt.«

»Ich kenne den *Spreulhof*«, sagte ich lahm, »und es war mir ein Anliegen, Ihnen mein Beileid auszusprechen. Von Ihrer Schwester weiß ich nichts.«

»Ich möchte Ihnen etwas sagen, das unter uns bleiben muss, ja?«, sagte er.

Mir wurde mulmig zumute. »Ja. Worum geht es denn?«

»Leonie ist eine mutige und kämpferische Frau. Sie hat vor einigen Jahren ein schlimmes Verbrechen hier in Hamburg aufgedeckt und mehrere Menschen mit ihrer Aussage belastet. Dank ihr ist der Ruf eines angesehenen Großindustriellen ruiniert, und er sitzt noch immer hinter Gittern. Leonie wurde in ein Zeugenschutzprogramm aufgenommen, und seitdem wissen wir nicht, wie es ihr geht. Einer derjenigen, die in das Geschehen damals verwickelt waren, Tymon Nowak, sitzt seit zwei Jahren im Gefängnis. Wir haben erfahren, dass er im Saarland gefangengenommen wurde, als er zwei Frauen entführen wollte. Wir wissen nur, was in der Presse bekannt wurde, und das ist nicht gerade viel. Ich habe versucht, den Spuren zu folgen, aber das war eine Sackgasse. Ich habe null Informationen bekommen. Null.«

*Sonst hätte er mich gefunden*, schoss es mir durch den Kopf. Immerhin, der Zeugenschutz funktionierte! Ob er bei seinen Nachforschungen mit Frank gesprochen hatte?

»Deshalb wissen wir nicht einmal, ob Leonie mit der Sache etwas zu tun hatte. Wir wissen nicht, ob sie in Deutschland ist.« Er zog heftig den Atem ein und ließ ihn etwas langsamer wieder heraus. In diesem Geräusch lagen der Schmerz, die Unsicherheit und die Angst um seine Schwester, und mir zerriss es fast das Herz. Wie gern hätte ich ihm gesagt, dass es seiner Schwester gut ging!

»Falls Sie ihr irgendwann irgendwo begegnet sind, bitte, Lucy, sagen Sie mir wenigstens, wie es ihr geht. Wir wissen nicht einmal, ob sie noch lebt!« Diesen letzten Satz presste er mit so schmerzverzerrter Stimme hervor, dass ich gar nicht anders konnte, als ihm wenigstens diese eine Bitte zu erfüllen.

»Hören Sie, Hector, ich weiß, dass es ihr gut geht. Aber mehr darf ich Ihnen wirklich nicht sagen, das wissen Sie!«

»Mein Gott, Sie haben sie gesehen? Wann war das?«

»Hector, ich werde keine Ihrer Fragen mehr beantworten. Nur so viel: Sie lebt nicht mehr in Deutschland. Mehr weiß ich nicht.«

Natürlich bestürmte er mich mit weiteren Fragen und gab alles, um mir mehr Infos zu entlocken, aber ich tat ihm den Gefallen nicht. Das alles belastete mich extrem, denn manche seiner Fragen waren vielleicht sogar unbedenklich. Ich meine, da Leonie-Malin ja nicht mehr hier war: Warum sollte ich ihm nicht erzählen, als wer und wie lang sie hier gelebt hatte, und dass sie in Lena und mir Freundinnen gefunden hatte? Aber ich blieb konsequent, endlich mal. Ich fühlte mich erwachsen, allerdings fühlte es sich scheiße an. Mir war hundeelend, als ich das Gespräch schließlich beendete und ihn bat, keinen weiteren Kontakt mehr zu mir aufzunehmen. Ich erwähnte sogar meinen Lebensgefährten, der Kriminaloberkommissar war, und hoffte darauf, dass ihn das zurückhalten würde.

Bevor ich auflegte, sagt er noch mal die Worte »Geben Sie ihr bitte Bescheid«, obwohl ich ihm lang und breit erklärt hatte, dass ich nicht mit Leonie in Kontakt stand.

»Auf Wiederhören«, sagte ich also nur noch und drückte das Gespräch endlich weg.

# Kapitel 5: Trauerzeit

## Malin

**Piano di Sorrento im August 2015**

An diesem Augustmorgen konnte Malin sich kaum auf die Überarbeitung ihres Manuskripts konzentrieren, weil sie sich dauernd fragte, wie sicher sie in ihrem Zeugenschutzprogramm tatsächlich lebte und ob nicht längst Menschen auf ihrer Spur waren. Schuld daran war die Mail, die sie gestern von Lucy bekommen hatte. Gegensätzliche Emotionen fraßen an ihrem Nervenkostüm: Jetzt, da Lucy ihre Mails voller Freude und Liebe beantwortet hatte, wünschte sie sich noch mehr als zuvor, sie in echt zu sehen. Eine Welle der Zuneigung und Zärtlichkeit hatte die Sehnsucht nach der Freundin und deren Familie in ihr aufbrechen lassen, wodurch sie ihre eigene Familie noch stärker als zuvor vermisste.

Doch auch die überwunden geglaubte Angst griff mit frischer Kraft nach ihr, nachdem sie die Sätze über Tymon Nowaks Haftentlassung gelesen hatte. Malin hatte aus Sorge, dass ihre Spuren zurückverfolgt werden konnten, niemals die Worte »Tymon Nowak« in die Suchzeile ihres oder eines anderen PCs eingetippt. Deshalb hatte sie nichts davon erfahren, dass er freigesetzt werden sollte. Vermutlich hatte sie es unbewusst nicht wissen wollen. Trotzdem war es fair von Lucy, sie darauf hinzuweisen. Doch die Folge waren Albträume und das Gefühl, emotional zwei Jahre zurückgeworfen worden zu sein.

Obwohl sie an einem der schönsten Orte der Welt lebte und die Düfte, das besondere Licht und die Herzlichkeit der Menschen in Piano di Sorrento ihr das Leben leicht machen sollten, legte sich die altbekannte Schwere über sie. Malin wusste, sie musste jetzt kämpfen, damit sie zu der Stärke zurückfand, die sie im Lauf des letzten Jahres entwickelt hatte. Im Grunde hatte sich an ihrer Situation nichts geändert, das versuchte sie sich jedenfalls einzureden. Niemand wusste, wo sie lebte, *dass* sie lebte – außer einer Handvoll eingeweihter Polizisten und Lucy. Lucy würde ihren Aufenthalt niemals verraten.

Und selbst wenn Nowak je herausfinden sollte, wo sie war, wäre er einfach nur bescheuert, wenn er versuchen würde, Kontakt aufzunehmen, weil er dann postwendend wieder hinter Gittern wanderte. Das sagte sie sich, und die leise Stimme in ihrem Kopf, die »Ist das so?« zu flüstern schien, ignorierte sie.

Schließlich riss sie sich zusammen und zwang sich, wenigstens noch ein Kapitel des Manuskripts anhand der Anmerkungen ihres Lektors durchzugehen. So gelang es Malin am Ende, die Arbeit zu tun, die sie sich für diesen Tag zum Ziel gesetzt hatte. Es war fast vier Uhr nachmittags, und spätestens um fünf musste sie in der *Osteria* sein, da erhielt sie eine neue Mail. Ihr Herz machte einen ängstlichen Sprung, als sie ihr Mailprogramm öffnete und Post von Lucy fand.

Noch bevor sie über die Begrüßungsformel hinaus war, breitete sich ein schales Gefühl in ihr aus. Sie glaubte, ein feines Sirren zu hören, und ihr Gesichtsfeld engte sich ein, so als trüge sie Scheuklappen. Um den Bildschirm herum wurde alles dunkel, als sie die nächsten Sätze las.

*Es tut mir unsagbar leid, weil ich weiß, wie sehr du ihn liebst, aber ich muss dir leider mitteilen, dass dein Opa gestorben ist. Richard ist vor zwei Tagen friedlich eingeschlafen. Liebste Malin, ich würde dich gerne in die Arme nehmen und festhalten, weil ich mir kaum vorstellen kann, was diese Nachricht für dich bedeuten muss. Ich finde keine Worte für das, was du durchmachst. Der einzige Trost ist, dass der alte Herr keine schlimme Krankheit und keine Schmerzen hatte. Es war ein schneller Tod, der ihn nicht hat leiden lassen. Ich wünsche mir so sehr, dass dich das ein bisschen trösten kann!*
*Es wird bestimmt wieder besser werden, vielleicht wird sogar alles gut. Wichtiger als alles andere ist, dass du in Sicherheit bist. Die Trauerfeier und die Beisetzung finden nächsten Montag statt. Deine Familie wird dich sicherlich sehr vermissen, aber sie würde niemals riskieren wollen, dich in Gefahr zu bringen. Deshalb, bitte denke daran, dass – so schlimm das alles ist – dein Leben beschützt werden muss, und das geht nur, weil du weit weg bist und niemand es weiß.*

*Ich schicke dir all meine guten Wünsche, und wenn es dir irgendwie hilft: Ich werde Kerzen für dich und für deinen Opa anzünden. Mich hat diese Nachricht ebenfalls sehr bestürzt, und es kommt mir vor, als ob sich gerade viele unschöne Dinge übereinander häuften. Aber trotz allem, lass dich nicht unterkriegen! Und vielleicht habe ich dennoch bald eine Nachricht für dich, die dich erfreuen und trösten wird.*

*In tief empfundenem Mitleid,*
*deine Freundin*

Mit zitternden Fingern klappte Malin den Laptop zu. Es überraschte sie nicht, als sie einen Moment später bemerkte, dass von ihren Wangen Tränen auf ihr Dekolletee tropften, um dann im Stoff ihres Tanktops zu versickern. Opa Richard war gestorben, der liebe alte Mann, der sie mehr als alles andere geliebt hatte. Sie war sich sicher, dass er von seiner Enkelin zutiefst enttäuscht gewesen war, weil sie sich nie wieder hatte bei ihm blicken lassen. Zwar war er von ihrer Familie derjenige, der noch am ehesten wusste und verstand, was sie tat, und er hatte zumindest geahnt, welche Rolle sie in dem Fall damals gespielt hatte, der sie gezwungen hatte, von der Bildfläche zu verschwinden. Aber sie hatte keine Gelegenheit bekommen, sich von ihrer Familie zu verabschieden. Es hieß, das geschehe nicht nur zu ihrem eigenen Schutz, sondern auch zu dem ihrer Leute, was sie eingesehen hatte.

Irgendwo tief im Innern hatte aber die Überzeugung gelebt, dass sie ihre Lieben einst wiedertreffen würde. Diese Überzeugung zerschlug sich gerade. Den Menschen, der ihr Leben vielleicht am stärksten geprägt hatte, würde sie nie mehr wiedersehen. Und woher sollte sie die Zuversicht nehmen, dass sie dem Rest ihrer Familie wiederbegegnen würde? Nicht zum ersten Mal fragte sie sich, wie lange sie in dieser Scheinexistenz würde verharren müssen. Wie lange würden die Behörden ihre Identität überhaupt schützen? Wie lange musste sie warten, bis Gras über die Sache gewachsen war? Zwanzig Jahre? Fünfundzwanzig? War das auch nur ansatzweise sinnvoll? Wäre es nicht klüger, einfach zurückzugehen und der Gefahr ins Gesicht zu blicken? Doch an dieser Stelle hängten ihre Gedanken sich auf, wie immer. Sicherlich war sie gut beraten, vorerst das Programm weiter durchzuziehen. Ihr war klar, dass sie in ihrer jetzigen Verfassung keinen sinnvollen Entschluss würde fassen können.

Malin fuhr zusammen, als plötzlich ein dumpfes Geräusch die Stille zerriss. Ihr Smartphone vibrierte rhythmisch und zeigte ihr an, dass Alessio anrief. Sie sprang auf, wischte sich das Gesicht mit beiden Händen ab und ging ran.

»Alessio, *scusa*, ich bin noch nicht fertig.«

»Wo bleibst du denn? Ich brauche dich hier. Wir besprechen die Hochzeitsfeier für Sonntag. Und gleich müssen wir den großen Saal für eine Geburtstagsfeier vorbereiten. Wir bekommen dreißig Gäste! Wann kommst du?«

Die Hochzeit am Sonntag und heute Abend ein offensichtlich kurzfristig angekündigter Geburtstag! Damit zerschlug sich Malins erster Gedanke, sich freizunehmen. Wie sollte sie das begründen? Migräne? Für eine Sekunde rang sie mit sich, ob sie es dennoch tun sollte, dann stellte sie sich vor, wie sie den Rest des Tages hier sitzen würde, allein und zum Grübeln verurteilt, und sie traf ihre Entscheidung.

»Ich bin in fünf Minuten da«, versprach sie.

\*\*\*

Zwanzig Minuten später lief sie quer über die Piazza Cota und schlüpfte durch die offen stehende Glastür in die *Osteria*. *Zia* Marina war hinter dem Tresen damit beschäftigt, die Auslagen aufzufüllen, und der Geruch nach Schinken, Olivenöl und Büffelmozzarella, der sich mit den Zitrus-, Karamell- und Vanilletönen der Nachspeisen vermischte, drang in Malins Körper ein und schien dort eine tröstende Wirkung zu entfalten. Sie fühlte sich etwas besser und erkannte erstaunt, dass es wie ein Heimkommen war. Marina reichte ihr ihre Schürze über den Tresen, und sie band sie sich rasch um.

Alessio, der mit Olivia, den anderen Kellnern und zwei Köchen, von denen Malin nur einen kannte, zusammenstand, sah auf, stutzte kurz, dann winkte er sie zu sich. Mit intensivem Blick sah er ihr in die Augen, und wie bei anderen Gelegenheiten hatte Malin das Gefühl, dass er sofort wahrnahm, wie es ihr ging. Sollte er wegen ihrer Verspätung sauer gewesen sein, so ließ er sich nichts anmerken.

»Wir besprechen noch mal das Hochzeitsmenü und welche Aufgaben jeder hat. Ist bei dir alles klar?«

Malin nickte und zog die Nase hoch. Ihre Augen brannten, und wer sie gut kannte, würde sehen, dass sie geweint hatte, aber ihre Wangen blieben trocken. Alessio legte ihr kurz den Arm um die Schultern, es war eine angenehme und tröstliche Geste, dann sprach er weiter. »Du arbeitest heute auf der Terrasse, Olivia kann den Geburtstag und das Speisezimmer abdecken.«

Olivia, die Malin ebenfalls genau betrachtet hatte, nickte. »Das wird das Beste sein«, sagte sie, und Malin war klar, dass sie ihr damit einen Gefallen tat, denn die Terrasse zu servieren würde der einfachere Teil sein. Sie dankte ihr mit einem Lächeln, dann konzentrierte sie sich auf die Besprechung und machte Notizen auf das Blöckchen, das sie immer in ihrer Bistroschürze mit sich trug. Es würde eine typisch italienische, ausufernde Hochzeit werden, und laut Alessio war der Brautvater ein Mann von hohem Einfluss, der unter allen Umständen und in jeder Hinsicht zufriedenzustellen war. Essen, Getränke, aber auch die Ausstattung für diese Feier – alles musste vom Feinsten sein und wie am Schnürchen laufen. Das Personal hatte sogar Servieruniformen für den großen Tag bekommen, auf denen unter einem süßen Braut- und Bräutigammotiv die Namen der beiden eingestickt worden waren.

Ja, dachte Malin, wahrscheinlich würde es ihr guttun, sich am Tag vor Opas Beerdigung mit dieser Feier ablenken zu können. Dann schaltete sie den mentalen Autopiloten ein, der ihr auch in ihrer Zeit als Ilina Kowalska manchmal geholfen hatte, wenn die Trauer um ihr verlorenes eigentliches Leben zu groß wurde.

Der Autopilot übernahm zuverlässig die Führung, und keiner der Gäste der *Osteria Russo* bemerkte an diesem Freitagabend, dass die sympathische rothaarige Schwedin mit dem netten Akzent gerade eine Hiobsbotschaft verarbeitete – eigentlich sogar zwei, denn das

kleine Monster Angst, das bei den Worten »Tymon Nowak« tief in ihrem Innern wieder zu wachsen begonnen hatte, ließ sich nicht besänftigen. Und doch gelang
es ihr, die übliche Routine durchzuziehen. Sie gab sich
gut gelaunt und aufmerksam, empfahl Gerichte und
Desserts, antwortete auf Flirtversuche mit einem herzlichen, aber unverbindlichen Lächeln und spürte, dass
es die beste Entscheidung gewesen war, die Arbeit nicht
aufzuschieben. Sie gab ihr Halt.

Etwas später am Abend kreuzte Ben auf, und sie
freute sich, ihn zu sehen. Er setzte sich draußen unter
das Dach, ließ sich sein Bier bringen und wartete darauf, dass es ruhiger werden würde und Malin sich zu
ihm gesellen konnte. Nach einer Weile summte Malins
Handy, und sie sah, dass Riccardo ihr eine Nachricht
geschickt hatte.

*Kann ich dich sehen?*

Sie tippte ihre Antwort ein:

*Klar. Ich bin noch im Dienst. Kommst du her?*

*Bin in einer halben Stunde da. Freu mich.*

*Dito!*

Riccardo war vermutlich gestresst, weil in zwei Tagen
seine *Gelateria* eröffnen würde. Wahrscheinlich hatte
er von den frühen Morgenstunden bis jetzt durchgear-
beitet. Mit einem tiefen Atemzug machte Malin sich
klar, dass sie nicht die Einzige war, die in ihrem Leben

Herausforderungen zu meistern hatte. Sie bemerkte, dass sie sich auf Riccardo freute. Die Nähe ihrer Freunde tat ihr gut.

Als nur noch wenige Gäste da waren, die allesamt ein Getränk vor sich stehen hatten, gesellte Malin sich zu Ben.

»Wie laufen die Geschäfte in Pompeji?« Sie ließ sich auf einen der freien Stühle an seinem Tisch fallen und trank einen großen Schluck aus dem Wasserglas, das sie sich mitgebracht hatte.

»Perfekt. Sogar die Italiener lassen sich bereitwillig von mir führen. Sie mögen anscheinend meinen deutschen Akzent.« Er zwinkerte ihr zu.

»Du meinst wohl die Italiener*innen*. Kein Wunder, wer könnte dich nicht mögen?«

Ben deutete einen Luftkuss an. Seine Sonnenbrille hatte er in die Haare geschoben, sodass Malin den Streifen auf seiner Nase erkennen konnte. Die Augen leuchteten hell in seinem stark gebräunten Gesicht. Er sah aus wie ein Beachboy. Kein Zweifel, die Italienerinnen flogen auf ihn. Er lächelte sie voller Zuneigung an und sprach davon, dass auf dem Gelände der Ausgrabungen ein Teil abgesperrt sei. Ein paar der ausgegrabenen Wohnhäuser waren derzeit für Touristen nicht begehbar, weil Archäologen dort Untersuchungen durchführten.

Malin beamte sich weg an den Tag, an dem Ben ihr Pompeji gezeigt und dann später, am Strand von Sorrent, für sie gesungen hatte. Es war eine laue Sommernacht wie diese gewesen, und sie hatte sich unfassbar wohlgefühlt in seiner Gegenwart. Sie war überglücklich, dass er noch immer ihr guter Freund war, obwohl sie ihn damals nach der kurzen, intensiven Zeit, in der sie ein Paar gewesen waren, zurückgewiesen hatte. Voller Zärtlichkeit beobachtete sie, wie er beim Sprechen gestikulierte, wie sein schönes Gesicht durch die Beleuchtung auf den Tischen einen warmen, goldenen Schimmer bekam.

Unvermittelt schnippte er mit dem Finger vor ihren Augen und holte sie aus ihrer Träumerei. »*Ground control to Major* Malin! *Do you hear me?*«

Sie schüttelte sich kurz, dann lachte sie auf. Wie wohltuend, dass sie lachen konnte in all der Trauer, die in ihr wühlte! »Entschuldige, ich hatte gerade Erinnerungen an den letzten Sommer im Kopf. Wir hatten eine schöne Zeit.«

Ben legte die Hand auf ihre, sie ließ es geschehen.

»Ja, die hatten wir. Die haben wir noch, Malin.« Seine Stimme war ein winziges bisschen rau geworden, und er blickte sie unverwandt an.

Sie seufzte. »Ja, Ben, die meiste Zeit schon.«

»Was ist denn los? Du wirkst traurig.« Er schob seinen Stuhl näher zu ihrem und legte den Arm um ihre Schultern. Unwillkürlich schmiegte sie sich an ihn. Sie kannte seinen Geruch so gut!

»Es ist jemand gestorben ...« Sie unterbrach sich. Das durfte sie nicht!

»Oh, jemand aus deiner Familie?«

Malin rief sich zur Vernunft. »Nein, also, kein Mensch. Mein Hund. Mein Hund ist gestorben.« Innerlich leistete sie ihrem Opa Abbitte.

»Ich wusste nicht, dass du einen Hund hattest. Wo denn, in Schweden oder in Deutschland?«

»Äh, in Deutschland. Ich musste ihn zurücklassen, und eine Studienkollegin hat ihn von mir übernommen. Es war ein Golden Retriever. Max.«

»Verstehe.« Ben legte den Kopf an ihr Haar und bewegte seine Hand an ihrem Oberarm auf und ab, dann schwieg er.

Malin hatte das Gefühl, innerlich taub zu sein, und seine Berührung gab ihr wenigstens ein bisschen Wärme. Sie hörte kaum, wie sich Schritte näherten.

»Kaum lässt man dich eine Sekunde Pause machen, schon bändelt der unverschämte Deutsche mit dir an!« Alessio feixte, stellte zwei Flaschen Bier auf dem Tisch ab, eines vor Malin, eines für sich, und ließ sich auf einem Stuhl nieder.

»Danke«, murmelte sie und setzte sich wieder aufrecht hin. »Heißt das, ich kann für heute Schluss machen? Es ist noch früh ...?«

»Ja, das heißt es. Olivia hat drinnen alles im Griff, ich werde hier den Rest erledigen und später wieder zur Feier stoßen. Und la *Zia* ist ja auch noch da. Wir alle haben bemerkt, dass dich etwas bedrückt. Was ist es?« Er füllte ihr leeres Wasserglas mit Bier, stieß dann mit seiner Flasche gegen ihr Glas. »*Salute*!«

Beide nahmen einen Schluck.

»Ihr Hund ist gestorben«, erklärte Ben.

»Du hast einen Hund? Den habe ich nie gesehen.«

»Nicht hier. Ich hatte in Deutschland einen und musste ihn, als ich nach Italien ging, bei meiner ehemaligen Kommilitonin zurücklassen. Sie hat mir heute geschrieben, dass er in die ewigen Jagdgründe eingegangen ist.«

»Ah, *poveraccia*. Ein Hund kann wie ein Familienmitglied sein, das weiß ich.« Auch Alessio legte seine Hand auf ihre und streichelte sie sacht.

Malin sog tief die Luft ein, weil sie erneut das Gesicht ihres Opas vor ihrem inneren Auge sah. Ohne dass sie es verhindern konnte, löste sich eine Träne aus ihrem Augenwinkel. Alessio hob die Hand und wischte sie ihr sanft weg.

»Danke, es ist lieb von euch, dass ihr mich tröstet.«

Ben schob erneut seinen Arm um ihre Schultern, doch sie blieb aufrecht sitzen. Trotzdem tat seine Fürsorge ihr gut.

Als sie das Geräusch eines Zweitaktmotors hörte, blickte sie zur Straße hinauf. Soeben bog Riccardo auf die Piazza ein, fuhr auf die *Osteria* zu und stellte seine Vespa vor dem Lokal ab.

»Der schon wieder«, murmelte Ben an Malins Ohr. »Muss der nicht seine *Gelateria* fertigkriegen?«

Malin bewegte ihre Schultern so, dass Bens Arm hinunterrutschte, und lächelte Riccardo entgegen. »Er hat mir getextet, dass er kommt. Ich freue mich, ihn zu sehen.«

Riccardo winkte ihnen zu, ging nach drinnen und kam kurz darauf mit einem Bier in der Hand an den Tisch. Er begrüßte Malin mit einem Wangenkuss und setzte sich auf den Platz ihr gegenüber.

Nachdem sie alle angestoßen hatten, sagte er: »Da sitzen wir wieder.« Er wirkte müde. Malin wurde klar, dass er wahrscheinlich mit ihr allein sprechen wollte. Sicherlich legte er keinen gesteigerten Wert darauf, dass Ben und erst recht Alessio ihn wegen seiner *Gelateria* ausquetschten.

»Ich wollte gleich gehen«, sagte sie also.

»Aber wieso denn?«, protestierte Ben.

»Lass sie«, sagte Alessio, worauf Ben die Stirn runzelte, dann jedoch nickte.

»Ist etwas passiert?« Riccardo musterte Malins Gesicht, sodass sie den Eindruck hatte, dass er die Spuren ihrer Tränen sehen konnte. »Du siehst mitgenommen aus.« Erstaunlich, dass alle drei Freunde ihr ansahen, wie es ihr ging. Selbst Olivia hatte sie in einem ruhigen Moment etwas früher am Abend in die Arme gezogen und leise auf sie eingeredet. »Lass dich knuddeln, du Liebe! Das Leben hat manchmal einfach zu viele Zitronen für uns, und dann wird es sauer. *Vero*?« Doch sie hatte nicht gefragt, weshalb Malin betrübt war, was sie ihr hoch angerechnet hatte. Vermutlich spürte Olivia das Zittern, das ihre Worte auslösten, und ahnte, wie sehr Malin um Fassung rang. *Zia* Marina hatte Malin heute jedes einzelne Mal, wenn sie ihr einen Teller mit einem Gericht aus der Theke entgegenhielt, mit einem liebevollen Kosenamen bedacht, wie eine Mutter. Ja, sie hatte hier wirklich besondere Freunde gefunden.

Diese Gedanken rührten Malin, sodass sie tief einatmete, um nicht nochmals in Tränen auszubrechen. Dann lächelte sie Riccardo an. »Mein Hund ist gestorben, und das hat mich mehr geschockt, als ich erwartet hätte, weil ich ihn seit drei Jahren nicht mehr gesehen habe.«

»Das verstehe ich«, erklärte Riccardo und hielt ihr sein Glas zum Anstoßen hin. »Auf deinen Hund.«

*Oh Gott*, dachte Malin, *wenn sie wüssten, an wen ich wirklich denken muss!* Sie stieß mit allen dreien an. »Auf

Max«, murmelte sie. *Opa, verzeih mir*, bat sie in Gedanken, während sie das Glas leerte.

Anschließend gelang es ihr nicht, sich auf das Gespräch der Freunde einzulassen. Nur am Rande bekam sie mit, dass es wieder einmal um die *Gelateria* ging. Alessio ließ Worte wie »keiner von uns«, »unglaublich« und »sei vorsichtig« fallen. Doch Malins Gedanken kreisten immer intensiver um Opa Richard – und um den, an den sie am allerwenigsten denken mochte, Tymon Nowak. Sie würde irgendwie herausfinden müssen, wo der Clubbetreiber nach seiner Entlassung hingegangen war, und ob er unter Beobachtung stand. Das würde sie zumindest ein bisschen beruhigen, hoffte sie.

»Malin?«, drang endlich wieder der Klang einer Stimme zu ihr durch. Riccardo hatte nach ihrer Hand gegriffen und drückte sie sacht. »Soll ich dich nach Hause bringen? Du siehst aus, als würdest du jeden Moment vom Stuhl rutschen.«

»Ich kann sie begleiten«, bot Ben sich an. »Du musst doch zurück nach Neapel.«

»Sehr großzügig, aber danke. Ich muss noch etwas mit Malin besprechen. Unter vier Augen.«

»Ja, lass uns fahren.« Malin stand auf. Sie fühlte sich wie betäubt, sagte schlicht »*A domani*« zu Alessio und winkte Ben mit einem »*Ciao*« zu, dann ließ sie sich von Riccardo zu seiner Vespa führen und zog willenlos den Helm auf, den er ihr reichte, bevor sie hinter ihm auf den Roller stieg. Als er sie wenige Minuten später fragte, ob er mit ihr hinaufkommen könne, sah sie ihn nur unverwandt an. Ein Rest der Malin, die jederzeit auf der Hut war, war noch wach in ihr.

»Ich habe dir versprochen, dass ich dich zu nichts drängen werde, darauf kannst du dich verlassen.«

Sie nickte, drehte sich zur Tür um und schloss auf, dann gab sie ihm ein Zeichen, ihr hinauf zu folgen. Es war das erste Mal, dass ein Mann ihre kleine Wohnung betrat. Ben und sie hatten sich nur in dessen WG-Bude getroffen.

»Ich vertraue darauf, dass du Wort hältst, Rick. Ich, mir geht es nicht gut, und ich möchte nicht, dass du das ausnutzt.«

»Was denkst du denn von mir?« Sein Blick wirkte wie der eines geprügelten Hundes, als er sie betrachtete. »Traust du mir ernsthaft zu, dass ich die Situation ausnutzen würde?«

»Nicht wirklich, bitte entschuldige. Setz dich auf die Couch. Möchtest du etwas trinken?«

»Ja, ein Glas Wasser.«

Sie holte die Karaffe mit Wasser aus dem Kühlschrank, dazu zwei Gläser, und stellte beides vor ihm ab. »Ich verschwinde kurz im Bad. Meine Kleider stinken von der Arbeit. Bin in fünf Minuten wieder da.«

In ihrem kleinen Badezimmer wusch sie sich Gesicht und Hände, dann schlüpfte sie aus den Arbeitsklamotten und zog die Bermudas und das T-Shirt an, die noch von gestern da lagen. Ihre Augen brannten, als hätte sie sich Sand hineingerieben, also ging sie nahe zum Spiegel, um sie genauer zu betrachten. Die Lidränder waren gerötet, im Weiß der Augäpfel zeigten sich Blutäderchen. Zunächst versuchte sie, sich mit den Augentropfen Linderung zu verschaffen, die sie sich zu den gefärbten Kontaktlinsen zugelegt hatte, doch schließlich nahm sie die Linsen mit einem Seufzen heraus und setzte stattdessen ihre leicht getönte Brille auf. Das würde genügen.

»Was hast du denn auf dem Herzen?«, fragte sie Riccardo, als sie sich ihm gegenüber auf den Sessel setzte.

»Du trägst Brille?«, fragte er überrascht. »Steht dir.«

»Danke.«

»Es ist nicht so wichtig, aber es hat mich heute den ganzen Tag beschäftigt. Meine Mutter macht sich große Sorgen um mich.«

Beinahe hätte Malin bitter aufgelacht und »Meine auch« geantwortet, doch sie riss sich zusammen. Welches Recht hatte sie, über eine Mutter zu urteilen, die sich um ihren Sohn sorgte? Sie konnte nicht neidisch auf ein ganz normales Leben sein. »Warum, was macht ihr Sorgen?«, hakte sie nach, als Riccardo nicht weitersprach.

»Sie hat mich die letzten Tage jeden Abend angerufen und mir in den Ohren gelegen, dass ich aufpassen müsse, und dass ich niemanden vor den Kopf stoßen solle, bla bla bla.«

»Geht es um die Camorra? Solche Andeutungen hat Alessio ja auch gemacht. Deine Mutter ist Italienerin, oder irre ich mich?«

»Halbitalienerin. Ihr Vater stammte aus dieser Region, ist aber schon als Teenager nach Deutschland gegangen, wo er eine deutsche Frau geheiratet hat, meine Oma. Sie haben gemeinsam eine nette Imbissbude gehabt, die sehr gut lief, aber unter dem wohlklingenden deutschen Namen ›Inge‹. Mein Opa ist da als Schwiegersohn einfach mit eingestiegen.«

»Verstehe, das heißt, da gab es keinen Stress mit Schutzzahlungen oder solchen Dingen?«

»Genau, den gab es tatsächlich nicht. Meine Mutter hat sich dann in meinen Vater verliebt, der, wie du weißt, aus einer Familie von *Gelatai* stammt.«

Malin konnte den Stolz in Riccardos Stimme hören, als er ihr erzählte, wie sein Vater bereits in dritter Generation ein eigenes *Eiscafé Basile* im Saarland eröffnet hatte, dann ein zweites.

»Es liegt uns einfach im Blut, verstehst du? Wir alle lieben es, neue Eissorten zu kreieren. Du wirst das Eis, das ich nach dir benannt habe, mögen, da bin ich mir sicher.« Seine Augen leuchteten.

Malin lächelte. »Das glaube ich dir sofort. Ich bin total gespannt. Und warum denkt deine Mutter, dass du dich vor der Camorra in Acht nehmen sollst?« Sie schob die Brille nach oben und rieb ihre Augen, dann ließ sie den Blick zum Fenster wandern. Sie hatte es geöffnet, um die Nachtluft hereinzulassen, die den süßen Duft von Zitronenbäumen, Pinien und Olivenbäumen hereinwehte. In ihrem Wohnzimmer brannte kein Licht außer einer Zitronellakerze. Der sternenklare Himmel schwebte wie ein seidiges Tuch über dem Ort. Sie wusste, wenn sie zum Fenster gehen würde, sähe sie weit unten das Licht der Sterne auf dem Meer tanzen.

»Ich meine«, fuhr sie fort, »es ist ja bekannt, dass die Camorra in Deutschland ihre Strippen zieht. Ich habe mal gehört, wie ein Betreiber eines Eiscafés sich mit jemandem am Telefon unterhielt. Er sprach Italienisch, und vermutlich dachte er, dass ihn niemand verstehen würde. Es war außer mir nur noch ein weiterer Kunde im Raum. Ich erinnere mich eins zu eins an die Worte ›*Ma, cosa pensava? Pagano loro, pago io …*‹ Dann erst unterbrach er sich, weil ihm klar wurde, dass er nicht allein war. Ich tat so, als hätte ich nichts verstanden. Aber ich habe keine Sekunde daran gezweifelt, dass ›Die bezahlen, und ich bezahle auch‹ sich auf Schutzgelder bezog.« Sie sah zu Riccardo.

Er betrachtete seine Finger, die er unaufhörlich knetete, und schnalzte mit der Zunge. »Ja. Eben deshalb. Meine Mutter macht sich ins Hemd. Meine Eltern haben das Thema immer von mir ferngehalten, ich kann also nicht sicher behaupten, ob es wahr ist, dass sie zahlen. Ich habe sie auch nie gefragt. Aber hier habe ich bisher keine Stolpersteine in den Weg gelegt bekommen. Auf der Behörde musste ich zwar lang und breit erklären, wie ich mein Geschäft plane, aber dann habe ich die Genehmigungen relativ problemlos erhalten. Auch die für den Eiswagen.«

»Dann ist alles gut. Ich glaube, dass es laufen wird. Die lassen dich bestimmt unbehelligt.«

»Danke, dass du das sagst, Malin. Das tut mir gut. Ich bin froh, dass ich dich hier getroffen habe. Ben auch, obwohl er ganz schön eifersüchtig ist.«

Malin lachte. »Seine Worte darfst du nicht auf die Goldwaage legen, er ist einfach ein guter Freund. Genau wie Alessio übrigens. Er macht zwar oft solche Andeutungen und scheint dir deine Geschäftsgründung zu neiden, aber ich bin mir sicher, dass er dir hilft, wenn du ihn brauchst. So habe ich ihn jedenfalls kennengelernt. Nach außen markiert er den *Papagallo*, aber innen ist er ein feiner Kerl.«

»Hm, es fällt mir schwer, das zu glauben, aber du kennst ihn länger als ich.« Riccardo trank sein Glas aus, rieb mit den Händen über seine Oberschenkel, dann stand er auf. »So, ich werde dann wieder nach Hause rollern. Danke, dass du mir zugehört hast. Schade, dass du am Sonntag nicht zur Eröffnung kommen kannst!«

Malin erhob sich ebenfalls und ging um den Couchtisch herum. Als sie vor Riccardo stand, lächelte sie zu ihm hoch. »Das würde ich einfach nicht schaffen, sei nicht traurig.«

Er beugte sich näher zu ihr, und eine Sekunde dachte sie, er wolle sie küssen, dann runzelte er die Stirn und kam noch etwas dichter heran. Eine heiße Welle lief über ihr Gesicht, und rasch griff sie nach der Brille, die noch auf ihrem Kopf saß. Doch er hielt ihre Finger mitten in der Bewegung fest und drehte mit seiner freien Hand ihr Gesicht zum Licht der Kerze.

»Sag mal, was ist denn mit deinen Augen? Die sehen blau aus!«

»Ach was, das liegt am Kerzenlicht«, wiegelte sie ab. »Warum sollte ich dich denn über meine Augenfarbe täuschen?« Noch während sie die letzten Worte aussprach, merkte sie, dass sie sich damit eher verdächtig machte. Es wäre viel klüger gewesen, es als modischen Tick zu verkaufen.

Riccardo sah sie einen unendlich scheinenden Moment lang an, runzelte die Stirn und sagte mit eigenartig gepresster Stimme: »Malin, wer bist du wirklich?«

»Wie bitte? Du weißt, wer ich bin.«

»Ich hatte schon einige Male das Gefühl, dass ich etwas an dir nicht verstehe, aber dann habe ich es immer abgetan, weil ich dich sehr mag.« Er betrachtete weiterhin ihre Augen. »Es ist unangenehm, den ganzen Tag farbige Kontaktlinsen zu tragen, das weiß ich. Das macht man mal für ein, zwei Stunden.«

»Rick, wirklich, du hast meine Augen einfach noch nie genau betrachtet.«

»Oh doch, Malin, und wie! Ich könnte sie im Schlaf aufzeichnen, so genau habe ich sie mir betrachtet. Und sie waren definitiv nicht blau. Wer bist du?«

Malin seufzte. Ihre Versuche, die Sache herunterzuspielen, hatten genau das Gegenteil bewirkt. Sie reckte das Kinn vor. »Weißt du, ich habe momentan wirklich einiges, was mir das Leben schwermacht. Das hier kann ich jetzt nicht brauchen. Sei so lieb und geh.«

»Ich weiß im Grunde nichts über dich. Wieso gibt es keine Verwandten, mit denen du Kontakt hast? Du erzählst nichts aus deiner Kindheit. Warum nicht?«

Malin erwiderte seinen Blick, ohne auf seine Fragen zu antworten. Sie sah ihm an, wie seine Verärgerung wuchs, aber was hätte sie denn tun sollen?

»Ich dachte, wir vertrauen einander.« Der Vorwurf in seiner Stimme war nicht zu überhören, aber sie spürte noch deutlicher heraus, dass er sich verletzt fühlte.

»Aber das ist auch so«, sagte sie, um ihn abermals zu beschwichtigen.

»Dann sag mir, wer du wirklich bist.«

»Ich bin Malin Holm, einunddreißig Jahre alt, geboren in Malmö, aufgewachsen in Bremerhaven, habe in Hamburg studiert und stehe seitdem auf eigenen Beinen ...« Erst als Riccardo mit der Hand durch die Luft fuhr, wurde ihr bewusst, in welchem Ton sie diese Infos abspulte, die sie für ihr jetziges Leben auswendig gelernt hatte.

»Das weiß ich alles. Hörst du dir manchmal selbst zu? Ich würde glatt behaupten, dass du mir Wort für Wort dasselbe erzählt hast wie an dem Tag, an dem wir uns kennengelernt haben. Mich hat damals schon etwas daran gestört, aber da wusste ich noch nicht, was. Wahrscheinlich war ich von deinen roten Haaren und den grünen Augen einfach total geflasht. Ach warte, deine Augen sind ja nicht grün. Welche Haarfarbe hast du in echt?« Er griff nach einer Strähne ihres Haars und ließ es durch seine Finger gleiten. »Färbst du sie eigentlich?«

Sie nickte. »Ja, sie sind blond. Willst du mich anzeigen, weil ich meine Haare färbe? Nee, oder?«

»Bestimmt nicht. Aber ich frage mich wirklich, was du mir sonst noch verheimlichst. Ich möchte eine Antwort: Was ist mit Malin Holm falsch?«

»Nichts. Bitte geh, ich muss schlafen. Ich habe zwei stressige Arbeitstage vor mir.«

»Und du hast mir letzte Woche was von Vertrauen erzählt. Ich verstehe unter Freundschaft etwas anderes. Wenn du die Malin bist, für die du dich ausgibst, sag mir jetzt bitte, was wirklich geschehen ist, das dich derartig aus der Fassung gebracht hat. Die Sache mit dem Hund kaufe ich dir nämlich nicht ab.«

»Das stimmt, es war etwas Schlimmeres, aber ich kann es dir nicht erzählen.«

»Vertraust du mir so wenig? Ist unsere Beziehung dir so wenig wert?«

Sie lachte bitter auf. »Rick, wir haben keine Beziehung, schon vergessen? Wieso forderst du Vertrauen ein, wenn du mir selbst so wenig davon gibst? Ich erwarte von dir, dass du diese Fragen auf sich beruhen lässt. Ich bin Malin Holm und habe grüne Augen. Verstanden?« Den letzten Satz sagte sie, weil ihr aufging, dass es gefährlich werden konnte, wenn er den Freunden gegenüber erwähnte, dass sie mit ihrer Augenfarbe schummelte. Aber indem sie diese eindeutige Lüge aussprach, machte sie Riccardo doch nur umso deutlicher klar, dass er nicht auf sie zählen konnte. Innerlich wand sie sich. »Ich verlasse mich darauf, dass du dichthältst.«

»Ich soll dichthalten, aber du sagst mir nicht, weshalb. Sehe ich das richtig?«

»Ja. Ich bitte dich darum.«

Er richtete sich auf. Die Enttäuschung sprach aus seinem Blick. »Na gut, dann soll es so sein. Ich weiß jetzt, wohin ich gehöre. Jedenfalls nicht in das Leben von Malin Holm. Oder wie du heißen magst.« Er sah sie an, als wartete er darauf, dass sie endlich ihren wahren Namen preisgab, doch sie konnte nicht. Erst recht nicht, nachdem in ihrem Kopf das blanke Chaos herrschte, ausgelöst durch den Tod ihres Opas und all die anderen Dinge, die ihr Angst machten. Sie streckte die Hand aus, um seine zu greifen, er entzog sie ihr.

»Das ist für mich schon heftig, das gebe ich zu.« Er räusperte sich. »Mein Fehler. Nun gut. Ich denke, wir sollten uns für eine Weile nicht sehen. Ich muss das erst mal sortieren und herausfinden, wie ich damit klarkomme.«

»Riccardo, bitte, ich bin dieselbe Malin wie vor zwei Stunden.«

»Vor zwei Stunden hattest du grüne Augen und hast um einen Hund getrauert. Und jetzt willst du mir nicht sagen, für wen oder was dieser Hund steht oder weshalb du alle Welt mit der falschen Augen- und Haarfarbe täuschst. Nein, du bist nicht dieselbe.« Bei diesen

Worten sah er so verletzt aus, dass sie ihm am liebsten die Hand an die Wange gelegt hätte, doch sie traute sich nicht. Er sah sie an und schüttelte resigniert den Kopf. »Adieu.«

Sie beobachtete durch das Fenster, wie er kurz darauf mit seiner Vespa die Straße hinunterfuhr und an der Einmündung, an der jemand stand, anhielt, um ein Auto vorzulassen. Unvermittelt brachen die Tränen hervor, und ihre Sicht verschwamm, als sie sich abwandte.

# Kapitel 6: Albtraumzeit

## Lucy

**Saarlouis im August 2015**

Innerhalb kurzer Zeit hatte es sich zu einer Sucht entwickelt: Mein erster Blick an diesem Morgen galt meinem Smartphone, um zu sehen, ob Malin sich gemeldet hatte. Die letzte Nacht steckte mir noch in den Knochen. Ich hatte so schlecht geschlafen und war so oft aus dem Schlaf aufgeschreckt, dass ich am Ende ins Wohnzimmer auf die Couch umgezogen war. Mir war es lieber, Frank bekam seinen Schlaf, als dass wir beide wie Zombies herumliefen.

Obwohl Samstagmorgen war, hatte ich mich vor sieben Uhr von der Couch gequält und checkte gerade mein Smartphone, da hörte ich die Schlafzimmertür und kurz darauf Franks Schritte im Flur. Ich sah, dass ich tatsächlich sowohl eine Mail von Malin als auch eine von Hector bekommen hatte, doch da Frank bereits sehr nahe war, schaltete ich das Handy schnell wieder ab und legte es zur Seite.

»Hey«, begrüßte er mich mit verschlafenem Blick und verwuschelten Haaren. Wäre ich nicht so grundfertig mit den Nerven gewesen, hätte ich auf seine Stimme und seinen Anblick anders reagiert, aber so war ich einfach nur froh, dass er auf war, weil er mir mit den Zwillingen helfen konnte. Die schliefen noch, aber es konnte nicht mehr lange dauern, bis sie sich meldeten.

»Hey«, antwortete ich also und schmiegte mich in seine geöffneten Arme, als er bei mir war.

»Wann bist du denn aus dem Schlafzimmer ausgezogen? Das musst du nicht, Liebes.«

»Ich bin nicht mehr eingeschlafen und wollte dich nicht stören. Du hast eine harte Zeit hinter dir.«

Tatsächlich war es seit mehreren Wochen der erste Samstag, an dem er nicht arbeiten musste.

»Ich tröste dich aber gern, wenn du schlecht träumst, das weißt du.«

»Trotzdem. Ich hatte wieder Albträume, und außerdem belastet es mich, dass Richard Spreulhagen gestorben ist, Leonies Opa. Erfährt sie das überhaupt? Ich stelle es mir schrecklich vor.«

Frank zog den Kopf zurück und taxierte mich. »*Lucy?*«, sagte er langsam und betont.

Ich wurde natürlich rot, war klar.

»Hast du was ausgefressen?«

Pah! »Was zum Beispiel?« Wollte er hier den Moralapostel spielen, wo er doch derjenige war, der mir null und nichts über den Verbleib meiner Freundin verriet? Alles musste ich mir zusammenklauben. »Hast du mit Hector Spreulhagen gesprochen?«, fragte ich angriffslustig.

Er saugte scharf die Luft ein und setzte seinen Bullen-blick auf. Sollte er doch. »Wie kommst du auf Hector Spreulhagen?« Wenigstens fragte er nicht, wer das war.

»Na, er stand in der Todesanzeige von Richard Spreul-lhagen, was denkst du denn? Hast du mit Leonies Fami-lie gesprochen? Gibt es da eine Vorgehensweise, dass die Angehörigen von Leuten, die im Zeugenschutz le-ben, informiert werden, wenn etwas ist – und umge-kehrt?«

»Liebes, warum quälst du dich? Leonie ist zu ihrem ei-genen Schutz in diesem Programm. Sie wusste, worauf sie sich einlässt, und dieses Leben kam ihr sicherer vor als ihr altes in Hamburg, wo man sie leicht hätte finden können.«

»Schon, aber ...«

»Die Tatsache, dass du nichts weißt, zeigt, dass das Programm funktioniert. Damit habe ich deine Frage beantwortet, denke ich. Nein, ich habe nicht mit Hector Spreulhagen gesprochen.« Er atmete ein, als wollte er noch etwas sagen, schwieg dann jedoch. Es ärgerte mich, weil ich ihm nach all diesen Jahren noch immer nicht ansehen konnte, ob er mich anlog. Gehörte ein Pokerface zur polizeilichen Ausbildung?

Er zog mich fester in seine Arme. »Lucy, ich habe nachgedacht, und ich glaube, mir ist ein guter Gedanke gekommen.«

»Was für ein Gedanke?«

»Du hast dich zwei Jahre lang rund um die Uhr um die Mädchen gekümmert und noch dazu dein Geschäft mit Lena durchgezogen.«

Meine Kehle wurde eng, und ich wusste nicht genau, weshalb. Das musste wohl eine Art Rührung sein. Oder vielleicht schlichtes Selbstmitleid? Jetzt, wo er es sagte, sah ich nämlich schlagartig, wie viel ich geleistet hatte, und fühlte mich genauso schlagartig völlig fertig. O je, kündigte sich so ein Nervenzusammenbruch an?

»Mami?«, hörte ich einen der Zwillinge rufen.

Frank drückte mich noch etwas fester an sich, und ich genoss die Nähe und seinen bettwarmen Körper umso intensiver, weil wir beide wussten, dass der Moment gleich vorbei wäre.

»Vergiss deine Rede nicht«, sagte ich also, als bereits die zweite Zwillingsstimme erklang.

»Papa?«

»Hier sind wir«, antwortete ich, und da hörte ich das Tapsen der Kinderfüßchen auf dem Laminatboden im Flur. Schon flog die Tür wieder auf, die Frank beim Hereinkommen mit der Schulter zugestoßen hatte. Frank und ich lösten uns voneinander, und beide gingen wir ein bisschen in die Knie, um unser jeweiliges Bündel Kleinkind aufzufangen. Illi landete in meinen Armen, Leo in denen von Frank. Im Augenwinkel konnte ich sehen, dass Frank genauso wie ich seine Nase im rotgelockten Kleinkindhaar versenkte, um diesen unfassbaren, einzigartigen Duft einzusaugen. Und sofort fühlte sich die Welt wieder besser an. Wir knuddelten unsere Kinder.

»Was wollt ihr heute unternehmen?«, fragte Frank. »Ich habe frei.«

»In den Zoo«, jubelten die beiden sofort.

Frank sah mich fragend an, und ich nickte. »Gern. Wir waren lange nicht mehr im Zoo. Mal sehen, wo es Nachwuchs gegeben hat?«

»Au ja!«

»Dann lasst uns schnell machen und den Tag nutzen. Ab ins Bad mit uns.« Frank verschwand mit den beiden, während ich mich um das Frühstück kümmerte.

Als wir eine halbe Stunde später am Tisch saßen, vibrierte mein Handy, doch ich ignorierte es. Die Nachrichten von Malin und Hector hatte ich natürlich noch nicht lesen können.

»Das ist das Telefon«, sagte Frank, als das Vibrieren nicht aufhörte.

»Ich weiß, aber wir sind beim Frühstück. Bei mir kann es ja nichts Dienstliches sein.«

Frank zog anerkennend die Augenbrauen hoch. »Na gut. Seid ihr fertig mit Essen?«, fragte er die Mädchen, die begeistert nickend von ihren Stühlchen krabbelten und ihr Geschirr in die Küche trugen.

Wir räumten gerade die Spülmaschine ein, da klingelte Franks Handy. »O nein«, murmelte er.

»Musst du rangehen?«

Er schaute auf die Nummer auf dem Display. »Es ist Tina. Sie würde mich nicht anrufen, wenn es nicht wichtig wäre.«

Er nahm den Anruf entgegen. »Mhm. Okay. Ich bin in zwanzig Minuten da.«

Ich stöhnte auf. »Echt jetzt?«

»Ja, es ist ein Notfall. In Dillingen ist ein Eiscafé runtergebrannt, und wir haben einen Toten.« Er zuckte kurz. Wahrscheinlich hätte er mir diese detaillierte Info nicht geben dürfen. »Kein Wort zu niemandem, Lucy.«

Ich zog die Schultern hoch. Wenn Frank gerufen wurde, handelte es sich doch immer um einen unklaren Todesfall. »Können die das nicht ohne dich lösen?«

»Wir wissen noch nicht, wer der oder die Tote ist. Es sieht nach Brandstiftung aus. Lucy, ich muss los. Nächsten Freitag ist Schluss damit, dann fahren wir weg, und ich bin für zwei Wochen kein Bulle. Okay?«

Die Mädchen kamen in die Küche und zogen den Wickelrucksack hinter sich her. »Wann dehts los?«

Frank beugte sich hinunter und küsste beide auf den Haaransatz. »Mäuse, Papa kann leider nicht mitkommen. Aber vielleicht hat eure Tante Lena Zeit?«

Ich stand da wie eine Skulptur in einem Museum, an der alle vorbeilaufen, ohne sie zu beachten. Jedenfalls fühlte es sich gerade so an. Frank drehte sich um und kam zwei Schritte zurück, um mich an sich zu ziehen und zum Abschied zu küssen. »Was ich dir vorhin vorschlagen wollte: Wie wäre es, wenn du ein paar Tage früher fährst?«

»Wie bitte?«, fragte ich entgeistert.

»Ja, du könntest einfach vorfahren, allein, dann bist du aus allem raus. Für die Kinder finden wir eine Lösung. Ich bin mir sicher, dass Lena es nicht nur so dahingesagt hat, als sie uns angeboten hat, die Kinder für eine Woche zu übernehmen. Und dann ist eh unsere Urlaubszeit da. Überleg es dir, Lucy. Ich glaube, du brauchst dringend eine Auszeit. Und Abstand.« Er runzelte die Stirn, und ich begriff, dass er an Tymon Nowak dachte – und vielleicht auch an meine Grübelei über Leonie. Er konnte ja nicht wissen, dass ich längst mit Malin in Kontakt stand.

Trotzdem. »Was ist das denn für ein bekloppter Vorschlag?« Ich legte meine Hände auf die Schultern der Mädchen. »Drei Wochen ohne meine Kinder? Niemals.«

»Denk drüber nach, Liebes.«

\*\*\*

Drei Stunden später fragte Lena mich: »Hat es Malin sich noch mal gemeldet? Du hast ihm doch bestimmt geschrieb, dass sein Opa gestorb ist, oder?«

Wir saßen auf einer der Holzbänke, von denen aus wir die Flugschau der Greifvögel beobachteten. Leo und Illi waren, nachdem wir bereits über zwei Stunden durch den Neunkircher Zoo gelaufen waren, rechtschaffen müde und hatten es sich in ihrem Buggy gemütlich gemacht, wo beide sichtlich mit dem Schlaf kämpften. Der Zoo war an einem Samstag im August natürlich gut besucht, aber um uns herum war noch einiges an Plätzen frei. Die Bänke waren im Halbrund am Hang angeordnet wie in einem Amphitheater, und wir hatten uns für einen Platz ganz unten entschieden, damit ich den Buggy dabeibehalten konnte. Auf Lenas Frage zog ich mein Smartphone aus der Hosentasche. Noch immer hatte ich keine Sekunde Zeit gehabt, um nach den Mails zu schauen! Jetzt erkannte ich, dass es abermals Hector Spreulhagen gewesen war, der beim Frühstück versucht hatte anzurufen. Ich zeigte Lena mein Handy, und sie blickte mit gerunzelter Stirn auf das Display.

»Hector? Hieß so nicht Leonies angeblicher Bruder?«

»Er ist nicht angeblich, sondern echt.«

Lena schlug sich die Hand vor den Mund. »Wieso ruft der bei dir an? Woher ...?« Sie verstummte. Offensichtlich wurde ihr gerade klar, dass ich Mist gebaut hatte. Wobei ich mir nach wie vor nicht sicher war, ob das wirklich Mist *war*. Ich fand es unmenschlich, was Malin mitmachen musste.

Gerade begann die Flugschau, der Vogeldompteur trat mit einem Kauz auf seinem Schutzhandschuh in die Mitte der Wiese. Ein prüfender Blick auf die Mädchen zeigte mir, dass sie dieses aufregende Programm leider verpassen würden, aber sie zu wecken hätte nur Geschrei ausgelöst. Entweder wachten sie von dem Lärm auf, dann war es okay, oder sie verschliefen die Flugkunststücke der Vögel. Dann war es auch okay.

»Ich habe gestern Malin gemailt, dass ihr Opa verstorben ist. Das muss sie erfahren, oder nicht? Sie würde es ja eh herausfinden, und ich glaube, wenn sie es von einer guten Freundin erfährt, ist es etwas leichter.«

Lena nickte.

»Und dann habe ich eine Kondolenzmail für die Familie an Hector geschrieben. Eine normale Beileidsbekundung, mehr nicht.«

Lena verzog die Mundwinkel. »Hm.«

»Hättest du das nicht getan?«, fragte ich sie.

»Ähm, nein.« Sie führte mit dem Kopf eine Achterbewegung durch. »Ich verstehn dich awwer.«

»Jedenfalls hab ich's getan, und er hat sofort nachgesehen, wer ich bin, und sich gemeldet.«

»Aber weiß er, dass du und Leonie ...«

»Nein, tatsächlich weiß er fast gar nichts, aber der Mann ist verzweifelt! Er hat seit drei Jahren nichts von seiner Schwester gehört. Da greift man nach jedem Strohhalm. Also hat er mir gemailt und sogar angerufen, um zu fragen, ob ich seine Schwester kenne.«

Lena pfiff durch die Zähne. »Aber du hast alles geleugnet, oder?«

»Lena, er hat gebittelt und gebettelt, dass ich ihm wenigstens verraten soll, ob es ihr gut geht. Obwohl ich sagte, dass ich keinen Kontakt hätte und nichts wisse. Das hat mich echt fertiggemacht. Du hättest seine Stimme hören sollen. Ich meine, versetz dich mal in seine Lage.«

»Nä, genau das will ich lieber nit.« Sie schüttelte langsam den Kopf. »Ich verstehn. Du hast es ihm gesagt.«

»Nur, dass sie lebt und dass es ihr gutgeht, mehr nicht. Ich habe ihm klipp und klar gesagt, dass ich nicht mehr weiß und dass er sich nicht mehr melden soll.«

»Hat ja super geklappt.« Sie deutete mit der Hand auf mein Smartphone.

Ich duckte mich, weil der Kauz dicht über unsere Köpfe hinwegflog, und sah Lena mit schuldbewusstem Blick an.

»Und was schreibt Malin?«, fragte sie dann in ungeduldigem Tonfall.

Endlich tippte ich die Mail an, um sie zu öffnen, und hielt das Handy so, dass Lena mitlesen konnte.

*Liebe L.,*

*das sind grässliche Neuigkeiten. Ich fasse nicht, dass ich meinen Opa nicht mehr lebend gesehen habe. Und jetzt grüble ich ununterbrochen, wie es weitergehen soll. Ich weiß nicht, ob ich so leben kann und will. Meine Familie braucht mich vielleicht. Auf jeden Fall bräuchte ich sie. Die Sehnsucht nach ihnen war nie größer und hat nie dermaßen wehgetan.*

*Ich fühle mich unfassbar allein. Es kommt gerade alles zusammen. T.N. beschert mir furchtbare Nächte, weil ich von ihm träume. Auch diese Nacht wieder. In meinem Kopf hat* sich das Aussehen von Alex, der ja ein sehr guter Freund ist, mit dem von T. vermischt. Verstehst du? In meinem Traum war Alex plötzlich T. und hat mich gequält.

Außerdem habe ich Stress mit meinen Freunden, weil sie merken, wie schlecht es mir geht, ich aber nichts erzählen kann. Mit Richard habe ich mich deshalb sogar gestritten. Beinahe hätte ich mich verraten, und als ich dann nichts preisgab, ist er wütend geworden und hat mir vorgeworfen, dass ich ihm nicht vertraue. Was sollte ich ihm darauf antworten? Natürlich traue ich ihm, er ist ein herzensguter Mensch, aber ich KANN meine Tarnung nicht aufgeben. Immer wieder frage ich mich, ob es nicht ein massiver Fehler ist, dir zu schreiben. Aber dann mache ich mir klar, dass das mein einziger Trost ist. Du kannst dich bestimmt in meine Lage hineinversetzen. Ich bin wirklich verzweifelt! Richard ist vor ein paar Stunden wutentbrannt von mir weggegangen. Er braucht eine Auszeit von mir, sagte er. (Wir sind kein Paar, nur Freunde, aber trotzdem.) Dabei wird er morgen seine Gelateria eröffnen! Und er hat extra ein Eis für mich kreiert. Ich fühle mich schäbig!

Wie soll ich das alles durchstehen, ohne verrückt zu werden? Die Trauer um meinen Opa ist übermächtig, und ich muss tun, als wäre nichts. Das zerbricht mich.

Nun, ich versuche mich zusammenzureißen. Die Arbeit lenkt mich ab. Es wird sicher wieder bessere Tage geben. Alles Liebe von einer sehr traurigen Malin

»Puh«, stieß Lena entsetzt aus. »Das ist heftig.«

Ich blinzelte gegen das Sonnenlicht und blickte in ihr Gesicht. Sie hatte Tränen in den Augen, wie ich.

»Verstehst du mich jetzt?«

Sie legte mir den Arm um die Schultern. »Ach, Lucy, ich verstehn dich sowieso. Mir dürfe das bloß nit. Es ist zu gefährlich. Aber guck mal, was de Hector noch geschrieb hat.«

Ich zog die Nase hoch, und nach einem prüfenden Blick auf die Zwillinge, die noch schliefen, und in das Oval der Arena, in die gerade ein Weißkopfseeadler getragen wurde, öffnete ich Hectors Mail.

*Liebe Lucy Schober,*
*ich weiß, Sie haben mich gebeten, Sie nicht mehr zu kontaktieren, aber Sie haben sich am Telefon wie jemand angehört, der sich in andere Menschen hineinversetzen kann. Mir ist natürlich klar, dass Leonie keinen Kontakt aufnehmen darf, aber dennoch bin ich mir fast sicher, dass sie es getan hat. Meine Schwester ist eine intelligente Frau und weiß, wie sie ihre Spuren im Internet verwischen kann. Schließlich hat sie früher verdeckt ermittelt, und man ist ihr nie auf die Schliche gekommen. In Gefahr gebracht hat sie sich ja erst dadurch, dass sie die Verbrechen dann angezeigt hat. Und jetzt muss sie ein Leben lang dafür büßen, dass sie das Richtige getan hat? Und nicht nur sie, sondern auch wir, ihre Familie?*
*Meine Eltern wissen nichts davon, dass ich Ihnen schreibe, und ich werde sie nicht einweihen, da können Sie sicher sein. Trotzdem möchte ich Sie nochmals bitten, mir etwas mehr preiszugeben. Bitte, Lucy, sagen Sie mir, wo meine Schwester lebt.*
*Beste Grüße*
*Hector Spreulhagen*

»Mist!« Lena atmete zischend ein. »Und dann hat er versucht anzurufe?«

Ich nickte. »Aber ich rufe nicht zurück.« Damit löschte ich die Benachrichtigungen und seine Mail.

»Oh, Mama, Vogel fliegt!«, erklang da eine zarte Stimme aus dem Buggy. Illi rappelte sich hoch, rieb sich über die Augen und deutete mit dem Finger in den Himmel.

»Ja, mein Schatz, die Vögel fliegen hier für uns.«

Sie krabbelte aus dem Wagen, wodurch ihre Schwester geweckt wurde, und eine Minute später hielten Lena und ich je eines der Mädchen auf dem Schoß. Die Darbietung dauerte noch zehn Minuten, und die Minimonster waren begeistert, dann verteilten sich die Menschen wieder, und wir gingen in Richtung des Elefantengeheges weiter. Illi und Leo liefen uns voraus.

»Ach, Lena, was soll ich machen? Kannst du es mir sagen?«

Sie sah mich von der Seite an. »Du kannst nix mache. Dem Hector würde ich nimmeh antworte. Und ans Malin schreibst du bitte, dass ich ans gedacht han, wie ich die Anzeige gesehen han. Das ist unverfänglich.«

Erst, als wir von den Elefanten zurück zum Seehundbecken gingen, fiel mir Franks Vorschlag wieder ein. »Frank hat mir heute Morgen vorgeschlagen, ein paar Tage früher in den Urlaub zu fahren, allein.«

Wie alarmiert drehte Lena sich mir zu. »Nach Piano di Sorrento?«

Ich hatte sie über den Stand meiner Recherchen informiert, sodass sie sofort eins und eins zusammenzählen konnte. Ich nickte, und die Begeisterung, die sich auf ihrem Gesicht ausbreitete, stieß in mir etwas an. Ich konnte Malin zur Seite stehen. Heftig atmete ich ein und aus und sah nach den Mädchen, die bereits an dem Teil des Seehundbeckens standen, das aus Panzerglas bestand und für Kleingewachsene den Blick auf die Schwimmer dahinter ermöglichte. Sie drückten sich an der klebrigen Scheibe die Nasen platt. Wir gesellten uns zu ihnen, und ich zog sie ein kleines Stück zurück, damit sie sich nicht wer weiß was einfingen. Sie bemerkten es kaum, so fasziniert waren sie von den Bewegungen der Seehunde, die durchs Wasser tauchten.

»Ich weiß nicht, ob ich es schaffe, mich von den Mädchen zu trennen.«

»Die zwei könne eine Woch zu mir in Ferie komme. Danach sin sie ja bei deine Eltern, ne?«

»Das ist superlieb von dir, Lena, und ich weiß, dass sie bei dir bestens aufgehoben sind. Aber ich kann nicht drei Wochen ohne sie sein.«

»Dabei hättst du's dringend nötig. Ich verstehn dich, Lucy, aber überleg dir das! Du könntst em Malin helfe.«

»Mama, kriegen wir ein Eis?« Damit war unsere Unterhaltung fürs Erste beendet.

Nach dem Eis machten wir uns auf den Heimweg, denn das Raubkatzengehege, die Erdmännchen und die Menschenaffen hatten wir bereits gesehen, und die obligatorische Runde auf dem riesigen Spielplatz hatten wir hinter uns. Während der Heimfahrt kaute ich nachdenklich auf meiner Unterlippe herum. Lena hatte recht. Malin bräuchte mich, und mir täte es gut, aus dem Alltag herauszukommen.

Das Telefon klingelte, und dank Freisprechanlage konnte ich mit meinem Liebsten sprechen. »Frank, was gibt es bei dir?«

»Es ist kompliziert. Aber ich rufe dich wegen einer anderen Sache an. Tina hatte eine gute Idee, was unseren Urlaub betrifft.«

Lena unterdrückte ein Kichern.

»Tina?«, fragte ich nach. Was zur Hölle hatte unser Urlaub mit seiner Kollegin zu tun? Redete er mit ihr etwa über Privatangelegenheiten?

»Ja, ich habe mit ihr darüber gesprochen, dass du dringend eine Auszeit brauchst und dass ich dir vorgeschlagen habe, etwas früher loszufahren.«

»Frank, ich kann nicht drei Wochen ohne die Kinder!«

»Lass mich ausreden. Sie meinte, wir könnten den Urlaub so planen, dass deine Eltern in der letzten Woche nach Piano di Sorrento kommen. Wo sie sowieso Italien bereisen wollen.«

Lena kicherte los. »Super Idee«, schnaubte sie. »Urlaub mit dem Herzchirurgen und der Apothekerin.« Dann legte sie den Kopf schief, wie ich mit einem Seitenblick erkennen konnte. »Andererseits ... warum nicht? Solange ihr nicht in derselben Wohnung seid.«

# Kapitel 7: Zeit der Einsamkeit

## Malin

### *Piano di Sorrento im August 2015*

Die Kirchenglocken, die die Leute zur Sonntagsmesse rufen sollten, rissen Malin aus dem oberflächlichen Schlaf, in den sie erst in den frühen Morgenstunden gesunken war. Natürlich hatte sie Riccardos Wunsch nach Abstand akzeptiert und sich den ganzen Samstag nicht bei ihm gemeldet, doch je mehr Stunden verstrichen, desto tiefer wurde ihre Enttäuschung, weil er nichts von sich hören ließ. Letzten Endes gab es keinen Grund, sie zu ghosten. Was war denn groß passiert? Schließlich hatte sie ihn nicht betrogen oder belogen. Sie verriet nicht alles über sich, aber das konnte er doch nicht wie einen Verrat behandeln. Noch dazu, da er laut seinen eigenen Worten genau gespürt hatte, wie schlecht es ihr ging.

Okay, vielleicht war er einfach viel zu beschäftigt. In seiner *Gelateria* war am letzten Tag vor der Eröffnung bestimmt noch wahnsinnig viel zu tun. Aber das hatte ihn vorher nie davon abgehalten, sich zwischendurch zu melden. Vielleicht wartete er aber auch darauf, dass sie den ersten Schritt tat. Und dazu hatte sie gestern einfach nicht die Zeit gefunden. Wegen der Hochzeitsfeier, die heute fast den ganzen Tag dauern würde, musste Malin selbst an so viele Dinge denken. Und sie musste sich noch stärker als sonst konzentrieren, damit ihre Gedanken nicht zu ihrem Opa, ihrer Familie, Riccardo oder gar Tymon Nowak abschweiften. Deshalb hatte sie gar keine andere Wahl gehabt, als ihr Handy und ihre Sorgen einfach zu ignorieren.

In der Nacht waren dann alle Ängste, die Trauer, die Sehnsucht und die Einsamkeit wieder aufgebrochen. So fühlte sie sich an diesem herrlichen Sonntagmorgen, der ein heißer Tag zu werden versprach, wie gerädert. Sie setzte sich auf und angelte nach ihrem Smartphone auf dem Nachtkästchen. Keine Nachrichten außer Lucys Mail, die sie in der Nacht nach der Arbeit gelesen hatte. Sie wusste nicht genau, was sie davon halten sollte, denn Lucy kündigte darin an, dass sie in den Urlaub fahren wolle, und zwar allein. Frank würde dann ein paar Tage später nachkommen. Doch das Verrückteste daran war die Tatsache, dass ihr Ziel Piano di Sorrento war! Malin hatte zuerst gedacht, sie läse nicht richtig, und dann einfach nicht darauf reagiert. Schließlich war es mitten in der Nacht, und Lucy wartete um diese Zeit sicher nicht auf eine Antwort.

Auch jetzt wusste sie nicht, wie sie das einschätzen sollte. Hatte Lucy in Erfahrung gebracht, wo Malin sich aufhielt? Hatte Frank es ihr womöglich gesagt? Soweit Malin wusste, kannte der ihren Aufenthaltsort nicht. Oder hatte sie sich in ihren Texten verraten? Das würde bedeuten, dass sie vorsichtiger sein musste. Andererseits hatte niemand außer Lucy ihre Briefe gelesen. Sie entschied sich, ihr vom Laptop aus eine kurze Antwort zu schicken, in der sie ihr schrieb, dass sie heute den ganzen Tag arbeiten musste. Vor Montag würde Lucy eh nicht da sein, hatte sie angekündigt, weil sie für die Reise ihren alten Twingo benutzte.

Doch jetzt erschien es Malin dringend, sich bei Riccardo zu melden. Sie wollte ihm für heute Glück wünschen. Die *Gelateria* sollte um zehn Uhr feierlich ihre Tore öffnen. Also wählte sie Ricks Nummer und wartete auf das Freizeichen. Eine metallisch klingende Frauenstimme teilte ihr auf Italienisch mit, der Teilnehmer sei nicht erreichbar. Mit einem schalen Gefühl im Magen tippte sie auf den Zurück-Button und entschied, ihm eine WhatsApp zu schreiben.

*Rick, es tut mir leid, dass wir uns vorgestern verkracht haben.*
*Können wir morgen reden?*
*Für heute viel Glück und Erfolg!*
*Deine Gelateria wird der Knaller!*
*Liebe Grüße Malin*

Sie starrte das einzelne Häkchen unterhalb der Nachricht an, nachdem sie sie abgeschickt hatte, doch es verdoppelte sich nicht. Das bedeutete, dass die Nachricht nicht zugestellt war. Hatte er sein Handy abgeschaltet, damit sie ihn nicht belämmerte?

Sie seufzte. Vielleicht hatte er einfach vergessen, es einzuschalten. Dass er noch schlafen könnte, hielt sie nicht für möglich. Vermutlich stand er in der *Gelateria* und legte ein letztes Mal Hand an. Ihre Gedanken drehten sich wie ein Karussell. Deshalb empfand sie geradezu Erleichterung, als Alessio sich meldete und fragte, ob sie etwas früher ins *Ristorante* kommen könne. Er bot ihr an, sie abzuholen, weil er noch eine Besorgungsfahrt machen müsse. Bevor Alessio da war, probierte sie noch Riccardos Festnetznummer, auch dort antwortete nur der Anrufbeantworter. Sie hinterließ ihm eine Nachricht und kündigte an, dass sie morgen zu ihm nach Neapel kommen würde. Sie hatte längst beschlossen, Alessio um einen freien Tag zu bitten.

»*Cosa c'è, bella*?«, begrüßte Alessio sie, als sie sich neben ihn in die Ape zwängte, die er für kleine Transporte benutzte. »Du wirkst nachdenklich. Immer noch wegen Max?«

»Max?«

Er sah sie aus seinen schwarzen Augen an. »Deinem Hund?«

Mist! »Ach so, ja. Deshalb, wegen Max.« Das war nicht sehr glaubhaft, also schob sie ein gemurmeltes »Aber nicht nur« hinterher.

Alessio legte den Gang ein und startete den Zweitakter, der mit lautem Geknatter ansprang. »Schieß los, *principessa*!«

»Es ist wegen Riccardo. Wir haben uns verkracht, und er lässt nicht von sich hören und ist nicht erreichbar. Ich mache mir Sorgen.«

»Ah, *queste donne*! Wenn ihr Krach hattet, musst du ihm Zeit lassen. Außerdem hat er heute seine Eröffnungsfeier! Er ist nicht die hellste Kerze am Leuchter, also wundere dich nicht.«

»Alessio, das stimmt nicht, und du weißt das genau. Riccardo ist kein Dummkopf.«

Alessio lachte. »Nein, ist er nicht. Aber das ist ein Grund mehr, ihn nicht zu belämmern, *carissima*. Er ist ein Mann, ein Italiener noch dazu. Gib ihm Zeit. Was hat er denn zu dir gesagt?«

»Dass er für eine Weile Abstand braucht.«

Alessio lachte schallend. »Klarer geht es nicht. Dass ihr Frauen einem Mann nie genau zuhört. Du kannst nicht einfach ignorieren, was er dir gesagt hat.« Sie waren angekommen; er parkte die Ape neben dem Seiteneingang. Mit einer Hand am Lenkrad drehte er sich zu Malin. »*Cara*, du sagst ja allen Männern, dass du keine feste Beziehung magst. Ihm auch?«

Sie nickte.

»*Allora, cosa vouoi*? Du bist nicht einmal seine *ragazza*, sondern nur eine Freundin. Warum glaubst du, dass er sich nach *der* Ansage wieder melden könnte, nur einen Tag später? Gib ihm wenigstens diesen Tag, um sein Geschäft zu eröffnen, dieses Himmelfahrtskommando.« Dabei schüttelte er den Kopf und schnalzte mit der Zunge. »Und ich brauche heute eine Malin, die sich auf die Arbeit konzentriert. Diese Feier ist für mich sehr wichtig, das habe ich dir schon einmal gesagt. Es geht hier um mehr als eine private kleine Hochzeit, um viel mehr. *Chiaro*?«

Malin betrachtete Alessios feine Züge und die Grübchen in seinen Wangen und nickte. Was er da auch andeutete, sie wollte nichts Genaues wissen. Wenn er sich mit der Camorra zusammentat, war das allein seine Sache. Von organisierter Kriminalität hatte Malin ein für alle Mal genug.

»Gut, dann geh dich bitte für die Feier einkleiden, und bereite mit Olivia und *Zia* Marina alles für den Proseccoempfang vor.«

*\*\**

Die nächsten Stunden ließen Malin tatsächlich keine Minute mehr zum Nachdenken. Wenn sie mal einen Moment ruhig in der Ecke stehen konnte, war sie viel zu erschöpft, um an irgendetwas außer an die Feier zu denken. Sie alle mussten die Finger rundgehen lassen, und *Zia* Marina und Alessio hatten ihre Augen überall. Alessio schien noch dazu an vielen Orten gleichzeitig zu sein. Er behielt den Überblick und sorgte dafür, dass alles reibungslos lief. Als Malin ihn bei der Brautfamilie stehen sah, fragte sie sich, ob er mit diesen Leuten verwandt war, denn sie glaubte, Ähnlichkeit zu sehen.

Die Familie musste ein Vermögen in die Hochzeit gesteckt haben. Die Tische bogen sich unter den Vorspeisenplatten, die ziemlich alles boten, was die italienische Küche hergab. Bereits nach dieser Auswahl an *Antipasti* hätte Malin nichts mehr essen können, dachte sie, als sie und die Kolleginnen begannen, den Leuten den nächsten Gang zu servieren. Sie konnten zwischen *Pasta di Mare* und *dei Monti* wählen, also entweder

Pasta mit Meeresfrüchten oder fleischgefüllte Cannelloni. Auch diese Portionen waren nicht gerade klein. Doch dann kam erst der Hauptgang mit gegrilltem Rinderfilet, Wildschweinbraten, Geflügel in Weißweinsoße oder gegrilltem Schwert- und anderem Frischfisch.

Allein das Mittagessen dauerte Stunden und hielt Malin ununterbrochen in Bewegung. Auch eine riesenhafte *Torta* war geliefert worden, die das Brautpaar nach amerikanischem Brauch gemeinsam anschnitt, und von der jedem Gast ein Stück serviert wurde. Die Leute schienen zu essen, als wäre es ein Wettkampf. Malin sah vielen an, dass sie längst übersättigt waren, aber offenbar kam es nicht infrage, abzulehnen. Sie flüsterte Olivia zu, dass sie die Portionen kleiner machen solle, doch diese schüttelte mit gerunzelter Stirn den Kopf. »*Ma, sei matta? Cosa dirà il capo doppo?*«

Was der Chef sagen würde? Malin sah nach dem Vater der Braut, der offenbar den Ton angab, und ihr wurde klar, dass das alles zu dieser Hochzeitsfeier dazu gehörte. Die Menge an Speisen, die Art ihrer Zubereitung, die Größe der Portionen, selbst das Geschirr und die Blumen auf der Tafel und nicht zuletzt die Geschenkkästchen mit den *Confetti degli Sposi*, den glasierten Mandeln, die alle Gäste geschenkt bekamen. Die traditionelle Süßigkeit steckte in diesem Fall in Bonbonnieren aus Muranoglas. Alles das war offensichtlich ein geheimer Code, den Malin nicht verstand. Sie schob schließlich ihr Bedauern über die vielen nicht einmal halb leer gegessenen Teller zur Seite und akzeptierte, dass dies hier und heute eine andere Welt war.

Amüsant fand sie die Tatsache, dass Alessio, der wie immer allen Frauen gegenüber aufmerksam und zuvorkommend war, anscheinend vor allem von einer Frau besonders genau beobachtet wurde. Sie saß an einem der Tische der entfernteren Verwandten oder Freunde neben einem *Carabiniere*, der augenscheinlich ihr Gatte war. Er sah in seiner schwarzen Uniform mit drei Sternen und blütenweißen Fransen an den Epauletten besonders schick aus. Die roten Streifen entlang der Außennähte seiner Hosenbeine vervollständigten das Bild noch. Die beiden gaben ein auffallend schönes Paar ab. Die Frau, Malin schätzte sie auf um die vierzig, trug ihr glattes, pechschwarzes Haar im Nacken zu einem großen Knoten geschlungen, und die Strenge ihres roten Etuikleids passte perfekt zu ihrer Frisur. Ihre satt gebräunte Haut, die Linie ihres Halses und das klassische römische Profil ergaben das Inbild schlichter Eleganz. Der einzelne, lupenreine Diamant, der auf ihrem nicht sehr tief ausgeschnittenen Dekolletee lag, hob die Makellosigkeit ihrer Haut hervor und betonte nahezu unbemerkt den schönen Ansatz ihrer Brüste.

*Was für eine Hammerfrau*, dachte Malin, und es wunderte sie nicht, dass die Blicke fast aller anwesenden Männer zu ihr huschten. Sie schien das ihrerseits nicht wahrzunehmen. Sie sprach, lächelte und scherzte fast ausschließlich mit ihrem Mann. Dieser gebärdete sich wie ein Pfau, und nur ab und zu, wenn der *Carabiniere* mit der Tischnachbarin zu seiner anderen Seite sprach, bemerkte Malin, dass die elegante Schöne unter halbgesenkten Lidern nach Alessio Ausschau hielt. Der schien seinerseits ihre Blicke jedes Mal aufzufangen.

Malin lächelte in sich hinein. Einerseits flirtete Alessio auf Teufel komm raus mit allen weiblichen Wesen, die nicht bei drei auf den Bäumen waren, andererseits schien er sich dabei nicht allzu ernst zu nehmen. Tatsächlich war er ihr, Malin, nicht ein einziges Mal zu nahe getreten, und selbst von seinen Anspielungen hatte sie sich nie wirklich belästigt gefühlt, weil Alessio, obwohl er oberflächlich betrachtet wie ein erstklassiger Casanova wirkte, ihr nie das Gefühl gab, reine Beute zu sein. Sie war sich sicher, dass für ihn der neue, modische Begriff des »Consent«, der seit der MeToo-Bewegung in aller Munde war, immer schon eine Selbstverständlichkeit gewesen war. Seine Reaktion auf diese Frau zeigte ihn in einem neuen Licht, und wäre die Schöne nicht verheiratet, hätte Malin geschworen, dass es zwischen ihr und Alessio eine besondere Chemie gab. Sie verwarf den Gedanken wieder, als sie sah, mit welchem Strahlen die *Signora* sich ihrem Mann zuwandte, sobald er das Wort an sie richtete.

Am Ende des Tages begriff Malin, dass diese bombastische, ausufernde Hochzeitsfeier und die Beobachtung all dieser interessanten Menschen – auch wenn sie sie als fast unsichtbare Bedienstete kaum wahrgenommen hatten – ihr über viele Stunden hinweggeholfen hatten, in denen sie andernfalls nur gegrübelt hätte. Zum Grübeln war sie jedoch gar nicht gekommen. Und Alessio hatte das gewusst.

Es war bereits nach Mitternacht, als der letzte Rest vom Fest sich draußen auf der Holzterrasse versammelte. Das frisch vermählte Paar hatte sich relativ früh verabschiedet, um in die Flitterwochen aufzubrechen, und gegen 22 Uhr war der größte Schwung der Gäste dann stöhnend und sich die Bäuche haltend aus der *Osteria* gewankt, nur die Väter von Braut und Bräutigam waren noch geblieben. Ihre Frauen hatten es zwangsläufig ausgehalten, und für die Kernfamilie schien Anwesenheitspflicht zu bestehen. Sie mussten Standhaftigkeit zeigen, solange die beiden Oberhäupter der Familien sich nicht zurückzogen. Malin wusste nicht, ob diese Hochzeitsfeier typisch für Italien war, aber hier war es offenbar so, dass viele geheime Regeln galten, die eingehalten werden mussten. Sie hätte auch nicht sagen können, ob alle Anwesenden den Test »bestanden hatten«. Aber als sie *Zia* Marina fragte, ob sie ihr erklären könne, wer die Leute im Einzelnen waren und wie sie zueinander standen, lachte diese nur und sagte, dass das für Außenstehende nichts zu bedeuten hätte, und sie solle sich darüber nicht ihr hübsches Köpfchen zerbrechen.

In einem der wenigen ruhigen Momente fragte sie schließlich Olivia, ob sie ihr die geheimen Regeln erklären könne, die hier ja offenbar galten, doch diese legte nur kurz den Arm um ihre Taille und drückte sie herzlich an sich, dann lachte sie, dass ihre Knopfaugen blitzten, und sagte, beide Hände hochgehoben: »*Io non so niente.* Ich weiß gar nichts. Ich bin nicht von hier.« Ihr Lachen klang hell wie eine Glocke, und beide wussten, dass das gelogen war, aus Olivia jedoch nicht mehr herauszubekommen wäre.

Als Malin nach Mitternacht todmüde und mit dem Gefühl, nach so vielen durchwachten Nächten endlich schlafen zu können, ins Bett fiel, entdeckte sie auf ihrem Smartphone eine neue Mail von Lucy. Richtig, sie hatte angekündigt, dass sie nach Piano di Sorrento kommen würde. Sie musste bereits auf dem Weg sein. Rasch öffnete Malin die Mail.

*Liebe Malin,*

*ich mache einen Zwischenstopp und habe eine Unterkunft in einem schlichten Hotel (vom Niveau einer Jugendherberge) gefunden. Die Badezimmer sind auf dem Flur! Aber es ist sauber, und hier gibt es einen öffentlich zugänglichen PC, von dem aus ich dir schreibe.*

*Meine Familie hat mich geradezu genötigt, den Urlaub etwas früher anzutreten, und das Apartment, das ich ab Freitag für Frank und mich gebucht hatte, war noch frei. Das habe ich als Zeichen genommen, und nun bin ich dir schon viel näher. Falls ich mit meiner Vermutung richtig liege, heißt das.*

*Ich fände es unglaublich schön, dich zu sehen. Wenn ich also richtig kombiniert habe, könntest du mir einen Hinweis geben, wo ich dich finde. Sollte ich mich doch geirrt haben, werde ich es ja merken. Dann muss ich die Tage, bis Frank kommt, eben allein verbringen. Morgen melde ich mich nochmals (aber ich hoffe, dass ich dann schon mehr von dir erfahren habe ...)*

*Liebe Grüße von deiner L.*

Malin bemerkte, dass sie lächelte, als sie die Mail zu Ende gelesen hatte. Sie stand auf, um ihre Antwort vom PC aus zu schicken. Morgen wären diese Vorsichtsmaßnahmen nicht mehr nötig, weil sie dann wirklich und wahrhaftig mit Lucy von Angesicht zu Angesicht sprechen konnte. Wie gut würde es ihr tun, sie zu sehen! Und dass sie ausgerechnet an dem Tag hier sein würde, an dem in Hamburg die Beerdigung stattfand, war eine glückliche Fügung. Lucy konnte ihr ein bisschen Halt geben, ganz sicher.

Sie schrieb ihrer Freundin, dass sie am Montagabend gegen sieben Uhr vor der *Osteria Russo* auf sie warten solle. Das Gefühl, dass sie ab morgen wenigstens für ein paar Tage jemanden um sich haben würde, der sie als den Menschen kannte, der sie war, tröstete sie.

Als sie sich abermals ins Bett legte, wanderten ihre Gedanken unwillkürlich zu Riccardo. Ob der erste Tag in seiner *Gelateria* gut verlaufen war? Auch ihn würde sie morgen wiedersehen, denn ihr Plan sah vor, dass sie gegen zehn Uhr mit der Circumvesuviana nach Neapel fahren und ihn dort besuchen würde. Es zuckte ihr in den Fingern, ihn nochmals anzurufen oder ihm zu texten, doch sie erinnerte sich an Alessios Worte und das, was er ihr geraten hatte. Wahrscheinlich hatte er recht, und sie sollte Riccardo Zeit geben.

# *Lucy*

### Saarlouis, Mailand, Piano di Sorrento im August 2015

Was für ein Tag! An diesem Morgen war ich später als geplant losgefahren, weil Frank und ich erst auf den letzten Drücker Zeit fanden, an meinem Twingo den Reifendruck zu überprüfen, und dann gleich noch Öl, Kühlwasser und die Wischwaschanlage auffüllten. Dann kamen meine Eltern zu uns, um sich von mir zu verabschieden und »den Zwillingen den Abschied von ihrer Mutter zu erleichtern«. Tatsächlich bewirkten sie natürlich genau das Gegenteil, weil Illi und Leo erst durch die blöden Bemerkungen meiner Mutter begriffen, dass sie mich für längere Zeit nicht sehen würden. Wirklich verstanden hatten sie es bestimmt nicht, weil ich mir sicher war, dass sie mit den Worten »zwei Wochen« noch keine echte Vorstellung verbanden. Aber meine Mutter »tröstete« sie aus vorauseilendem Mitleid und erklärte ihnen mehrfach, dass ich keine Rabenmutter wäre und meine Kinder nicht im Stich gelassen hätte. Was sie sich dabei bloß dachte? Ausgerechnet die jederzeit rational handelnde Gloria Schober! Die Frau, die ihre Kinder von einem Kindermädchen hatte erziehen lassen und nicht einmal wusste, wie man ein Spiegelei brät.

Frank gab alles, um ihre Unkenrufe durch die Hinweise darauf auszugleichen, dass Tante Lena sich total auf die Ferienwoche mit den Mädchen freute, und dass sie danach von Oma und Opa neue Länder gezeigt bekämen. Aber da meine Mutter einfach nicht aufhören wollte, schlug die ausgelassene Stimmung der Minimonster in Nachdenklichkeit um. Sie heulten Rotz und Wasser, als ich mich von ihnen verabschiedete, was bei mir wiederum ein schlechtes Gewissen und tränenreiche Trauer auslöste.

»Lucy, alles ist gut«, murmelte Frank mir ins Ohr und wischte verstohlen eine Träne von meiner Wange. »Kat und Susa haben angeboten, mit den Mädchen schwimmen zu gehen. Spätestens, wenn sie ihre Flamingoschwimmtiere aufpusten, werden sie wieder lachen.«

»Meinst du wirklich?« Ich sah ihn an und zog schniefend die Nase hoch.

Seine Hand wanderte von meiner Taille hinunter zu meinem Po, wo er sie liegen ließ. »Und denk daran, ich komme in ein paar Tagen nach. Ich schaue, ob ich einen günstigen Flug kriege, und auf dem Rückweg fährst du mit den Minis im Van deiner Eltern mit. Ich nehme dann den Twingo.« Er feixte. »Dann hat sich die Anschaffung des Wagens für die beiden gelohnt.«

Ich musste lachen, obwohl mir nicht wirklich danach war. »Stimmt!«

Nachdem ich etwas später mit meinem treuen, alten Twingo endlich Richtung Frankreich ins Rollen gekommen war, begleitete mich zunächst noch eine Weile das Gefühl, meine Kinder im Stich gelassen zu haben. Das wurde dann aber rasch abgelöst, als eine gute Stunde später mein Keilriemen den Geist aufgab. Glücklicherweise konnte die Werkstatt, in die ich von den gelben Engeln geschleppt wurde, den sofort austauschen, weil sie noch ein passendes Modell dahatte, sodass ich durch die Aktion nur gute drei Stunden verlor.

In dieser Zeit telefonierte ich mit Kat, die mir versicherte, dass mit den Minimonstern alles bestens sei, dass sie auf die Schwimmflügel achteten und die Mädchen natürlich nicht allein ins Wasser ließen. Dabei hörte ich die zwei im Hintergrund fröhlich Lillisch miteinander sprechen, sodass ich beruhigt sein konnte.

Die Wartezeit gab mir außerdem Gelegenheit, den Internetauftritt von *L&L Fashion von Frauen für Frauen* und *Little ones* auf dem Handy zu überprüfen. Ich klickte mich durch sämtliche Seiten und Unterseiten, eine Aufgabe, die Lena und ich seit dem Start unserer

Modelinie vorgehabt, dann aber immer wieder aufgeschoben hatten. Ich erkannte, dass da noch einiges herauszuholen war, und schrieb Lena eine Mail mit der Anregung, einen Fachmann zu beauftragen, der unsere Homepage für die Darstellung auf Smartphones und Tablets optimieren sollte. Ich hatte eine Idee, wer dafür infrage kam, denn die Homepage der Seite der Restaurantkette *Spreulhof* hatte mir extrem gut gefallen. Und Hector war am Telefon so sympathisch gewesen.

Etwas später lenkten mich dann die strategisch gut verteilten Stunden in den diversen Staus von meiner Sorge ab, und als ich erst am Abend in Mailand ankam, war ich von meinem Alltagsleben bereits so weit weg, dass ich es schaffte, ohne schlechtes Gewissen an meine Kinder zu denken.

Mittlerweile war es recht spät, ich war wohlig satt von einer hervorragenden Pizza und lag zum allerersten Mal seit mehr als zwei Jahren allein in einem Hotelbett. Ich konnte nicht anders, als mich auf eigentümliche Art erwachsen zu fühlen. Ich war allein mit meinem Twingo von Saarlouis nach Mailand gefahren (wovon mein Vater mir dringend abgeraten und mir im Gegenzug sogar seinen Porsche 911 angeboten hatte. Was dachte er sich dabei? Niemals hätte ich einen Porsche gefahren. Peinlicher ging es ja kaum)!

Und mit dem neuen Keilriemen war der kleine, verbeulte Rostkoffer wie neu. Für Italien war er perfekt, das konnte keiner leugnen.

Was ich den ganzen Tag über noch nicht geschafft hatte, war, Frank zu erreichen. Also wählte ich seine Nummer, nach elf Uhr abends.

»Lucy? Alles gut bei dir? Wo bist du?«

»In Mailand im Hotel. Es war eine irre Fahrt hierher, aber jetzt ist alles gut.«

Er lachte, dass es mir wohlig die Wirbelsäule entlanglief. »Ich habe es schon gehört. Gut gemacht, Lucy!«

»Was war denn bei dir los heute? Ich habe dich nicht ein einziges Mal an die Strippe bekommen!«

»Frag nicht! Das Brandopfer im Eiscafé ist eine Obdachlose, die sich anscheinend hineingeschlichen hatte, um dort zu übernachten.«

»Wie hat sie das denn geschafft?«

»Das Café stand kurz vor der Schließung. Der Besitzer ist bankrott. Anscheinend war es nicht richtig verschlossen.«

»Das *Paradiso* muss schließen? Aber die haben doch erst vor ein paar Monaten eröffnet.«

»Ja. Jedenfalls laufen die Ermittlungen auf Hochtouren. Mehr ist derzeit noch nicht öffentlich, ich kann dir also nichts sagen.«

»Schon klar. Aber du kannst auf jeden Fall am Freitag in den Urlaub starten?«

»Versprochen! Ich freue mich darauf. Endlich ohne Gedanken an den Job in eine original italienische *Gelateria*, Pizzeria oder ein *Ristorante* gehen. Die letzten Monate haben mich ziemlich genervt.«

Nanu? Damit gab er zu, dass es doch um die Mafia gegangen war, oder? Aber ich wollte das Thema nicht weiter vertiefen.

»Weißt du, dass ich mich mit jedem Kilometer, den ich mich weiter von Deutschland entferne, sicherer fühle, was ... na ja, was Nowak angeht?«

»Das verstehe ich, Liebes. Ich habe mich übrigens erkundigt. Er steht unter Beobachtung, und die Kollegen haben mir versichert, dass er nichts Verdächtiges tut. Er arbeitet daran, beruflich wieder auf die Beine zu kommen. Sein Club *Dancing Cat* wird gerade renoviert.«

Wie rührend! Frank hatte sich extra für mich bei den Kollegen in Hamburg erkundigt, wie es um Tymon Nowaks Wiederaufnahme seines Lebens in Freiheit stand! »Hm. Das sind gute Neuigkeiten.« Ich wollte hinzufügen, dass ich diese Info an Malin weitergeben würde, aber in allerletzter Sekunde bremste ich mich. Warum einen Streit vom Zaun brechen, wenn er nächste Woche eh vor vollendeten Tatsachen stehen würde? Ich dachte an Malin und das, was sie mir in ihrer letzten Mail erzählt hatte. »Vielleicht können wir Riccardo Basile in Neapel besuchen und schauen, ob das Eis dort anders schmeckt als bei uns. Was meinst du?«, sagte ich.

»Auf jeden Fall. Seine Mutter hat sich heute bei mir beklagt, weil ihr Sohn sich seit Freitag nicht bei ihr gemeldet hat. Dabei hat er heute eröffnet.«

Ich musste daran denken, dass Riccardo Malin um eine Auszeit gebeten hatte. Vielleicht war er gerade nicht in Stimmung, mit seiner Mutter zu telefonieren? Wie ich Frau Basile einschätzte, hatte sie vermutlich stark ausgeprägte Antennen für die Stimmungen ihres Sohnes. Wenn sie dann noch eine Spur zu fürsorglich war, konnte sie durchaus nervig sein. Wer sollte sich da besser hineinversetzen können als ich? »Okay, das finde ich nicht so unnormal. Vielleicht hat der gudde Bub einfach mal keine Lust, mit seiner Mutter über alles zu sprechen?«

Frank lachte. »Das glaube ich allerdings auch, aber das konnte ich ihr nicht auf die Nase binden. Ich habe ihr geraten, ihn anzurufen. Darauf meinte sie, dass sie es ja versucht hätte, aber er wäre nicht ans Telefon gegangen. Der Fall ist klar, würde ich sagen. Er hat einfach keinen Nerv, seine Mutter zu bespaßen.«

»Sehe ich genauso. Oh je, Frank, werden unsere Monstermädchen auch mal so von uns denken?«

»Ach was, da sehe ich bei dir keine Gefahr.« Er lachte schallend. »Du bist ja eher eine Rabenmutter.«

Ich grunzte empört, was ihn noch mehr zum Lachen brachte.

»Sieh dich an, du liegst allein in einem Hotelbett in Mailand rum, und die Zwillinge mussten den ganzen Tag bei Saft und Süßigkeiten am See darben! Jetzt liegen sie übrigens friedlich in ihren Betten, nachdem ich sie noch gebadet und mit Lotion eingecremt habe. Die zwei vermissen dich jetzt schon kein bisschen.«

Ich grunzte erneut. »Frank!«, brüllte ich.

»Alles gut, Liebes, ich mache nur Spaß. Aber sag mal, was trägst du denn eigentlich auf der Haut?«

»Nichts«, antwortete ich, obwohl es glatt gelogen war. Aber das war ja schnell geändert.

»Hm, das klingt gut. Lass uns da doch anknüpfen ...«

# Kapitel 8: Vermisst

## Malin

**Piano di Sorrento im August 2015**

Malin schrak hoch. Wie lange hatte sie geschlafen? Dann wurde ihr bewusst, dass sie zum ersten Mal seit mehreren Tagen überhaupt so tief geschlafen hatte. Sonst hatte jedes kleine Geräusch des anbrechenden Morgens sie geweckt, und in den Stunden der Nacht war sie kaum mehr als eingedöst; stattdessen hatte sie sich gedanklich im Kreis gedreht.

Warum fühlte sie sich heute besser?

An Riccardo konnte es nicht liegen, kam ihr dann schlagartig in den Sinn, und sie griff hastig nach dem Smartphone, um nachzusehen, ob er ihr inzwischen geantwortet hatte. Doch sie fand nur eine kurze Mail von Lucy, die diese in aller Frühe geschickt hatte und die ihre Verabredung für heute Abend vor der *Osteria Russo* bestätigte. Das erinnerte Malin daran, dass sie Alessio um einen freien Tag bitten musste, denn das hatte sie in der Nacht nach der ausufernden Hochzeitsfeier versäumt. Also wählte sie seine Nummer.

»Malin, cara, cosa posso fare per te?«

»Guten Morgen, Alessio, ich möchte dich fragen, ob ich heute freinehmen kann.«

»Ja, das kannst du. Montags ist meistens nicht viel los. War eine schöne Feier gestern, nicht?«

»Ja, das war es. Du bist also zufrieden? *È tutto andato bene per te*?«

»*Sì, ottimo!* *Grazie* für deine gute Arbeit.«

»Ich habe nur meinen Job erledigt, Alessio, und es hat mir Spaß gemacht. An einer italienischen Hochzeit habe ich vorher nie teilgenommen.«

»Wenn wir beide unsere Hochzeit feiern, wird es noch schöner, *carissima*!«

Malin hörte das Lachen in seiner Stimme und sparte sich eine Antwort.

»Hat dieser *asino* sich inzwischen gemeldet?«, fragte er dann.

»Welcher Esel? Ach, du meinst Riccardo? Nein. Ich habe vor, die *Gelateria* zu besuchen. Ich will noch das *Gelato Malin* probieren.«

»Gute Idee. Denk daran, was ich dir gesagt habe: Er wird sich wieder einkriegen.« Damit verabschiedete er sich und legte auf.

Sollte sie es noch einmal mit einem Anruf bei Riccardo versuchen? Nein, entschied sie und ging ins Bad, um zu duschen. Während das Wasser ihren Körper hinunterlief, dachte sie an ihre Familie und ihren Großvater und ließ ihren Tränen freien Lauf.

Die Circumvesuviana von Sorrento aus war in Piano bereits gut besetzt und füllte sich vor Pompeji bis zur Grenze der Belastbarkeit, dort leerte sich der Zug zu zwei Dritteln, und Malin ließ sich auf einem der freigewordenen Plätze nieder. Sie stöpselte die Kopfhörer in ihre Ohren und schaltete ihre Playlist ein, da sie keine Lust auf Kommunikation mit irgendjemandem hatte. Als der Zug aus dem Bahnhof in Pompeji ausfuhr, dachte sie an Ben, der vermutlich gerade seine Arbeit begonnen hatte. Was er wohl zu Riccardos Schweigen sagen würde?

Nach einer guten Stunde Fahrtzeit war der Zug an seinem Ziel angekommen, und Malin verließ mit einer großen Menschentraube den Bahnhof. Dies war die diebischste Ecke Neapels, und sie musste lachen, als sie hinter sich eine Bewegung spürte und dann, beim Überprüfen ihrer Außentasche am Rucksack, feststellte, dass der Reißverschluss geöffnet worden war. In dieser kleinen Außentasche bewahrte sie allerdings lediglich ein Päckchen Papiertaschentücher, einen Lippenpflegestift und ein paar Tampons auf. Sie hatte schon einmal darüber nachgedacht, etwas Abschreckendes darin zu verstauen, etwas, das die Finger einklemmte oder verfärbte zum Beispiel.

Sie fuhr mit der Rolltreppe aus dem Bahnhof nach oben und wandte sich nach links, um zielstrebig durch diese eigensinnige und gut gelaunte Stadt ihren Weg zur Krippenstraße einzuschlagen. An der Art, wie man ihr aus dem Weg ging und sie grüßte, bemerkte sie, dass sie nun eher als eine Einwohnerin wahrgenommen wurde. Sie ließ sich nicht ziellos treiben oder hatte die Nase in einem Reiseführer, und damit wirkte sie wie jemand, der sich in den Straßen Neapels auskannte.

Ihre Nervosität wuchs, als sie in die Gasse einbog, in der eine andere Ordnung herrschte als im Rest Neapels.

Die Ladenbetreiber hatten ihre Auslagen vor den Lokalen wie auf Marktständen aufgebaut. Neben vielfältigen Krippen und Krippenfiguren – manche ähnelten Fußballstars – waren die unterschiedlichsten Gegenstände aus oder mit Zitronen und Limonen zu sehen, dazu unzählige rote Hörner aus Plastik, die wie Pfefferonen geformt waren und in allen Größen zu bekommen waren. Malin entdeckte auch kunsthandwerklich herausragende Marionettenfiguren. Sie erkannte Bucklige mit riesigen schwarzen Zylindern, alte bucklige Weiber und *Pulcinella*, eine Gestalt in weißen Gewändern und mit einer schwarzen Halbmaske vor dem Gesicht. All diese Gegenstände waren auf alte Bräuche und Glauben zurückzuführen; sie zu besitzen sollte Pech abwenden und Glück und Fruchtbarkeit garantieren.

Vom tiefblauen Himmel brannte die Augustsonne erbarmungslos herunter. Sie heizte die Straßen und Gassen zwischen den sich scheinbar einander zuneigenden Giebeln der schmalen, hohen Häuser auf, die aneinandergebaut waren und somit hohe, undurchdringliche Wälle zu beiden Seiten des Wegs bildeten. In den frühen Nachmittagsstunden würde es unerträglich heiß werden, doch jetzt war es noch einigermaßen angenehm, weil die Reste des Wassers, die man zum Abkühlen auf den Weg gespritzt hatte, bevor man die Auslagen aufgebaut hatte, noch verdunsteten. Die aufgeheizte Luft nahm die Feuchtigkeit zu schnell auf, um drückende Schwüle entstehen zu lassen. Diese Empfindung würde sich in den nächsten Stunden ändern, ahnte Malin.

Mit ihrem Ziel vor Augen eilte sie in Schlangenlinien durch die flanierenden Touristen und stand schließlich vor dem kleinen Eckladen mit der Aufschrift »*Gelateria da Riccardo*«. Sie sah auf den ersten Blick, dass geschlossen war. Weder stand ein Aufsteller draußen, der die Menschen nach innen locken sollte, noch war das Fenster geöffnet, aus dem heraus der Straßenverkauf stattfinden sollte. Malin spürte Übelkeit aus ihrem Magen aufsteigen, gemeinsam mit dem angstmachenden Gefühl, dass etwas schrecklich schiefgelaufen sein musste. Sie drückte die Nase an der Glastür platt, an der noch die Ankündigung der Neueröffnung hing. Der Raum war fertig eingerichtet, die Tische mit Blumenvasen versehen (in die täglich frische Blumen gestellt werden sollten), die Theken für die Eisbehälter waren jedoch leer. Im Bereich, der für Obst und frische Saucen vorgesehen war, herrschte ebenfalls gähnende Leere. Und die Registrierkasse stand offen. Im Grunde sah alles exakt aus wie letzte Woche, als sie das Lokal von innen gesehen hatte.

»Riccardo!« Malin klopfte gegen die Tür. Natürlich bekam sie keine Antwort.

Was war hier geschehen? In wachsender Besorgnis rannte sie zu dem Lädchen neben der *Gelateria*, lief hinein und sprach den älteren Mann an, der dort gerade einem Kunden eine Tüte überreichte. »*Scusi, Signore.* Wissen Sie etwas über die *Gelateria da Riccardo*? Die sollte doch gestern öffnen.«

Er musterte sie und verzog den Mund. »Das ist komisch, die hat einfach nicht geöffnet. Ein Freund von mir, Carlo, sollte dort arbeiten, aber der Chef ist nicht gekommen.«

»Der Chef? Riccardo Basile?«

»*Si, si*, Riccardo Basile, so heißt er. Hat den Laden von seinem Onkel geerbt. Ein netter Junge, hat sich mit niemandem angelegt und Ratschläge von uns angenommen. Sein Onkel war auch nett. Wir haben hier alle gut zusammengearbeitet, wissen Sie? Aber jetzt hat er Carlo sitzen lassen.«

Carlo, das war der, der den Eiswagen übernehmen sollte. Malin war ihm einmal kurz begegnet. »Wissen Sie denn, was mit Riccardo los ist, dass er gestern nicht gekommen ist? Das passt nicht zu ihm, ich kenne ihn.«

»Ich dachte, er ist vielleicht nach Germania zurückgegangen.«

»Nein, das glaube ich nicht. Können Sie mir sagen, wo ich Carlo erreichen kann? Oder kennen Sie jemanden, der etwas wissen könnte? Ich bin eine Freundin von Riccardo. Ich mache mir große Sorgen, weil ...« Sie unterbrach sich. Ihr Gefühl, von Riccardo lediglich geghostet worden zu sein, wurde von Angst abgelöst. Was, wenn ihm etwas zugestoßen war? Oder war sie am Ende schuld daran, dass er nicht da war? Aber nein, das war Unsinn. Er würde sich niemals durch einen Streit davon abhalten lassen, sein Geschäft zu eröffnen.

Der Mann hatte etwas auf einen Zettel gekritzelt und reichte ihn ihr. »*Prego, il numero di Carlo.*«

Sie bedankte sich und tippte bereits im Hinausgehen die Nummer in ihr Smartphone.

»*Pronto*«, knurrte eine Stimme.

»Carlo, sind Sie das? Hier ist Malin, eine Freundin von Riccardo Basile. Kann ich mit Ihnen sprechen?«

Eine Kanonade an Schimpfwörtern strömte aus dem Handy in Malins Ohr, von denen sie die meisten gar nicht kannte.

»*Scusi, Carlo, non vi capisco.* Können Sie etwas langsamer reden?« Ihr Gefühl, dass etwas Unglaubliches passiert sein musste, verstärkte sich weiter.

»*Cavolo*!«, spie Carlo erneut aus, dann schien er sich zu besinnen und sprach bemüht langsam. Sein neapolitanischer Akzent war stark ausgeprägt, und Malin musste sich konzentrieren, um ihn zu verstehen. Er sagte ihr, dass Riccardo sich seit zwei Tagen nicht hatte blicken lassen. Sie fragte ihn, ob er zu ihr kommen könne, um über diese Sache zu sprechen. Er versprach ihr, in ein paar Minuten da zu sein.

Während sie wartete, wählte sie Riccardos Festnetznummer, denn ihre Nachrichten auf dem Handy hatte er nicht abgerufen, das hatte sie bereits gesehen. Aus einem gekippten Fenster über der Eisdiele konnte sie das Klingeln hören. Dann sprang der Anrufbeantworter an. Mit vor Angst zitternder Stimme redete sie los: »Riccardo, bist du da oben? Hier ist Malin, bitte melde dich, ich mache mir große Sorgen um dich. Ich stehe unten vor der *Gelateria*.«

»*Signorina*«, hörte sie da die knurrige Stimme, die eben so lebhafte Beschimpfungen am Telefon ausgestoßen hatte, und sie drehte sich um. Carlo stieg von einer uralten Vespa herunter und stellte sie ab. Er sah aus, wie seine Stimme sich anhörte: ein drahtiger Mann, nicht größer als sie selbst, von nicht schätzbarem Alter mit störrischen, schwarzen Haaren, die in alle Richtungen standen und ihm etwas Piratenhaftes verliehen. Sein Gesicht war wettergegerbt, die ledrige Haut hatte fast den Farbton von Oliven. Die Brauen waren zu einem dichten schwarzen Bogen heruntergezogen, als er auf Malin zukam. »Sind Sie die Freundin von Basile?«

»Ja. Haben Sie eine Ahnung, wo er ist?«

»Ich hatte geglaubt, Sie könnten mir das sagen! Am Samstag habe ich morgens um sieben Uhr auf ihn gewartet, weil wir noch alles fertigmachen wollten. Wer ist nicht gekommen? Er! Was für eine *Stronzata*!«

Malin zuckte zusammen. Die Wut des Mannes war weder zu übersehen noch zu überhören. »Sie sind doch sein ... Mitarbeiter. Haben Sie vielleicht einen Schlüssel zur *Gelateria*?«

Carlo zog einen Bund aus der Hosentasche. »Ja, habe ich, aber der nützt uns gar nichts, weil ich nicht mal in die Küche damit komme. Die ist abgeschlossen, genauso wie der Kühlraum mit den Tiefkühltheken, in denen das Eis lagert. Ich konnte nichts machen, gar nichts! Sonst hätte ich die Eröffnung allein durchgezogen, damit alles läuft, wenn der *Stronzo* sich bequemt und seinen Arsch wieder hierherschwingt.«

»Aber glauben Sie nicht, dass etwas passiert sein könnte?«

»Was weiß ich denn? Ist es das erste Mal, dass ich so etwas erlebe? Nein! Sein Onkel hat mich auch mal sitzenlassen. Wie der Baum, so der Apfel. So sagt man doch, oder?«

»Riccardos Onkel? Haben Sie für ihn gearbeitet?«

»Ja, *chiaro*, mein gesamtes Arbeitsleben stehe ich hier in diesem Laden und verkaufe *Zeugs* für Basile.« Er wischte mit der Hand durch die Luft. »Jetzt habe ich auf meine alten Tage halt noch Eismachen gelernt. Na und? Carlo ist ein kluger Kopf mit geschickten Händen. Der

Junge, Riccardo, hat es mir gezeigt, und dann sagte er, dass er es selbst nicht besser könnte. Das sagte er. Ich dachte, ich habe Glück mit ihm. Hat mir sogar den Eiswagen überlassen. Aber was ist jetzt? Ich soll ihm helfen, die *Gelateria* in Gang zu bringen, und dann taucht er nicht auf.«

»Waren Sie bei der *Polizia*?«

Carlo spuckte aus und lachte. »Warum, *Signorina*? Was soll ich dort? Riccardo ist ein erwachsener Mann, der kann kommen und gehen, wie er will. Deshalb lege ich mich doch nicht mit den *Carabinieri* an. Na ja«, er zuckte die Achseln, »viele Leute waren eh nicht da. Man konnte ja von Weitem sehen, dass in dem Laden nichts läuft.« Er schüttelte den Kopf, dann blickte er in Malins Gesicht. »Wenn Sie was von ihm hören, geben Sie mir Bescheid, ja? Ich arbeite in der Zwischenzeit mit dem Eiswagen, aber mir geht das Eis aus. Das muss ich dann hinzukaufen, weil ich seine Küche ja nicht benutzen kann. Und in der Kühlung liegt das ganze gute Zeug. Er hat sogar eines extra für Sie kreiert. Wussten Sie das? Mit Vanille, Lavendel, flüssiger Schokolade und Salzkaramell. Dann hat er es noch mit Lebensmittelfarbe eingefärbt, damit es einzigartig ist. Schwarz.« Er konnte sich ein Prusten nicht verkneifen. »Dabei gibt es längst schwarzes Eis. Aber okay, er meinte, nicht in dieser Zusammenstellung, und damit hatte er recht. Mögen Sie Salzkaramell und Schokolade?«

Sie blinzelte eine Träne weg. »Wer mag das nicht?« Malin konnte nicht fassen, wie dieser Carlo von Riccardo sprach. So, als ob gar nicht die Möglichkeit bestünde, dass ihm etwas zugestoßen sei. »Was, wenn er einen Unfall hatte?«

»Ach was, das hätte man längst gehört. So ein Unfall passiert auf den Straßen ja nicht unbemerkt, verstehen Sie? So, *Signorina*, wenn es das war, muss ich dann weiter. Eis bei Nannini kaufen.«

»Warten Sie, Carlo. Können Sie mir sagen, wo die nächste Polizeidienststelle ist? Ich möchte melden, dass Riccardo verschwunden ist, eine Vermisstenanzeige aufgeben. Für alle Fälle. Ich bin mir nämlich sicher, dass diese Verhaltensweise nicht zu ihm passt.«

»Zu welcher Polizei wollen Sie?«

»Den *Carabinieri*?«, versuchte sie es vorsichtig. Malin wusste, dass es in Italien verschiedene Arten von Polizeibehörden gab, und sie meinte, *Carabinieri* wäre am nächstliegenden.

Carlo lachte leise. »Ja, würde ich auch machen.« Er zuckte mit der Schulter. »Riccardo Basile ist ja ein Ausländer, das passt.« Dann beschrieb er ihr den Weg.

\*\*\*

Als Malin zwanzig Minuten später in der Wachstation ihre Meldung zu Protokoll geben wollte, verwies man sie zunächst auf einen der Warteplätze. Der schlecht beleuchtete Flur, in dem es muffig roch, war nicht gerade dazu angetan, ihre Nervosität zu verringern. Die Umgebung erinnerte sie an die vergangenen Male, die sie auf Fluren von Polizeidienststellen verbracht hatte. Niemals waren ihre Kontakte mit der polizeilichen oder richterlichen Gewalt angenehm verlaufen, auch wenn sie letzten Endes immer wohlbehalten daraus hervorgegangen war. Dieses Mal fühlte sie sich jedoch noch ängstlicher als in Hamburg oder Saarlouis, weil der Grund für ihre Anwesenheit damit zusammenhing, dass sie sich um einen guten Freund sorgte.

Endlich wurde sie in das Büro eines *Maresciallo* Bruttomesso gerufen. Der *Maresciallo*, der an einem von zwei Schreibtischen saß, trug Uniform. Sein Hemd war blütenweiß, der tiefschwarze Schlips korrekt gebunden, und seine Uniformjacke hing auf einem Bügel an einer kleinen Garderobe. Malin hatte immer schon Probleme damit gehabt, sich Dienstgrade zu merken, und die Streifen, Sterne und anderen Insignien waren für sie nichts weiter als Plüsch. Überraschend für sie selbst registrierte sie trotz ihrer Anspannung (vielleicht gerade deshalb), dass die Jacke schlichte Schulterklappen mit nur einem silberfarbenen Streifen trug, gar nicht zu vergleichen mit den Epauletten, die sie gestern auf der Hochzeitsfeier bei dem lamettabehängten *Carabiniere* gesehen hatte.

Beinahe hätte sie lachen müssen, als sie bemerkte, wie bei ihrem Hereintreten der Polizist fast reflexartig die Hand nach einer Sonnenbrille ausstreckte, die in einer flachen Schale neben dem PC-Bildschirm lag. Die Augen des jungen Mannes hatten kurz aufgeleuchtet, als sein Blick von ihrer Gestalt in ihr Gesicht gewandert und dann an ihrem Haar hängen geblieben war, bevor er die verräterische, instinktgetrieben wirkende Bewegung ausführte. Offensichtlich wurde ihm aber klar, wie unsinnig es war, im Büro die Sonnenbrille aufzusetzen, und er zog die Hand zurück, erhob sich und beugte sich zur Begrüßung leicht vor, wobei er auf den freien Stuhl vor seinem Schreibtisch deutete.

»Prego, Signorina, cosa posso fare per lei?«

Malin wunderte sich über die Formulierung, die wie Alessios Gesprächseröffnungen klang, wenn er mit ihr flirten wollte. Doch ihre Sorge um Riccardo trat wieder in den Vordergrund, und etwas atemlos berichtete sie ihrem Gegenüber von ihrem Freund, der am gestrigen Sonntag eine *Gelateria* hatte eröffnen wollen, und der seit Freitagnacht anscheinend spurlos verschwunden war.

*Maresciallo* Bruttomesso zog possierlich eine dunkle Braue nach oben und spitzte nachdenklich die Lippen. »Mhm.« Er wiegte den Kopf.

Was sollte das? Malin sah ihn abwartend an.

»Seit Freitagnacht, sagen Sie?«

»Ja, nach unserem Streit ist er mit der Vespa davongefahren, er musste von Piano di Sorrento nach Neapel.«

»Sie hatten einen Streit, *Signorina*?«

»Ja, aber er ist nicht mein fester Freund, falls Sie das meinen.«

»Also nicht Ihr Lebensgefährte?«

»Nein, das sage ich doch. Ich möchte eine Vermisstenanzeige erstatten. Würden Sie sie bitte aufnehmen?«

»Wissen Sie, *Signorina* Holm, ich sehe keinen Grund, eine Vermisstenanzeige aufzunehmen.«

»Wie bitte?«

»Wie alt ist Ihr Freund, wie heißt er noch gleich? Basile.«

»Ich weiß zwar nicht, was das damit zu tun hat, aber er ist fünfundzwanzig.«

*Maresciallo* Bruttomesso lehnte sich in seinem Bürostuhl zurück. »Sehen Sie, er ist ein erwachsener Mann. Sie sind nicht einmal mit ihm ... liiert, und er hat Sie gebeten, eine Weile Abstand zu halten, habe ich das aus Ihrer Erzählung richtig entnommen?«

»Ja, aber ...«

»Dann haben wir keinen Anlass, etwas zu unternehmen.«

»Bitte? Er hat die *Gelateria* nicht eröffnet, das ist doch ein deutliches Zeichen.«

»Ein deutliches Zeichen wofür, *Signorina*?« Der *Maresciallo* schüttelte den Kopf. »Wissen Sie, wie oft so etwas vorkommt? Vor allem, wenn der Betreiber kein Italiener ist?«

»Er *ist* Italiener, das sagte ich Ihnen doch.«

»Er ist in Deutschland geboren und erst seit ein paar Monaten in Neapel, sagten Sie, *vero*?«

»Ja, aber ...«

Der *Maresciallo* wischte mit der Hand durch die Luft. »Wie auch immer, er ist ein freier Mann, der niemandem sagen muss, wohin er geht oder wo er sich aufhält.«

»Riccardo ist nicht der Typ, der ...«

»Hat er Sie gebeten, ihn in Ruhe zu lassen?«

»Ähm, nicht mit diesen Worten.«

»Aber er brauchte Zeit für sich, das sagten Sie vorhin?«

»Ja, aber ...«

Der *Maresciallo* seufzte. »*Signorina*, ich mache Ihnen einen Vorschlag: Ich nehme Ihre Angaben und die Daten von Riccardo Basile zu den Akten. Ist Ihnen damit geholfen?«

»Aber werden Sie auch nach ihm suchen?«

»Vorerst nicht, nein. Es ist erst der dritte Tag, *Signorina*. Sie können nicht jedem Mann, der für eine Weile untertaucht, einen Suchtrupp hinterherschicken.«

»Ich sage Ihnen doch, Riccardo Basile ist niemand, der einfach abtaucht.«

153

Der *Maresciallo* hatte auf der Computertastatur herumgetippt und bat Malin nun, ihm die Daten von Riccardo Basile anzugeben. Als sie ihm nicht einmal das korrekte Geburtsdatum oder seine Heimatanschrift in Deutschland nennen konnte, runzelte er abermals die Stirn. Offenbar füllte er eine Art Aktenblatt am PC aus, und Malin war froh, dass Riccardo nun zumindest im Computer der Polizei erfasst war.

Er wandte sich ihr wieder zu. »Ich habe überprüft, ob es in den letzten Tagen einen Unfall in unserer Gegend gab. Außer Blechschäden war nichts, und eine Vespa war nicht darin verwickelt. Glauben Sie mir, Ihr Riccardo hat sich für eine Weile aus dem Staub gemacht, das ist alles.«

Kurz darauf komplimentierte der *Maresciallo* sie nach draußen. Mit dem unbefriedigenden Gefühl, nichts erreicht zu haben, verließ sie die Station.

Am frühen Nachmittag saß Malin also wieder in der Circumvesuviana, um zurückzufahren, und ihr Kopf dröhnte – nicht nur vom Lärm der veralteten Bahn, die laut ratternd über die Gleise fuhr, und der Hitze, sondern auch, weil ihre Gedanken sich in ihrem Kopf drehten wie ein wahnwitziges Kettenkarussell, das Gefahr lief, auseinanderzubrechen und die einzelnen Schaukeln in alle Winde zu schleudern. Ihr Herzschlag pochte viel zu laut und zu schnell in ihren Ohren.

Hätte sie irgendetwas anders machen können, um die Polizei dazu zu bewegen, nach Riccardo zu suchen? Oder übertrieb sie mit ihrer Sorge, und es war tatsächlich so, wie alle Männer um sie herum sagten, und er hatte sich einfach zurückgezogen? Tief in ihrem Innern wusste sie, dass Riccardo nicht der Typ Mensch war, der ein Geschäft einfach ins Leere laufen ließ. Sollte sie vielleicht seine Eltern anrufen? Sie ging davon aus, dass die beiden über Riccardos Pläne informiert waren. Was ja, so betrachtet, bedeutete, dass Malin von ihnen Informationen bekommen könnte. Doch allein das Wissen, dass seine Eltern in Saarlouis lebten, hielt sie davon ab. In Saarlouis lauerte die Gefahr, dort hatte Tymon Nowak sie schon einmal aufgespürt.

Der Gedanke an Tymon Nowak erinnerte Malin unweigerlich daran, dass ihr Opa gerade beerdigt wurde. Ihre Familie versammelte sich in diesen Stunden in der Kirche und auf dem Friedhof. Sie sah ihre Eltern und ihren Bruder, ihre Großmutter und die Großeltern mütterlicherseits geradezu vor sich. Wenn sie einen Moment die Augen schloss, hatte sie die Empfindung, mitten unter ihnen zu stehen und nur die Hand ausstrecken zu müssen, um die schwarzen Ärmel ihrer Kleidung zu berühren.

Mit einer ungeduldigen Bewegung wischte sie sich eine Träne von der Wange, die mit einem Kitzeln auf ihrer Haut hinunterlief. Es nützte nichts, wenn sie sich jetzt verrückt machte. Sie hatte Freunde! Heute Abend würde sie sogar Lucy sehen, mit der sie offen über all ihre Sorgen reden konnte. Lucy würde in Saarlouis wegen Riccardo nachfragen können, sie könnte sogar Frank fragen, ob er etwas in Bewegung setzen konnte. Ja, das war überhaupt die Lösung. Komisch, dass sie daran noch gar nicht gedacht hatte.

Doch auch hier hatte sie Freunde, und vielleicht konnte sie bei ihnen Trost finden. Sie blickte auf die Armbanduhr und beschloss, Ben anzurufen. Wenn sie Glück hatte, war er gerade in einer Pause zwischen zwei Führungen. Kurz entschlossen wählte sie seine Nummer.

»Malin?«, hörte sie nach dem zweiten Läuten Bens Stimme.

»Ja. Hast du ein bisschen Zeit, ich möchte dir etwas erzählen? Ich mache mir große Sorgen um Riccardo.«

»Ich habe zehn Minuten, dann muss ich meine nächste Tourigruppe zusammentrommeln. Was ist denn mit Riccardo?«

»Er ist verschwunden. Seit Freitag habe ich nichts mehr von ihm gehört, und seine *Gelateria* ist zu! Ich war sogar bei der Polizei, aber die unternehmen nichts.«

»Wie meinst du das, er ist verschwunden? Er hat dich doch am Freitagabend noch nach Hause gebracht. War da irgendwas?«

»Ja, wir hatten Krach, und er war ziemlich sauer, als er weggefahren ist. Noch lange kein Grund, einfach zu verschwinden, oder?«

»Was für einen Krach hattet ihr?«

»Wie, was für einen Krach? Das spielt keine Rolle. Er hat mich gebeten, eine Weile auf Abstand zu bleiben, und seitdem habe ich nichts mehr von ihm gehört.«

»Hm, dann hat er ja angekündigt, dass er keinen Kontakt will. Du sagtest, die *Gelateria* ist gar nicht eröffnet?«

»Eben! Ich habe seinen Mitarbeiter gefunden, Carlo, und der hat mir gesagt, dass Riccardo weder am Samstag noch am Sonntag da war.«

»Das passt nicht zu ihm ...«

»Gott sei Dank!«, rief sie aus. »Endlich sieht es jemand so wie ich. Carlo meinte, das wäre ja nicht ungewöhnlich, er hat sowas schon öfter erlebt. Dabei war er stinksauer. Ich bin dann jedenfalls zur Polizei gegangen.«

»Richtig so. Zu welcher Polizei? Der *Polizia di Stato* oder den *Carabinieri*?«

»Zu den *Carabinieri*. Ich wusste nicht, was besser ist, da blickt man ja nicht durch. Vielleicht hätte ich doch zur *Polizia di Stato* gehen sollen, die hätten vielleicht was unternommen?«

»Weißt du was? Ich mache das.«

»Wie, du machst das?«

»Ich gehe dorthin. Dann ist es bei beiden schon mal gemeldet, und vielleicht werden sie dann aktiv. Soweit ich weiß, gibt es da Rangeleien bezüglich der Zuständigkeiten. Insofern war die Entscheidung für die *Carabinieri* vielleicht genau richtig, denn die unterstehen ja organisatorisch dem Verteidigungsministerium, und Riccardo ist deutscher Staatsbürger, oder?«

»Vielleicht hat er beide Staatsbürgerschaften, das weiß ich nicht. Würdest du wirklich noch zur *Polizia di Stato* gehen?«

»Ja, das mache ich. Ich gebe zu Protokoll, dass er vermisst wird. Die werden auch nichts machen, da bin ich mir ziemlich sicher, weil er ein erwachsener Mann ist und niemandem Rechenschaft schuldet. Trotzdem, ein bisschen Druck kann nichts schaden. Schick mir per WhatsApp den Namen und die Dienststelle, bei der du warst, dann gebe ich das mit an. Ich mache nachher etwas früher Schluss. Ich wollte eh noch nach Neapel, und dann gehe ich dort zur *Questura* und melde den Fall.«

»Du bist ein Schatz!«

»Ach was. Ich sehe es genauso wie du: Riccardo ist nicht der Typ, der sich einfach aus dem Staub macht. Und je eher die das von mehreren Seiten hören, desto eher werden sie aktiv. Hoffe ich jedenfalls. Hast du gefragt, ob es einen Unfall gegeben hat, in den er hätte verwickelt sein können?«

»Ich habe zwar nicht danach gefragt, aber das hat der *Maresciallo* von sich aus überprüft. Fehlanzeige.«

»Und was ist mit seiner Familie? Hast du mal daran gedacht, die zu kontaktieren? Wie viel weißt du über Riccardos Leute?«

»Ich ... ich weiß einiges, kenne aber nicht die Adresse. Da müsste ich online bei ›Das Örtliche‹ nachsehen.«

»Ich kann mich drum kümmern, wenn es dir nicht gut geht.«

»Woher weißt du ...?«

»Ich höre es an deiner Stimme. Du hörst dich nicht gut an, Malin. Vielleicht hast du dich am Wochenende mit der Arbeit übernommen, dann noch die Sorge um Riccardo. Und dein Hund ...«

*Welcher Hund?*, wollte sie nachfragen, dann fiel ihr wieder die Version ein, die sie ihren Freunden aufgetischt hatte, um zu erklären, weshalb sie traurig war.

»Malin, Täubchen, ich muss weitermachen. Ich gebe dir heute Abend Bescheid, was ich erreichen konnte, okay? Versuch dir nicht so viele Sorgen zu machen. Vielleicht stimmt es ja, was dieser Carlo sagte, und Riccardo sitzt putzmunter irgendwo und leckt seine Wunden, die du ihm im Streit zugefügt hast.«

»Ich habe ihm keine ...«

»War nur ein Scherz. Ein ungeschickter, sorry. *Ciao*, bis später!«

Malin legte auf. Wie wohltuend, dass Ben Riccardos Verschwinden genauso betrachtete wie sie. Jetzt hatte sie das Gefühl, nicht mehr völlig allein dazustehen.

Sie wählte Alessios Nummer. Als er dranging, erzählte sie ihm die ganze Geschichte. Er reagierte anders als Ben.

»*Ascolta*, ich verstehe, dass du dich sorgst, das ist typisch für dich und sehr, sehr liebenswürdig«, sagte er, nachdem sie ihm ihr Leid geklagt hatte. »Aber der *Maresciallo* hat recht. Es gibt keinen Grund, sich um Riccardo zu sorgen. Er hat quasi angekündigt, dass er abtauchen wird.«

»Das stimmt nicht, Alessio! Er sagte nur, dass er eine Weile nichts von *mir* hören will.«

»Also, wenn ich mich in ihn hineinversetze, würde es mich tierisch nerven, wenn eine Frau, der ich sagte, dass ich Funkstille will, mir hinterherspionieren würde.«

Malin schnalzte mit der Zunge. »Sag mal, gehts noch? Ich spioniere ihm doch nicht hinterher. Er hat seine *Gelateria* nicht eröffnet! Und du weißt, wie wichtig sie ihm war. Ist.«

»Vielleicht hat ihm jemand einen guten Rat gegeben, und er hat sich eines Besseren besonnen, das weiß man nie. Ich sagte dir schon, dass ich es für sehr dumm halte, als Deutscher in Neapel eine *Gelateria* aufzumachen. Noch dazu in einem Laden, in dem vorher ganz andere Sachen über den Tisch gegangen sind. Das ist einfach ... *stupido*. Deshalb, *carissima*: Riccardo hat sich das alles wahrscheinlich noch mal sehr gut überlegt,

und dann das einzig Sinnvolle gemacht, nämlich abzu-
hauen. Wetten, dass er sich bald aus *bella Germania* bei
dir meldet?«

»Weißt du was, Alessio? Diesen Blödsinn höre ich mir
nicht mehr länger an. Ich kenne Riccardo, und so was
würde er niemals machen. *Ciao. A domani.*« Sie legte
auf, ohne seine Antwort abzuwarten. Unfassbar, wie er
Riccardo sah. Selbst wenn an seiner Version etwas
dran sein sollte, Riccardo würde bestimmt nicht ohne
die geringste Spur verschwinden, da war sie sich sicher.

Dann fiel ihr ein, dass ihre eigene Familie über ihren
Verbleib und ihr Wohlergehen auch nicht informiert
war. Aber das war schließlich eine völlig andere Geschichte.

Sie sah auf die Uhr: Noch zwei Stunden, dann würde
sie endlich Lucy sehen. Sie würde das alles mit ihrer
Freundin durchsprechen können. Und Lucy hatte
Frank zur Seite. Er konnte bestimmt helfen.

# Kapitel 9: Endlich wieder vereint

## Lucy

### Piano di Sorrento im August 2015

Müde und verschwitzt erreichte ich am Montagnachmittag Piano di Sorrento. Der Ausblick in die Bucht, als ich die Sorrentiner Halbinsel befuhr, versöhnte mich mit der langen Reise durch die flirrende Hitze auf den italienischen Autobahnen. Sofort fühlte ich mich hier geborgen, während ich die zum Meer abfallenden, sattgrün und samtig schimmernden Hänge bewunderte, an die sich die bunten Häuser der Ortschaften als Farbtupfer schmiegten. Schon jetzt freute ich mich auf die Tage, die ich mit Frank hier verleben durfte. Wir würden beobachten, wie bei Capri die rote Sonne im Meer versinkt, frisch gefangene Meeresfrüchte essen, Limoncello trinken, Weißbrot in Olivenöl tunken und die berühmte Burrata kosten. Oh ja, es würde eine wundervolle Woche werden. Und danach würden Frank und ich das alles unseren Zwillingsmädchen zeigen, die ich tief in meinem Herzen sehr vermisste, obwohl ich diese ungewohnte Freiheit, allein unterwegs zu sein, in vollen Zügen genoss.

Doch zu allererst würde ich Malin treffen, und der Gedanke daran, das ehemalige »Kittelmädchen«, das mir zu einer so guten Freundin geworden war, bald umarmen zu können, löste eine freudige Nervosität in mir aus, die ich fast wie ein Verliebtheitsgefühl empfand. Hinzu kam der dringende Wunsch, meiner Freundin in ihrem Kummer zur Seite zu stehen. Die Ärmste litt schrecklich, das hatte ich nicht zuletzt am Tonfall ihrer knapper werdenden Mails erkannt. Und ich konnte mich allzu gut in Malin hineinversetzen.

Die Vermieterin der Wohnung hatte mit mir einen Treffpunkt an einem bewachten und eingezäunten Parkplatz vereinbart, der gleich beim Bahnhof lag, und den ich dank Navigationsgerät problemlos fand. Parkplätze waren in Piano di Sorrento Mangelware, weshalb Silvia mir angeboten hatte, einen dieser bewachten Plätze für mich anzumieten. So brauchte ich nicht lange zu suchen, und der Weg zur Wohnung sollte zu Fuß nur ein paar Minuten dauern. Silvia war mit einer cremefarbenen Vespa gekommen und bot mir zunächst an, hinter ihr aufzusteigen. Ich äußerte die Meinung, dass es nicht ungefährlich wäre, mit Handtasche, Rucksack und Rollkoffer auf einem Motorroller mitzufahren, und lehnte mit einem entschuldigenden Lächeln ab. Silvia stellte kurzerhand ihren Roller ab, nahm meinen Trolley und geleitete mich quer durch den Ort zum Corso Italia hinauf, der Straße, in der das

Haus stand. Ich strahlte, als ich das mehrstöckige Patrizierhaus sah, auf das Silvia zusteuerte.

»*Eccoci!* Hier ist es. Die Wohnung für deine Eltern ist ebenfalls in diesem Haus. Sie ist momentan noch vermietet.« Geschäftig schloss Silvia auf und ging hinein, dann winkte sie mich zu dem alten Aufzug, der in die Mitte des imposanten Treppenhauses gebaut war. Sie ließ mir den Vortritt und folgte mir hinein.

»Dritter Stock.« Mit einem strahlenden Lächeln fragte sie mich nach meiner Reise, dann zeigte sie mir die Schlüssel, anschließend die Wohnung und zuletzt den Balkon, der auf einen riesigen Zitronengarten hinausging. Ich versank im Anblick der Bäume mit den Blüten und gelben Früchten, der Häuser, die um den großen Garten herumgebaut waren, und der grünen Berge dahinter, saugte die blumigen und erdigen Gerüche auf.

Silvia lachte. »*Ti piace?* Gefällt es dir?«

»Oh ja, und wie!«

Als Silvia wieder weg war, räumte ich meine Kleider in den Schrank und sah auf die Uhr: noch anderthalb Stunden Zeit. Also beschloss ich, mir unter der Dusche den Schweiß der Reise von der Haut zu waschen, und eine halbe Stunde später machte ich meinen ersten Spaziergang durch Piano di Sorrento. Als ich einen kleinen quadratischen Platz im Zentrum fand, setzte ich mich kurzentschlossen vor der *Caffè Bar Mariniello* an einen Tisch im Schatten. Ich wollte Frank anrufen, um ihm zu sagen, dass ich gut angekommen war. Bei dem hübschen Ober, der herauskam, um mich nach meinen Wünschen zu fragen, orderte ich einen Cappuccino. Der junge Mann, der mit dem mittelblonden

Dutt an seinem Hinterkopf eigentlich eher wie ein Wikinger aussah, grinste. »*Sei tedesca, vero?*«

Ich lachte. »Stimmt. Nur Deutsche bestellen nachmittags einen Cappuccino, richtig?«

Er zwinkerte mir zu, räumte ein leeres Glas und ein Schälchen mit wenigen Nüssen und Salzgebäck von meinem Tisch auf sein Tablett, dann ging er hinein, um mir wenige Minuten später das Gewünschte zu bringen.

»Können Sie mir sagen, wo die *Osteria Russo* ist?«, fragte ich ihn.

»*Si, certo! E proprio qui.*« Damit drehte er sich zum Platz und deutete auf ein Lokal, das sich auf der gegenüberliegenden Seite etwas weiter oben befand. Davor sah ich eine überdachte Holzterrasse, die zum Essen im Freien einlud. Es sah aus, als würde das Lokal soeben geöffnet. Eine junge Frau deckte die Tische ein und stellte die Stühle zurecht, und die Tür zum Restaurant im Inneren des Gebäudes stand offen. Ich sah auf meine Armbanduhr. Noch eine halbe Stunde. Blinzelnd lächelte ich zu dem Kellner hoch. »Danke sehr. Ich bin dort mit einer Freundin verabredet.«

Er erwiderte mein Lächeln. »Gute Wahl.«

Meine Nervosität wuchs, als ich etwas später den Cappuccino zahlte und auf die *Osteria* zuschlenderte. Immer wieder blickte ich mich um, doch Malin war noch nicht da. Die Kellnerin, die gut gelaunt wirkte und deren schwarze Locken am Hinterkopf zu einem Knoten gedreht waren, der der Widerspenstigkeit ihres Haares kaum gewachsen war, lächelte mir zu, als ich auf dem Bürgersteig stehen blieb.

»*Salve!* Kann ich helfen?«

Ich winkte ab und schüttelte den Kopf. »Nein, danke, ich warte auf eine Freundin.« *Sie arbeitet hier*, wollte ich noch hinzufügen, ließ es dann aber sein und begnügte mich damit, zu beobachten, wie die Terrasse sich langsam füllte.

Ein junger Italiener trat aus dem Restaurant, um eine Familie zu begrüßen, die an einem der größeren Tische Platz genommen hatte. *Das muss Alex sein*, dachte ich, denn er sah aus wie Lucifer Morningstar und ähnelte damit Tymon Nowak. Genau so hatte Malin ihn mir beschrieben. Unwillkürlich lief mir ein kalter Schauder über den Rücken. Der Typ drehte sich um, um in das Lokal hineinzugehen, da entdeckte er mich. Die Art, wie der Ausdruck auf seinem Gesicht wechselte, gefiel mir nicht, denn auch das erinnerte mich an Tymon. Der Mann war so schön und strahlte so viel Positives aus, dass sich meine Haare vor Misstrauen zu Berge stellten. Innerlich auf Abwehr gebürstet, blickte ich ihm entgegen, als er jetzt geradewegs auf mich zukam und strahlend lächelte, was seine dunklen Augen aufblitzen ließ und Grübchen in seine Wangen zauberte. Wahrscheinlich war er eine andere, positivere Reaktion bei Frauen gewohnt, doch falls er meine Abscheu wahrnahm, gab er es nicht zu erkennen. Er begrüßte mich auf die charmanteste Art.

»*Buona sera, Signorina*, kann ich Ihnen helfen?« Dabei sah er mich unverwandt an, wie es nur wenige Menschen taten. Ängstlich oder unsicher war er jedenfalls nicht.

Ich wollte die Reaktionen, die er in meinem Inneren hervorrief, nicht analysieren, so widersprüchlich waren sie. Also setzte ich ein unverbindliches Lächeln auf und versuchte zugleich, mein Gesicht zu einer unlesbaren Maske zu machen, was ich zugegebenermaßen nicht gut beherrschte. »Vielen Dank, nein. Ich warte hier nur auf meine Freundin.«

»Ach, das ist schade. Darf ich Ihnen denn einen *Aperitivo* anbieten? Wie wäre es mit einem *Bitterino*, um die Wartezeit zu verkürzen?«

»Vielen Dank, aber ich weiß noch nicht, was wir heute Abend machen werden. Sie hat mir nur Ihr Lokal als Treffpunkt genannt.« Ich dachte eine Sekunde nach, dann fügte ich hinzu: »Sie arbeitet hier. Ich meine Malin Holm.« Im Grunde wusste ich ja nicht mal, ob sie heute frei hatte, sondern war in meiner Vorfreude darauf, sie zu sehen, einfach davon ausgegangen. Rein theoretisch war es möglich, dass sie arbeiten musste und mich deshalb hierherbestellt hatte. Andererseits ... dann hätte sie bestimmt nicht sieben Uhr gesagt, oder?

»Malin? Das hätte ich mir denken können. Sind Sie aus Schweden, *Signorina* ... äh?«

»Nein, ich bin ...«

»Warten Sie, lassen Sie mich raten. Sie sind Französin. Ihr Akzent ist gar nicht stark ausgeprägt.«

Zunächst fühlte ich mich über alle Maßen geschmeichelt, bis mir klar wurde, dass er das nur gesagt hatte, um mir ein Kompliment zu machen. Weder war mein Italienisch besonders gut noch mein Akzent auch nur ansatzweise Französisch. Ich verzog also das Gesicht, beschloss dann jedoch, auf seinen Tonfall einzusteigen. »Falsch geraten, ich bin Deutsche.« Abwartend sah ich in seine dunklen Augen und legte grinsend den Kopf schief.

»*Che sorpresa*! Verraten Sie mir Ihren Namen?«

»Müssten Sie nicht die Bestellung dieser Familie weitergeben?« Ich deutete zum Tisch auf der Terrasse und warf dann einen Blick über den Platz zur Hauptstraße. Wo blieb Malin?

Dieser Alex stoppte mit einem Handzeichen die Bedienung, die gerade an ihm vorbeiging, und gab ihr den Zettel, auf dem er die Bestellung notiert hatte, dann wendete er sich mir wieder zu.

»Und nun, Ihr Name?« Er beugte tatsächlich den Kopf vor und sah mich so intensiv an, wie Lucifer Morningstar es in der Serie tat, wenn er die Menschen dazu brachte, ihre geheimsten Sehnsüchte zu offenbaren. Ui, Malin dürfte es nicht ganz leicht haben, hier zu arbeiten, wurde mir klar. Das war die reinste Charmeoffensive, konnte aber durchaus nervig und lästig sein.

»Ich verrate meinen Namen nur Menschen, die ich kenne.«

Er lächelte, dann deutete er auf seine Brust. Ich erwartete schon, dass er »Lucifer Morningstar« sagte, aber das war natürlich Unsinn. »Alessio Russo«, stellte er sich mit einer leichten Verbeugung vor. »*Piacere.*«

»Lucy Schober«, sagte ich also brav. Alessio, darauf hätte ich gleich kommen können. Und Russo wies ihn als Teil der Familie aus, die der *Osteria* den Namen gegeben hatte. Nun gut, das konnte ich mir zusammenreimen, auch wenn Malin die Namen in ihren Briefen nicht genannt hatte. Verstohlen warf ich einen Blick nach drinnen und versuchte, dort hinter der Theke jemanden zu erkennen. Wo war diese *Zia* M., die Malin so mochte? Und wie war wohl der Name von O., die gerade wieder herauskam und mir ein fröhliches Lächeln, Alessio Russo hingegen einen eher tadelnden Blick zuwarf? Er bemerkte es.

»Olivia«, rief er aus, »warum guckst du mich so böse an? Sieh mal, das ist eine Freundin von Malin aus Deutschland. Sind diese hellhäutigen Frauen nicht eine Augenweide?«

Wenn er nicht ein bisschen an seinen Machosprüchen arbeitete, würde das auf lange Sicht nichts mit den Frauen. Das dachte ich – und ärgerte mich gleichzeitig, weil sein saublöder Spruch mir eben doch schmeichelte. »*Signorino* Russo«, sagte ich in strengem Tonfall, »bitte lassen Sie sich nicht aufhalten. Ich möchte Sie nicht in Ihrer Arbeit behindern. Ich warte hier nur auf Malin.«

Olivia lachte hell auf und ging mit ihrem Tablett voller Getränke weiter, um sie vor die Leute an dem großen Tisch zu stellen. Alessio griff sich mit einer theatralischen Geste ans Herz, doch sein überschäumendes Lachen zog diese übertriebene Bewegung ins Lächerliche und machte ihn damit sympathisch, weil er mir trotz allem das Gefühl gab, im Moment gerade der interessanteste Mensch der Welt für ihn zu sein. »Oh, all meine Bewunderung fällt in einen bodenlosen Abgrund«, deklamierte er. Dann zwinkerte er mir zu – es hatte nichts Schmieriges, sondern eher etwas Verschwörerisches – und machte eine weit ausholende Geste mit der Hand, die die Terrasse und das Restaurant einschloss. »Für Malin und Sie werden wir auf jeden Fall ein schönes Plätzchen haben. Malin hat heute Abend frei.« Und urplötzlich zog ein besorgter Schatten über sein Gesicht, was dazu führte, dass ich seine übergroße Ähnlichkeit zu Tymon Nowak nicht mehr sah, sondern in ihm jemanden erkannte, der sich um Menschen sorgte, die ihm nahestanden. Malin hatte mir ja geschrieben, dass sie in ihm Rückhalt gefunden hatte.

»Das ist sehr aufmerksam, vielen Dank, Alessio«, hörte ich da die vertraute Stimme meiner Freundin, auf deren Klang ich so lange hatte verzichten müssen. Noch während ich mich zu ihr umdrehte, sprach sie weiter: »Aber ich glaube, wir werden heute Abend nicht hier speisen.«

Und dann stand sie vor mir: so groß wie ich, dasselbe Lächeln wie damals, dieselben feinen Gesichtszüge. Ihre helle Haut (die gleiche wie meine) war mit einem Hauch von Sonnenbräune überzogen, und die Sommersprossen, die sich auf Nase und Wangen verteilten, lockerten den Eindruck von aristokratischer Unnahbarkeit ein bisschen auf. Damals hatte ich sie mit Grace Kelly verglichen, heute wirkte sie weniger steif und deutlich verletzlicher als bei unseren frühen Begegnungen. Ihr rot gefärbtes Haar, das sie zu einem chaotischen Dutt mitten auf dem Kopf zusammengefasst hatte, und die grünen Augen (ich konnte die Farbe wahrscheinlich nur erkennen, weil sie es mir geschrieben hatte) ließen sie wie Anfang zwanzig aussehen. Da fiel mir ein, dass ich sie immer viel jünger als mich geschätzt hatte, dabei betrug der Unterschied nur vier Jahre, nicht zehn. Sie war also inzwischen Anfang dreißig, rechnete ich im Kopf schnell aus.

Dann überschwemmte die Wiedersehensfreude mein Herz, und mit einem Aufschrei warf ich beide Arme hoch, um sie an mich zu ziehen. Malins Umarmung war fest, warm und voller Gefühl. Wir hielten uns mehrere Minuten, und es war so, als würden wir uns ohne Worte über alles austauschen, was uns in den letzten beiden Jahren widerfahren war. Es war gerade so, als würde ich all das, was sie mir in den Mails erzählt hatte, als eine Art energetische Information in mich aufsaugen, und vermutlich ging es ihr umgekehrt auch so. Ob sie ein Gespür dafür bekam, was es aus mir gemacht hatte, Kinder auf die Welt zu bringen und zum ersten Mal die Menschen zu sehen, für die ich mein gesamtes Leben von der ersten Sekunde an umgestellt hatte?

»*Bellissime*«, hörte ich die Stimme von Alessio, er sagte es leise und unprätentiös, und ich glaubte, Wärme und Zuneigung herauszuhören.

Seine Äußerung führte jedoch dazu, dass Malin die Umarmung lockerte. Sie strich mir über die Wange, ließ ihren Arm um meine Taille liegen, dann lächelte sie Alessio zu. »*Salve*, Alessio. Das ist meine beste Freundin Lucy, die ich während meines Studiums in Deutschland kennengelernt habe. Wir sind seit vielen Jahren befreundet.« Nach den letzten Worten begrüßte sie ihn mit Wangenküsschen, und es war nicht zu übersehen, dass die beiden sich mochten. Das nahm mich noch einen Tick mehr für ihn ein.

Malins Italienisch beeindruckte mich, und ihre Stimme überraschte mich. Während sie als Ilina immer einen sehr tiefen und kernigen Ton angeschlagen hatte, sprach sie diese Worte mit ihrer natürlichen Stimme, die durch die Sprachmelodie und die Morphologie der Wörter jedoch einen anderen Klang bekam, als wenn sie Deutsch redete. Eigenartig und faszinierend.

»Wir haben uns bereits bekannt gemacht«, antwortete Alessio. »Möchtet ihr hier etwas essen, *cara*?«

Ich beobachtete gespannt, wie Malin auf das Kosewort reagierte; sie blieb gelassen. Echt, diese Identität als Schwedin machte sie zu einer anderen Person, die viel lockerer wirkte als Ilina Kowalska, die Frau mit den angeblich polnischen Wurzeln. Ob sie das alles bewusst machte?

Sie sah mich prüfend an. »Ich habe Brot und *Antipasti* zu Hause. Was ist dir lieber?«

Ich versuchte herauszufinden, was ihr lieber war, dann sagte ich: »Ich bin sehr gespannt auf deine Wohnung, lass uns dorthin gehen.«

Alessio nahm wieder die Rolle des italienischen Machos ein und zog ein todunglückliches Gesicht. »*Queste donne*! Wie ihr unsere Männerseelen quält. Dann geht doch und nehmt die Sonne mit euch, mit deren Glanz ihr in diesen trüben Abendstunden mein Haus erhellt habt.«

Ich musste laut lachen, denn die Abendsonne stand noch am Himmel, und das Licht, das auf dem Platz zwischen den Gebäuden lag, hatte diesen besonderen, goldenen Schimmer, den man nur im Süden findet.

Er winkte Malin und mir zu und drehte sich auf dem Absatz um. »Ich muss arbeiten. Man sieht sich.«

Während Malin und ich zum Corso Italia hochgingen und die Richtung zu meinem Haus einschlugen, begann sie zu erzählen. Heute war der Beerdigungstag ihres Opas, was sie sehr traurig machte, aber dann berichtete sie mir von Riccardo, und meine Sorge wuchs, während wir kurz vor dem Haus, in dem ich wohnte, nach rechts abbogen, um eine Nebenstraße weiter hinauf in Richtung der Berge zu laufen.

Ihre Wohnung lag am Rand von Piano, und nun verstand ich, weshalb sie in ihren Briefen so von dieser Wohnlage geschwärmt hatte. Der Ausblick von dort oben in Richtung Meer war atemberaubend, doch von drinnen hatte sie einen wundervollen Blick in die beiden anderen Richtungen: Zum einen über die Hügel; es war der gleiche Blick wie von meinem Balkon aus. Und vom Schlafzimmer aus sah man auf die Berge, die in der hereindämmernden Dunkelheit geheimnisvoll wirkten. Da sie so weit weg vom Ortskern wohnte, konnte man die Blätter der Bäume, die an den Berghängen wuchsen, im Luftzug rascheln hören. Vom Meer her wehte ein warmer Wind herauf. So vermischten sich die Gerüche hier zu einem unwiderstehlichen Potpourri, wie man es mit künstlichen Duftstoffen niemals hinbekam. Nicht nur Pinien, Erlen, Buchen und Eichen verströmten ihre Gerüche, sondern auch Myrte, Wacholder und natürlich der Rosmarin, der hier zu kräftigen Büschen gewachsen war, vervollkommneten die intensive Mischung. Der Duft von Oliven und Zitronen gab dem Ganzen noch dazu das Unverwechselbare dieser besonderen Region.

Ich erinnerte mich, dass Malin die Gegend in einem ihrer Briefe als Paradies bezeichnet hatte, und ich konnte ihr nur zustimmen. Wenn nicht unsere Leben, besonders aber das von Malin, von all diesen Sorgen geschwängert wären, hätte man wirklich denken können, man wäre hier im Garten Eden gelandet.

Nachdem Malin mir im Schnelldurchgang ihre Wohnung und die Aussicht gezeigt hatte, bat sie mich, an dem kleinen Esstisch Platz zu nehmen, und holte vorbereitete Tabletts mit Salami und Schinken, Tomaten, Oliven, Silberzwiebelchen, *Pepperoncini* und Käse aus dem Kühlschrank, dazu stellte sie frisches Weißbrot und je eine Karaffe mit Olivenöl und Balsamico auf den Tisch. Sie zog noch eine Flasche Rotwein auf und schenkte uns beiden ein, dann setzte sie sich. »*Buon appetito*«, sagte sie und lächelte unglücklich. »Ich konnte in den letzten Tagen nicht viel essen. Jetzt, wo du da bist, fühle ich mich besser, Lucy. Ich bin so froh, dass du kommen konntest!«

Wir stießen miteinander an.

»Jetzt noch mal«, sagte ich dann zwischen zwei Bissen, »Riccardo ist seit Freitag verschwunden, sagst du?«

»Ja, am Freitag haben wir uns zum letzten Mal gesehen. Das war der Tag, an dem wir Krach bekommen haben. Das heißt, er ist wütend von mir weggegangen, und seitdem ist Funkstille.«

»Weißt du, komischerweise hat Frank mir gestern Abend am Telefon erzählt, dass Riccardos Mutter sich große Sorgen um ihn macht.« Ich wiegte den Kopf, um das Gesagte zu relativieren. »Sie ist wohl generell jemand, der leicht besorgt ist, aber ich finde es trotzdem eigenartig. Ich meine, offenbar hat sie recht.«

»Siehst du, das meine ich. Alle sagen, ich übertreibe, weil Riccardo ein erwachsener Mann ist und wir uns außerdem gestritten haben, aber das ist Blödsinn. Ich meine, wir sind ja nicht mal ein Paar, es war nur ein Krach unter Freunden.« Sie hielt inne, wahrscheinlich, weil ihr klar war, dass es für ihn vermutlich mehr als nur »unter Freunden« bedeutete. Dann atmete sie tief ein und aus. »Würdest du mir einen sehr großen Gefallen tun, Lucy?«

»Welchen?«

»Kannst du Frank danach fragen, ob die Möglichkeit besteht, dass er sich mit der italienischen Polizei kurzschließt? Die *Carabinieri* wollen nichts unternehmen, verstehst du? Gar nichts.«

Ich verzog den Mund. »Ja, das ist schwierig. Leider stimmt es ja nun mal, dass Riccardo niemandem zu sagen braucht, wann und wohin er geht. Aber ich frage Frank«, sprach ich dann schnell weiter, als ich sah, wie sie Luft holte, um mir etwas zu entgegnen. »Malin, du weißt, wie sehr ich dich verstehen kann. Ich werde ihn darauf ansprechen. Soll ich ihm von dir berichten?«

»Hm«, sie legte den Finger an den Mund und dachte einen Moment nach. Dann nickte sie. »Ich denke, das kannst du. Ich weiß zwar nicht mit Sicherheit, wer genau in mein Programm eingeweiht ist, aber Frank wusste, als ich noch in Saarlouis war, ab einem bestimmten Zeitpunkt über mich Bescheid, erinnerst du dich?«

Und ob ich mich erinnerte! Ich musste damals irgendwann schmerzlich herausfinden, dass er alles über »Ilina Kowalska« alias Leonie Spreulhagen wusste, noch bevor ich den blassesten Schimmer hatte, dass meine Freundin gar nicht die war, für die ich sie gehalten hatte. Er warnte mich nur immer davor, tiefer zu graben, als ich meine Zweifel an der angeblichen Lebensgeschichte von »Ilina« äußerte, verlor aber kein Wort darüber, wieso, weshalb, warum. Mir war natürlich klar, dass er mit mir über so etwas nicht sprechen durfte; wirklich darüberstehen konnte ich allerdings nicht.

»Ich habe ihm bisher nichts davon gesagt, dass wir in Kontakt stehen. Er hat keine Ahnung, dass ich mich deinetwegen für Piano di Sorrento entschieden habe. Wobei ich mir natürlich nie ganz sicher sein kann, was er weiß oder nicht weiß. Aber ich glaube, dass es jetzt nur sinnvoll ist, mit ihm darüber zu sprechen. Vielleicht kann er uns weiterhelfen. Ich bin wie du der Ansicht, dass mit Riccardo etwas passiert sein muss. Ein bisschen kenne ich ihn ja auch.« Bei Malins überraschtem Gesichtsausdruck musste ich lächeln. »Er ist quasi in meinem Lieblingseiscafé aufgewachsen, und es passt nicht zu ihm, einfach zu verschwinden.«

Malin seufzte. »Ich will mir gar nicht ausmalen, was passiert sein könnte. Vielleicht wird er irgendwo festgehalten, gefesselt und geknebelt. Wenn nicht sogar Schlimmeres.« Sie schüttelte den Kopf, und ich sah Tränen in ihren Augen.

»Weißt du was, ich versuche es sofort.« Damit legte ich die Scheibe Weißbrot ab, die ich in der Hand hielt, und zog mein Smartphone aus meiner Tasche, die über der Stuhllehne hing. Ich wählte Franks Nummer, doch der Anruf wurde nach mehrmaligem Läuten weggedrückt. Ich verzog den Mund. »Offenbar ist er noch bei der Arbeit. Ich muss es später noch mal probieren. Hoffentlich geht es den Mädchen gut. Stört es dich, wenn ich Lena anrufe?« Ich warf einen Blick auf die Uhr, es war neun. Das war nicht ungewöhnlich, wenn Frank eine heiße Spur verfolgte.

»Natürlich nicht, sag nur nichts von mir. Ich würde Lena gern wiedersehen, aber wir dürfen nichts riskieren.«

»Nein, keine Angst.« Das schlechte Gewissen, das mich befiel, weil ich Lena längst von Malin berichtet hatte, schob ich zur Seite, dann wählte ich Lenas Nummer.

Ein paar Minuten später war ich beruhigt, denn den Mädchen ging es bei meiner Schwägerin und meinem Bruder prima. Lena ahnte anscheinend, dass ich nicht allein war und nicht über Malin sprechen wollte; sie fragte nicht nach und erwähnte unsere Freundin mit keinem Wort.

Noch während ich mit Lena redete, sah ich, dass Malin eine Nachricht auf ihrem Smartphone erhielt und beantwortete, und als ich mein Handy ausschaltete, lächelte sie mir zu. Ihr Ausdruck wirkte noch etwas hoffnungsvoller als vorhin.

»Ben kommt gleich. Er war in Neapel bei der *Polizia di Stato*. Ich habe ihm geschrieben, dass du hier bist, meine Freundin aus der Studienzeit.«

Ich nickte. Dann würde ich jetzt also Ben kennenlernen, den Deutschen, bei dem Malin schwach geworden war und ihre Prinzipien über Bord geworfen hatte. Diese Geschichte hatte sie mir in einem ihrer Briefe erzählt.

»Er war noch nie hier«, sagte sie und holte einen Teller, ein Wein- und ein Wasserglas für ihn aus dem Schrank. »Ich bin bei ihm kein Risiko eingegangen, weil ich Angst hatte, ich würde mich in meinen eigenen vier Wänden verraten.« Sie schnalzte mit der Zunge. »Und mit Riccardo war ich leichtsinnig, und Schwups, ist es mir prompt passiert. Ich habe an dem Abend meine Kontaktlinsen herausgenommen, und er hat meine echte Augenfarbe gesehen. Schön doof, oder?«

»Finde ich nicht. Mir wäre das bestimmt viel früher passiert. Die grünen Augen stehen dir übrigens super.«

Dann klingelte es an der Tür, und Malin drückte den Öffner. Kurz darauf pochte es an der Wohnungstür.

Ben war das reinste Kontrastprogramm zu Alessio: ungefähr so groß wie Frank, sehr schlank und, ja, hell. Seine gebräunte Haut hatte nicht diesen Oliventon der Südeuropäer, sondern eher einen goldenen Schimmer, und die Sonne hatte seine Haare offenbar kräftig ausgebleicht. Diese Haare und seine grauen Augen bildeten einen spannenden Gegenpol zur Hautfarbe. Er war salopp gekleidet, und bei seiner Frisur musste ich an das Haargel denken, das den bezeichnenden Namen ›Strandmatte‹ trug. So wie er aussah, hätte er den ganzen Tag auf einem Surfbrett stehen können. Sein Gesicht wirkte intelligent und aufgeschlossen. Kein Wunder, dass Malin sich in ihn verliebt hatte. Die warme Stimme, mit der er sie begrüßte, sein forschender Blick in ihre Augen und die Art, wie er sich anschließend mir zuwandte, vervollkommneten den Eindruck eines angenehmen, sympathischen Menschen.

»Du bist also Lucy.« Er streckte mir die Hand entgegen. Wir mussten beide lachen, weil diese Geste typisch deutsch war, dann begrüßten wir uns mit den in Italien üblichen *bacini* auf beide Wangen. Er blickte mich fragend an. »Und du kennst Riccardo? Du sollst aus derselben Region kommen ...?«

»Ja, ich kenne ihn. Seine Eltern betreiben in der Stadt, in der ich lebe, ein Eiscafé. In Saarlouis«, fügte ich hinzu und erwartete nicht, dass er den Namen schon einmal gehört hatte. Er stammte offenbar aus Bayern, das glaubte ich aus seinem Akzent herauszuhören.

»Das liegt im Saarland, oder? Da war ich noch nie.«

»Spielt jetzt auch keine Rolle.« Malin bedeutete ihm mit einer Geste, sich an den Tisch zu setzen und von dem Essen zu bedienen. Dann füllte sie ihm das Weinglas und reichte es ihm. »Hast du bei der Polizei etwas erreicht?«

Er nahm einen Schluck vom Wein und legte sich etwas Brot, Schinken und Käse auf den Teller. Doch bevor er anfing zu essen, berichtete er, was er hatte ausrichten können. »Ich habe dort alles über Riccardo erzählt, was ich wusste. Sie wollten mich zunächst nicht anhören, aber nachdem ich erwähnte, dass der Fall bei den *Carabinieri* schon gemeldet ist, haben sie es dann doch getan. Ich habe vor allem betont, dass wir beide Riccardo seit Freitag nicht mehr gesehen haben. Ich sagte, wie wenig ihm das ähnlich sieht. Von eurem Streit habe ich nichts erzählt, weil sie dann wahrscheinlich genauso reagiert hätten wie dieser *Maresciallo* Bruttomesso. *Commissario* Mangiatopi fragte mich, ob ich irgendeinen Verdacht hätte, was Riccardo zugestoßen sein könnte.«

»Tatsächlich? Bei mir hat *Maresciallo* Bruttomesso es nicht mal in Betracht gezogen, dass etwas passiert sein könnte.«

Ben winkte ab und nickte. »Ich weiß. Da habe ich es als Kerl wohl etwas leichter gehabt, diesen *Commissario* zu überzeugen. Ich ...« Er verzog den Mund, bevor er

weitersprach. »Ich habe von einem Streit zwischen A-
lessio und Riccardo berichtet, den ich vor ein paar Tagen beobachtet habe.«

»Du hast was?«, rief Malin aus. »Davon weiß ich ja gar
nichts.«

Ben strich sich die Haare aus der Stirn. »Ich weiß, damit wollte ich dich nicht belasten, weil du bei Alessio
arbeitest und ihn magst. Ich mag ihn übrigens auch.
Dieser Streit, den ich zwischen den beiden mitbekommen habe, lässt allerdings alles in einem bestimmten
Licht erscheinen. Du weißt selbst, dass Alessio oft Andeutungen macht, nicht?«

»Du meinst bezüglich der Camorra? Ja.«

»Camorra oder N'Drangheta. Seine Familie stammt
aus Kalabrien, was das Ganze komplizierter macht. Jedenfalls wenn es stimmt, was er da immer andeutet
und er tatsächlich so eine große Nummer ist.«

»Und das hast du bei der Polizei ausgesagt?«, hakte
Malin nach.

»Nein, ich bin doch Deutscher und habe von diesen
Dingen *keine Ahnung*.« Er zeichnete Anführungszeichen in die Luft. »Ich habe dem *Commissario* nur berichtet, dass Alessio Riccardo davor gewarnt hat, in Neapel
eine *Gelateria* zu eröffnen, und dass sie sich dabei richtig in die Haare bekommen haben. Die Schlüsse zu ziehen, habe ich dem *Commissario* überlassen. Er ist natürlich nicht mit irgendwas herausgerückt, aber auf jeden
Fall ist Riccardos Verschwinden bei der Staatspolizei
jetzt auch gemeldet. Es liegen von zwei Menschen, die
Riccardo kennen, Vermisstenanzeigen vor. Ich denke,
das ist ein erster Schritt.«

»Also hat dieser *Commissario* auch noch nichts unternommen?«

Ben kaute auf einer Olive herum, schüttelte den Kopf und schluckte sie dann runter. »Nein. Aber das können sie tatsächlich nicht, Malin. Es gibt keine Anzeichen für ein Verbrechen.«

»Ist das nicht schlimm? Zuerst muss etwas passieren, erst dann wird ermittelt.« Malin sah zu mir.

Mich erinnerte das kolossal daran, wie es bei Stalking ist: Man soll alles dokumentieren, damit man, wenn etwas passiert, nachweisen kann, dass das kein Zufall war, sondern der Stalker schon länger an einem dran war. Aber solange es keinen Straftatbestand gab, wurde nicht ermittelt. Ich konnte nicht anders und stieß ein Schnauben aus. »Typisch.«

Ben hob beide Arme mit den Handflächen nach oben. »Ja. Wir können es nicht ändern. Ich glaube, wir haben getan, was wir tun konnten, Malin. Ich bin nur nicht mehr dazu gekommen, nach Riccardos Familie zu suchen, wie ich es dir versprochen hatte. Darum kümmere ich mich morgen, okay?«

»Ben, ich bin dir so dankbar! Aber noch mal zu Alessio. Glaubst du wirklich, dass er etwas mit Riccardos Verschwinden zu tun haben könnte?«

Ben sah sie prüfend an, dann warf er mir einen Blick zu. »Ich weiß es wirklich nicht. Ich mag den Kerl, das weißt du ja. Und ich habe ihm sein mafiöses Getue die ganze Zeit nicht wirklich abgekauft.« Er zog die Schultern hoch. »Letzten Endes schauen wir nicht hinter seine Fassade. Er hat bestimmt nicht selbst was Illegales gemacht, das würde ich ihm nicht zutrauen. Aber womöglich weiß er mehr als wir. Wenn es stimmt und er in die Kreise des organisierten Verbrechens verwickelt ist, kann er sich vielleicht denken, wer da die Fäden zieht.« Er nahm beide Hände hoch und zauste sich durch die Haare. »Ich weiß es einfach nicht. Ich will Alessio nicht in die Scheiße reiten, vor allem nicht, wenn er unschuldig ist. Andererseits geht es hier möglicherweise um Leben und Tod.«

»Was?« Malins Stimme klang schrill. »Wie meinst du das?«

Ben sah sie lange an, hinter seiner Stirn arbeitete es. Ich war genauso geschockt wie Malin, weil er gerade etwas andeutete, das sie nicht in Betracht hatte ziehen wollen. Wenn ich an Riccardo dachte, wollte ich mir so etwas auch nicht vorstellen. Aber jetzt, wo Ben es einmal ausgesprochen hatte, wanderte diese Möglichkeit langsam in den Bereich einer denkbaren Realität.

Ben legte seine Hand auf Malins Unterarm und neigte sich ihr zu. »Es muss nicht so sein. Vielleicht machen wir uns völlig unnötigerweise verrückt, und Riccardo lässt sich irgendwo verwöhnen. Wahrscheinlich ist ihm gar nicht klar, dass du hier vor Sorge um ihn fast wahnsinnig wirst.«

Ich warf einen Blick auf die Uhr, es war inzwischen halb elf, also traf ich eine Entscheidung. »Ich werde mit meinem Lebensgefährten sprechen. Er ist Kriminaloberkommissar«, fügte ich zu Ben gewandt hinzu, »und da wir in Saarlouis leben, kennt er Familie Basile. Ich werde ihn fragen, ob er sich mit den italienischen Kollegen in Kontakt setzen kann, um herauszufinden, was unternommen wird. Vielleicht bringt es die Sache ein bisschen voran.«

Bens Blick änderte sich, entschlossen nickte er mir zu. »Das ist eine großartige Idee. Ich muss auch an Riccardos Eltern denken, die machen sich sicherlich große Sorgen.«

Ich warf Malin einen verstohlenen Blick zu. Sie verstand meine unausgesprochene Frage und sagte zu mir: »Möchtest du im Schlafzimmer telefonieren, dort bist du ungestört?«

Eine Minute später wählte ich im Nebenzimmer Franks Nummer. Dieses Mal ging er sofort ran. »Lucy, ist bei dir alles in Ordnung? Wie fühlst du dich in Piano, wie ist die Wohnung?«

Ich musste lachen. »So kenne ich dich gar nicht. Das waren gleich drei Fragen auf einmal.«

»Ich habe gesehen, dass du versucht hast anzurufen. Ich musste noch arbeiten«, fügte er hinzu, »und dann habe ich die Mädchen abgeholt und ins Bett gebracht. Das hat mich einiges an Zeit gekostet. Sie waren ziemlich übermüdet.«

Ich kicherte. »Ich weiß, was du meinst. Frank, mir gehts super, die Wohnung ist einfach großartig. Du wirst das alles hier lieben. Sogar meine Eltern werden begeistert sein. Aber ich rufe dich aus einem anderen Grund an. Es ...« Wie sagte ich es ihm am besten? Er hatte ja noch überhaupt keine Ahnung, dass ich hinter seinem Rücken jemanden getroffen hatte, der aus meinem Leben verschwunden sein sollte. Ich druckste noch eine Sekunde herum, da hatte er offensichtlich bereits Lunte gerochen. Wie er das schaffte, obwohl ich *gar nichts* sagte, war mir ein Rätsel. Offenbar kannte er mich besser als ich mich selbst.

»Spuck's aus«, sagte er in einem resignierten Tonfall, den er nur für mich reserviert hatte, und den ich wirklich nicht gern hörte, weil er ein deutliches Anzeichen für Schlamassel war.

Ich hob also an, die ganze Wahrheit zu sagen. »Es ist etwas passiert. Ich habe hier jemanden getroffen. Malin heißt sie. Eigentlich Leonie.«

Er stöhnte. »Nein! Echt jetzt?«

Ich fragte mich, ob seine Reaktion bedeutete, dass er nicht gewusst hatte, wo sie sich aufhielt, oder nur ungläubige Überraschung ausdrückte.

»Sie hat sich als Erste gemeldet«, sagte ich in die Defensive gedrängt, um mich im nächsten Moment mies zu fühlen, weil ich damit Malin die Schuld zuschob. »Wir stehen seit einer Weile per Mail miteinander in Kontakt. Keine Angst«, sprach ich sofort weiter, weil ich ahnte, wie er darauf reagieren würde, »nur über verschlüsselte Verbindungen. Niemand konnte sie oder mich rückverfolgen. Das ist jetzt aber grad nicht das Problem, und du kannst dir den Tadel sparen, denn es ist wie es ist. Malin und ich haben uns hier getroffen. Kannst du das akzeptieren?« Ich musste einen Status Quo schaffen, auf dem wir aufbauen konnten, ohne über den Sinn oder Unsinn zu streiten, der zu dieser Situation geführt hatte.

»Weiter«, sagte er ernsthaft, und ich mochte ihn durchs Telefon hindurch küssen, weil er sofort erkannt hatte, dass es hier um wichtigere Dinge ging, als mir klarzumachen, ob und wie falsch und leichtsinnig es von Malin und mir gewesen war, uns zu schreiben.

»Malin hat hier Riccardo Basile getroffen und sich mit ihm angefreundet.« Ich hielt inne, damit er die Möglichkeit hatte, mir zu signalisieren, inwieweit er mir folgen konnte.

»Okay«, sagte er, und ich sprach weiter.

»Du sagtest mir, dass *Signora* Basile sich um ihren Sohn sorgt. Der Punkt ist: Riccardo ist seit Freitag verschwunden. Er hätte gestern seine *Gelateria* in Neapel eröffnen sollen, aber dort ist er nicht aufgetaucht. Malin hat mit seinem Mitarbeiter und mit seinem Nachbarn gesprochen. Beide sagten, dass er weder am Samstag noch am Sonntag aufgekreuzt ist. Malin hatte an dem Freitagabend einen Streit mit Riccardo, und er sagte, er wolle für eine Weile Funkstille. Dass er komplett verschwunden ist, passt nicht zu ihm. Du kennst ihn ja auch. Malin war bei der Polizei, um ihn vermisst zu melden.«

Ein zustimmender Laut von Frank unterbrach mich. »Das ist gut, hilft aber vermutlich nicht viel weiter. Riccardo ist ein erwachsener Mann, und die Tatsache, dass er nach einem Krach verschwindet, lässt nun nicht auf ein Verbrechen schließen.« Er räusperte sich, vermutlich, weil er an die beiden Male dachte, die er aus *meinem* Leben verschwunden war und sich nicht mehr gemeldet noch blicken lassen hatte. Das waren zwei schmerzhafte Phasen in unserer Beziehung gewesen. Allerdings war Frank damals ja trotzdem seiner Arbeit nachgegangen, er war nur *für mich* nicht greifbar gewesen.

»Klar. Das hat man ihr bei der Polizei auch gesagt. Aber du musst zugeben, dass es nicht zu Riccardo passt. Er würde das Eiscafé nicht einfach im Stich lassen.

Schließlich war das sein Traum. Malin macht sich große Sorgen, genau wie Ben. Das ist ein anderer Freund von ihr, ein Deutscher, der hier als Reiseführer arbeitet und Riccardo ebenfalls kennt. Er ist auch zur Polizei gegangen, zur *Polizia di Stato*. Er meint, es wäre gut, wenn nicht nur eine Person das Verschwinden von Riccardo meldet, und wenn es nicht nur bei der einen Polizei gemeldet ist.«

»Gut, verstehe.« Franks Stimme klang nachdenklich. »Hm, das gefällt mir ehrlich gesagt nicht. Frau Basile hat auch von Freitag gesprochen. Es ist noch zu früh, um gleich an etwas Schlimmes zu denken, Lucy. Trotzdem gut, dass du es mir gesagt hast.«

»Kannst du irgendwie um Amtshilfe bitten oder wie das heißt? Mir ist klar, dass ihr keinen Fall habt«, sagte ich dann rasch, weil ich wusste, dass es der falsche Begriff war, »aber du könntest bei den beiden Polizeidienststellen in Neapel nachfragen. Dann wüssten die schon mal, dass in Deutschland jemand auf Nachricht von Riccardo wartet. Und sie könnten dich auf dem Laufenden halten, oder?«

Die Tür zum Schlafzimmer öffnete sich, und Malin lugte herein. Anscheinend war Ben gegangen. Ich winkte sie zu mir.

»Ja, ich setze mich mit ihnen in Kontakt. Sag mir bitte die Namen der Polizeibeamten, mit denen ihr gesprochen habt.«

Ich hatte mit mehr Widerstand gerechnet und war freudig überrascht, dass er sofort zustimmte. Mit hochgezogenen Brauen sah ich Malin an. »Das waren *Maresciallo* ...« Ich unterbrach mich, weil ich den Namen nicht mehr wusste.

»*Maresciallo* Bruttomesso bei den *Carabinieri* und *Commissario* Mangiatopi bei der *Polizia di Stato*«, half Malin mir aus, und ich nannte Frank die Namen. »Beides in Neapel.«

»Lucy«, sagte Frank dann und hatte wieder diesen bestimmten Tonfall drauf.

Ich verdrehte die Augen und betrachtete Malin, die angestrengt versuchte, unsere Worte zu verstehen.

»Ich werde mich morgen darum kümmern, versprochen. Zumal *Signora* Basile mir auch in den Ohren liegt. Ich habe eine dringende Bitte an euch beide.«

Kurzerhand stellte ich das Handy auf laut, sodass Malin hören konnte, was er sagte, als er weitersprach. »Oder eigentlich ist es mehr als eine Bitte. Ich muss euch dazu auffordern, nicht selbst aktiv zu werden. Überlasst jegliche Form von Ermittlungen bitte der Polizei. Im Moment solltet ihr davon ausgehen, dass kein Verbrechen begangen wurde, sondern Riccardo einfach irgendwohin gefahren ist, wo er allein sein kann.«

Malin schnaubte laut bei Franks Worten. Er hörte es offenbar. »Ich weiß, das ist schwierig. Aber sollte doch etwas passiert sein, würdet ihr die Polizeiarbeit nur behindern, wenn ihr Leute befragt und herumschnüffelt.«

»Ach!«, stieß ich aus. »Und wenn es überhaupt keine Polizeiarbeit gibt?«

Wir hörten beide Franks entnervtes Stöhnen. »Hört mir zu, alle beide. Ihr haltet die Füße still, ist das klar? Leonie, ich gehe davon aus, dass du mich hören kannst.«

»Ja«, bestätigte Malin.

»Du weißt aus eigener Erfahrung, was passieren kann, wenn man zur falschen Zeit am falschen Ort ist.

Sei froh, dass du unbehelligt dort leben kannst, und setz bitte nicht deine Tarnung oder gar dein Leben aufs Spiel. Lucy, für dich gilt das Gleiche. Ihr seid keine Polizistinnen, ihr habt nicht die nötige Ausbildung, und außerdem liegt kein Verbrechen vor. Ich wiederhole es nochmals: Haltet die Füße still.«

Malin und ich sahen uns an. Seine offenkundige Besorgnis schien die Annahme, es läge kein Verbrechen vor, Lügen zu strafen. Malin nickte mir zu, und so sagte ich ins Telefon: »Okay, verstehe.«

»Versprecht es mir.«

Malin verdrehte die Augen. »Wenn du morgen nachfragst und uns auf dem Laufenden hältst«, sagte ich also, »unternehmen wir nichts.«

»Mache ich. Es ist spät geworden«, fügte er dann hinzu. »Seid vorsichtig, ja? Keine Ermittlungen auf eigene Faust. Riccardo wird sicher wieder auftauchen.«

Wir verabschiedeten uns voneinander, ich legte auf, dann starrte ich Malin an.

»Das hat mich irgendwie kein bisschen beruhigt«, sagte sie, und ich konnte ihr nur zustimmen. »Gut, dass du ihm nichts von Alessio erzählt hast. Sonst hätte er uns noch verboten, mit ihm zu sprechen. Aber das kann er ja nicht, schließlich ist Alessio ein Freund. Ich will ihm auf jeden Fall auf den Zahn fühlen. Das, was Ben über diesen Streit berichtet hat, gibt mir sehr zu denken. Ich will herausfinden, inwieweit Alessio mir nur etwas vorspielt. Bist du dabei?«

Natürlich war es genau das Gegenteil von dem, was Frank uns gerade als Versprechen abgenommen hatte. Aber irgendwie würde ich das schon rechtfertigen können. Schließlich waren Malin und ich hier, vor Ort, und

Frank war weit weg. Die italienische Polizei machte nichts (zumindest hatte sie uns das gesagt), Riccardo war immer noch verschwunden.

»Da ist ja auch noch Ben«, dachte ich laut nach. »Er wirkt wie ein Bodyguard für uns, meinst du nicht? So stark und präsent, wie er ist.«

»Du hast recht.«

***

Es war nach Mitternacht, als ich wieder in meiner Wohnung war und schlafen ging. Morgen würden Malin und ich Alessio befragen. Die Füße stillhalten? Ja, machten wir während des Gesprächs.

Trotz all der Gedanken, die in meinem Kopf um Aufmerksamkeit stritten, schlief ich verhältnismäßig leicht ein, wahrscheinlich wegen der Luftveränderung. Zunächst brauchte ich deshalb einige Minuten, als ich noch bei völliger Dunkelheit aus dem Schaf aufschrak, bis ich verstand, dass es mein Smartphone war, das mich geweckt hatte. Es vibrierte noch immer mit einem sanften Brummen auf dem Nachtschränkchen. Noch bevor ich darüber nachdachte, wie viel Sinn darin lag, zu dieser Uhrzeit einen Anruf entgegenzunehmen, wischte ich den grünen Hörer auf dem Display zur Seite, um abzuheben. Die Nummer nahm ich nicht bewusst wahr, nur die Vorwahl 040. Erst in dem Sekundenbruchteil, in dem ich »Ja« murmelte, weckte mich die plötzliche Angst wie ein Paukenschlag vollends auf: Es könnte Tymon Nowak sein!

Doch er war es nicht. Aber der Anruf kam aus Hamburg, und die zweite Möglichkeit, wer mich aus dieser Stadt anrufen konnte, traf zu.

»Lucy, hier ist Hector. Heute war die Beerdigung.«

Er hörte sich grauenvoll an. Ich schielte auf meine Armbanduhr, die neben dem Nachtlämpchen lag. Kurz nach eins. Hector sprach weiter. »Ich muss bescheuert sein, dass ich Sie um diese Uhrzeit belästige.«

*Allerdings*, dachte ich.

»Bitte, Lucy, Sie müssen mir sagen, wo Leonie ist. Ich werde wahnsinnig vor Sorge. Bei der Beerdigung habe ich die ganze Zeit in die Leute gestarrt, weil ich dachte, dass sie vielleicht aufkreuzt, inkognito, wissen Sie?«

Natürlich konnte ich ihn sehr gut verstehen, aber ich schwieg.

»Keine Leonie weit und breit. Dafür Menschen, die ich gar nicht kenne, und die angeblich meinem Großvater die letzte Ehre erwiesen. Ich ...« Jetzt klang er extrem verunsichert, und mein mitleidendes Herz flog ihm zu.

»Haben Sie jemand Verdächtigen gesehen?«, fragte ich also unvorsichtigerweise.

Er räusperte sich. »Wie meinen Sie das, jemand Verdächtigen?«

»Hm«, ich zögerte. Mein erster Gedanke hatte natürlich Nowak gegolten, aber ich wollte Hector nicht unnötig beunruhigen. Andererseits lebte er in *Hamburg*, dort, wo Tymon sein Unwesen trieb. Falls er sich nicht durch die Haft grundlegend geändert hatte und jetzt als braver Bürger keine Gewässer mehr trübte. »Ich meine jemanden, der vielleicht zur Riege um Tymon Nowak gehören könnte.«

Ich hörte, wie er scharf die Luft einzog. »Glauben Sie, es könnte jemand von denen ... Ja, natürlich glauben Sie das, und Sie haben recht. Jetzt, wo Sie es sagen: Da war ein Typ, der mir eigenartig vorgekommen ist. Er hat genauso die Leute gescannt wie ich. Als ob er nach einer bestimmten Person suchte. Oder als ob er genau abchecken wollte, wer die einzelnen Leute waren und aus welchen Gründen sie zu der Beerdigung gekommen sind. Ich habe mich über sein auffällig-unauffälliges Verhalten geärgert. Später habe ich ihn aus den Augen verloren.«

Mir wurde zur Abwechslung mal wieder übel. Wenn ich es nicht besser gewusst hätte, hätte ich eine erneute Schwangerschaft für möglich gehalten. Aber das war ausgeschlossen, wir verhüteten zuverlässig. Nicht nur durch die Monster, die jeglichen Sex torpedierten, sondern auch auf andere Art (wenn es denn alle halben Jahre mal dazu kam). Was für abstruse Gedanken in meinem Kopf herumschwirrten!

»Sie wissen, dass er aus der Haft entlassen wurde?«, hörte ich mich dann sagen und schloss ob meiner übergroßen Blödheit die Augen. Aber gesagt war gesagt.

»Er ist schon draußen? Nein, das wusste ich nicht. Man hat uns zwar mitgeteilt, dass er früher rauskommt, aber nicht den genauen Termin. Was für eine Sauerei!«

Da konnte ich ihm nur zustimmen, was ich mit einem Brummen zu erkennen gab. »Ich bin mir ziemlich sicher, dass er nicht selbst bei Ihrer Familie aufkreuzen würde. Wobei ... Man weiß es nicht.«

»Lucy, haben Sie eine Vorstellung davon, wie miserabel ich mich fühle?«

Leider ja, und ich hätte ihm sagen können, wie miserabel seine Schwester sich fühlte. Aber ich hielt die Klappe. Ich hatte genug angerichtet.

»Ich kann Sie nur nochmals bitten, wenn Sie irgendwas wissen, bitte sagen Sie es mir. Bitte!«

Mir drehte sich fast der Magen um, weil dieser aufrichtige Mann sich so sehr aufs Bitten verlegte. Wie herzlos von mir, ihm nichts zu verraten. Ich Idiotin hatte mit meiner Info über Nowak seine Sorgen wahrscheinlich sogar noch vergrößert. Ich seufzte. »Hector, ich kann Ihnen einfach nicht mehr sagen, bitte versuchen Sie das doch zu verstehen. Sie müssen wissen, dass ich mich sehr gut in Sie hineinversetzen kann, und es tut mir unsagbar leid, was Sie mitmachen. Aber ich lege jetzt auf. Es ist mitten in der Nacht. Ich wünsche Ihnen wirklich von Herzen das Beste!« Bevor er mich weiter belämmern konnte, legte ich tatsächlich auf und schaltete mein Handy auf Flugmodus, damit mich niemand mehr erreichte.

# Kapitel 10: Malin will's wissen

## Malin

An diesem Dienstagmorgen nahmen Malin und Lucy im *Mariniello* einen Cappuccino und ein süßes Teilchen, danach schlenderten sie auf die andere Seite des Platzes zur *Osteria Russo*. *Zia* Marina und Alessio hatten gerade die Tür aufgeschlossen, um mit den Vorbereitungen für den Mittag zu beginnen. Malin führte Lucy in das Lokal, machte sie mit Alessios Tante bekannt und bat ihn, mit ihnen beiden nach draußen zu kommen, weil sie mit ihm sprechen müsse.

Draußen blickte Alessio demonstrativ auf seine Uhr, bevor er für Malin und Lucy je einen Stuhl vom Tisch hob und ihnen bedeutete, sich zu setzen. »Worum geht es?«

»Um Riccardo.« Malin beobachtete seine Reaktion, als er genervt den Kopf schüttelte. Sie warf Lucy einen unsicheren Blick zu, dann sprach sie weiter. »Er ist immer noch verschwunden.« Sie stockte. Alessio wusste ja bereits, dass sie bei den *Carabinieri* gewesen war. Sie sah ihn lauernd an. Er erwiderte ihren Blick für eine Weile, dann zog er beide Schultern hoch und beugte sich vor.

»E allora? Cosa mi vuoi dire?«

»Was ich dir sagen will? Nichts. Ich will dich vielmehr etwas fragen. Weißt du irgendwas über Riccardos Verschwinden? Wie unwichtig es dir auch scheinen mag.«

»Wie kommst du darauf? Was soll ich wissen? Ich bin der Meinung, dass du hoffnungslos übertreibst. Dein Freund hat sich einfach aus dem Staub gemacht, das ist alles. Der kreuzt schon wieder auf.« Alessio machte Anstalten, sich umzudrehen, da mischte Lucy sich in das Gespräch ein.

»Ich kenne Riccardo, weil er aus meiner Heimatstadt hergekommen ist. Er ist nicht der Typ, der sich wegen einer kleinen Meinungsverschiedenheit aus dem Staub macht. Deshalb fragen wir uns, ob da vielleicht etwas anderes dahintersteckt.«

»Was willst du damit sagen?« Alessio sah Lucy mit gerunzelter Stirn an.

»Vielleicht irgendeine ... Organisation, die ein Interesse daran hat, dass Riccardo sein Eiscafé in Neapel nicht eröffnet?«

Malin bewunderte Lucy für ihren Mut und wartete gespannt auf Alessios Reaktion.

Der lachte laut auf. »Eine Organisation, meinst du? Welche zum Beispiel?«

»Die Mafia?«

Er stemmte beide Hände in die Hüften und schüttelte den Kopf. »Was soll die Mafia damit zu tun haben? Die sitzt in Sizilien. Im Übrigen ist das so lächerlich, dass ich gar nicht darauf antworten werde. Und überhaupt, wieso fragt ihr *mich* danach?«

»Du hast ja oft genug Andeutungen gemacht und Riccardo gewarnt.« Malins Herz schlug heftig in ihrer Brust, weil sie die Anschuldigungen, die sie gegen ihren guten Freund erhob, selbst nicht glauben konnte. Was tat sie hier gerade? Noch gestern hatte Alessio sie getröstet, weil Riccardo verschwunden war, und jetzt fragte sie ihn, ob er etwas mit dessen Verschwinden zu tun hatte?

»*Ciao*«, erklang da ein Ruf. Alle drei wandten den Kopf und sahen Ben, der mit großen Schritten quer über die Piazza näherkam.

»Wieso ist er nicht bei der Arbeit?«, fragte Alessio leise, da war Ben auch schon heran.

»Guten Morgen. Ich habe eine Führung ausfallen lassen, weil ich mit euch sprechen wollte.« Fragend blickte Ben von Lucy zu Malin. »Habt ihr was Neues gehört? Hat sich die Polizei gemeldet?«

»Nichts«, sagte Malin.

»Ah, dann weißt du schon, was dieses verrückte Huhn gemacht hat?« Alessio deutete mit dem Zeigefinger auf Malin.

»Dass sie bei der Polizei war? Ja. Genau wie ich.«

»Wie bitte?« Alessio spie die Worte aus. »Was heißt das?«

Ben wirkte ruhig, als er einen Stuhl heranzog und sich setzte. Blinzelnd sah er zu Alessio auf, der nun als Einziger noch stand. »Ich habe unseren Freund vermisst gemeldet. Ich bin nämlich der Meinung, dass es nicht zu Riccardo passt, einfach zu verschwinden.«

»*Ma, siete matti*? Seid ihr alle verrückt geworden? Es gibt keinen Hinweis darauf, dass etwas passiert sein könnte!«

»Also für mich ist die Tatsache, dass jemand, der alles vorbereitet hat, um sich einen Lebenstraum zu erfüllen – nämlich eine eigene *Gelateria* – und dann kurz vorher spurlos verschwindet, sehr wohl ein Hinweis auf ein Verbrechen. Mag ja sein, dass ihr Italiener das lockerer seht, aber das stinkt zum Himmel.« Ben legte ein Bein über das andere und trommelte mit den Fingern sacht auf dem Unterschenkel einen Rhythmus, den nur er hören konnte. Er blickte auf seine Hände und schob sie dann in die Hosentaschen, als wollte er sie auf diese Art zum Stillhalten zwingen. Mit einem herausfordernden Blick zu Alessio sprach er weiter. »Ich habe dem *Commissario* von dem Streit erzählt. Ich musste das tun, weil jede Spur wichtig ist.«

Alessio sah ihn verständnislos an. »Welcher Streit?«

»Der zwischen dir und Riccardo. Du hast nicht mitbekommen, dass ich euch gehört habe, weil du dachtest, ich wäre noch auf der Toilette.«

»Wann soll ich mit Riccardo gestritten haben?«

»Das ist ein paar Tage her. Es war noch, bevor wir Malin unseren Heiratsantrag machten.«

Lucy stieß einen überraschten Laut aus. »Sollte ich etwas wissen?«, fragte sie.

»Ach was«, Malin winkte ab. »Die drei haben nur Quatsch gemacht. Zuerst wollte Ben mir seinen silbernen Ring schenken, dann hat Alessio mir einen goldenen in Aussicht gestellt, und Riccardo sagte mir, dass er ein Eis für mich kreiert hat.«

»Und das Eis hat sie am meisten beeindruckt!« Alessio zwinkerte. Er wirkte jedenfalls nicht sehr beunruhigt, obwohl Ben gerade gesagt hatte, er hätte Alessio bei der Polizei als Verdächtigen ins Gespräch gebracht. Anscheinend hatte er nichts zu verbergen. Voller Zweifel sah Malin zur Tür der *Osteria*, in der seine Tante aufgetaucht war und ihm mit den Händen Zeichen machte.

»O!«, rief sie. »Wird hier gearbeitet, oder muss ich heute alles allein machen?«

»Komme sofort, *Zia*, ich muss nur noch etwas klarstellen.« Er wandte sich an Ben. »Jetzt noch mal zum Mitschreiben. Was genau hast du der Polizei gesagt?«

»Dass du und Riccardo einen Streit hattet, in dem es um das Eiscafé ging, und dass du ihm gedroht hast.«

Alessio schnaubte. »Gedroht! Sag mal, spinnst du? Das waren nur Scherze.«

»Das war ein handfester Streit, Alessio. Ich kenne den Unterschied. Und du hast ihn davor gewarnt, die Sache mit der *Gelateria* durchzuziehen, weil er sonst noch sehen würde, was er davon hätte.«

»So ähnlich hast du dich auch geäußert, als ich dabei war, Alessio«, sagte Malin. »Also, was ist an der Sache dran? Gibt es im Hintergrund tatsächlich Leute, die bestimmte Claninteressen verfolgen und dafür«, sie schluckte, weil sie es nicht aussprechen wollte, und ihre Stimme schlug in ein klägliches Piepsen um, als sie es dann doch tat: »... dafür töten würden?«

Alessios Gesichtsfarbe wechselte zu einem tiefen Rot, und seine blitzenden Augen jagten Malin Angst ein. Diese Reaktion sprach Bände. Und doch wollte etwas in ihr nicht glauben, was offensichtlich schien: Alessio wusste etwas.

»Was sind das für *Stronzate*! Und ihr nennt euch Freunde? *Vaffanculo*, Ben!« Er zerrte Ben am Kragen seines Hemdes, sodass diesem keine andere Wahl blieb als aufzustehen, dann stieß Alessio ihn grob zum Ausgang der Holzterrasse. »Gehst zur Polizei, um mich anzuscheißen, dabei gibt es nicht mal einen Fall! Dir hat jemand ins Hirn geschissen. *Stronzo*! Verpiss dich, aber *presto*!«

Ben war anscheinend so perplex, dass er sich ein paar Schritte entfernte. Malin sprang auf und sah im Augenwinkel *Zia* Marina, die erneut zur Tür getreten war und, die Fäuste in die Hüften gestemmt, die Szene beobachtete. Lucy war ebenfalls aufgesprungen und hatte beide Hände gehoben, um eine beschwichtigende Geste in Alessios Richtung zu machen. Doch der war wütend. Malin hatte ihn noch nie so erlebt. Er baute sich vor ihr auf, und es wirkte, als müsse er sich mit äußerster Kraft beherrschen, um sie nicht, wie Ben zuvor, einfach am Schlafittchen zu packen oder am Arm wegzuzerren.

»Was dich betrifft, Malin, verzichte ich heute auf deine Mitarbeit, du machst frei. Und ich weiß noch nicht, ob ich dich hier in der *Osteria* überhaupt wieder brauchen kann.«

Bei diesen Worten stieß *Zia* Marina einen erschrockenen Laut aus und schickte ein beschwichtigendes »*Calma ti*, Alessio« hinterher. Doch der hatte alles andere im Sinn, als sich zu beruhigen.

»Wenn du mir ernsthaft zutraust, etwas mit einem Mord zu tun zu haben«, er schüttelte den Kopf und ruckte dann so dicht vor Malins Gesicht, dass sie ein Spucketröpfchen abbekam, »mit einem Mord, den es gar nicht gibt. Oder hat die Polizei etwa Ermittlungen aufgenommen? Nein, weil es keine Straftat *gibt*! Also, wenn du deinem Chef so etwas zutraust, warum arbeitest du dann überhaupt noch hier? Und wie kannst du es wagen, von Freundschaft zu sprechen? Geh mir aus den Augen!« Sein Arm fuhr so schnell hoch, dass Malin zusammenzuckte, weil sie einen winzigen Moment dachte, er wollte sie schlagen. Doch er deutete nur zur Hauptstraße hoch. »Geh!« Malin und Lucy folgten seiner Aufforderung und huschten geduckt in die angewiesene Richtung.

»*Ma*, Alessio, *cos'è successo*?«, hörte Malin die Stimme von *Zia* Marina, die fassungslos zu ihrem Neffen rannte und ihm die Hand auf den Arm legte.

Er stieß ein Zischen aus. »*Niente*! Das ist es ja gerade: Nichts ist passiert. Gar nichts!«

Malin drehte sich weg und lief, gefolgt von Lucy, zu Ben, der etwas weiter oben auf sie wartete. Soeben fuhr Olivia auf ihrer Vespa herbei. Sie hielt neben dem Grüppchen an.

»*Scusate*, ich bin zu spät«, rief sie in Malins Richtung, dann schien sie zu erkennen, dass etwas nicht stimmte, und blickte von Malin zu Lucy und Ben. »*Cos'è successo*?«, wollte sie wissen.

»Olivia, *fa presto*!«, erklang da Alessios Stimme, und sie duckte sich leicht.

»Oh, schlechte Laune?«

Malin verzog das Gesicht. »Wenn es nur das wäre! Ich fürchte, er hat mich gefeuert.«

»Warum das denn?«

»Olivia, *vieni qui*!«, befahl Alessio, und sie schnalzte mit der Zunge.

»Ich muss los. Wenn du heute nicht mitarbeitest, müssen wir Gas geben.« Sie startete die Vespa, dann warf sie Malin erneut einen Blick zu. »Der kriegt sich wieder ein, das tut er immer. Im Herzen ist er ein lieber Kerl.«

Ja, das hatte Malin bisher auch gedacht.

»Begleitet ihr mich zum Bahnhof? Ich muss zurück zur Arbeit«, sagte Ben und schlug die entsprechende Richtung ein. Malin nickte und machte Lucy den Vorschlag, dass sie beide sich den Hafen und den Strand von Piano di Sorrento ansehen und vielleicht später mit der Circumvesuviana nach Sorrento fahren könnten.

»Also, was haltet ihr von Alessios Reaktion?«, wollte Ben wissen.

»Ich weiß gar nicht, was ich denken soll«, erklärte Malin. »So habe ich ihn noch nie erlebt. Er ist ja regelrecht ausgetickt.«

»Und hat dich gefeuert.« Ben ließ die beiden Frauen vor, weil der Bürgersteig entlang einer großen, eingezäunten Zitronenplantage zu schmal war, um zu dritt nebeneinander herzugehen.

»Na ja, das würde ich nicht sagen«, wandte Lucy ein. »Er hat ihr nur für heute frei gegeben und angedeutet, dass er sie vielleicht in Zukunft nicht mehr brauchen kann. Was bei Licht betrachtet nachvollziehbar ist.« Sie drehte sich dabei halb zu Ben um, bevor sie Malin nochmals ansah. »Ich meine, falls der Verdacht doch aus der Luft gegriffen ist und Alessio gar nichts mit der Camorra am Hut hat, kann ich seinen Zorn verstehen.«

»Schon«, stimmte Malin ihr zu und ignorierte das leise Schnauben, das von Ben her klang. Sie war sich nicht sicher, ob Ben Alessio gegenüber völlig neutral war, denn während ihrer Zeit als Pärchen hatte er oft versucht, sie zu einer Kündigung ihrer Stelle in der *Osteria* zu überreden. Solche Gedanken hatte sie zwar seit vielen Monaten nicht mehr gehabt, aber vielleicht neigte Ben bei Alessio dazu, überkritisch zu sein? Ach, sie wusste selbst nicht, was sie denken sollte. War das ein Wunder?

»Also, meiner Meinung nach sagt seine Reaktion alles. Wenn dieser Streit – und den habe ich mir ja nicht aus den Fingern gesogen – bedeutungslos war, warum reagiert Alessio dann derartig stark darauf, dass ich der Polizei davon berichtet habe? Mal abgesehen davon, dass meine Angaben ja offenbar keinerlei Folgen hatten, sonst hätte sich die *Polizia* bei Alessio gemeldet. Hat sie aber wohl nicht. Also warten immer noch alle ab.«

Sie hatten die *Stazione* erreicht. Ben legte den Arm um Malins Taille, um ihr *bacini* auf die Wangen zu geben. »Ich muss los, der Zug kommt gleich. Wir bleiben in Kontakt. *Ciao*, Lucy.« Er gab auch ihr Küsschen, dann verschwand er im Bahnhofsgebäude.

»Gehen wir hinunter zum Hafen?« Auf Lucys Nicken schlug Malin den Weg zur Via delle Rose ein, die Richtung Meer führte. »Wenn wir zum Sandstrand wollen, müssen wir Treppen oder Serpentinen laufen. Aber zuerst zeige ich dir noch die Villa Fondi de Sangro. Wir können dort ein bisschen im Park spazieren gehen und die Aussicht bewundern. Die Villa liegt auf dem Felsen, man hat einen Ausblick über die ganze Bucht bis zum

Vesuv. Der Weg dorthin zieht sich.« Sie zuckte resigniert die Schultern. »Aber das macht ja nichts, schließlich habe ich frei.«

»Ja, klar. Ich verstehe jetzt, was du in deinen Briefen damit meintest, dass es schwer ist, hier depressiv zu werden.«

Malin verzog das Gesicht. Als Lucys Blick fragend wurde, griff sie nach ihrem Smartphone und erklärte, während sie es einschaltete und das WhatsApp-Icon antippte: »Ja, es ist traumhaft hier. Aber mir ist gerade aufgefallen, dass ich noch nicht nachgesehen habe, ob Riccardo sich gemeldet hat.« Sie blieb stehen, leicht schwindelig, und sah, was sie bereits erwartet hatte: kein Lebenszeichen. Das schale Gefühl der letzten paar Tage breitete sich wieder in ihr aus, und das Lächeln, das sie Lucy schenken wollte, missglückte kläglich, das konnte sie spüren. Lucy war einen Schritt näher getreten und legte ihr den Arm um die Taille.

»Habe ich ihn etwa aufgegeben?«, fragte Malin. Und in ihrem Inneren musste sie sich eingestehen, dass sie tatsächlich bereits nicht mehr daran glaubte, dass Riccardo unbeschadet irgendwo schmollte. Die Tränen liefen ihr über die Wangen. »Es fühlt sich für mich an, als ob ...« Sie konnte es nicht aussprechen.

Lucy zog sie in die Arme. »Ich weiß«, murmelte sie. »Aber lass uns nicht aufgeben. Es besteht immer noch die Hoffnung, dass er wirklich nur weggegangen ist.«

Malin straffte die Schultern. »Ich glaube es nicht mehr, Lucy. Dann würde er sich doch wenigstens bei seiner Familie melden. Die warten bestimmt wegen der Eröffnung der Eisdiele auf Neuigkeiten von ihm.« Sie steckte das Smartphone in die Gesäßtasche ihrer Jeans und ging weiter. »Und was Alessio betrifft, bin ich wirklich vollkommen unsicher. Ich meine«, sie sah Lucy in die Augen, »im Grunde traue ich Alessio nicht zu, dass er seine Finger im Spiel hat. Andererseits habe ich früher schon ein paar Mal das Gefühl gehabt, dass er etwas verheimlicht. Wobei er mir dann eher melancholisch vorgekommen ist, weißt du, wie jemand, der – keine Ahnung – unglücklich verliebt ist. Aber vielleicht habe ich mich da einfach geirrt, und das alles hat doch mit der Camorra oder der 'Ndrangheta zu tun. Ich kenne seine Familie nicht, die ist riesig. Es könnte *natürlich* Verbindungen zum organisierten Verbrechen geben.«

»Ist *Zia* Marina seine echte Tante?«

»Ja, und er wird sie beerben, weil sie keine eigenen Kinder hat. Der Rest der Familie lebt in Kalabrien. Ich weiß nicht genau, weshalb die *Zia* allein nach Kampanien gegangen ist. Angeblich gab es eine tragische Liebesgeschichte. Jedenfalls hat sie es geschafft, sich hier etwas aufzubauen. Allein, als Frau. Das ist ungewöhnlich genug. Die *Osteria Russo* ist für ihre gute Küche bekannt und hat viele einheimische Stammgäste.«

»Hast du jemals etwas mitbekommen von Schutzzahlungen oder so?«

Malin schüttelte den Kopf. »Nichts. Falls da so was läuft, dann extrem diskret.« Sie zog zweifelnd die Schultern hoch. »Du weißt, dass ich nicht unbedingt naiv bin, was solche Dinge angeht, aber ich habe nichts gefunden.« Rechts von ihnen konnte man den Vesuv als blauen Giganten in der Ferne erkennen, und sie zeigte mit ausgestrecktem Arm dorthin. »Siehst du?«

Lucy nickte und machte Fotos mit ihrem Smartphone. »Hast du etwa geschnüffelt wie in Hamburg? Du wolltest doch damit aufhören, um dich nicht mehr in Gefahr zu bringen.«

»Nein, ich habe hier nur an meinem Roman geschrieben. Alessio ist aber auch ein Depp. Dauernd hat er diese Anspielungen gemacht, und keiner weiß, ob er nur aufschneidet. Das meinte Ben auch immer. Andererseits halte ich Alessio nicht für dumm, und ich glaube nicht, dass er es nötig hat, sich so aufzuspielen. Ach, ich verstehe einfach nicht, weshalb er das macht.«

»Er denkt vielleicht, dass er sich beweisen muss. Gerade, wenn er eigentlich aus Kalabrien stammt. Vielleicht eine Sache aus seiner Kindheit? Habe ich dir je davon erzählt, dass Frank ein Problem aus seiner Kindheit mit sich herumschleppt, das ihn immer mal wieder kirre macht?«

Sie hatten die Villa erreicht, und Lucy machte Aufnahmen des Gebäudes. »Darf man den Park betreten?«

»Ja, im Gebäude ist ein Archäologiemuseum, und der Park ist für die Öffentlichkeit zugänglich. Was meintest du mit Frank? Was trägt er noch aus seiner Kindheit mit sich herum?«

Lucy grinste. »Es ist harmlos, und vielleicht findest du es lächerlich, aber ihn beschäftigt es, er ist regelrecht besessen davon. Als Kind war er richtig dick.«

»Frank? Niemals!«

»Doch, die volle Ladung, mit Mobbing und allem. Er hat seit der Pubertät dagegen angekämpft.«

»Erfolgreich, würde ich sagen.«

»Ich weiß. Aber du hast ihn länger nicht mehr gesehen. Seit meiner Schwangerschaft hat er ein paar Pfunde zugelegt, und die wird er nicht mehr los, egal wie viel er trainiert. Das findet er unfair, bei mir ist nämlich nach der Geburt das Gegenteil passiert. Ich habe in der Stillzeit alles verloren, was ich in der Schwangerschaft draufgepackt hatte, und noch mehr.«

Malin nickte. »Das ist mir aufgefallen.«

Lucy wischte mit der Hand durch die Luft. »Mir ist das so hoch wie breit. Frank macht sich was daraus, es ist wie eine fixe Idee. Und damit kommen wir zurück zu Alessio: Seine Aufschneiderei könnte ein Überbleibsel aus seiner Kindheit oder Jugend sein.« Lucy nickte nachdrücklich. »Möchtest du wissen, welche Wirkung er auf mich hatte, und ich bin ihm ja nun erst zweimal begegnet?«

Sie schlenderten über die Kieswege im Park und ließen die Ruhe des Ortes, die Wärme der Sonne und die Intensität der Farben auf sich einwirken. Der tiefblaue Himmel und die sattgrünen, schirmförmigen Kronen der Pinien wirkten wie aus dem Skizzenbuch eines Künstlers. »Ja, wie schätzt du Alessio ein?«, wollte Malin wissen.

»Zuerst fällt auf, dass er extrem schön ist, und als nächstes seine Flirtbereitschaft. Er wirkt sehr machohaft, dabei sympathisch. So, als ob er sich in dieser Rolle selbst nicht ernst nimmt. Dass ich im ersten Moment erschrocken bin, als ich ihn gesehen habe, brauche ich dir nicht extra zu erklären.«

Malin schüttelte den Kopf. »Nein, das brauchst du wirklich nicht. Wegen seiner Ähnlichkeit mit Nowak.«

Lucy nickte. »Ich sehe nicht hinter seine Fassade. Da habe ich bei Ben eher das Gefühl, ihn einschätzen zu können. Vielleicht hängt das auch nur damit zusammen, dass ich die Mimik von Deutschen besser lesen kann. Hört sich blöd an, oder?«

»Einerseits, ja.« Malin wollte noch etwas hinzufügen, da vibrierte das Handy in ihrer Jeans. Ein Telefonanruf. Ihr Puls beschleunigte sich, als sie das Smartphone herauszog. Sie starrte die Nummer an und konnte sie nicht zuordnen.

»Das ist eine Festnetznummer«, sagte sie und tippte den grünen Hörer an. »*Pronto?*«

»Signorina Holm? Sono Maresciallo Bruttomesso.«

Ihre Knie sackten ihr beinahe weg, sie krallte die Hand in Lucys Unterarm, die ihr sofort mit beiden Händen Halt gab.

»Ja, was gibt es?«

»Können Sie zur Wachstation in Sorrento kommen? Wir haben da was und brauchen eine Aussage von Ihnen.«

»Wollen Sie eine Aussage zu Alessio Russo?«

»Wer ist das? Nein, es handelt sich um etwas anderes. Sie kennen Riccardo Basile und können ihn gegebenenfalls identifizieren, oder nicht?«

# Kapitel 11: Darunter sind die wie neu

## Lucy

Malins Gesicht wurde kalkweiß, bevor ihre Knie einfach den Dienst versagten. Ich versuchte, sie zu halten, aber wir knickten beide ein und saßen schließlich auf dem Sandweg in diesem kleinen Park der Villa. Alles, was gerade noch intensiv und schön und tröstlich gewirkt hatte, verblasste, als ich sah, wie Malins Blick hin und her irrte. Das Smartphone war ihrer Hand entglitten. Ich hob es aus den Steinchen auf und an mein Ohr.

»*Pronto*? Hier spricht Lucy Schober, ich bin eine Freundin von *Signora* Holm. Kann ich irgendwie helfen?«, stotterte ich auf Italienisch, so gut ich es hinbekam. Ich wusste ja nicht mal genau, was der Polizist von Malin wollte. Außer dass es die Polizei war, hatte ich mir aus ihren Antworten nichts zusammenreimen können.

»Ah, das ist gut. Können Sie Ihre Freundin zur Polizei-dienststelle in Sorrento begleiten? Wir haben eine unbekannte Leiche.«

»Meine Freundin soll einen Toten gucken?« Mir war klar, dass meine Wortwahl die eines Kindes war. Woher sollte ich wissen, was »Leiche identifizieren« auf Italienisch hieß? Malins Wangen bekamen vor lauter Schreck wieder ein bisschen Farbe, doch wir blieben beide in dieser kauernden Haltung.

»*Esatto*. Wann können Sie hier sein?«

Er nannte mir die Adresse, und ich versicherte ihm, dass wir sofort kommen würden. Dann legte ich auf und griff unter Malins Achseln, um ihr etwas energischer, als es sonst meine Art war, auf die Beine zu helfen.

»Wir müssen nach Sorrento zur Wache. Die Polizei hat eine Leiche gefunden.«

Ich musste heftig schlucken, nachdem ich die letzten Worte gesagt hatte, und bemerkte, dass es Malin genauso ging. In ihrem Kopf lief ein Film ab, das sah ich ihr an. Es war fast so, als könnte ich in ihren Augen die Bilder sehen, die man aus dem Fernsehen kannte, oder die manchmal Franks üblicherweise sehr sparsame Bemerkungen über seine Arbeit in mir wachriefen. Eng eingehängt gingen wir los, weg vom Meer, hinauf zum Zentrum von Piano di Sorrento, und ich fragte sie, wie wir am schnellsten nach Sorrento kämen, ob wir die Bahn oder das Auto nehmen sollten.

»Wenn es dir nichts ausmacht, lass uns mit dem Auto fahren. Ich fühle mich im Moment nicht so, als ob ich die Circumvesuviana ertragen könnte.«

Den Rest des Weges schwieg sie, doch mit jedem Schritt fasste sie sich mehr. Am Ende rannten wir regelrecht zum Parkplatz. Malin gab die Adresse in ihr Handy ein, und so waren wir eine Viertelstunde später da und betraten die Wache. Erst im kurzen, kotzgelb gefliesten Flur stellte ich mir die Frage, ob wir gleich vor einer Leiche stehen würden. Aber bereits bei der Anmeldung erwartete uns der schnatze *Maresciallo* Bruttomesso und bat uns in ein Büro, wo er uns beiden einen Platz vor einem Schreibtisch anbot. Prüfend blickte er von Malin zu mir und fragte zunächst, ob Malin damit einverstanden wäre, wenn ich dabeibliebe. Anscheinend sah er, dass sie in einem bemitleidenswerten Zustand war. Malin nickte und erklärte: »Lucy kennt Riccardo ebenfalls.« Dann straffte sie die Schultern, und ihr zunächst etwas piepsiger Ton wurde fest. Fast meinte ich, die Stimme von Ilina zu hören, als sie weitersprach. »Haben Sie ihn gefunden?« Ihr Blick glich auch dem von Ilina – herausfordernd und keine Ausflüchte duldend.

»Wir haben tatsächlich einen Unbekannten. Fischer haben ihn vor der Küste aus dem Meer gezogen.«

Ich zog erschrocken die Luft ein. Eine Wasserleiche!, schoss es mir durch den Kopf. Wo hielt der *Maresciallo* die versteckt?

»Sie brauchen nicht in die Pathologie. Das wollen wir Ihnen nicht zumuten. Er, ähm, der Leichnam liegt derzeit bei der Gerichtsmedizin in Neapel. Wir haben ein Foto, auf dem das Gesicht ganz gut zu erkennen ist.« *Maresciallo* Bruttomesso nahm sein Smartphone, schaltete es ein und wischte auf dem Display herum. »Sind Sie bereit?«

Malin nickte, ich tat es ihr nach. Er stand auf, kam um den Schreibtisch herum und hielt uns das Smartphone hin, sodass wir das Foto auf dem Display erkennen konnten. Es sah aus wie diese vergilbten Bilder von aufgebahrten Toten, die man mitunter aus den Fotosammlungen der Urgroßeltern kannte. Nur dass dieses Foto nicht schwarz-weiß war, obwohl man es auch nicht gerade als farbig bezeichnen konnte. Es war zum Glück nur eine Porträtaufnahme. Es zeigte das Gesicht von Riccardo, der aussah, als ob er schliefe und einen schlechten Traum hätte. Seine Haut wirkte aufgedunsen und wächsern. Eigentlich sah der ganze Riccardo – also das, was man von ihm sehen konnte – aus wie eine schlecht gemachte Wachsfigur von Madame Tussaud. Und die Farben passten überhaupt nicht. Grünlichgelbe Haut, lila Schatten um die Augen, bläulich-graue Lippen. Das stimmte doch hinten und vorne nicht.

Vom Hals war fast nichts zu sehen, aber unmittelbar unterhalb der Kinnlinie war die Haut anscheinend dunkelbraun eingefärbt, und seine Haare wirkten irgendwie tintig, wie mit Öl übergossen oder so.

Ich driftete mit meinen Gedanken ab, das merkte ich selbst. Bevor sich irgendwelche inneren Stimmen melden konnten, riss ich mich zusammen, griff nach Malins Hand, um etwas Konkretes zu spüren, und sagte: »Ja, das ist Riccardo.« Geschockt sah ich meine Freundin an, für die dieser Moment noch viel schlimmer sein musste als für mich. Sie erinnerte mich ein weiteres Mal an Ilina, denn sie wirkte sehr gefasst, als sie exakt die gleichen Worte benutzte wie ich.

Sie blickte vom Smartphone des *Carabiniere* in sein Gesicht. »Glauben Sie mir jetzt?«, fragte sie in eisigem Ton.

Er räusperte sich und schaltete das Handy wieder aus. »*Si*«, war seine schlichte Antwort. Dann setzte er sich wieder an seinen Schreibtisch. »Ich brauche noch einmal eine genaue Schilderung, wann und unter welchen Umständen Sie Riccardo Basile zum letzten Mal gesehen haben.«

»Aber das haben Sie doch alles. Es hat sich nichts geändert. Wann haben Sie ihn gefunden? Wie lange ist er schon tot?«

»Über diese Dinge darf ich Ihnen keine Auskunft geben. Die Ermittlungen laufen. Also beantworten Sie bitte meine Frage: Wann haben Sie Riccardo Basile zum letzten Mal lebend gesehen?«

Malin, der ich ihre Verärgerung trotz all ihrer Fassungslosigkeit ansehen konnte, schilderte also ein weiteres Mal die Geschichte von Freitagabend, als sie mit Riccardo Streit gehabt hatte. Ich konnte sie nur bewundern, weil mir dabei erneut bewusst wurde, wie unfassbar schwierig es sein musste, eine Scheinidentität aufrechtzuerhalten. Doch dann schweiften meine Gedanken ab.

»Wissen seine Eltern Bescheid?«, fragte ich mitten in die Vernehmung hinein.

*Maresciallo* Bruttomesso hörte nicht auf mich, sondern führte seelenruhig die Befragung zu Ende. Besonderen Wert legte er auf die Frage, ob Malin nach Riccardos Abschied ihre Wohnung noch einmal verlassen hätte. Nachdem er endlich alles in den PC getippt hatte, was Malin ihm ja bereits gestern erzählt hatte, bedankte er sich bei ihr, dann erst wandte er sich mir zu und sagte: »Die Eltern sind noch nicht informiert, da wir die Leiche bisher nicht identifizieren konnten. Wir haben noch einen weiteren Zeugen eingeladen, der eine Vermisstenmeldung abgegeben hat. Bei der *Polizia di Stato* allerdings.« Seine Miene drückte deutlich aus, was er davon hielt, dass Ben nicht ebenfalls die *Carabinieri* informiert hatte. Na, es war nicht mein Problem oder das von Malin, wenn die italienische Polizei zu viele Köche an den Brei ließ. Ich ging davon aus, dass die den nötigen Informationsfluss eigenständig hinbekamen.

»Und wie lange wollen Sie nun die Eltern noch auf der Folter gespannt lassen?«, fragte ich in eiskaltem Ton auf Deutsch. Malin übersetzte für mich, nachdem sie mir einen anerkennenden Blick zugeworfen hatte.

»Das dürfen Sie getrost uns überlassen, *Signorina*.«

»Ich gebe Ihnen einen Tipp: Vermutlich werden Sie die Kriminalpolizei in Deutschland informieren, sehe ich das richtig?«

»Vermutlich.«

»Dann können Sie sich bei Kriminaloberkommissar Frank Kraus melden, er kennt die Familie und arbeitet außerdem in Saarlouis. Das ist der Heimatort von Riccardo«, fügte ich erklärend hinzu.

»*Commissario* Kraus, woher kenne ich den Namen?« Er tippte sich auf die Nase, was ausgesprochen einstudiert wirkte, und ich fragte mich eine Sekunde, ob *Maresciallo* Bruttomesso abends vor dem Spiegel ausprobierte, wie er am schönsten aussah. »Ah, ich weiß. Er hat sich bei uns gemeldet.« Nun zog er die Brauen zu einem schwarzen Balken zusammen und warf mir böse Blicke zu. »Was haben Sie mit der Sache zu tun, *Signorina*?«

»*Commissario* Kraus ist mein Lebensgefährte, *Signorino Maresciallo*«, antwortete ich ihm und freute mich diebisch darüber, dass er meine Verhohnepipelung der Anrede offenbar als das auffasste, was sie sein sollte. Mich nervte sein selbstverliebtes Auftreten wahnsinnig, vor allem wenn man bedachte, dass Malin und ich soeben einen Toten identifiziert hatten, den wir beide gut kannten und mochten. Gekannt und gemocht hatten vielmehr. Ich atmete durch und kämpfte gegen die Tränen an, die mir plötzlich in den Augen standen. »Wie auch immer«, piepste ich anschließend, und die Souveränität, die ich gerade noch gespürt hatte, verabschiedete sich. »Sie sollten ihn so schnell wie möglich über den Stand der Dinge unterrichten. Er und seine Kollegin können die Eltern Basile über den Tod ihres Sohnes informieren.«

Als Malin bei meinen Worten zu schluchzen begann, war es auch um meine Fassung geschehen. Wir verließen fluchtartig die Wache und brauchten in meinem Twingo erst einmal einige Minuten, um uns wieder zu sammeln.

Nachdem wir wieder normal atmen konnten, sah ich Malin an. »Ich rufe Frank an.«

Sie nickte, und als ich mit einem Blick auf die Handyuhr sah, dass noch Mittagszeit war, wählte ich seine Nummer. Vermutlich war er gerade in der Pause. Ich stellte das Telefon laut, damit Malin dem Gespräch folgen konnte.

»Hallo, Liebes, ist alles okay bei dir?«

»Frank, ich muss dir etwas sehr Wichtiges sagen.«

Er schwieg, und ich hörte ein klapperndes Geräusch. »Moment. Ich gehe nach draußen«, sagte er dann, wohl zu seinem Gegenüber. »Iss weiter, ich bin gleich wieder da.« Kurz darauf fragte er: »Was ist passiert?«

Ich liebte diesen Mann. Er hatte anscheinend an meinem Tonfall gehört, dass ich ihn nicht mit einer Lappalie behelligte. Er gab mir schon jetzt ein etwas sattelfesteres Gefühl, noch bevor ich ihn in die neuesten Entwicklungen eingeweiht hatte. *Maresciallo* Bruttomesso hatte Malin und mich ja bereits in Kenntnis gesetzt, dass bisher noch keine Benachrichtigung an die Polizei in Deutschland rausgegangen war. Jetzt würde ich Frank informieren.

»Die Leiche von Riccardo Basile ist aufgetaucht; Malin und ich haben ihn anhand eines Fotos identifiziert. Er wurde offenbar aus dem Meer gefischt. Ich finde, du solltest das wissen. Die müssen sich ja bei euch melden, nehme ich an, damit ihr die Eltern informieren könnt?«

Frank stieß ein Stöhnen aus. »Mist«, sagte er dann. »Ich hatte wirklich gehofft, dass er nur eine Auszeit brauchte. Danke, dass du mir Bescheid sagst, Lucy, ich werde mich darum kümmern. Heute Morgen hat die italienische Polizei angeblich noch von nichts gewusst. Entweder hatten sie die Leiche da noch nicht, oder sie wollten nichts sagen, bevor sie identifiziert war. Habt ihr sonst irgendetwas erfahren, irgendein Detail?«

»Leider nicht. Der *Maresciallo*, der Malin anschließend noch befragt hat, ist mit nichts weiter herausgerückt: weder, wann Riccardo gefunden wurde, noch, wie lange er schon tot ist. Deshalb, Frank, bitte versuch es herauszufinden und hilf uns, das alles zu verstehen, ja? Ich habe bei der Polizei hier kein gutes Gefühl.«

»Lucy, ich weiß, wie schwer es ist, aber greift bloß nicht in die Ermittlungsarbeit ein, versprich mir das.«

Ich verdrehte die Augen, was Malin ein kleines Lächeln entlockte. »Es gibt wohl einen Hauptverdächtigen. Sein Name ist Alessio Russo, und der Mord könnte mit der Camorra zusammenhängen. Alessio leugnet allerdings, dass er irgendwas damit zu tun hat.«

»Woher weißt du das, Lucy?« Sein Tonfall wurde schärfer.

»Ich sagte dir doch, dass Ben bei der Polizei war. Er hat einen heftigen Streit bezeugt, in dessen Verlauf Alessio Riccardo davor gewarnt hat, ein Eiscafé in Neapel zu eröffnen. Er hat ihm regelrecht gedroht. Alessio leugnet das aber. Wir haben ihn gefragt.«

Malin schüttelte heftig den Kopf, und mir wurde klar, dass ich uns damit verraten hatte, also versuchte ich, meinen Satz zu relativieren. »Also, wir haben ihn nicht befragt, sondern das Gespräch kam darauf. Alessio, Ben und Malin sind ja befreundet, und Riccardo gehörte ebenfalls zu der Clique.«

»Lucy, das kaufe ich dir nicht ab. Verdammt, hör auf, dich in die Polizeiarbeit einzumischen. Die können das besser als du. Man sollte wirklich meinen, du würdest irgendwann vernünftig. Willst du riskieren, dass du jemanden in die Enge treibst, der dir gefährlich werden könnte?«

»Nein ...«

»Denk an die Kinder, Lucy! Werd endlich erwachsen!«

Empört schnappte ich nach Luft. Malin schlug beide Hände vors Gesicht. Ja, schon klar, ich hatte es wieder versaut. Ich pustete die Wangen auf und schnaufte dann heftig durch, bevor ich Frank antwortete. »Alles klar. Wenn du irgendetwas erfährst, das uns helfen kann, mit dieser Sache fertig zu werden, sag es bitte, ja?«

»Was immer ich dir an Info weitergeben darf, versprochen. Ich muss Schluss machen, Tina kommt aus dem *Tapas*. Anscheinend gibt es wieder Arbeit. Sorry für den einen Satz, Liebes. Du bist erwachsen, ich mache mir nur Sorgen. Bis bald, und denk dran, ich liebe dich.«

Seine letzten Worte konnten mich nicht aufmuntern. Ich fühlte mich hilflos. Malin neben mir war todunglücklich, und ich war ihr keine große Stütze. Auf dem Rückweg und etwas später, in meiner Wohnung, wälzten wir die immer gleichen Fragen. Wann war Riccardo ums Leben gekommen, wie und warum? War es ein Unfall oder Mord gewesen? Wenn es tatsächlich Mord war, wer hatte ihn ins Meer gestoßen? Woran war er überhaupt gestorben? Hatte Alessio wirklich eine Mitschuld? Wusste er vielleicht irgendwas und hatte uns nur was vorgespielt?

Während wir versuchten, uns über die nächsten Schritte der Polizei klarzuwerden, kochte ich Spaghetti, die wir mit Olivenöl und Parmesan essen wollten. Als ich gerade die Schüssel auf den Tisch gestellt und Malin eine Portion auf den Teller gegeben hatte, kam mir eine herausragende Idee.

»Weißt du, wen wir fragen können, um herauszufinden, wie lange Riccardo im Wasser gelegen hat?«

Malin schaute mich nur an, die Augen zusammengekniffen.

»Ringo Wachs.«

»Wen?«

»Den Rechtsmediziner, mit dem Frank meistens zusammenarbeitet. Ich habe seine Telefonnummer, weil wir privat befreundet sind. Ringo war schon bei uns zum Grillen zu Besuch. Den rufe ich jetzt an.«

»Okay«, sagte Malin gedehnt, »wenn du meinst ...«

Ich nickte entschlossen, holte mein Handy und suchte in meinen Kontakten nach Ringo.

»Ei, wer ruft mich dann do an?«, hörte ich kurz darauf seine unverkennbare Stimme. »Du bischt doch im Urlaub, oder nit?«

»Richtig. Ringo, du kannst mir vielleicht bei einer wichtigen Frage helfen.«

»Soso. Ei dann schieß loss.«

»Kannst du mir grob sagen, nach wie vielen Tagen eine Leiche, die im Meer liegt, sich so stark verändert, dass man sie nicht mehr erkennen kann?«

Ringo lachte. »Die do Froh is vill zu ungenau, Lucy. Dat hängt von vill Faktore ab. Wassertemperatur, Strömung, Beschaffenheit vom Wasser, Zustand der Leich, bevor se ins Wasser kummt. Oder schwätze ma hie von nem Ertrunkne, dat ännert die Froh.«

»Das weiß ich leider nicht. Entweder wurde er ins Wasser gestoßen, als er noch lebte, oder er wurde zuerst ermordet und dann ins Wasser geworfen.«

Malin schob ihren Teller von sich, und mir wurde klar, dass es eine ziemlich doofe Idee war, zuerst Ringo anzurufen und anschließend essen zu wollen.

»Lucy, do konn ich dir echt nix Genaues sahn, awwer wenn et Wasser kühl is, kann ma denne Dode relativ lang erkenne. Wasser konserviert sogar e bissje. Awwer do gibts oft unangenehme Nebenerscheinungen. Alge-bewuchs zum Beispiel, uff da Haut. Odder Schimmel.«

Ich dachte an das Foto, das wir gesehen hatten, und fragte mich, wie viel der obduzierende Arzt an Riccardo für die Fotografie verändert hatte.

»Wir haben ein Foto gesehen, auf dem man den Toten noch gut erkennen konnte. Er war aufgedunsen, die Haut sah schwammig und wächsern auf. Aber er sah sich trotzdem noch ähnlich.«

»Ei jo, mit dem Grünzeich uff Wasserleiche is dat ach echt witzisch. Ma muss dat nur wegwische, un do drun-ner sinn die wie nei.«

Malin riss die Augen weit auf, dann sprang sie vom Stuhl auf und stürmte in Richtung Badezimmer. Da ich Ringo schon etwas länger kannte, wusste ich, wie er mit diesen Dingen umging. Ich hatte mich also wapp-nen können, und mir half im Moment, dass ich bei die-ser Unterhaltung tat, als ob der Tote, dessen Bild ich ge-sehen hatte, jemand Fremdes wäre.

»Hm, dann kannst du mir nichts Konkretes sagen.«

»Ei nä, schunn gar nit, wenn ich denne Dode nit siehn oder uffm Disch hann. Dat wäschde doch. Um wene gehtsn do eigentlich? Wieso machscht du dir im Urlaub Gedanke um Wasserleiche?«

»Das ist noch nicht offiziell. Riccardo Basile ist tot aus dem Meer gefischt worden, hier in Piano di Sorrento. Bitte verrate nichts weiter. Frank weiß es, aber es ist, wie gesagt, noch nicht offiziell.«

»Basile wie unser Gelato-Basile?«

»Ja, der jüngste Sohn.«

»Oh leck, jetze bin ich awwer baff. Lucy, wenn ich dir e gudder Rot genn darf: Hall bloß die Fieß still, ne?«

Malin kam zurück zum Tisch, ihre Gesichtsfarbe erinnerte mich an die einer Wasserleiche. Sie hörte Ringos letzten Satz und zog eine genervte Grimasse.

»Kannst du mir einen Gefallen tun und Frank gegenüber nichts davon sagen, dass ich dich angerufen habe?«, fragte ich.

»Wenn du mir vasprecht, dass de uff dich uffpasst. Ich menn et ernscht, Lucy.«

»Mach ich.«

Ich verabschiedete mich von Ringo und legte auf. »Das hat nicht wirklich weitergeholfen.«

»Lucy, jetzt ernsthaft: Riccardo kann frühestens am Freitag gestorben sein, und zwar erst in der Nacht. Heute ist Dienstag, und die Leiche war heute Morgen schon in der Rechtsmedizin. Das heißt, sie hat maximal dreieinhalb Tage im Meer gelegen, eher weniger, keinesfalls mehr.«

Kleinlaut gab ich ihr recht. Aber umsonst war das Gespräch trotzdem nicht gewesen, mir war nämlich etwas aufgefallen, während ich mit Ringo gesprochen hatte. »Die Farbe an Riccardos Hals war anders als seine Gesichtsfarbe, hast du das auch gesehen?«

Malin nickte.

»Und der Hals ist auf dem Foto fast ganz abgeschnitten, den kann man nicht sehen. Meinst du nicht, dass die das gemacht haben, weil man dort Würgemale erkennen kann?«

Malin schluckte heftig. »Lucy! Hör auf, dir solche Sachen auszumalen. Du steigerst dich da in was rein. Ich will mir das nicht vorstellen. Ich bin dafür, dass wir mit Ben und Alessio reden. Ben, um ihn zu fragen, wie es bei ihm gelaufen ist, und Alessio … um ihm noch mal auf den Zahn zu fühlen.«

So kam es, dass wir am Nachmittag erneut bei der *Osteria Russo* aufschlugen, wo wir allerdings keinen Alessio antrafen. *Zia* Marina berichtete aufgelöst, dass er zur Vernehmung nach Neapel bestellt worden sei. Malin und ich sahen uns an, dann verabschiedeten wir uns, ohne weiter nachzufragen, und liefen ziellos durch die Stadt. Es war ein eigenartiges Gefühl zu wissen, dass Alessio in diesem Moment in der *Questura* saß und ausgefragt wurde.

»Ich werde wahnsinnig vor Nervosität«, erklärte Malin kurz darauf, als wir am Bahnhof vorbeikamen. Sie blickte mich an. »Lass uns nach Pompeji fahren und schauen, ob Ben zurück ist.«

Pompeji wollte ich eigentlich mit Frank besuchen, aber ich willigte ein, weil ich es unerträglich fand, tatenlos herumzulungern und Malin dabei zuzusehen, wie sie immer mehr abdrehte.

Eine Dreiviertelstunde später suchte Ben uns in der Warteschlange auf, in der wir bereits seit zehn Minuten standen. Malin hatte ihn per WhatsApp gefragt, ob und wo wir uns treffen könnten. Er winkte uns aus der Schlange heraus, was mir recht war, denn diese Warterei nervte, und besonders die Kommentare der deutschen Touristen, die sich in ärgerlichen Ratschlägen ergingen, wie man das alles besser organisieren könnte. *Wir sind hier in Italien*, hätte ich am liebsten zu den schwadronierenden Schwaben hinter mir gesagt, *da gehört ein bisschen Chaos einfach dazu*. Aber da tauchte Ben auch schon auf. Wir folgten ihm und spazierten gemeinsam von der Ausgrabungsstätte weg zu einer Bar, die etwas abseits der Touristenwege lag. Nachdem wir unsere Getränke bestellt hatten, sah er Malin mit ernstem Blick an.

»Wohin haben sie dich vorgeladen, um Riccardo zu identifizieren?«

»Wir waren in der Wachstation in Sorrento. *Maresciallo* Bruttomesso hat mich befragt und mir das Foto von Riccardo gezeigt. Haben sie dir auch das Foto gezeigt, oder musstest du ...?«

Ben schüttelte heftig den Kopf. »Nein, ich habe nur das Foto gesehen. Darauf ist Riccardo ja einwandfrei zu erkennen.« Er legte Malin die Hand auf den Unterarm. »Es tut mir sehr leid.«

Sie seufzte. »Ja, mir auch.«

Ich verzog das Gesicht. »Und wohin haben sie dich beordert? Du warst doch nicht in Sorrento, oder?«

»Nein, ich wurde nach Neapel in die *Questura* bestellt, in der ich die Vermisstenmeldung abgegeben hatte. Dort ist mir übrigens jemand über den Weg gelaufen, den wir kennen. Ratet mal ...«

»Alessio«, sagte Malin.

Ben nickte. »Sie haben ihn zum Verhör geladen. Es tut sich also zumindest was. Schlimm genug, dass es zuerst einen Toten geben musste. Allerdings ...«

»Ja?«, hakte Malin nach.

»Allerdings ist er schon wieder frei. Er kam gleich hinter mir wieder aus der *Questura* heraus.«

»Wie das denn?«

»Das habe ich ihn gefragt.« Ben nahm einen Schluck Wasser und schien sich zu wappnen, bevor er weitersprach. »Also, sie haben ihn nach dem Streit und nach seinem Alibi für Freitagnacht befragt.«

»Stimmt, das haben sie mich auch. Als Bruttomesso wissen wollte, ob ich nach Riccardos Abschied zu Hause geblieben bin, erinnerst du dich?«, fragte Malin in meine Richtung.

»Dann ist der Mord am Freitag passiert«, stellte ich fest. Demnach hatte die Autopsie bereits stattgefunden oder zumindest begonnen gehabt. Ich hätte nicht mit so einem frühen Ergebnis gerechnet. Der Unsicherheitsfaktor musste ziemlich hoch sein, wenn die Leiche im Meer gelegen hatte.

»Ja, am späten Abend oder in der Nacht«, bestätigte Ben. »Eventuell auch erst am Samstagmorgen. Jedenfalls wollten sie von mir wissen, ob ich die ganze Nacht zu Hause gewesen bin.« Er verdrehte die Augen. »Und wann ich am Samstag die Wohnung verlassen hätte. Zum Glück habe ich hier immer mehr als genug Zeugen.«

»Am Freitag war doch die Geburtstagsfeier in der *Osteria*«, sagte Malin langsam. »Für den Abend hat Alessio also ein Alibi. Aber was ist mit der Nacht und dem Morgen?« Sie verzog das Gesicht – vielleicht, weil sie selbst für diesen Zeitraum nur das Schlafen im eigenen Bett angeben konnte.

»Das ist nicht nachprüfbar, weil er nach Hause gegangen ist und geschlafen hat, wie wir alle. Und er wohnt allein. Bis allerdings die Reste der Party beseitigt waren, muss der Morgen heraufgedämmert sein. Olivia hat das bestätigt.« Ben zuckte die Schultern. »Und am Samstagmorgen ist er schon früh zum Großmarkt gefahren, um die Lebensmittel für die Hochzeitsfeier zu besorgen. Das ist ja ebenfalls nachprüfbar. Viel Schlaf hatte er in der Nacht jedenfalls nicht.«

»Und danach auch nicht, denn mit den Vorbereitungen der Hochzeitsfeier haben wir zeitig angefangen.« Malin stützte den Kopf in die Hand und rieb sich nachdenklich mit dem Finger über die Unterlippe. »Ein Glück, denn das lässt es extrem unwahrscheinlich erscheinen, dass Alessio etwas mit dem Mord zu tun hatte. Ich hätte es mir auch nicht vorstellen können. Ähm, war es überhaupt Mord, Ben?«

Er sah sie einen Augenblick prüfend an. »Ja klar, sonst hätten sie uns doch nicht nach dem Alibi befragt.«

»Weißt du etwas Genaues darüber, wie Riccardo gestorben ist?« Ich richtete meine Frage an Ben.

»Alessio und ich haben noch kurz gesprochen. Riccardo ist auf jeden Fall ermordet worden.« Ben schluckte. »Sie haben Alessio nach einem Gürtel befragt. Mich auch.«

»Nach einem Gürtel?« In meinem Kopf begannen sich die Rädchen zu drehen. Ich musste an die dunkle Verfärbung an Riccardos Hals denken. Hatte ich mit meiner Vermutung recht? »Ist er erdrosselt worden?«, wagte ich einen Schuss ins Blaue.

Ben presste die Lippen aufeinander, dann nickte er.

Malin zog entsetzt die Luft ein. »Nein«, flüsterte sie.

Ben rückte näher zu ihr und legte den Arm um ihre Schultern. »Malin, es ist schrecklich, offenbar ist er mit einem Gürtel erdrosselt und danach ins Meer geworfen worden. Sie haben uns den Gürtel gezeigt, und man konnte sehen, dass er durchnässt war. Keiner von uns hat ihn wiedererkannt. Sowohl Alessio als auch ich haben gefragt, ob das die Mordwaffe war, und sie haben es zwar nicht direkt gesagt, aber was sollte es sonst gewesen sein?«

Malin schmiegte sich an ihn und barg den Kopf an seiner Schulter. Ich sah einen zärtlichen Zug über Bens Gesicht huschen, doch der Eindruck verflog, noch bevor ich ihn richtig fassen konnte. Ben streichelte Malins Oberarm und tupfte ihr einen Kuss aufs Haar, dabei schloss er einen Moment die Augen. Wahrscheinlich fand er Halt in dieser Nähe. »Bis alle Untersuchungen abgeschlossen sind, wird es noch etwas dauern«, sagte er dann. »Erst wenn die Staatsanwaltschaft die Leiche freigibt, kann Riccardo nach Deutschland überführt werden. Ich finde das furchtbar, vor allem für die Eltern.«

Malin hob den Kopf und sah ihm in die Augen. »Hast du seine Familie erreicht?«

»Ehrlich gesagt, nein. Ich habe es nicht über mich gebracht. Und jetzt, wo er tot ist, kann ich es erst recht nicht. Schlimm?«

»Nein, im Gegenteil, ich verstehe dich vollkommen. Ich könnte es auch nicht.« Sie setzte sich wieder aufrecht hin, zog ein Taschentuch aus ihrem Rucksack und putzte sich die Nase. »Lucy, können wir nach Hause fahren? Ich glaube, ich muss mich ein bisschen hinlegen.«

Mir fiel ein, dass wir den ganzen Tag noch nichts Richtiges gegessen hatten, und ich nickte, dann sah ich zu Ben. Er wirkte nachdenklich. »Ich muss noch eine Führung machen, sonst fehlt mir nachher das Geld. Die Leute haben mich gebucht. Es tut mir sehr leid, dass ich dir nicht zur Seite stehen kann, Täubchen.«

Ich wunderte mich über das Kosewort, das er in einem Tonfall aussprach, der mich sehr an Frank erinnerte. Und zwar in unseren innigsten Momenten. Mir schwante, dass Ben offenbar immer noch mehr für Malin empfand, als sie ahnte. Sein Blick verriet ihn. »Ich bin ja da«, sagte ich also, und er lächelte mir dankbar zu.

Malin war schweigsam, als wir kurz darauf die Circumvesuviana bestiegen und zurückfuhren. Auf unserem Fußweg zu meiner Wohnung bog sie plötzlich nach rechts auf den Corso Italia ein und eilte zur Piazza Cota.

»Malin, wohin willst du?«, fragte ich sie etwas abgehetzt, weil sie ein irres Tempo vorlegte.

Sie blieb abrupt stehen. »Ich will noch mal mit Alessio sprechen, der muss ja jetzt zurück sein. Und wenn nicht mit ihm, dann mit Olivia. Wir können in der *Osteria* eine Kleinigkeit essen. Mein Magen braucht was, auch wenn mir die ganze Zeit einfach nur noch schlecht ist.«

»Mit Olivia?«, fragte ich nach. Hatte sie etwa den gleichen Gedanken gehabt wie ich?

»Ja. Ich will sie fragen, ob Alessio am Freitagabend wirklich die gesamte Zeit da war. Sie muss es wissen, sie hat ja mit ihm zusammengearbeitet.«

Ja, sie hatte den gleichen Gedanken wie ich gehabt. Eigenartig, denn ich hätte nie gewagt, anzudeuten, dass ich Alessio verdächtigte, weil ich wusste, wie wenig sie es ihm zutraute – zutrauen wollte. Und ich kannte ihn nicht genug, um ihn einschätzen zu können. »Okay«, sagte ich also, als wir weitergingen, »aber du musst wirklich was essen.« Komisch, ich hörte mich an wie meine Mutter.

Etwas später saßen wir auf der Terrasse vorm Lokal, und nachdem Olivia uns beiden eine Pizza gebracht hatte, warteten wir darauf, dass es etwas weniger hektisch würde, damit wir sie zu uns winken könnten. Derweil speiste Malin endlich wieder mit Appetit. Und ich sowieso. Alessio war nicht da, das hatten wir bereits erfahren; niemand wusste, wieso. Malin traute sich nicht, *Zia* Marina nach ihm zu fragen, weil die alte Dame ihr trotz aller Herzlichkeit, die sie ansonsten an den Tag legte, gehörigen Respekt einflößte. Mir übrigens auch.

Die Sonne war bereits untergegangen, da hatte Olivia endlich Zeit, zu uns zu kommen. Sie berichtete davon, dass Alessio aufgelöst gewesen sei, als er sich am Nachmittag hätte blicken lassen, und dann seine Tante und sie selbst gebeten hätte, sich um das Restaurant zu kümmern. Sie zuckte die Schultern. »Für einen Abend kriegen wir das schon hin. Aber auf die Dauer geht das natürlich nicht. Ich hoffe, du kommst bald wieder, Malin«, sagte sie.

»Ich kann es noch nicht genau sagen, Olivia. Mir geht es nicht gut. Ich habe nicht nur einen Freund verloren, sondern auch meinen ... Hund.« Sie zog eine komische Grimasse, wahrscheinlich weil ihr klar war, wie sich das anhören musste.

Olivia blickte etwas skeptisch drein, bevor sie die Schultern hochzog. »Was wolltet ihr mich denn fragen?«

»War Alessio am Freitag wirklich die gesamte Zeit hier?«, stellte ich ihr die Frage.

»Na klar. Wir hatten doch diese Geburtstagsfeier im Saal.«

»Ja, aber bist du sicher, dass er ununterbrochen da war?«

»Na, Malin, du warst doch auch hier und hattest hier draußen Dienst.«

»Ich bin relativ früh gegangen, mit Riccardo, erinnerst du dich?« Malin schluckte.

»Stimmt, Alessio hat dich früher nach Hause geschickt. Also, die Party ging ja noch bis drei Uhr oder so, und wir hatten echt viel zu tun. Warte mal«, sie stockte und legte den Kopf schief. »Jetzt fällt mir was ein: Die wollten irgendwann den Spezial-Grappa, den Guten, der immer unter Verschluss ist. Ich wusste gar nicht, dass es so einen Grappa gibt, also musste ich Alessio fragen. Da habe ich ihn ziemlich lang gesucht und nirgends gefunden, so habe ich dann *Zia* Marina gefragt. Sie wusste natürlich, wo der gute Grappa steht. Das muss gegen zwei oder halb drei gewesen sein.«

»Na sowas«, rief ich aus. »Das müssen wir der Polizei melden. Olivia, du musst aussagen. Damit platzt sein Alibi.«

»Warte mal«, wandte Olivia ein, »meine Aussage würde bedeuten, dass er etwas mit dem Mord zu tun hat?« Sie sah unglücklich aus. »Vielleicht war er nur auf der Toilette.«

»Ich frage *Zia* Marina. Sie wird uns dazu etwas sagen können.« Malin stand auf, ihre Wangen waren leicht gerötet. Sie hatte etwas Roboterhaftes in ihren Bewegungen, wie ich es von mir kannte, wenn ich in Ausnahmesituationen den Autopiloten einschaltete, um ertragen zu können, was um mich herum geschah. Für Malin musste eine Welt zusammenstürzen, mal wieder.

Olivia nickte und drehte sich kurz zu einem Gast um, der nach der Kellnerin verlangte, um ihm zu bedeuten, dass sie ihn verstanden hatte. »Ja, mach das. Ich will wirklich nicht schuld daran sein, wenn Alessio unter Mordverdacht gerät. Sowas würde er nie machen.« Sie ging weiter, sah noch mal über die Schulter zu uns und wandte sich dann dem Tisch zu.

Ich folgte Malin nach drinnen und ließ meinen Blick durch den Raum schweifen, bevor ich *Zia* Marina entdeckte, die heute offenbar servierte. Die etwas untersetzte, kräftige Frau trug ihr lockiges Haar schulterlang. Ein paar silberne Strähnen glänzten an den Schläfen. Ihre bevorzugte Farbe für Kleidung war schwarz, das war mir die letzten Male, als ich sie nur kurz gesehen hatte, bereits aufgefallen. Es passte zum Klischee der italienischen Mamma. Als sie mit einem Arm voller leerer Teller zurückkam und hinter dem Tresen verschwand, warf sie uns einen Blick zu, den ich nicht zu deuten vermochte. Wie Olivia war sie dank ihrer dunkelbraunen, lebhaften Augen in der Lage, viele Dinge ohne Worte auszudrücken, auch wenn sie nicht immer eindeutig zu verstehen waren. Wut und Mitleid, Trauer und Freude konnten sich im Ausdruck dieser Augen sehr ähneln, und einmal mehr wurde mir klar, dass ich sie nicht so einfach interpretieren konnte. Mimik war anscheinend nicht international gleich.

Als sie Malin, nachdem sie die Teller in die Küche gereicht hatte, entgegentrat, hätten ihre nun tiefschwarz wirkenden Augen und die gerunzelte Stirn nämlich bedeuten können, dass sie voller Sorge und Mitgefühl auf ihre schwedische Angestellte zuging – oder aber sie hatte bereits etwas davon mitbekommen, dass Malin Alessio verdächtigte, mit dem Mord an Riccardo zu tun zu haben. In dem Fall hätte ihre Miene eher Zorn und Unverständnis ausgedrückt.

»*Cosa vuoi*, Malin?«, fragte sie geradeheraus, und ich glaubte nun, Mitgefühl und Verständnis aus ihrer Stimme zu hören.

»Kann ich dich ein paar Dinge fragen, *Zia* Marina?«

»Certo.«

»Du weißt ja, dass Riccardo Basile tot aufgefunden wurde.« Als die ältere Frau nickte, sprach Malin weiter: »Der Mord soll Freitagabend oder -nacht passiert sein, und ich muss dich fragen, ob du dich daran erinnerst, dass Alessio an dem Abend, eher in den frühen Morgenstunden, mal für eine Zeit lang von der Geburtstagsfeier verschwunden war. Olivia sagte, dass sie ihn irgendwann nicht finden konnte und deshalb dich nach dem besonderen Grappa für die Geburtstagsgäste gefragt hat. Kannst du das bestätigen?«

*Zia* Marina schnalzte mit der Zunge, und nun war ich mir sehr sicher, dass das Blitzen in ihren Augen und die zusammengezogenen Brauen nichts Gutes bedeuteten, jedenfalls kein Mitgefühl. Und wie vermutet, explodierte sie keine Sekunde später. In dem Sturm an Entrüstung, der sich auf uns beide entlud, erkannte ich die unleugbare Verwandtschaft zu ihrem Neffen, der auf unsere Fragen genauso zornig reagiert hatte. Wären wir in einem Cartoon gewesen, hätte man zeichnerisch dargestellt, wie sie uns mit ihrer Stimme wie Donnerhall die Haare aus dem Gesicht wehte. Dieses absurde Bild, das sich in meinem Kopf ganz kurz formte, wischte ich weg und griff nach Malins Ellbogen, damit

sie nicht das Gefühl hatte, dieser Furie allein gegen-
überzustehen, die uns nach allen Regeln der Kunst zur
Schnecke machte.

»Was fragst du da? Du willst ernsthaft von mir wissen, ob Alessio zum Mordzeitpunkt von hier verschwunden war, wo er den ganzen Abend und den
größten Teil der Nacht hier geschuftet hat? Wie un-
dankbar muss man sein, um denjenigen, der einem
Brot und Arbeit gibt, auf diese schändliche Weise zu
verdächtigen? Wie kannst du es wagen!«

Als Malin sich traute, Luft zu holen, um etwas zu sagen, stieß *Zia* Marinas Zeigefinger nach vorn, und mit
dieser schlichten Geste machte sie uns beiden unmissverständlich klar, dass ihre Fragen rhetorischer Natur
waren und sie erstens keine Antwort darauf wollte und
zweitens noch nicht fertig war.

»Mein Alessio ist der gütigste und großzügigste Junge,
den ich kenne. Er führt dieses Lokal vorbildlich, und er
ist zu allen Menschen freundlich. Und so hilfsbereit! Er
ist mein Sonnenschein. Ich kenne ihn am besten von
allen Menschen. Und er wäre niemals in der Lage, einen Mord zu begehen. *Mai, mi senti*?«

Uns war klar, dass auch diese Frage rhetorisch war,
und Malin deutete kleinlaut ein Nicken an.

*Zia* Marina warf die Hände in die Luft und bewegte
sie zu beiden Seiten ihres Kopfs in einer Geste des absoluten Unverständnisses. »*Incredibile* ist das, einfach unglaublich! Was für eine Vermessenheit, mich so etwas
zu fragen. Alessio war bereits in der Wache, um auszusagen. Weil man ihn nach seinem Alibi fragte. Er ist
wieder zurückgekommen.« Sie stutzte einen winzigen
Moment, wahrscheinlich, weil ihr klar wurde, dass ihr

Neffe gerade nicht hier war. Trotz ihres kurzen Zögerns wirkte sie kein bisschen verunsichert, als sie weitersprach und von Zornesgebrüll in ein Lamentieren verfiel, mit dem sie darüber klagte, wie schwierig es all die Jahre gewesen war, ihre *Osteria* als Frau allein auf die Beine zu stellen und zu verteidigen. *Gegen wen verteidigen*, fragte ich mich kurz, hatte aber inzwischen begriffen, dass es besser war, nicht nachzuhaken. Und nun hätte sie endlich ihren Neffen bei sich, der sie nicht nur unterstützte, sondern auch beschützte, und da kämen wir daher und würden ihn solch unsäglicher Dinge verdächtigen.

Erst nach mehreren Minuten normalisierte sich ihr Tonfall wieder, und zu guter Letzt sagte sie mit recht gelassener Stimme: »Olivias Version stimmt nicht, aber das kann sie nicht wissen. Alessio war nicht verschwunden, sondern nur kurz im Lager, wo er etwas suchen musste.« Mir kam der Gedanke, weshalb sie das nicht sofort gesagt und sich und uns diesen Ausbruch erspart hatte, dann führte ich es auf das leidenschaftliche Temperament der Familie Russo zurück. Jedenfalls wirkte *Zia* Marina souverän und beherrscht, als sie uns zu verstehen gab, dass sie bei der Polizei ja eine Aussage hätte machen müssen und dass niemand dort ihre Worte angezweifelt hätte, mit denen sie Alessios Alibi untermauert hätte. Dann entließ sie uns mit einem Winken und eilte zurück in den Speiseraum, in dem die Gäste darauf warteten, bedient zu werden.

Als wir uns umdrehten, stand Olivia in der Tür, und ich sah, wie nachdenklich sie uns anblickte, dann glättete sie rasch ihre Gesichtszüge, sodass ich wieder einmal nichts daraus ablesen konnte. War das eine typisch italienische Eigenschaft, oder kannte ich einfach nur die nonverbalen Signale nicht gut genug? Sie zog die Schultern hoch und ließ uns beide vorbei, indem sie einen Schritt in den Schankraum hinein tat.

Malin blieb kurz neben ihr stehen und sagte in gedämpfter Lautstärke: »Überleg es dir, Olivia. Hier geht es um Mord. Und du kanntest Riccardo ja auch. Wenn Alessio unschuldig ist, wird es sich herausstellen.« Meine Freundin ließ die Schultern hängen, als sie diese Worte aussprach. Sie tat mir unsagbar leid.

Dann verließen wir beide die *Osteria* und machten uns auf den Weg zurück zu meiner Wohnung. Als Malins Smartphone vibrierte, wunderten wir uns nicht darüber, dass Ben sich meldete und fragte, ob wir an diesem Abend noch einmal reden wollten, und wir luden ihn zu uns ein, obwohl es spät war. Aber wie sollten wir die Bilder aus dem Kopf bekommen, in denen ein Gürtel eine Rolle spielte, und zwei Hände, die diesen Gürtel um Riccardos Hals zuzogen? Die Frage war nur noch, ob diese Hände womöglich zu Alessio gehörten? Es war ein einziger Albtraum, für Malin mehr als für mich.

Als Ben zwanzig Minuten später zu uns stieß und wir in dem kleinen Wohnzimmer meines Apartments zusammensaßen, erzählten wir ihm, was wir von Olivia erfahren hatten, und wie *Zia* Marina auf unsere Fragen reagiert hatte.

»Wie eigenartig, dass er nach der Befragung nicht mehr arbeiten wollte. Was hat das zu bedeuten?« Ben stellte das in den Raum, was auch Malin und ich uns die ganze Zeit fragten. Da in der *Osteria* mit Malin be-

reits eine Kraft ausgefallen war, erschien es sehr merkwürdig, dass Alessio Olivia und seiner Tante heute
Abend den Service allein überlassen hatte.

Wir starrten ins Leere. Schließlich straffte Ben die
Schultern und setzte sich aufrecht hin. »Ich finde, wir
sollten der Polizei sagen, was wir gehört haben. Olivia
muss eine Aussage machen.« Damit zückte er sein
Handy und wählte eine Nummer. Malin und ich hörten
zu, wie er dem Polizisten am anderen Ende berichtete,
dass die Kellnerin der *Osteria* für eine Weile der Freitagnacht nicht bestätigen könne, dass Alessio tatsächlich die ganze Zeit da gewesen sei. Er lauschte, nickte,
dann verabschiedete er sich.

»Olivia wird morgen nochmals befragt.« Er nahm das
Glas Wasser, das er sich vorher von mir erbeten hatte,
und leerte es. »Wollen wir hoffen, dass sich klärt, was
wirklich passiert ist. Malin«, er sah zu ihr und legte ihr
die Hand auf den Unterarm, »kommst du klar, oder soll
ich bei dir wohnen, bis das alles überstanden ist?«

Sie lächelte ihm dankbar zu. »Nein, das ist lieb von
dir, Ben, aber ich komme zurecht.«

»Du kannst heute hierbleiben«, sagte ich zu ihr, worauf sie kurz nachdachte, dann jedoch nickte.

»Gute Idee«, äußerte sich Ben, dann stand er auf. »Ich
fahre. Morgen habe ich mehrere gebuchte Touren. Wir
bleiben in Kontakt. Der Fall wird sich sicher bald klären.« Er atmete tief ein und aus. »Jedenfalls hoffe ich
das.« Er verabschiedete sich von uns beiden mit *bacini*,
dann ging er.

Kaum war Ben zur Tür hinaus, hörte ich leise Geräusche aus dem Wohnzimmer, und als ich aus der Diele
zu Malin ging, sah ich sie halb liegend auf der Couch,

den Kopf in ihren Armen auf der Lehne bergend, und ihr Körper wurde von Schluchzern geschüttelt. Mir war klar, dass meine Freundin endgültig am Ende ihrer Kräfte angekommen war. Es war einfach zu viel, was das Leben gerade von ihr abverlangte.

Ich setzte mich neben sie und berührte sie sanft an der Schulter. Sie richtete sich auf und ließ sich von mir in die Arme ziehen, wo sie mit ihrem hemmungslosen Schluchzen weitermachte und ich nichts weiter tun konnte, als in Endlosschleife den Satz »Alles wird gut« zu murmeln. Ich ließ ihr Zeit, um sich auszuheulen, und während der Minutenzeiger auf der Wanduhr voranschlich, gingen mir tausend Dinge durch den Kopf. Ich rekapitulierte alles, was ich erfahren hatte, seit ich hier war, und versuchte insbesondere, mir die spontanen Reaktionen von Alessio, Olivia und *Zia* Marina zu vergegenwärtigen.

Es blieb dabei: Alessio schien mir einerseits nicht abgebrüht und kalt genug für einen Mörder (oder einen Mafioso) zu sein, andererseits sprach der Anschein gegen ihn. Mit den Drohungen, die er Riccardo gegenüber ausgesprochen haben sollte, machte er sich nun mal zum Hauptverdächtigen. Natürlich wussten wir nicht, ob die Polizei noch andere Spuren hatte. Ich dachte mir, dass die Rechtsmediziner und Pathologen, die Riccardos Körper, aber auch seine Kleidung und alles andere untersuchten, Zeit brauchen würden, da das Meerwasser mit Sicherheit die Spuren schwer lesbar gemacht oder sogar verwischt hatte.

Ich dachte darüber nach, ob Frank mir vielleicht mehr über diese dunklen Stellen an Riccardos Hals verraten würde. Mit einem unangenehmen Ziehen im Magen fiel mir wieder ein, dass ich inzwischen längst wusste, warum der Hals dunkelbraun verfärbt war: weil Riccardo mit einem Gürtel erdrosselt worden war. Konnte ich mir Alessio so vorstellen? Wie er Riccardo hinterrücks seinen Gürtel um den Hals schlang und zusammenzog? An diesem Punkt meiner Gedanken wurde mir klar, dass Malin sich vermutlich mit den gleichen Schreckensbildern quälte, und für sie musste es um ein Vielfaches schlimmer sein als für mich, weil nicht nur das Opfer, sondern auch der – mutmaßliche – Täter ihre Freunde waren.

Da kam mir endlich ein Gedanke in den Sinn, und ich wunderte mich, wie ich die ganze Zeit so empathielos hatte sein können, nicht früher darauf gekommen zu sein. Es war für meine Freundin sicher eine Hilfe, dass ich ihr zur Seite stehen konnte, aber da gab es noch jemanden, der ihr in dieser schweren Zeit eine viel größere Stütze sein konnte. Jemanden, der sich nichts sehnlicher wünschte, als für sie da zu sein und damit nicht nur ihr aus der Dunkelheit zu helfen, sondern auch für sich endlich ein bisschen Trost zu finden.

»Malin?«, sagte ich vorsichtig, und anscheinend bemerkte sie eine Veränderung in meinem Tonfall, der vom tröstlichen Geflüster zu einem leisen, normalen Klang gewechselt hatte.

Sie hob den Kopf, setzte sich aufrecht neben mich, putzte sich die Nase und rieb die Tränen von ihren Wangen. »Ja?«

»Mir ist da gerade ein Gedanke gekommen. Nur ein Vorschlag«, sagte ich dann, weil ich bereits wieder zweifelte. »Dein Bruder.« Ich sprach nicht weiter, weil ich nicht wusste, wie ich meinen Vorschlag formulieren sollte.

»Hector?« Sie seufzte, und schon schimmerten erneut Tränen in ihren Augen. »Du kannst dir gar nicht vorstellen, wie sehr ich ihn vermisse. Dass wir beide mit dem Tod von Opa Richard fertig werden müssen, ohne uns gegenseitig trösten zu können, ist unerträglich für mich.« Die Tränen begannen wieder zu laufen.

»Du kannst dich auf Hector verlassen, oder?«

Sie zuckte die Schultern und verzog das Gesicht so, dass ich an meine beiden Monstermädchen denken musste, wenn sie herzerweichend weinten, weil sie kein Eis mehr bekommen durften.

»Ich konnte es immer. Aber ich habe ihn seit über drei Jahren nicht gesehen.« Sie schüttelte den Kopf.

»Meinst du, es würde dir helfen, mit ihm zu sprechen?«

Sie riss die Augen auf. »Wie meinst du das?«

»Ich meine, wenn wir einen sicheren Weg fänden, wie du mit ihm Kontakt aufnehmen könntest. Oder«, ich drückste herum, »was, wenn er sogar hierherkäme? Um dir zu helfen, meine ich. Heimlich. Also, ich … er …«

»Was?«, fragte Malin nach und zog erneut die Nase hoch. Ihre Tränenflut versiegte.

»Er hat sich bei mir gemeldet und bestürmt mich mit Fragen, wie es dir geht«, gab ich schließlich zu.

Malin wollte wissen, wie es dazu hatte kommen können, und ich erzählte ihr alles. Dann fragte ich sie nochmals: »Meinst du, es würde dir helfen, wenn er kommt? Ich weiß, es ist waghalsig …«

Sie blickte eine Weile an die hohe Zimmerdecke, dann sah ich, wie ein Hoffnungsschimmer ihr Gesicht erhellte. Sie nickte, zuerst langsam, dann betonter. »Ja. Ich bin mir sicher, dass er genau weiß, worauf es ankommt. Er würde dichthalten.«

»Dann lass uns ihn anrufen.« Ich hielt mein Smartphone bereits in der Hand, nur um zu sehen, dass er mir erneut gemailt hatte. Ich lächelte und zeigte Lucy den Posteingang meines E-Mail-Programms, dann tippte ich auf seine Nachricht. Wie erwartet, bat er mit eindringlichen Worten darum, dass ich ihm irgendetwas über Malins Aufenthalt sagen sollte. Malin musste schmunzeln, als sie seine Mail gelesen hatte. Sie streckte die Hand aus, und ich überreichte ihr mein Handy, damit sie seine Nummer wählen konnte. Sie tippte den Lautsprecher an, und wir hörten beide das Freizeichen.

»Lucy?« Hector klang misstrauisch. Malin brach beim Klang seiner Stimme unverhofft in Schluchzen aus.

»Wer ist da?«, rief er panisch, und ich nahm das Handy, um in den Lautsprecher zu sprechen, während Malin um Fassung kämpfte.

»Hector, hier ist Lucy.«

»Aber wer ...?«

»Ich bin bei einer sehr guten Freundin.«

Ich hörte, wie er zischend den Atem einzog. Dann flüsterte er beinahe, und ich konnte ihn über Malins Weinen hinweg fast nicht verstehen. »Wirklich? Bedeutet das etwa ... was ich meine?«

Malin atmete mehrmals ein und aus, um endlich ihren Heulanfall zu überwinden, während ich »Ja, wirklich« sagte. »Sie ist gerade ein kleines bisschen emotional geworden, als sie Ihre Stimme gehört hat. Ich bin bei ihr, um zu helfen.«

»Zu helfen? Was ist passiert? Wo sind Sie?«

»Das kann ich nicht sagen.« Ich brachte es nicht über mich, konkreter zu werden.

Malin hatte sich wieder in den Griff bekommen und sah mich mit großen Augen an. Mir wurde klar, dass ich mal wieder gehandelt hatte, ohne eine Sache zu Ende zu denken. »Vielleicht sollten wir uns treffen«, sage ich dann.

»Hören Sie zu, Lucy. Ich besorge mir sofort ein Prepaid-Handy und melde mich wieder. Alles weitere besprechen wir dann.«

Eine Stunde später kam sein Anruf von einer unbekannten Nummer. Erst jetzt ließ ich ihn mit Malin sprechen, und sie redeten über eine Stunde lang.

Hector hatte sich bereits überlegt, was er tun wollte. Nachdem er begriffen hatte, dass Malin in Italien lebte, legte er sich einen konkreten Plan zurecht. »Ich mache mich morgen sofort auf den Weg. Opa hat mir seinen Astra vermacht, der ist noch altmodisch gebaut und kann nicht getrackt werden. Zur Sicherheit kaufe ich mir eine neue Prepaid-Sim-Karte, sobald ich über die Grenze komme. Wir müssen aufpassen, Leonie, denn ich bin mir nicht sicher, ob Tymon Nowak hinter dir her ist. Und hinter Lucy«, sagte er dann.

Mir fiel wieder ein, was er von der Beerdigung berichtet hatte. *Noch* eine Baustelle. Tymon Nowak schien durch den Mord an Riccardo Basile unwichtig geworden, aber vielleicht war es ein Fehler gewesen, so zu denken.

Als wir Hector eine gute Nacht wünschten, stand fest, dass er wenige Stunden später aufbrechen würde, um auf jeden Fall noch im Lauf des Mittwochs über die

Grenze zu gelangen und dann irgendwo in Italien zu übernachten. Am Donnerstag wollte er weiterfahren.

»Wenn alles gut geht, müsste ich es schaffen, nachmittags da zu sein.«

»Das wäre schön, Hector.« Malins Stimme klang weich und liebevoll.

Sollte ich nach dem Telefonat mit Hector noch Zweifel gehabt haben, wurden sie am nächsten Morgen zerstreut. Beim Aufstehen fand ich eine kurze Nachricht von ihm auf meinem Smartphone vor, in der er uns mitteilte, dass er um drei Uhr morgens losgefahren war.

# Kapitel 12: Fall gelöst

## Malin

Etwas stimmte nicht. Malin hörte jemanden leise atmen, tief und gleichmäßig. Sie öffnete die Augen und
blickte auf einen riesigen weißen Schrank, den schräge
Streifen aus Schatten überzogen, wie eine Jalousie oder
ein altmodischer Rollladen ihn hervorriefen, durch
den die Sonne schien. Das war nicht ihr Schlafzimmer.
Sie drehte sich im Bett um und erblickte eine hohe,
zweiflügelige Balkontür mit weißem Holzrahmen, vor
der der besagte Laden heruntergelassen war, und im
nächsten Sekundenbruchteil die Person, neben der sie
in einem großen italienischen Doppelbett lag, und mit
der sie sich folglich das riesige *Lenzuolo*, die Bettdecke,
teilte. Es war Lucy, und durch Malins Bewegung
wachte sie gerade auf. Sie lächelte.

»Guten Morgen. Wie hast du geschlafen?«

Malin runzelte die Stirn und angelte nach ihrem
Smartphone, das sie auf dem Nachtkästchen abgelegt
hatte, um nach der Uhrzeit zu sehen. »Gut. Und überraschend lang. Es ist schon halb elf. Danke, dass ich hierbleiben konnte.«

Lucy hatte sich aufgesetzt und stieg aus dem Bett, zog den Laden hoch und öffnete die Doppeltür weit. Sonnenlicht und warme, duftende Luft strömten in den Raum. »Das ist gut. Ich habe auch gut geschlafen. Wollen wir hier frühstücken, oder sollen wir zur Bar gehen?« Sie schien kurz nachzudenken, dann sagte sie: »Eigentlich habe ich gar nichts zum Frühstücken da. Es sei denn, du möchtest Pasta mit Olivenöl zum Kaffee.«

Malin grinste. »Nein danke, lass uns bei *Mariniello* einen Cappuccino und ein Teilchen nehmen. Ich würde gerne noch mal bei der *Osteria* vorbeischauen, ob Alessio heute da ist.« Sie tippte ihr Smartphone erneut an, um zu sehen, ob er auf ihre WhatsApps geantwortet hatte, in denen sie ihn gestern nach ihrem Gespräch mit *Zia* Marina gebeten hatte, sich zu melden, damit sie reden konnten. Doch nur Ben hatte sich gemeldet und getextet, dass er heute viele Führungen auf dem Programm stehen habe, sie ihm aber trotzdem sofort schreiben solle, wenn sie ihn brauche. Sie schickte ihm ein Danke und einen Smiley zurück.

»Allerdings würde ich gern meine Kleidung wechseln. Ist es okay, wenn wir kurz zu meiner Wohnung hochlaufen?«

Lucy bot ihr an, sich stattdessen aus ihrem Koffer zu bedienen, und das tat sie, zumal Lucys knurrender Magen eine sehr überzeugende Wirkung hatte. Während Malin unter der Dusche stand, wurde ihr plötzlich bewusst, dass sie trotz der unglücklichen und verfahrenen Lebenssituation, in der sie steckte, eine winzige Spur von Leichtigkeit, oder eher Zuversicht, verspürte. Das lag daran, dass sie sich in Gegenwart ihrer Freundin endlich nicht mehr so verlassen fühlte. Noch mehr tröstete es sie, ihren Bruder auf dem Weg hierher zu wissen. Er konnte bereits an der Grenze zur Schweiz sein, denn er war nur wenige Stunden nach ihrem Telefonat losgefahren. Hector war ein guter und geduldiger Autofahrer, der auch früher schon extrem lange Strecken mit nur wenigen Pausen hinter sich gebracht hatte. Malin konnte ihn dafür nur bewundern, denn im Gegensatz zu ihm schlief sie im Auto ein, wenn die Autobahnen zu eintönig, die Staus zu lang und die Temperaturen zu hoch wurden. In diesem Moment bedauerte sie es, dass Hector derzeit nicht erreichbar war, aber er hatte mit seiner Vorsichtsmaßnahme natürlich recht gehabt.

Als Lucy und Malin zwanzig Minuten später auf die Piazza Cota einbogen und einen der Tische vor dem *Mariniello* ansteuerten, sah Malin, dass die *Osteria* bereits geöffnet hatte. Sie konnte nicht genau festmachen, welches Detail sie störte, aber irgendetwas an dem Anblick der offen stehenden Restauranttür und der Terrasse, die noch komplett mit den vom Dach herabhängenden Plastikplanen verschlossen war, rief in ihr Beunruhigung hervor. Ihr kam in den Sinn, dass es bereits der dritte Tag in Folge war, an dem sie nicht arbeitete, und das in der Hauptsaison.

»Sieh mal, die Terrasse ist noch gar nicht vorbereitet, dabei werden in einer halben Stunde die ersten Touristen kommen, um zu Mittag zu essen«, sagte sie etwas später zu Lucy, die gerade herzhaft in eine *Sfoglia di Riso* biss.

Lucy pustete den Puderzucker weg, der zwischen ihrer Oberlippe und der Nase hängen geblieben war, und legte das Blätterteigteilchen auf die kleine Serviette auf ihrem Teller, dann brach sie ein Stückchen des karamellisierten Zuckers an der Unterseite der Süßigkeit ab und steckte es in den Mund. »Woran liegt das, was meinst du?«

Malin zog die Schultern hoch. »Lass uns gleich hinübergehen. Auch wenn *Zia* Marina und Alessio uns bei unseren letzten Begegnungen ziemlich haben abblitzen lassen, weiß ich doch, dass sie in Wahrheit nicht so sind. Ich hoffe, sie haben wegen dieser Sache keine Schwierigkeiten mit der *Osteria*.« Sie verzog das Gesicht. Es wäre das Letzte, was sie wollte. Und doch kämpfte in ihr der Gedanke, Alessio könne möglicherweise etwas mit dem Mord zu tun haben, gegen ihr Gefühl, dass er niemals zu so einer Tat fähig wäre. Sie trank ihren Cappuccino aus und schlang den *Bombolone alla Crema* hinunter, den sie sich heute gegönnt hatte, was sie allerdings jetzt schon bereute, denn der im Fett ausgebackene Hefeteig und die üppige Füllung lagen ihr sofort wie ein Stein im Magen.

Lucy beeilte sich mit ihrem Frühstück; anscheinend war sie genauso begierig darauf, zu erfahren, wie es um Alessio stand. Sie zahlten und wechselten quer über die Piazza zur *Osteria*.

»*Permesso*«, rief Malin, als sie das Lokal betraten. *Zia* Marina war damit beschäftigt, die Theke zu bestücken, und Olivia beendete gerade die Vorbereitungen im Speisesaal. Sie griff nach dem Tablett mit den kleinen Blumenväschen für die Tische im Freien und eilte zur Tür.

»*Salve.*« Sie schenkte Malin ein Lächeln, das verunglückte. Olivias Bewegungen wirkten fahrig, ihr Gesichtsausdruck verunsichert. Malin sah eine steile

Falte auf ihrer Stirn, die sie bisher nur wahrgenommen hatte, wenn Olivia sich Sorgen um ihre Tochter machte. Von der Leichtigkeit und Lebensfreude, die ihre Kollegin sonst verbreitete, war nichts übrig geblieben.

Obwohl sie keinen Grund dazu hatte, erfüllte sie schlechtes Gewissen, als sie sich *Zia* Marina zuwandte. Diese schien seit gestern mehrere Jahre gealtert zu sein und blickte Malin entgegen.

»Ist sie schon wieder zornig?«, flüsterte Lucy in Malins Richtung.

Malin deutete ein Kopfschütteln an. Sie hatte *Zia* Marinas Mimik in den letzten beiden Jahren zu lesen gelernt, und was sie jetzt zu überspielen suchte, war große Sorge. Um Alessio?

»Cos'è successo, Zia Marina?«

»Etwas Schlimmes. Alessio sitzt in Untersuchungshaft.« *Zia* Marina atmete tief ein und schüttelte den Kopf, als könne sie das alles nicht glauben. »Olivia musste aussagen, und das dumme Ding ist vor der Polizei eingeknickt. Obwohl ich ihr erklärt hatte, dass Alessio nur im Lager war, sagte sie, dass sie es nicht bezeugen könne.« Mit einer resignierten Geste zog *Zia* Marina die Schultern hoch. »*E-o*, was soll ich sagen? Ich kann es ihr nicht einmal verübeln.« Sie trat hinter dem Tresen heraus und griff nach Malins Ellbogen. Mit einer herrischen Geste bedeutete sie ihr und Lucy, nach nebenan in den Speisesaal zu gehen. Dort beugte sie sich zu ihnen vor und redete gedämpft auf sie ein. »Wir Frauen müssen zusammenhalten, *vero*? Ich kann Olivia nicht feuern, nur weil sie das ausgesagt hat, was sie gesehen oder eben nicht gesehen hat. Ich weiß, wie es sich anfühlt, wenn ein *Commissario* dir auf den Zahn fühlt, weiß Gott!« Sie verdrehte die Augen, stieß ein Schnalzen aus, dann sprach sie weiter. »Ich weiß, dass ihr alle nicht anders konntet, glaubst du mir das?« Sie sah Malin in die Augen und wartete auf deren Nicken. »Alessio wurde heute Morgen erneut zur Vernehmung bestellt, und sie haben ihn dabehalten.«

Malin schlug sich die Hand vor den Mund. »Ist er … hat er …?«

»Was denkst du denn, Malin? Glaubst du, er hat Riccardo ermordet, *veramente*?« *Zia* Marina sah sie mit einem intensiven Blick an, der Malin eine Gänsehaut über den Rücken jagte. Dann spürte sie Lucys Arm, der sich haltgebend um ihre Taille schob. Sie drückte sie sacht. Malin hörte in sich hinein, dann sah sie *Zia* Marina an.

»Um ehrlich zu sein, ich kann es nicht sagen. Ich glaubte es nicht, niemals. Aber nun bin ich mir nicht mehr sicher.«

*Zia* Marina sog die Luft ein, ihr Körper stand derart unter Spannung, dass Malin sich vorstellen konnte, wie sehr sie sich beherrschte, um ihr keine Ohrfeige zu verpassen. Mit dem Ausatmen lockerte sie ihre Schultern wieder. Sie hob die Hand und wischte sich damit übers Gesicht. Ihr Blick war unendlich traurig, als sie Malin erneut ansah.

»Du *kannst* dir sicher sein, Malin. Und das sage ich nicht nur, weil er mein guter Junge ist. Ich habe weiß Gott genügend Dinge mit Kerlen erlebt, um einschätzen zu können, wer etwas taugt und wer nicht. Ich habe damit aufgehört, die Augen vor der Wahrheit zu verschließen. Und deshalb weiß ich, dass es nicht nur mein Wunschdenken ist. Der Junge ist so dumm! Dumm vor Liebe.«

Malin war so perplex, dass sie nichts weiter sagen konnte als: »Hä?«

»Er hat eine *ragazza*, ein Liebchen. Für sie würde er alles tun. Er schleicht sich heimlich zu ihr, auch wenn es nur für eine halbe Stunde ist.«

»Jetzt begreife ich«, hörte Malin Lucy murmeln, und auch für sie ergab sich ein noch verschwommenes Bild: Alessios ewige Flirts, die trotz seines Charmes unverbindlich blieben, die Traurigkeit in seinen Augen, die er gut zu überspielen wusste, und die sie nur in seltenen Momenten hatte aufblitzen sehen. Ihre eigenen Worte, in denen sie versucht hatte, Lucy gegenüber zu erklären, was sie an ihm noch nicht begriffen hatte. Hinter alledem verbarg sich eine Liebesgeschichte!

»Es gibt also eine Frau in seinem Leben. Aber warum hält er sie geheim?«

*Zia* Marinas Miene verschloss sich, als zöge sie einen Vorhang vor. »Dazu kann ich nichts sagen. Offenbar ist sie ihm so wichtig, dass er für sie über die Klinge springt. Das muss *vero amore* sein, sonst würde er sie nicht sogar vor der Polizei geheim halten.«

»*Sie* ist sein Alibi?«, fragte Lucy.

»*Sì*!« *Zia* Marina hob die Hände hoch. »Das ist die einzige Möglichkeit. Bei ihr muss er in jener Nacht gewesen sein! Er war bestimmt eine Stunde verschwunden.« Sie hielt einen Moment inne. Vermutlich wurde ihr klar, dass sie sich Malin und Lucy gegenüber gerade selbst der Falschaussage überführt hatte. Andererseits konnte niemand sie dazu zwingen, gegen ihren Neffen auszusagen. Sie runzelte die Stirn. »Aber ich weiß ja nichts. Mir erzählt er doch nichts, und sonst auch niemandem, wie es scheint. Oder hast du geahnt, dass er ein Liebchen hat?« Abwartend sah sie Malin an.

»Nein, ich hatte keinen Schimmer. Im Gegenteil, er hat immer wieder mit mir geflirtet.«

»Sie muss etwas Besonderes sein, diese Frau. Er setzt für sie seine Zukunft aufs Spiel.«

»*Zia* Marina, sie können ihn nicht nur wegen eines fehlenden Alibis verurteilen. Die Ermittlungen müssen ja noch weitergehen. Wenn er der Mörder gewesen wäre, müsste die Polizei irgendwelche Spuren finden. Oder?« Malin sah zu Lucy, die die Nase krauszog.

»Bei einer Wasserleiche könnte es schwierig sein«, sagte sie zögernd.

»Siehst du, ich sage es ja: Der Junge stellt sich dumm an! Wer ist diese geheimnisvolle Person, und wieso lässt sie es zu, dass ihr Geliebter ins Gefängnis geht, wenn sie ihn entlasten könnte?«

»Marina«, erklang da Olivias Stimme. »Die ersten Gäste kommen.«

*Zia* Marina wirbelte herum und hastete in den Schankraum, wo sie sofort hinter die Theke eilte. Davor standen zwei bleichgesichtige Erwachsene und zwei ebensolche Kinder, augenscheinlich neu angekommene Touristen, die die Auslagen hinter den Glasscheiben betrachteten und dann ihre Bestellung aufgaben.

Malin griff nach Lucys Hand und zog sie aus der *Osteria*. Sie verabschiedete sich von *Zia* Marina mit einem Nicken und einem Blick, der, wie sie hoffte, ihr Mitgefühl ausdrückte. Draußen versuchte sie, Olivia Mut für die Arbeit zuzusprechen. Ihre Hilfe anzubieten, brachte sie jedoch nicht über sich, denn dazu fühlte sie sich außerstande.

»Was machen wir jetzt?«, fragte Malin.

»Wir müssen herausfinden, wer diese geheimnisvolle Frau sein soll.«

»Aber wie?« Langsam ging Malin los, und ihre Füße schlugen von allein den Weg zu dem kleinen Modeladen am Corso Italia ein, in dem Alessio am liebsten seine Jeans kaufte.

»Wir befragen seine Freunde. Ähm, Malin, wohin gehen wir gerade?«

Malin blieb stehen und blickte die Straße entlang, dann zeigte sie mit dem ausgestreckten Arm zu dem Laden auf der gegenüberliegenden Straßenseite. »Dahin.«

»Das ist ein Geschäft für Männermode ... ah, ich verstehe.«

Sie setzten ihren Weg fort, und einen Moment später bimmelte das Glöckchen an der Glastür, als sie in den Shop eintraten. Auf engstem Raum waren Jeans, Hemden, Jacken und T-Shirts präsentiert. Ein junger Italiener, der im Stil der Mode gekleidet war, die er verkaufte, kam aus einem Hinterzimmer nach vorn. Seine Augen leuchteten auf, als er Malin und Lucy erblickte.

»*Salve*! Womit kann ich den *Signorine* dienen?«

»*Ciao* Matteo, ich muss dir eine Frage stellen, die Alessio betrifft.«

»Dann los.«

»Du bist doch mit ihm befreundet, oder?«

Matteos Brauen wanderten fragend nach oben. »Seit er hier lebt, ja. Er kauft bei mir ein, und wir verstehen uns gut. Warum?«

»Weißt du, wer seine feste Freundin ist?«

Matteo schüttelte den Kopf. »Hat er denn eine? Soweit ich weiß, ist er Single.«

»Hm, okay, Danke. Bis bald, Matteo.« Damit öffnete Malin die Tür, um wieder nach draußen zu gehen. Lucy folgte ihr.

Und so verfuhren sie den größten Teil des Nachmittags weiter: Malin und Lucy befragten zunächst alle Menschen, von denen Malin wusste, dass Alessio eine Freundschaft oder Bekanntschaft mit ihnen pflegte, dann gingen sie in die Supermärkte der Stadt, wo sie das Personal befragten, danach zu den Restaurants, von denen Malin wusste, dass Alessio ihre Inhaber schätzte, und schließlich sogar zur Bankfiliale, zu der Alessio immer das Bargeld brachte. Überall bekamen sie die gleiche Antwort: Alessio sei doch Single, oder nicht?

Erst als sie zum *Parrucchiere* gingen und dort mit einer jungen Friseurin redeten, die Alessio immer seinen Haarschnitt verpasste, deutete sich eine Möglichkeit an. Diese junge Frau war eine Verwandte von *Zia* Marina und, wie sich herausstellte, die Cousine von Alessio.

»Kommt ihr mit mir einen *Caffè* trinken? Ich mache Pause.« Den letzten Satz sprach sie in Richtung ihres Chefs, der mit einem Nicken zustimmte. Zu dritt verließen sie den Salon und überquerten die Straße zu einer kleinen Bar, in der sie, an der Theke stehend, einen Espresso tranken.

»Also, ich habe schon gehört, dass ihr nach einer Frau sucht, im Zusammenhang mit Alessio. Aber ich habe auch gehört, dass er in Neapel im Gefängnis sitzt.«

Wie schnell es sich in Piano herumgesprochen hatte, dass sie und Lucy die Leute befragten! Malin sah Alessios Cousine in die Augen. Es war nicht reine Neugier, die aus ihrem Blick sprach, sondern vielmehr die Sorge um ihren Verwandten.

»Er sitzt in Untersuchungshaft.«

»Weshalb das denn?« Die Fassungslosigkeit von Alice schien nicht gespielt zu sein.

»Er ist Verdächtiger in einem Mordfall, mehr weiß ich nicht.« Mit ihrer Antwort versuchte Malin, weitere Fragen zu abzublocken. »Wir suchen nach seiner Freundin, weil er vielleicht in der Zeit mit ihr zusammen war, in der der Mord geschehen ist.«

»Seine Freundin?« Die junge Frau nahm einen Schluck ihres Espresso, bevor sie misstrauisch von Malin zu Lucy blickte.

»Wir wissen aus sicherer Quelle, dass er eine hat. Weißt du etwas davon?«, fragte Lucy, die sich augenscheinlich an die italienische Sprache und die Gepflogenheit, junge Menschen auch dann zu duzen, wenn man sie gerade erst kennengelernt hatte, gewöhnt hatte.

Alice verengte die Augen zu Schlitzen. »*E tu, chi sei?*«

»Eine Freundin von Malin, ich kenne Alessio. Ich bin hier zu Besuch.«

»Was geht sie das an?«, fragte Alice dann zu Malin gewandt.

»Sie hilft, und im Moment geht es darum, jemanden zu finden, der Alessio entlasten kann. Das muss dir doch auch wichtig sein. Ich kenne ihn, weil er mein Chef ist, aber du bist sogar mit ihm verwandt, also ...«

»Ja ja, schon gut. Ich bin nicht nur mit ihm verwandt, sondern wir sind auch Freunde. Meine Mutter ist die Schwester seines Vaters und von *Zia* Marina, wir haben uns oft gesehen, als er noch in Kalabrien lebte, weil meine Familie jeden Sommer in Catanzaro Urlaub macht, bei meinen *Nonni*.«

»Also gut, und was weißt du nun über seine Freundin? Alle sagen, dass er keine hat, außer *Zia* Marina, die jedoch nicht weiß, wer die Frau ist.«

»Ich weiß es auch nicht. Alessio ist nie damit herausgerückt. Er ist wohl schon eine Weile mit ihr zusammen. Er macht ein Geheimnis darum.« Alice trank aus, dann schüttelte sie missbilligend den Kopf. »Er könnte jede haben, *vero*?«

»Das stimmt wohl. Er ist nicht nur hübsch, sondern auch sympathisch. Ich mag ihn. Deshalb will ich ihm helfen.« Malin verzog den Mund. »Aber auch, weil ich wissen will, wer Riccardo wirklich ermordet hat.« Als Alice mit der Zunge schnalzte und sich anschickte, auf diese Bemerkung etwas zu erwidern, machte Malin eine beschwichtigende Geste mit der Hand. »Keine Angst, ich bin mir ziemlich sicher, dass Alessio es nicht war. Und keiner ist froher als ich, wenn sich das bestätigt, weil ich mich sonst wirklich völlig in ihm getäuscht hätte.«

»Alice«, mischte sich nun Lucy nochmals in das Gespräch ein, »hast du einen Namen für uns, irgendetwas?«

Alice blickte zu Boden und spielte mit den Händen in den dichten schwarzen Haaren in ihrem Nacken, die dort auf wenige Millimeter gekürzt waren. Sie trug einen Pixiecut, der ihr eher das Aussehen einer Französin als einer Italienerin verlieh. Dann straffte sie sich und nickte. »Er hat ein einziges Mal aus Versehen einen Namen erwähnt. Das ist fast zwei Jahre her. Danach hat er sich auf die Zunge gebissen und mich verdonnert, den Namen sofort wieder zu vergessen.«

»Okay, welcher Name war das?«, hakte Lucy nach und klang ungeduldig.

»Fantaloni.«

»Und der Vorname?«

Alice zog die Schultern hoch. »Kein Vorname.«

***

Nachdem sie die Bar wieder verlassen hatten und Alice zurück zum Salon gelaufen war, griff Lucy nach Malins Unterarm. Überrascht blickte sie auf Lucys Hand und dann in ihr Gesicht. »Was ist denn?«

»Ich habe ja inzwischen kapiert, dass du auch ohne Nahrung auskommst, aber ich brauche sofort etwas zu Essen. Nach dem winzigen Kaffeestückchen heute Morgen schreit mein Magen nach was Handfestem. Der Abend bricht herein, also lass uns bitteschön essen gehen oder uns etwas machen.«

Malin grinste. »In Saarlouis würdest du in so einem Fall zum *Tapas* gehen, richtig?«

Ein verschmitztes Lächeln legte sich auf Lucys Züge. »Pasta à la Inge mit Extra Käse, ja. Aber wir sind hier in Italien, da könnte Inge nicht gegen die *Pasta fatta casa* anstinken, fürchte ich.«

»Also hausgemachte Pasta. Dann komm, wir gehen zu *Zia* Marina. Mit ihr will ich sowieso noch mal sprechen, und die *Tortiglioni* der *Osteria Russo* sind einfach spitze.«

Wenig später setzten sie sich in die *Osteria* und bestellten hausgemachte Pasta mit Ricottafüllung und *Ragù*, und sobald es etwas ruhiger zuging, bat Malin *Zia* Marina, zu ihnen an den Tisch zu kommen. Sie berichteten von ihrer Suche nach der geheimnisvollen Frau, die erst am späten Nachmittag ein Ergebnis gebracht hatte.

»Alice konnte euch weiterhelfen? Ich hatte wirklich gedacht, Alessio hätte sich bei niemandem verplappert.« Sie sah Malin an und knetete ihre Hände. »Wer ist es?«

»Wir haben nur einen Nachnamen. Fantaloni.«

»*O dio!*« Zia Marinas Gesicht drückte Fassungslosigkeit aus. »*Non lo posso credere!*«

»Was kannst du nicht glauben?«, fragte Malin.

»Fantaloni, das ist der Name von Filomena, und sie ist die Frau von Marcante. Er ist ein Polizist, ein *Carabiniere*, der aus Sorrento stammt und ...« Sie unterbrach sich und musste sich offenbar beherrschen, nicht mehr zu sagen.

»Und ...?«, fragte Malin. Dann fiel ihr plötzlich etwas ein, was sie gesehen hatte. Wann war es gewesen? Bei der Hochzeitsfeier. Der mit Lametta geschmückte Polizist, der in Begleitung seiner schönen Frau Hof gehalten hatte. Und diese Frau ... War Malin nicht aufgefallen, dass sie nur Augen für Alessio gehabt hatte, wenn ihr Mann mal nicht hingesehen hatte? »Er war auf der Hochzeit, richtig? Der *Maresciallo Maggiore!*«

»Sei still!« *Zia* Marina hatte sich auf einen der freien Stühle sinken lassen. Mit fahrigen Bewegungen strich sie sich die Haare aus der Stirn. »*Non lo posso credere*«, wiederholte sie. »*Che stupidaggine! Non puo essere talmente stupido!*«

»*Zia* Marina, Liebe ist ein Gefühl, keine Dummheit. Alessios geheime Geliebte ist also die Frau von Ma...«

Erneut unterbrach *Zia* Marina Malin mitten im Satz mit einem Zischen. »Niemals. Marcantes Frau, Filomena, ist mindestens zehn Jahre älter als der Junge. Ich glaube es nicht. *Basta.*«

»Wenn Alice es doch sagt?«

»Sie hat sich bestimmt verhört. Weißt du, was es bedeuten würde, wenn das stimmt? Marcante ist *Maresciallo Maggiore*, und alle *Carabinieri* in Piano, Sorrento und Neapel kennen ihn. Was glaubst du, wie es einem Mann, der Marcante Hörner aufsetzt, im Knast ergehen würde? Und die werden alle dichthalten, keiner wird dafür sorgen, dass ein solcher Mann wieder auf freien Fuß kommt. Egal, ob er unschuldig ist.«

»Aber das wissen sie doch gar nicht. Wenn Alessio und diese Filomena diskret waren, besteht die Wahrscheinlichkeit, dass sie nie erwischt wurden. Dann hat niemand einen Grund, Alessio wegen irgendwas zu benachteiligen.«

*Zia* Marina schüttelte erneut den Kopf. »Nein, es kann nicht stimmen. Alice muss sich verhört haben. Oder der Junge hat nur mal von der Frau geschwärmt. Das machen Jungs doch, von einer schönen Frau schwärmen, die für sie unerreichbar ist, nicht? Ich muss weitermachen, die Leute warten.« Damit deutete sie auf einen der Nachbartische, von dem die Gäste auffällige Blicke herüberwarfen, und ging hinüber.

Malin sah Lucy nachdenklich an. Diese erwiderte ihren Blick. »Das war ausgesprochen ... strange«, sagte sie dann. »Es kann nicht sein, was nicht sein darf, oder wie? Ich glaube kaum, dass Alice sich verhört hat.«

»Ich auch nicht. Aber die Frage ist, welche Konsequenzen das für Alessio hat? Stell dir vor, die Kollegen und Untergebenen von Marcante wissen tatsächlich, dass Alessio ein Verhältnis mit der Frau des *Maresciallo Maggiore* hat. Dann weiß ich nicht, was ihm in der Haft alles blüht.« Malin stützte das Kinn in die Hand.

»Es erklärt jedenfalls, warum er sie schützt. Boah, er muss diese Frau wirklich sehr lieben.«

»Entgegnet sie seine Liebe, das ist die Frage. Wie kann sie zulassen, dass Alessio einsitzt und des Mordes verdächtigt wird? Oder waren die beiden in der besagten Nacht doch nicht zusammen? Wie sollte das überhaupt gehen, ohne dass ihr Mann es bemerkt?«

Lucy zog eine Grimasse. »Na ja, wenn er in der Nacht arbeiten musste? Nichts leichter als das.« Plötzlich wirkte sie nervös. »Lass uns zahlen und gehen. Ich will noch mit Frank telefonieren«, sagte sie. »Und Ben sollten wir über unsere neuesten Erkenntnisse auch informieren, oder?«

Auf dem Weg blieb Malin unvermittelt stehen, zog ihr Smartphone aus der Tasche und tippte die Suchmaschine an.

»Was machst du?«, fragte Lucy.

Malin tippte die Worte ›Filomena Fantaloni *Telefono*‹ ein und zeigte Lucy den Eintrag. Mit wenigen Klicks hatte sie die Telefonnummer herausgefunden. Tief einatmend sah sie Lucy an. »Soll ich?«

»Ja, tu es.«

Malin wählte die angezeigte Nummer und hörte kurz darauf die *Segreteria telefonica*, die sie bat, nach dem Signalton eine Nachricht zu hinterlassen. Rasch legte sie auf. »Wir probieren es später noch mal.«

## Lucy

Ein Glück, dass wir bei *Zia* Marina hatten zeitig essen können, so war der Abend noch jung, als wir dieses Mal wieder Malins Wohnung für unseren Kriegsrat aufsuchten. Ben hatte sich per WhatsApp angekündigt und war auf dem Weg zu uns.

Kaum zur Tür hereingekommen, zog ich mein Smartphone aus der Tasche, um Frank anzurufen. Noch während ich das Freizeichen hörte, brach in mir eine heftige Sehnsucht nach meinen beiden Mädchen aus, die ich durch unsere Ermittlungsarbeit für ein paar Stunden beinahe vergessen hatte. Nicht zu fassen, das hätte ich niemals für möglich gehalten. Frank konnte sich meine Gefühle anscheinend bestens vorstellen, denn obwohl ich seine Handynummer gewählt hatte, nicht unseren Festnetzanschluss, ließ er Leonie den Anruf entgegennehmen.

»Mami!«, schallte es in mein Ohr, und mein Herz weitete sich vor Liebe und Stolz. »Wie dehts dir?«

»Hallo, mein Schatz, mir geht es prima. Es ist hier sehr schön, ihr werdet euch wohlfühlen, wenn ihr mit Oma und Opa nachkommt. Und bei euch? Alles okay?«

»Alles toll. Tsüss, Mami!« Und schon hörte ich sie mit Ilina Lillisch sprechen, die Stimmen der Mädchen entfernten sich.

»Lucy?«, hörte ich die geliebte männliche Stimme, und wieder weitete sich mein Herz.

»Hey, Frank, alles gut zu Hause?«

»Ja, es klappt prima. Heute waren die Mädchen mit Kat zusammen. Ab Freitag sind sie bei deinen Eltern.«

»Klingt gut. Sag mal, hast du etwas vom Fall Basile gehört? Gibt es neue Erkenntnisse?«

»Riccardos Eltern sind untröstlich, weil die Leiche noch nicht freigegeben wurde. Sie wollen ihn so schnell wie möglich herholen, damit sie die Beerdigung in die Wege leiten können.«

»Was ist mit Alessio Russo?«

»Was soll mit ihm sein?«

»Ist er der Mörder?«

»Lucy, das ist noch völlig offen. Er hat offenbar kein Alibi für die Tatzeit. Die Spuren an der Leiche sind noch nicht ausgewertet, und er legt kein ...« Er unterbrach sich.

Ich musste grinsen. »Geständnis ab?«

»Kein Kommentar.«

»Es ist nämlich Folgendes: Alessio war in der Tatnacht höchstwahrscheinlich bei einer bestimmten Person, deren Identität er aber schützen will. Wir sind uns ziemlich sicher, dass er sie deshalb nicht beim Namen nennt.«

»Woher weißt du das? Ich habe euch doch gesagt, dass ihr nicht ermitteln sollt!« Franks Stimme klang streng, und Malin, die mithörte, verdrehte die Augen.

»Wir kennen Alessio persönlich, Frank. Seine Tante ist verzweifelt, und da ergibt es sich von allein, dass man miteinander spricht. Mit Ermittlungen hat das nichts zu tun.«

Malin grinste, während ich die Finger kreuzte.

»Nach unserer Info geht die Polizei davon aus, dass der Fall bald abgeschlossen sein wird. Dann kann der Leichnam überführt werden.«

»Dann haben die sich wohl auf Alessio eingeschossen. Hast du etwas davon gehört, dass die Frau, die ihm ein Alibi geben könnte, mit einem der *Carabinieri* verheiratet ist? Mit *Maresciallo Maggiore* Marcante.«

»Was?« Frank pfiff durch die Zähne. »Das macht das Ganze allerdings noch komplizierter. Ich sage es dir noch mal, Lucy, haltet euch raus!«

»Ermittelt die Polizei nur noch in die eine Richtung, also gegen Alessio? Ziehen die es überhaupt noch in Betracht, dass jemand anderes aus der Camorra dahinterstecken könnte?«

Frank stöhnte. »Lucy! Lass es!«

Ich berichtete ihm noch von dem Gürtel, der um Riccardos Hals geschlungen gewesen war, worauf Frank aber weiterhin eisern jeden Kommentar verweigerte. Mir war klar, dass ich nichts mehr aus ihm herausbringen würde, und da ich mir nicht immer wieder anhören wollte, was ich alles nicht tun sollte, beendete ich das Gespräch. Für Frank war es ja auch an der Zeit, die Kinder ins Bett zu bringen.

Gerade hatte ich aufgelegt, da klingelte es an der Tür, und eine Minute später trat Ben in die Wohnung. Er hielt Malin nach der Begrüßung etwas länger im Arm als nötig, dann bestürmte er uns mit Fragen, und wir berichteten ihm, was wir über diese Frau, Filomena, herausgefunden hatten.

»Ihr glaubt ernsthaft, dass die ihm ein Alibi verschaffen kann?« Er runzelte die Stirn und hatte für einen winzigen Moment einen Ausdruck im Gesicht, der in mir einen Erinnerungssplitter an jemanden wachrief. Ich bekam jedoch kein konkretes Bild zu fassen. Seine Haltung zu Alessios Unschuld gefiel mir nicht, aber seine Argumente ließen sich nicht von der Hand weisen.

»Wenn diese Frau wirklich existiert und Alessio liebt, dann würde sie sich melden, oder nicht? Würdet ihr einen Mann, den ihr liebt, unschuldig ins Gefängnis gehen lassen?«

»Natürlich nicht.« Ich schüttelte den Kopf. »Die Sache ist ja etwas heikel, da die Frau mit einem höheren Beamten der *Carabinieri* verheiratet ist, und hier ist Ehebruch wahrscheinlich eine schlimmere Schande als bei uns.«

Ben wischte mit der Hand durch die Luft und starrte zuerst mich, dann Malin an. »Bullshit. Das wäre ein etwas schwacher Grund, um sich nicht zu retten. Ich meine, nur wegen so etwas ließe man sich doch niemals des Mordes anklagen. Und erst recht nicht unser lieber Alessio, der mit der *Osteria Russo* große Dinge vorhat.« Ben blickte schräg nach oben, dann griff er nach dem Glas Wein, das Malin ihm eingeschenkt hatte, und trank einen Schluck. Er stellte das Glas ab und musterte sie. Offenbar machte er sich große Sorgen um ihren Zustand. »Ich weiß, wie sehr du ihn magst, und das tue ich auch. Aber ich habe Alessios Gesicht bei dem Streit mit Riccardo gesehen. Diese Geschichte, dass er in der Tatnacht mit einer geheimnisvollen Fremden zusammen war, ist doch eine reine Schutzbehauptung.«

Ich war mittlerweile so verwirrt, dass ich nicht wusste, was man darauf entgegnen könnte, und Malin ging es wohl ähnlich. »Ich weiß nicht«, sagte sie zögernd, »diese Frau gibt es doch! Alessios Cousine hat den Namen genannt.«

»Wann?«

»Was wann?«

»Wann hat sie davon gehört, dass Alessio mit ihr zusammen sein soll?«

»Das ist schon eine Weile her.«

»Zwei Jahre«, ergänzte ich.

Ben lehnte sich auf der Couch zurück. »Na bitte.«

Da wir ihm darauf nicht antworteten, sprach er weiter: »Ich halte es nach wie vor für wahrscheinlich, dass Alessio von der Camorra beauftragt wurde. Man kennt doch solche Geschichten: Um anerkannt zu werden, müssen sie einen Mord verüben. Und Riccardo mit seiner *Gelateria* mitten in Neapel war das perfekte Ziel. Ich meine, wer weiß, was in dem Laden vorher gelaufen ist. Riccardo hat ihnen sicherlich in irgendwas reingefunkt. Und mit der Geburtstagsfeier am Freitagabend meinte Alessio, das perfekte Alibi zu haben. Das hat Olivia ihm mit ihrer Aussage zerschossen, und nun kommt seine Tante mit der Version, dass es da eine Frau gäbe, die in der fraglichen Zeit mit ihm zusammen gewesen sein soll.«

»Wir wissen nicht, was Alessio selbst ausgesagt hat.« Ich zog die Schultern hoch. »Ob er überhaupt gesagt hat, dass es da jemanden gibt, mit dem er zusammen war.« Vollends verwirrt unterbrach ich mich.

»Und wenn!«, rief Ben aus. »Seht ihr denn nicht, dass das im Grunde ein Beweis ist? Er – oder meinetwegen seine Tante – behauptet, jemand könne ihm ein Alibi geben, nennt aber keinen Namen.« Ben schüttelte betont den Kopf. »Die Camorra-Theorie ist viel einleuchtender, da könnt ihr mir sagen, was ihr wollt. Und die Polizei sieht das wohl auch so, oder weshalb sitzt er in Untersuchungshaft?«

»Trotzdem«, sagte nun Malin, »ich glaube das nicht. Was *Zia* Marina über *Maresciallo Maggiore* Marcante sagte, finde ich viel überzeugender. Alessio will die Frau schützen. Wir werden der Sache morgen nachgehen. Oder, Lucy?« Sie sah mich fragend an.

Ich nickte. Das hätte ich ihr sowieso noch vorgeschlagen. Wir mussten nach dieser Filomena suchen, um mit ihr ein Gespräch von Frau zu Frau zu führen.

Ben trank aus, dann sprang er auf. »Ich halte das für völligen Schwachsinn, aber du hast ja immer schon deinen eigenen Kopf gehabt, Malin. Tu, was du nicht lassen kannst. Ich muss heim. *Ciao*!«

Nachdem er die Wohnung verlassen hatte, verzog Malin das Gesicht. »Ich weiß gar nicht mehr, was ich glauben soll. Du?«

Mir kam ein Gedanke, und ich sah auf die Uhr. »Kann man in Italien um elf noch jemanden anrufen?«, fragte ich sie, und ein Aufleuchten ihrer Augen zeigte mir, dass sie sofort wusste, wen ich meinte.

Sie holte ihr Handy. »Die Nummer muss noch gespeichert sein. Hier ist sie. Filomena Fantaloni.« Sie hatte den Lautsprecher eingeschaltet, sodass ich kurz darauf das Freizeichen hören konnte. Als ein Klicken verriet, dass der Anruf entgegengenommen wurde, setzte mein Herz einen Schlag aus.

»*Risponde la segreteria telefonica …*«, schon hatte Malin ausgeschaltet. »AB«, sagte sie, »wie vor drei Stunden.«

»Hast du die Adresse gefunden?«

»Ja, die Marcantes leben in Meta, einem Nachbarort.«

»Morgen fahren wir hin.«

# Kapitel 13: Alles auf Anfang

## Malin

»Sollen wir das wirklich machen?«, fragte Malin am nächsten Morgen, als sie und Lucy vom Frühstückstisch aufstanden. Lucy hatte bei Malin übernachtet. »Du weißt, was Frank dazu sagen würde.«

Lucy zuckte die Achseln. »Er braucht es ja nicht zu erfahren. Ich möchte wissen, was für eine Frau Filomena ist, und sie soll mir ins Gesicht sagen, dass sie letzten Freitag nicht mit Alessio zusammen war.« Sie hatte bereits begonnen, das wenige Geschirr, das sie benutzt hatten, in die kleine Spülmaschine zu räumen. Malin stand auf und half ihr, dabei sah sie immer wieder nachdenklich zu Lucy.

»Du sprichst, als ob dich das alles persönlich betreffen würde, Lucy. Wie kommt das?«

»Nun ja, erstens bist du meine Freundin, und dich betrifft es ja auf jeden Fall. Zweitens war ich selbst schon mal mordverdächtig, und das war nicht schön. Und drittens«, ein triumphierendes Grinsen erschien auf ihrem Gesicht, »kommt morgen Frank, dann ist es vorbei mit den Privatermittlungen. Also lass uns die Zeit nutzen.«

Nur zehn Minuten später stiegen sie in Lucys Twingo ein, und eine Viertelstunde darauf parkte Lucy das Auto am Rand einer steilen, schmalen Straße in Meta. Es gab einen Ruck, als die Reifen der Beifahrerseite in einem tiefen Rinnstein landeten und Malin die Hauswand plötzlich gefährlich nah kommen sah. Unwillkürlich zog sie den Kopf ein und wartete darauf, dass die Scheibe einen Knacks bekäme, doch der blieb aus. Allerdings konnte sie die Beifahrertür nicht mehr öffnen, da sie das Mauerwerk berührte. Lucy zog die Schultern hoch, stieg aus, dann gab sie Malin ein Zeichen, durch die Fahrerseite aus dem Wagen zu klettern, hielt ihr die Tür auf und lachte. »Ein Glück, dass ich nicht mit der Familienkutsche hergekommen bin. Bei meiner Nuckelpinne kommt es auf einen Kratzer mehr oder weniger nicht an.« Bei diesen Worten sah sie an der Hausfassade hoch, während Malin zur Tür ging, um nach dem Klingelschild mit dem Namen »Marcante« zu suchen.

»Hier ist es.« Damit drückte sie auf den Knopf, und Lucy trat neben sie vor die Haustür.

Nichts. Malin klingelte erneut. Sie hatte ein Déjà-vu, als sie eine Minute später Filomenas Telefonnummer wählte und aus einem der oberen Stockwerke leise das Klingeln des Telefons und dann die Ansage des Anrufbeantworters hören konnte. Vor wenigen Tagen hatte sie das Gleiche in Neapel erlebt, an Riccardos Haustür.

»Lass uns bei den Nachbarn klingeln«, schlug Lucy vor, und noch bevor Malin reagieren konnte, setzte sie ihren Vorschlag in die Tat um.

Eine tiefe Frauenstimme erklang in der Gegensprechanlage. »*Chi è?*« Überrumpelt stotterte Malin sich etwas zurecht von wegen, sie seien Freundinnen von Filomena, von weither angereist, und ob die *Signora* wisse, wo Filomena sei.

»*Ma non c'è. Sono andati in vacanze. Il Maresciallo Maggiore ha preso dieci giorni liberi.*«

»*Ho capito. Grazie, Signora.*« Enttäuscht blickte Malin zu Lucy.

»Zehn Tage in Ferien, habe ich das richtig verstanden?«, wollte diese wissen. »Dann kann sie am Freitag ja gar nicht mit Alessio zusammen gewesen sein.«

»Das kann sie wohl. Sie war mit ihrem Mann am Sonntag auf der Hochzeitsfeier, da habe ich sie ja gesehen.«

»Und jetzt?« Sie waren zurück zum Auto gegangen, Lucy schloss auf und ließ Malin einsteigen. »Was machen wir?«

Malin wartete ab, bis Lucy neben ihr saß und den Schlüssel ins Zündschloss steckte. Als sie den Wagen startete, sagte sie: »Würdest du noch mal nach Sorrento zur Wachstation fahren? Ich denke, wir sollten mit der Polizei sprechen, oder?«

\*\*\*

Dieses Mal trafen sie *Maresciallo* Bruttomesso nicht an, der vermutlich auf seiner eigentlichen Dienststelle war, in Neapel. Stattdessen bat ein junger *Brigadiere* sie in das Büro, das sie bereits kannten, und fuhr den PC hoch. Sein Blick huschte über den Bildschirm, dann wandte er sich Lucy und Malin zu, die auf der anderen Seite des Schreibtisches saßen.

»Ist Ihnen noch etwas eingefallen, das Sie aussagen möchten?«, fragte er.

Malin nickte. »Wir haben gestern erfahren, dass Alessio Russo eine Freundin hat, mit der er Freitagnacht, nach der Geburtstagsfeier in der *Osteria*, wahrscheinlich zusammen war. Und während der Feier, als er sich aus dem Restaurant entfernte, ebenfalls.«

Der *Brigadiere* zog die Brauen hoch. Lucy stieß ein belustigtes Schnauben aus, sodass Malin ihr einen fragenden Blick zuwarf, worauf sie jedoch nur ein knappes Kopfschütteln andeutete.

»Sie kennen jemanden, der ihn durch ein Alibi entlasten könnte, verstehe ich Sie richtig?«

»Ja. Eine Frau.« Malin sprach nicht weiter, als sie sah, wie sich die Miene des jungen Polizisten änderte. War ihm etwa zu Ohren gekommen, welchen Namen sie ihm nennen wollte? Wussten die Kollegen von Marcante womöglich doch Bescheid? Und wenn ja, was bedeutete das für Alessio? Verwirrt warf sie Lucy einen Seitenblick zu.

Der *Brigadiere* sah zu Lucy, dann erst bewegte er den Kopf in Malins Richtung. Seine Miene war undurchdringlich. »Alessio Russo hat keine Person benannt. Er sagte aus, dass er nicht allein gewesen sei, könne aber nicht verraten, mit wem er die Nacht verbracht hätte. Als die Kollegen ihm klarmachten, dass er dann kein Alibi hat, akzeptierte er das.«

»Sie wollen nicht wissen, wer ihn entlasten kann?«
Lucys Stimme klang fassungslos. Malin bezweifelte inzwischen, dass ihre Idee, der Polizei Bescheid zu geben,
gut gewesen war. Dies war der falsche Weg. Die Lösung
des Problems lag allein bei Filomena. Diese Frau
musste den entscheidenden Schritt tun. Andernfalls
würde die Gefahr, in der Alessio steckte, nur wachsen.

Sie legte die Hand auf Lucys Unterarm und deutete
mit dem Kopf zur Bürotür. Zwei Minuten später standen Malin und Lucy wieder vor der Polizeidienststelle
und sahen sich betreten an.

Malin straffte die Schultern. »Weißt du, was wir jetzt
machen? Wir gehen in alle Geschäfte in Meta und fragen nach Filomena. Wir erzählen eine rührselige Geschichte und dass sie sich unbedingt melden soll, und
hinterlassen meine Telefonnummer. Aufgeben kommt
nicht infrage.« Sie zog die Schultern hoch. »Ich hoffe,
sie reagiert dann.«

Malin hatte früher in Hamburg schon Ermittlungen,
oder besser, Recherchen durchgeführt, wenn sie einem
Fall auf der Spur war, über den sie für ihre Zeitung
schreiben wollte. Sie wusste, dass es sie am ehesten
weiterbrachte, nach dem Gießkannenprinzip vorzugehen.

Sie und Lucy parkten im Zentrum von Meta und
suchten gezielt Lebensmittelgeschäfte, Supermärkte
und Modeboutiquen auf, in denen Filomena vermutlich einzukaufen gewohnt war. Die Gespräche liefen jedes Mal ähnlich ab: Da sie beide nicht wie Italienerinnen aussahen, begrüßte man sie freundlich und unverbindlich, doch sobald sie nach Filomena Fantaloni fragten, legte sich ein misstrauischer Zug auf die Gesichter.

»Was wollen Sie von ihr?«, war die meistgestellte Frage.

Malins Antwort kam ihr mit jedem Mal flüssiger über die Lippen: »Filomena und ich haben zusammen gearbeitet, als sie noch nicht verheiratet war, und nun möchte ich sie gern besuchen, aber sie ist anscheinend nicht da. Ich muss etwas Wichtiges mit ihr besprechen, würden Sie ihr meine Telefonnummer geben, wenn Sie mit ihr reden?« Dann kritzelte sie ihre Nummer auf einen Zettel und ließ ihn in dem Laden zurück.

»Die meisten werden den Zettel wahrscheinlich in die Ecke legen und vergessen«, meinte Lucy.

»Ja, aber nach meiner Erfahrung siegt bei manchen die Neugier, und wenn nur eine der Frauen mit Filomena enger befreundet ist, wird sie sie hoffentlich anrufen oder ihr texten.« Sie blies die Wangen auf. »Das ist unsere einzige Chance, schätze ich.«

Lucy nickte. »Und was machen wir jetzt?«, fragte sie, nachdem Malin schließlich beschloss, dass es genug war.

»Jetzt warten wir ab. Wie sieht es bei dir mit Hunger aus?«

»Ich dachte schon, du würdest nie fragen. Weißt du, was ich gern machen möchte? Lass uns etwas auf die Hand kaufen. Ich möchte gern mit Blick aufs Meer essen. Okay?«

Eine halbe Stunde später saßen sie unter einer großen Linde auf einer der Bänke mit Blick zur Bucht. Malin fühlte sich durch die Weite des Meeres, die Sonne und die üppige Vegetation ein bisschen getröstet. Wie immer hatte der Anblick des Vesuvs eine eigenartige Wirkung auf sie, die sie jedes Mal, wenn sie das spürte, an die Menschen in Neapel erinnerte: eine Art Gelassenheit, die es ihr ermöglichte, innerlich Abstand zu den drängenden Sorgen einzunehmen. Je öfter sie dieses Gefühl selbst erlebte, desto besser verstand sie diesen Menschenschlag, der am Fuß des Vulkans lebte.

»Er wirkt so friedlich.« Lucy deutete zum Vulkan, und Malin fragte sich, ob ihre Freundin Gedanken lesen konnte.

Sie kaute den Bissen Brot zu Ende und schluckte. »Ja, so empfinde ich ihn auch. Wie einen schlafenden Giganten, einen Wächter, der Ruhe ausstrahlt. Ben sagt ja, dass sich die Menschen in Pompeji damals hätten retten können, aber sie sind viel zu spät geflüchtet. Eigenartig, oder?« Sie wollte noch hinzufügen, wie die Bewohner von Neapel auf sie wirkten, da wurde sie vom gleichmäßigen Vibrieren ihres Smartphones unterbrochen. Ihr Herz beschleunigte seinen Schlag, und nervös sah sie auf die Telefonnummer des Anrufers.

»Unbekannte Nummer«, murmelte sie und ging ran. »*Pronto*?«

»*Buongiorno, sono* Filomena Fantaloni. *Parlo con* ...« Die Frau zögerte, dann sprach sie Malins Name aus, langsam und betont.

»Ja, die bin ich. Vielen Dank, dass Sie zurückrufen, Filomena. Es geht um Alessio.«

Schweigen. Dann: »Welchen Alessio?« Die Stimme klang misstrauisch. Kein Wunder, dachte Malin. Diese Frau hatte viel zu verlieren.

»*Signora* Fantaloni, ich spreche offen. Ich arbeite in der *Osteria Russo* und habe Sie bei der Hochzeitsfeier letzten Sonntag gesehen, vielleicht erinnern Sie sich sogar an mich. Ich bin die Kellnerin mit den roten Haaren.«

»Ja, ich erinnere mich. Sie meinen den Juniorchef der *Osteria*, *vero*? Was ist mit ihm?«

»Er sitzt im Gefängnis, weil er Freitagnacht jemanden ermordet haben soll.«

Ein atemloses Keuchen erklang. »Das ist unmöglich.«

Anscheinend hatte Filomena noch nichts davon gehört, dass ihr Geliebter des Mordes verdächtigt wurde. Wann und wo auch, sagte sich Malin dann. Sie war ja seit Montag verreist, und ihr Mann hatte keinen Anlass, seiner Frau davon zu berichten. Falls er selbst überhaupt in den Fall eingeweiht war, schließlich hatte er Urlaub.

»Es ist folgendes, Filomena: Alessio hat kein Alibi für Freitagnacht. Es sei denn, Sie könnten bestätigen, dass er mit Ihnen zusammen war.« Malins Herz schlug noch schneller, falls das überhaupt möglich war. Wie würde Filomena auf ihre Andeutung reagieren, dass sie ein paar heimliche Stunden mit Alessio verbracht haben sollte?

»Aber, aber wie ...« Sie unterbrach sich, ein Räuspern war zu hören. »Wieso meinen Sie, dass ich ihm ein Alibi geben könnte?«

»Er hat gesagt, dass er nicht allein war, wollte aber niemanden nennen. Ich habe mich umgehört, und irgendwann fiel Ihr Name. Ich habe eins und eins zusammengezählt und mich an Sie und Ihren Mann bei der Hochzeitsfeier in der *Osteria Russo* erinnert. Filomena, ich habe gesehen, wie Alessio Sie angeschaut hat. Ich vermute, Sie lieben ihn, und er Sie.« Malin hörte erneut ein schwaches Geräusch, das wie ein unterdrückter Schluchzer klang, und sprach weiter, so behutsam sie konnte. »Ich kann nicht von Ihnen verlangen, dass Sie sich den Rachegefühlen Ihres Mannes oder dem Gerede der Leute aussetzen ...« Nun druckste sie herum. Ihre und Lucys Idee, die Zeugin dazu zu bewegen, für Alessio auszusagen und sich dabei des Ehebruchs zu überführen, kam ihr jetzt unbedarft vor. Andererseits ging es hier um einen Mordverdacht. »Wenn Sie Alessio lieben und verhindern wollen, dass er für einen Mord hinter Gitter geht, den er nicht begangen hat ...«

»Ich tue es«, unterbrach Filomena Malins Ausführungen.

Malin riss die Augen auf und sah Lucy an, die den Kopf nahe zu ihr geschoben hatte, um dem Gespräch zu lauschen.

»Wow«, formte Lucy stumm mit den Lippen und nickte anerkennend.

»Sie ... tun es?«, fragte Malin nach.

»Ja. Ich werde sein Alibi bestätigen.« Filomena klang entschlossen. »Mein Mann Silvio ahnt längst, dass es jemanden gibt. Und«, ihre Stimme schlug ins Bittere um, »er selbst ist nicht gerade das, was man ein unbeschriebenes Blatt nennt, wenn Sie wissen, was ich meine.«

Malin dachte an den *Maresciallo Maggiore* am Tag der Hochzeitsfeier im *Russo* zurück, wie er in seiner Paradeuniform Hof gehalten hatte wie ein aufgeblasener Gockel. Ihr war klar, dass er auf Frauen, die auf Uniformen standen, wie ein Adonis wirken musste. Und nach allem, was Filomena da andeutete, fiel es dem schönen *Carabiniere* schwer, seine Vorliebe für die holde Weiblichkeit im Zaum zu halten. Was für ein Klischee, dachte sie, aber boten Klischees nicht immer noch die zuverlässigste Methode, Menschen einzuschätzen? Wie oft hatten sich in ihrer Zeit als Aufdeckungsjournalistin in Hamburg die simpelsten – und leider übelsten – Klischees erfüllt?

»Ja, ich denke, ich weiß, was Sie meinen.«

»Ich liebe Alessio schon lange, und es war nur eine Frage der Zeit, bis es jemand bemerkt. Wir haben Pläne für die Zukunft. Wenn ich jetzt nicht zu ihm stehe, wann dann? Ich werde es tun. Wo soll ich mich melden, um auszusagen?«

Überwältigt nannte Malin ihr die Dienststelle von Filomenas eigenem Mann, dankte ihr und wünschte ihr Glück.

»Wow«, sagte Lucy dieses Mal laut und atmete tief ein und aus. »Die Frau hat Format! Wer weiß, was sie jetzt über sich ergehen lassen muss.«

Malin legte nachdenklich den Kopf schief. »Ja. Aber irgendwie passt das. Alessio ist keiner, der sich nur in Schönheit verliebt. Und ich bin froh, dass er aus diesem Schlamassel heil herauskommt. Jetzt bleibt bloß die Frage: Wer war es dann? Wer hat Riccardo ermordet?«

## Lucy

Ja, wer hatte Riccardo ermordet? Und warum? Doch es war müßig, diese beiden Fragen immer und immer zu wiederholen. Nun hatten wir geholfen, den Hauptverdächtigen zu entlasten, und wer sollte dieses befreiende Gefühl besser verstehen als ich, die selbst schon oft genug verdächtig gewesen war?

Trotzdem erfüllte mich eine Art Leere, weil damit die einzige Spur versandete. Aber, fiel mir dann ein, vielleicht wusste die Polizei bereits viel mehr als wir. Während Malin und ich die wunderschöne Aussicht genossen, hingen wir unseren Gedanken nach, und ich konnte nicht anders, als mir auszumalen, wie diese Filomena, die ich mir nach Malins Beschreibung gut vorstellen konnte, vor ihrem Mann stand – den ich mir ebenfalls vorstellen konnte – und ihm gefasst zu verstehen gab, dass sie im Fall Riccardo Basile aussagen wolle. Ich sah vor meinem inneren Auge, wie sie, elegant und unnahbar, in der Dienststelle zu Protokoll gab, dass sie zur Tatzeit mit Alessio zusammen gewesen war, und wie sie dann ungebeugt durch den kotzgelb gefliesten Flur ging und all die schnittigen *Carabinieri* ihr feixend hinterher gafften und hinter ihrem Rücken unflätige Gesten machten. Doch da ging wohl meine Fantasie mit mir durch. Denn das Verhalten des jungen *Brigadiere* vorhin hatte ja eher darauf schließen lassen, dass man nicht nur dem Gockel, sondern auch seiner Frau mit höchstem Respekt begegnete, sonst hätte er nicht verhindert, dass ihr Name fiel. Die Frage für Filomena würde sein, ob, wie schnell und in was dieser Respekt sich umwandeln würde.

Das dumpfe Surren von Malins Handy riss uns beide aus unserer Nachdenklichkeit. Sie zog ihr Smartphone hervor und starrte auf die Nummer. »Hector«, flüsterte sie und ging ran.

Ich beobachtete gespannt, wie ihre Gesichtszüge sich veränderten, während sie ihn fragte, wo er sei.

»Du bist schon in Piano? Okay, dann parke dein Auto am besten beim Bahnhof und miete dort einen Stellplatz an. Wir kommen. Bis gleich!«

Während sie eben noch traurig und grüblerisch gewirkt hatte, legte sich jetzt ein Strahlen auf ihr Gesicht, das mich an meine Zwillingsmädchen denken ließ. So sahen sie aus, wenn sie davon sprachen, dass sie bald in den Kindergarten gehen wollten. Es war die pure Vorfreude. Mit einem warmen Gefühl in der Brust lächelte ich Malin zu, und wir warfen rasch das Papier, in das unsere *Panini* eingepackt gewesen waren, in einen Mülleimer, dann eilten wir zu dem kleinen Platz, auf dem ich meinen Twingo abgestellt hatte.

Eine Viertelstunde darauf sah ich zum ersten Mal Malins Bruder, der uns auf dem Parkplatz bereits erwartete und auf seine Schwester zustürmte. Seine Stimme, die ich am Telefon sehr sympathisch gefunden hatte, passte gut zu ihm, und die Ähnlichkeit zu seiner Schwester löste in mir das eigenartige Gefühl aus, ihn schon zu kennen. Die gleichen feinen Gesichtszüge, der eher zierliche Körperbau trotz einer Größe von über eins achtzig. Interessanterweise trug er die kurzgeschnittenen Haare in einem Aschblond, das niemals seine Naturfarbe sein konnte. Es stand ihm und passte perfekt zu seinen Augen, die wie die seiner Schwester blau waren, mit einen Stich ins Türkisfarbene. Er war mir auf Anhieb sympathisch.

Die Wiedersehensfreude zwischen Bruder und Schwester rührte mich, und ich musste kurz an meinen eigenen Bruder Rouwen denken. Wir hatten uns früher nie derart innig umarmt, aber das war in meiner Familie ja auch unüblich. Der Herzchirurg und die Apothekerin hatten ihre Liebe zu uns Kindern auf andere Weise ausgedrückt. *Welche?*, fragte ich mich im nächsten Moment und war heilfroh, dass Malin und Hector mit ihrem Begrüßungsritual zum Ende kamen und mich somit von dieser unangenehmen Frage ablenkten. Ein derart glückliches Lächeln wie in dem Moment, in dem sie Hector und mich miteinander bekannt machte, hatte ich in Malins Gesicht noch nie gesehen – auch nicht in ihrer Ilina-Identität.

»Sie sehen genauso aus, wie ich Sie mir vorgestellt habe«, sagte er, als er meine Hand zur Begrüßung drückte. *Was für ein schöner Mensch*, schoss es mir durch den Kopf, *und zwar nicht nur äußerlich.*

»Ich habe Sie mir ein bisschen anders vorgestellt«, gab ich zu, worauf er lachte.

»Die Haare, oder?«

»Wann hast du die denn gefärbt?« Malin zog ihn zur Straße, um in Richtung ihrer Wohnung zu gehen. Wir folgten ihrer unausgesprochenen Aufforderung. Hector trug einen riesigen Rucksack auf dem Rücken.

»Als du weggegangen bist.« Ein Schatten zog über sein Gesicht. Dann griff er Malins Hand, und wie ein verliebtes Pärchen gingen die beiden vor mir her. Spätestens jetzt war ich mir absolut sicher, dass es richtig gewesen war, ihn herkommen zu lassen.

Hector würde natürlich bei Malin wohnen, und noch auf dem Weg zu ihrem Haus legten wir uns die Geschichte zurecht, die wir verwenden wollten: Er war ein Freund aus Malins Kindheitstagen, der die gesamte

Schulzeit mit ihr verbracht hatte. Den Altersunterschied von drei Jahren sah man den beiden nicht an. Wir hofften darauf, dass Ben, Alessio und die anderen, mit denen wir Hector bekanntmachten, nicht auf den ersten Blick erkennen würden, wie ähnlich Malin und er sich waren. Malins rote Haare und die grünen Augen konnten da hilfreich sein.

Nachdem Hector sich über den Inhalt von Malins Kühlschrank hergemacht hatte, die beiden sich gegenseitig, mit Einwürfen von meiner Seite, auf den neuesten Stand gebracht und wir nach kurzer Zeit das Gefühl bekommen hatten, als wäre Hector schon die ganze Zeit hier gewesen, dachten wir darüber nach, was wir mit dem restlichen Nachmittag noch anstellen sollten. Hector zeigte keine Anzeichen von Müdigkeit, obwohl er in den letzten beiden Tagen eine Strecke von fast zweitausend Kilometern hinter sich gebracht hatte.

»Ich würde gern Ben und Alessio kennenlernen«, sagte er schließlich.

»Dann lass uns mit Ben anfangen«, schlug ich vor, »weil ich nicht weiß, ob Alessio aus der Haft entlassen wurde.« Ich warf Malin einen fragenden Blick zu, worauf sie nickte.

»Ja, lassen wir ihm Zeit. Wie sagt Frank immer?« Sie grinste mich an.

»Dass wir die Füße stillhalten sollen.« Ich lachte. »Also, Hector, was hältst du von Pompeji?« Ich blickte auf die Uhr. »Zwei Stunden, bevor sie zumachen. Für einen ersten Eindruck wird das reichen.«

Bis wir vor den Kassen anstanden, war die Zeit auf anderthalb Stunden geschrumpft. Dafür ging es am Schalter schneller, weil die Schlangen nicht so lang waren wie zu anderen Tageszeiten. Kurz bevor wir ganz vorn waren, fing Ben uns ab, dem wir per WhatsApp ange-kündigt hatten, dass wir kämen. Er lotste uns ins In-nere der Anlage, ohne dass wir Eintritt zahlen mussten.

Erst, als wir hinter den schwarzen Gittern den Weg der Ausgrabungsstätte betreten hatten, nahm er Hector in Augenschein und fragte zu Malin gewandt: »Und wer ist das?« Er grinste breit, ganz der coole Sonnyboy mit der Beachfrisur, der seine letzte Führung extra für uns ein bisschen schneller beendet hatte.

Hector streckte ihm die Hand hin und nannte seinen Namen. »Ich bin ein Schulfreund von Malin.« Hoffent-lich bemerkte Ben das Zögern nicht, als er den für ihn ungewohnten Namen benutzte. »Wir waren in Ham-burg zusammen im Gymnasium.«

»In Hamburg?« Ben runzelte die Stirn.

Malin hängte sich bei Hector ein und lachte etwas zu grell. »Ja, ähm, ich habe eine Zeit lang in Hamburg ge-lebt.«

Mir fiel jetzt erst ein, dass ihre Fake-Vita in Bremer-haven spielte. Mist, so leicht konnte man sich verraten. Damit war unser Plan, sie als Kindheitsfreunde auszu-geben, bereits vom Tisch.

»Wie alt wart ihr denn, als ihr euch angefreundet habt?«, fragte Ben nach, während er uns nach links führte, zu Gebäuden, die nach vorn vergittert waren, und in denen wir Regale sahen. Darin waren Tonge-schirr, Amphoren, Arbeitsutensilien und Gefäße ausge-stellt, die aus der Zeit vor dem Untergang von Pompeji stammten. Ich war mir nicht sicher, ob es Originale oder Nachbildungen waren. Noch mehr stellte ich mir diese Frage, als ich verstört einen steinernen weiblichen Körper in einer Glasvitrine auf hohen Metallbeinen betrachtete. Es sah aus, als wäre die Frau im Schlaf zu Stein geworden. Auch die Gestalt eines Hundes, dessen Gliedmaßen eigenartig verdreht wirkten, beeindruckte mich. Doch die Exponate lenkten mich trotzdem nicht von Bens Frage ab, die Hector mit »sechzehn«, Malin mit »siebzehn« beantwortete. Ich drehte mich von den gruseligen, steinernen Leichen weg und beobachtete gespannt, wie die beiden sich aus dieser Nummer herausziehen wollten.

»Also, ich war siebzehn, er sechzehn. Er ist ein kleiner Schlaumeier und hat eine Klasse übersprungen.«

Ben runzelte leicht die Stirn, dann nickte er. »Übrigens könnt ihr die meisten der gefundenen Opfer am Schluss bewundern.« Er zeigte in Richtung des Ausgangs, wo ich ein flaches, mit dunklem Metall eingefasstes Gebäude erkennen konnte. »Dort hinten sind sie in einem klimatisierten und abgeschlossenen Trakt ausgestellt, durch dessen Glaswände man sie anschauen kann.«

Er schlug einen Weg über einen weiten Campus ein, auf dem größere Fundstücke ausgestellt waren – abgebrochene Säulen und Kapitelle, eine Faunstatue, ein Männertorso, die Überreste von Mauern. Ein relativ starker Wind wirbelte die trockene, sandige Erde auf und wehte feinste Körnchen in unsere Augen. Die Ausmaße dieser Anlage waren enorm, und mir wurde bewusst, dass wir eine einstige Stadt durchwanderten.

Wir betraten einen der Wege, die zwischen die Häuser führten. Er war aus Steinen angelegt, wie Kopfsteinpflaster, nur in riesigen Ausmaßen. Die Steine waren von ungezählten Füßen und wohl auch von Fuhrwerken rundgeschliffen. An den Rändern der breiten Straße konnte ich Rinnen erkennen, die von quaderförmigen Steinen begrenzt waren. Oberhalb davon waren ebene Gehwege für die Touristen angelegt worden, denn das Gehen auf den unebenen Steinen des Straßenbetts war anstrengend für die Fußgelenke.

Ben ließ uns die Stimmung dieser alten römischen Siedlung aufnehmen und gab nur hier und da Erklärungen ab. Er hatte seine Fragen zu Hectors und Malins gemeinsamer Zeit noch nicht abgeschlossen, sodass ich mich unwillkürlich fragte, warum er alles bis ins Detail wissen wollte. Wäre es nicht viel naheliegender gewesen, uns über den Tod von Riccardo und seinen Mörder zu unterhalten? Tatsächlich hatten Malin und ich Ben noch nicht einmal von unserem Gespräch mit Filomena berichtet, was mir allerdings zu diesem Zeitpunkt gar nicht richtig auffiel. Zu sehr beeindruckte mich, was ich sah, und ich beschloss, auf jeden Fall einen Tag mit Frank hier zu verbringen. Ben ließ uns gar nicht zu Worte kommen, um ihm Bericht zu erstatten. Ganz in seinem Element, zeigte er uns all diese spannenden Dinge, außerdem stellte er immer wieder Fragen an Malin und Hector.

»Dann wart ihr ja nur vier Jahre zusammen in der Schule, oder?«

»Ja«, antwortete Hector zögernd, offenbar rechnete er im Kopf schnell nach. »Danach haben wir dieselbe Uni besucht.«

Malin zuckte fast unmerklich zusammen.

»Die Uni?«

Malin legte Hector die Hand auf den Unterarm, eine Geste, die Ben offensichtlich registrierte, bevor er uns auf den vergitterten Eingang zu einem Haus aufmerksam machte, durch den man Fresken an der Innenwand bewundern konnte.

»Das weißt du doch«, antwortete Malin auf Bens Frage. Ich machte mir bewusst, dass die beiden immerhin eine Weile ein Paar gewesen waren, und mir kamen Bens Fragen merkwürdig vor. Warum fühlte er Hector so auf den Zahn? Mir gegenüber hatte er sich nicht so benommen. Erst da kam mir ein Gedanke in den Sinn, der auch zu den früheren Beobachtungen passte, die ich gemacht hatte: Anscheinend war Ben schlicht eifersüchtig. Er konnte ja nicht wissen, dass Hector in Wahrheit kein Freund von Malin war und erst recht keine sexuelle Beziehung mit ihr gehabt hatte.

Ich sah Konfliktstoff für die Freundschaft zwischen Malin und Ben. Vielleicht war seine Eifersucht bisher noch nicht offen zutage getreten, aber gerade wirkte es so, als steigerte er sich hinein. Andererseits war er vielleicht nur sehr besorgt, weil Malin in den letzten paar Tagen so viel Schlimmes hatte verkraften müssen, und übertrieb es deshalb mit seiner Fürsorge. Was auch immer der Grund sein mochte, es hinderte ihn nicht daran, uns einige der interessantesten Häuser und Gebäude in Pompeji zu zeigen und zu beschreiben, woran ich erkannte, wie sehr er seinen Beruf mochte und was für ein guter Reiseführer er war.

Deshalb verflogen die anderthalb Stunden geradezu, und ich war überrascht, als wir schon zu den Ausgängen strebten, weil die Anlage schließen sollte. Am Ende betrachteten wir die versteinerten Leichen in dem eigenartigen Gebäude, dessen Glaswände mit Rauten aus dickem Metall versehen und die wie ein Fächer aufgefaltet waren, damit möglichst viele Menschen gleichzeitig die Exponate bestaunen konnten. Mir wurde erneut klar, dass es sich hier nicht um Statuen, sondern um die Überreste echter Menschen handelte, und die Gestalt eines Säuglings berührte mich besonders, weil ich zwangsläufig an meine Monstermädchen zu Hause denken musste.

Gemeinsam fuhren wir mit der Circumvesuviana zurück nach Piano, und während der Fahrt brachten wir endlich Ben auf den aktuellen Stand. Er hörte uns konzentriert zu, als wir von unserer Suche nach Filomena Fantaloni berichteten und wie wir sozusagen durch eine Form der »stillen Post« am Ende erreicht hatten, dass sie sich bei uns meldete.

»Und was ist mit Alessio? Ist er wieder draußen?«, fragte Ben schließlich.

»Das interessiert mich auch«, äußerte sich Hector.

Malin sah mich fragend an, worauf ich die Schultern hochzog. »Wir haben noch keine Info. Wollen wir zur *Osteria* gehen, um nachzufragen?«

»Gute Idee«, stimmte mir Malin zu. »Lasst uns nachsehen, ob er zurück ist.«

\*\*\*

Ich sah schon von Weitem, dass auf der Holzterrasse der *Osteria Russo* heute Abend ein männlicher Kellner bediente, doch als wir näherkamen, bemerkte ich die längeren, lockigen Haare und die leicht gedrungene Gestalt. Das war nicht Alessio.

»Ich gehe hinein.« Malin deutete mit dem Kinn auf die voll besetzte Terrasse. »Wartet hier draußen.«

Damit verschwand sie. Kaum war sie drinnen, trat Olivia mit einem Getränketablett aus der Tür. Sie sah uns und lächelte, wobei sie nur einen winzigen Moment stutzte, als sie den hell blondierten Hector wahrnahm. Kurz darauf kam sie zu uns. »*Salve*«, grüßte sie. »Habt ihr es gehört? Alessio ist wieder auf freiem Fuß. Sein Alibi hat sich bestätigt.« Sie wirkte erleichtert und blinzelte mich dann fragend an. »Habt ihr was damit zu tun?«

»Wir haben Filomena Fantaloni ausfindig gemacht, und sie war bereit auszusagen. Scheint eine tolle Frau zu sein.«

Ben schnaubte bei meinen Worten. Olivia warf ihm einen taxierenden Blick zu, dann sah sie Hector an. »*E tu, chi sei*? Dich habe ich hier noch nie gesehen, bist du der Mann von Lucy?«

Ich wunderte mich, weil ich gerade eben kurz den Eindruck gehabt hatte, dass sie sofort die Ähnlichkeit zwischen Malin und Hector gesehen hätte, aber offenbar war das nicht der Fall.

»Nein, ich bin ein Freund von Malin aus Deutschland und für ein paar Tage zu Besuch.«

»Dann herzlich willkommen in Piano di Sorrento. Ich muss weitermachen, wir haben heute volles Haus.« Olivia schaute nochmals zu mir und ergänzte: »Alessio ist nicht da. Er hat sich nur kurz blicken lassen, und als er sah, dass sein entfernter Cousin hier ist, um zu helfen, ist er wieder gefahren. Er tut mir leid. Er hat einige un-schöne Dinge vor sich.« Sie wackelte mit dem Kopf und blickte Ben an. »Immer noch besser, als wegen Mordes unschuldig hinter Gitter zu gehen, *vero*?« Als Ben nickte, drehte sie sich um und verschwand mit einem geträllerten »Man sieht sich« wieder in der *Osteria*.

Malin berichtete uns also nichts Neues, als sie kurz darauf zu uns kam und sagte, Alessio sei mit unbekann-tem Ziel auf unbekannte Zeit verreist. Doch sie wirkte aufgewühlt, und als ich sie fragte, was sie so auf-brachte, zog sie eine Grimasse. »*Zia* Marina war außer sich. Eigentlich sollte sie froh sein, dass ihr Augenstern wieder auf freiem Fuß ist, aber anscheinend beschäf-tigt sie sich jetzt noch viel mehr damit, dass Alessio mit einer verheirateten Frau liiert ist, die zehn Jahre älter ist als er. Sie hat mir unmissverständlich klargemacht, dass sie keine Fragen mehr beantworten will, und im Grunde hat sie mich«, Malin schüttelte fassungslos den Kopf, »gefeuert.« Das letzte Wort hängte sie an, als wäre sie sich nicht sicher, ob das wirklich passiert war.

Kurz entschlossen gingen wir in die *Osteria Arcadia* in der Nähe der Piazza, um dort etwas zu essen und wei-terzureden. Es war gerade mal acht Uhr, weshalb wir in dem kleinen Lokal, das als Gewölbekeller in eine Höhle hineingebaut war, einen Tisch ergattern konnten. Eine Speisekarte gab es hier nicht, und selbst einen Kellner konnte ich nicht entdecken. Doch dann kam der ältere Italiener, der uns hereingewunken hatte, an den Tisch und begrüßte uns auf Deutsch. In einem lustigen, itali-enisch eingefärbten Dialekt, der dem von Ben ähnelte, zählte er auf, was es heute zu essen gab, und mir war sofort klar, dass ich mit Frank und meinen Eltern wieder herkommen würde, noch bevor ich das Essen gekostet hatte.

Auf Ratschlag des Kochs bestellten wir alle Gerichte, die er für heute vorbereitet hatte, sodass jeder von uns bei jedem probieren konnte, und es wurde ein Hochgenuss. Trotzdem schien Bens Stimmung gedrückt zu sein. Er kitzelte zwar aus dem Kellner heraus, dass dieser sein Deutsch in seiner Zeit am *Bayerischen Hof* in München gelernt hatte und schwadronierte anschließend fröhlich mit ihm über die Gemeinsamkeiten der bayerischen und der italienischen Küche, aber ich konnte sehen, dass er niedergedrückt blieb.

Während wir uns *Antipasto*, *Primo* und *Secondo* schmecken ließen, rückte er dann damit heraus, was ihm die Stimmung verhagelte: Er war nach wie vor der Meinung, dass die Camorra beim Mord an Riccardo die Hände im Spiel hatte, und wenn Alessio nichts damit zu tun hatte, solle die Polizei bitte mit Hochdruck genau dort weiter ermitteln. Nachdem er von der Kalbsroulade mit Traubensoße von meinem Teller gekostet hatte, beugte er sich vor und sagte: »Wer sollte denn sonst dahinterstecken? Riccardo ist ein unbeschriebenes Blatt, niemand kannte ihn. Warum sollte ihn jemand umbringen? Die einzige einleuchtende Erklärung, das einzige logische Motiv, ist, dass er der Camorra im Wege war.«

Nach dem Essen verabschiedeten wir uns voneinander, und ich ging zu meiner Wohnung, weil es recht spät war und ich noch mit Frank telefonieren wollte. Bens Bemerkungen ließen mir keine Ruhe. Vielleicht hatte er ja recht, aber er konnte nicht ernsthaft sauer darüber sein, dass sich der Verdacht gegen Alessio zerschlagen hatte. Das war unlogisch.

Leider waren meine Mädels schon im Bett, als ich dann vorm Schlafengehen noch meinen Herzensbullen anrief. *Er hat in diesem Eiscafébrand ermittelt*, fiel mir ein, während ich dem Freizeichen lauschte. Vielleicht war mein Gedanke arg weit hergeholt, aber was, wenn der Brandanschlag auf eine saarländische *Gelateria* auf irgendeine verzweigte Art und Weise mit dem Mord an Riccardo zu tun hatte?

»Lucy, ich habe schon auf dich gewartet«, hörte ich endlich die geliebte Stimme, und in meinem Bauch flatterten aufgeregt die Schmetterlinge los. Wie ich ihn vermisste!

Ich fiel dann auch direkt mit der wichtigsten Frage ins Haus: »Hallo, Schatz! Klappt es mit deinem Flug morgen?«

Er lachte dieses leise Lachen, das mich schon bei unserer allerersten Begegnung schachmatt gesetzt hatte. Ich war einfach ein Stimmenmensch. Wer eine angenehme Stimme hatte, war mir von Anfang an sympathisch. Und bei Frank war es eben Liebe.

»Ich bin gerade beim Packen. Ich freue mich wahnsinnig, Liebes!«

»Habt ihr den Gelateria-Fall abgeschlossen?«

»Haben wir tatsächlich. Es war ein völlig allein stehender Fall, keine Verbindungen zu irgendeiner größeren Organisation. Die Täterin ist Saarländerin, die auf ungesunde Inhaltsstoffe im Speiseeis aufmerksam machen wollte. Sie ist in psychiatrischer Behandlung. Dass dabei ein Mensch gestorben ist, war ein tragischer Zufall. Wenn noch ein Fall hereinkommt, ist es nicht

mehr mein Bier. Tina und die Kollegen kümmern sich.«
Er zögerte kurz, dann sprach er weiter: »Ich habe allerdings noch Neuigkeiten aus Neapel.«

»Alessio Russo wurde in U-Haft genommen und ist wieder frei«, kam ich ihm zuvor.

»Genau. Riccardos Leichnam ist noch nicht freigegeben. Die toxikologischen Untersuchungen laufen noch. Außerdem sind die Verfahren, Abdrücke zu sichern und zu untersuchen, bei Wasserleichen sehr zeitaufwändig.«

»Aber dass er vorher erdrosselt wurde, ist sicher, oder?«

Frank lachte wieder leise. »Du hast mir die Tage selbst von dem Gürtel erzählt, Lucy.«

»Stimmt. Also ist Riccardo definitiv damit stranguliert worden?«

»Kein Kommentar.«

Seine Antwort zeigte mir, dass es offenbar doch noch Zweifel an der Todesursache gab. Nanu! »Hat man denn herausgefunden, wem der Gürtel gehörte?«

»Ja. Ihm.«

Ich hielt den Atem an. Es war Riccardos eigener Gürtel gewesen? »Das ergibt gar keinen Sinn! Oder hat er sich etwa ...?«

»Selbstmord ist ausgeschlossen. Die Art der Verletzungen an der Kehle und den Halsweichteilen lassen nur Erwürgen oder Erdrosseln zu.«

»Wäre ja Quatsch, wenn er sich erhängt hätte, wie hätte er dann im Wasser landen sollen?« Ich seufzte.

»Lucy, hör auf, dich mit diesen Dingen zu beschäftigen, sonst kannst du am Ende nicht mehr schlafen.«

»Ja, du hast recht. Ich war heute in Pompeji«, wechselte ich abrupt das Thema. »Da müssen wir auf jeden Fall hin, Frank. Ben Richter ist ein guter Guide, wir werden ihn buchen.« Erst dann fiel mir ein, dass ich Frank ja noch etwas gestehen musste. »Da ist noch was.«

»Was hast du angestellt?«, fragte er sofort.

»Hector Spreulhagen ist hier, in Piano di Sorrento. Das ist nicht meine Schuld«, hängte ich sofort an.

Wie erwartet, hörte ich ein genervtes Stöhnen von ihm. »Das darf nicht wahr sein. Lucy, bist du noch zu retten? Wie kannst du Hector Spreulhagen über den Aufenthalt von Leonie informieren? Willst du deine Freundin ans Messer liefern? Du weißt doch, dass Nowak wieder frei ist!« Er grummelte noch weiter vor sich hin, aber ich verstand die einzelnen Wörter nicht mehr. Seine heftigen Vorwürfe lösten in mir allerdings Übelkeit aus. Hatte ich Nowak unterschätzt?

»Es tut ihr wahnsinnig gut, ihren Bruder um sich zu haben«, sagte ich und merkte, wie defensiv meine Stimme klang. »Malin ist echt am Ende, sie hat Beistand gebraucht.«

»Ich verstehe ja, dass sie jemanden zum Reden braucht. Trotzdem geht ihre Sicherheit vor.«

»Apropos – was machen wir denn mit meinen Eltern? Sie werden Malin erkennen!«

»Deine Eltern freuen sich wahnsinnig auf die Ferien. Tja. Leonie und Hector müssen von der Bildfläche verschwinden. Alles andere wäre unverantwortlich. Sag ihnen das.«

»Ja, okay.« Ich seufzte. »Warum ist das alles bloß so kompliziert? Noch etwas – hast du von Nowak gehört?

Gibt es irgendwelche Hinweise darauf, dass er nach Malin sucht? Oder nach mir?«

»Nach außen hin hält er sich nach wie vor an die Auflagen. Er führt das *Dancing Cat* geradezu vorbildlich. Ich denke nicht, dass du dir Sorgen machen musst, Lucy. Aber bei Leonie liegt die Sache etwas anders. Als Kronzeugin hat sie mehreren Personen geschadet. Deshalb ist es die reine Dummheit, was ihr beide da gemacht habt. Den Bruder zu informieren, also wirklich! Was, wenn er jemanden eingeweiht hat?«

»Das hat er nicht, glaub mir. Ihm ist vollkommen klar, was auf dem Spiel steht. Er ist übrigens ein total netter Kerl, ich mag ihn.«

Frank kriegte sich wieder ein, da er an der Lage eh nichts mehr ändern konnte. Wir verabredeten, dass ich ihn am kommenden Nachmittag am Flughafen in Neapel abholte, dann verabschiedeten wir uns voneinander.

Das Wissen, dass ich in der folgenden Nacht nicht mehr allein würde schlafen müssen, ließ mich trotz all der unschönen Dinge, mit denen ich konfrontiert worden war, in einen ruhigen und tiefen Schlaf sinken.

# Kapitel 14: Ein eng geschnallter Gürtel macht noch keine gute Figur

## Lucy

Am nächsten Morgen arbeitete sich das gleichmäßig-dumpfe Geräusch auf meinem Nachtkästchen wohl ziemlich langsam durch meine Ohren in meinen Kopf vor. Verschlafen nahm ich den Anruf auf meinem Smartphone an und murmelte: »Ja?« Erst dann wurde mir überhaupt wieder klar, wo ich war, nämlich in Piano di Sorrento. Die Morgensonne malte durch die Rollläden schräge Streifen auf die Bettdecke, und es war bereits warm im Zimmer, obwohl ich die Balkontüren über Nacht weit offen gelassen hatte.

»Lucy, hast du Lust, nach Neapel zu fahren?«, erklang Malins Stimme aus dem Telefon. »Ich habe eine Vorladung bekommen, und Ben auch. Kommst du mit uns zur *Polizia di Stato*? Wir sollen noch mal aussagen.« Sie stöhnte genervt. »Als ob ich nicht längst alles gesagt hätte, und zwar mehrfach.«

Ich sprang aus dem Bett auf. »Natürlich komme ich mit. Wie viel Zeit haben wir noch, ich habe bis jetzt gepennt?«

Malin nannte mir die Uhrzeit des Termins, das war locker zu schaffen. »Wir nehmen meinen Twingo. Ich muss ja heute noch zum Flughafen, dann fahre ich von Neapel aus dorthin. Ben holen wir unterwegs in Pompeji ab. Falls das für euch okay ist, heißt das.«

Ich hörte, wie Malin Hector fragte, ob es für ihn in Ordnung war, mit der Circumvesuviana zurückzufahren, dann sagte sie zu mir: »Ja klar. Hector würde eh nicht mit dem Auto in die Stadt fahren.«

So schlich mein vollbesetzter Twingo etwas später über die Autobahn nach Neapel, und ich war froh, dass ich ihn in der Garage *Stazione Napoli Ferraris* abstellen konnte, die nur hundert Meter vom U-Bahnhof und dem Bahnhof der Circumvesuviana entfernt war. Wir liefen zu Fuß zur *Questura* im Zentrum von Neapel. Ben und Malin wirkten nervös auf mich, dabei hatten sie beide nichts zu verbergen.

»Vielleicht gibt es neue Erkenntnisse, und ihr müsst zu einem bestimmten Detail aussagen«, mutmaßte Hector.

Als wir an dem hohen, majestätischen Gebäude aus weißem Travertin angekommen waren, blickte Malin von Hector zu mir. »Kommt ihr mit, oder sollen wir einen Treffpunkt für später vereinbaren?«

Ich musterte Hector und feixte, denn er hatte natürlich genau wie ich keineswegs vor, sich dieses Schauspiel entgehen zu lassen. Allerdings wurden wir beide auf Warteplätze verwiesen, während ein junger Polizist die beiden in zwei verschiedene Räume führte.

»Wie hat der Typ sich gerade vorgestellt?«, wollte Hector wissen, nachdem wir uns auf die unbequemen Hartplastikstühle gesetzt hatten, die mich an diverse Krimiserien im TV erinnerten.

Ich grinste. »*Sovrintendente*. Das muss man sich nicht merken. Die haben hier verschiedene Polizeibehörden, und alle haben ihre eigenen Dienstgradbezeichnungen. Der hier entspricht ungefähr einem Polizeimeister.«

Wir unterhielten uns über die Befragungen, die Malin bisher hatte über sich ergehen lassen müssen, und ich erzählte aus meinem eigenen reichen Erfahrungsschatz mit der deutschen Polizei, dann berichtete ich ein bisschen aus meinem Privatleben und zeigte Hector die Fotos meiner Monstermädchen, worauf er mir verschiedene Homepages zeigte, die er entworfen hatte und betreute. Das gab mir wiederum Gelegenheit, ihn um einen Kostenvoranschlag zu bitten, weil Lena und ich unseren Webauftritt als L&L modernisieren und den neuesten Ansprüchen der DSGVO anpassen wollten. Natürlich kamen wir auch auf Tymon Nowak zu sprechen, und Hector erzählte mir ausführlich und lebendig, wie er es erlebt hatte, als Leonie-Malin vor Gericht hatte aussagen und danach von jetzt auf gleich untertauchen müssen.

Irgendwann kam der Zeitpunkt, an dem uns definitiv nichts mehr einfiel, was wir noch reden könnten. Also betrachteten wir die Wände des Flurs und die Türen, die sich öffneten und schlossen. Die Polizisten in Uniform und in Zivil, die Privatpersonen, die anscheinend alle zur Vernehmung geladen waren – zu Riccardos

Fall? Und dann meldete sich mein Rückenmark, denn ich konnte undeutlich den Namen »Riccardo Basile« verstehen. Angestrengt versuchte ich, einer Unterhaltung zweier Polizisten zu folgen, die den langen Flur entlangkamen. Bedauerlicherweise sprachen sie zu leise miteinander und auf Italienisch. Das war der Grund, weshalb ich lediglich glaubte zu verstehen, worum es ging: neue Erkenntnisse der Rechtsmediziner. Ich flüsterte Hector zu, was ich verstanden hatte, aber leider war es fast nichts. Trotzdem fand ich diese Info alarmierend, denn sie bedeutete, dass Bewegung in den Fall kam. Neue Erkenntnisse bedeuteten neue Spuren! Doch so sehr ich mich anstrengte, ich verstand nicht, welcher Art die Erkenntnisse waren. Die beiden Polizisten verschwanden einfach in einem der Büros, bevor ich mehr in Erfahrung bringen konnte.

Als wir die *Questura* endlich verließen, waren zweieinhalb Stunden vergangen. Malin erzählte uns empört, dass sie exakt die gleichen Fragen hatte beantworten müssen wie bei den letzten Malen, als sie bei den *Carabinieri* ihre Aussagen gemacht hatte. Ben pflichtete ihr bei. Wahrscheinlich war es nur Routine. Oder hing es schlicht damit zusammen, dass die beiden Polizeibehörden in Konkurrenz standen, und anstatt zusammenzuarbeiten, legten sie sich gegenseitig Steine in den Weg? Schräg!

Immerhin hatten wir Glück und bekamen in Neapels berühmter *Pizzeria Dal Presidente* einen Sitzplatz, weil die Mittagszeit längst vorbei war. Die Atmosphäre erinnerte mich ans Hofbräuhaus in München, die Pizza war tatsächlich bemerkenswert lecker. Ben, Malin und sogar Hector belämmerten mich damit, dass ich unbedingt mit Hilfe von Frank herausfinden sollte, welche neuen Erkenntnisse die neapolitanischen Rechtsmediziner in Sachen Riccardo hatten. Schließlich erzählte ich ihnen, was ich aus Franks Worten gestern Abend herauszuhören geglaubt hatte.

»Für mich klang es so, als ob sie bezweifelten, dass Riccardo tatsächlich mit diesem Gürtel erdrosselt wurde. Das war übrigens sein eigener.« Mich überlief ein Schauder, als ich ihnen das sagte.

»Wie jetzt?«, hakte Ben nach. »Es war sein eigener Gürtel, und er war nicht die Tatwaffe?« Er legte sein Besteck auf den riesigen Teller, auf dem noch mindestens ein Viertel seiner *Pizza alla Salsiccia* lag, und wischte sich die Finger mit der Papierserviette ab. Ich registrierte einen hellen Streifen am Daumengelenk seiner linken Hand. Anscheinend hatte er da einen Ring getragen, und die Stelle war weniger gebräunt als der Rest seiner Haut. Ich musste lächeln, denn den Ring am Daumen zu tragen passte irgendwie zu seinem lässigen Look.

»Ich weiß auch nicht«, antwortete ich ihm. »Das ist wirklich eigenartig. Nachher werde ich Frank fragen, ob er noch mehr weiß.«

Ben schob seinen Teller von sich. »Entschuldigt mich bitte einen Moment.« Damit verschwand er zur Toilette, vor der sich eine lange Schlange gebildet hatte. Ich vergewisserte mich, dass er zu weit weg von uns stand, um verstehen zu können, was ich jetzt zu Malin und Hector sagte.

»Hört mal, ihr beiden, nächste Woche kommen meine Eltern hierher, und sie kennen dich, Leonie.«

Malin verzog erschrocken das Gesicht, als ich ihren echten Namen verwendete.

»Sorry, ist mir rausgerutscht. Aber was machen wir? Die dürfen dich nicht sehen, sonst fliegt deine Tarnung auf.«

Hector legte seine Hand auf Malins Unterarm und nickte. »Hast du eine Auflage von der *Polizia*, dass du hierbleiben musst?«

»Nein, ich muss nur erreichbar sein und soll das Land nicht verlassen.«

»Gut, dann machen wir eine kleine Rundreise, was hältst du davon? Ganz hinunter bis in die Stiefelspitze. Ich kann mir noch eine Weile freinehmen. Den größten Teil meiner Arbeit mache ich eh am PC.«

Malin strahlte ihren Bruder an. »Das ist eine geniale Idee! Bis dahin ist der Fall vielleicht gelöst. Jedenfalls hoffe ich das.«

Ich gab beiden ein Zeichen, weil Ben zurückkam, und wir wechselten das Thema.

Da mir noch einige Zeit blieb, bevor ich zum Flughafen fahren musste, spazierten wir gemeinsam durch Neapel, um Hector die Hot Spots der Stadt zu zeigen. Malin lotste uns in die Krippenstraße und führte uns bis zur *Gelateria Da Riccardo*. Der Anblick des geschlossenen Eiscafés machte uns alle traurig. In mir wuchs trotzdem die Vorfreude darauf, Frank zu sehen, und bald checkte ich alle paar Minuten die Uhrzeit. Gegen halb vier bekam ich einen Anruf auf dem Smartphone, und mein Herz machte einen freudigen Hüpfer.

»Frank?«

»Ja, ich rufe vom Flughafen in Hahn an, das Boarding beginnt gleich. Ich freue mich so auf dich, Liebes.«

»Ich kann es kaum erwarten. Ich bin in Neapel und warte am Flughafen auf dich.«

Malin machte mir Zeichen mit der Hand, und ich erinnerte mich, worüber wir beim Mittagessen gesprochen hatten.

»Frank, ich habe Malin und Ben zur Polizei begleitet und dort mitbekommen, dass es anscheinend neue Erkenntnisse bezüglich der Leiche gibt. Weißt du etwas davon?«

»Die gibt es.« Er schwieg.

»Stimmt es, dass der Gürtel nicht die Tatwaffe war?«, fragte ich ihn direkt.

»Woher weißt du das schon wieder?«

Ich entschied mich zu bluffen. »In der *Questura* hier in Neapel war die Rede von Fingerabdrücken ...« Nervös wartete ich auf seine Reaktion.

Franks zischte: »Das glaube ich jetzt nicht.«

Also hatte ich recht! »Er muss mit bloßen Händen erwürgt worden sein«, führte ich meinen Bluff fort.

Frank schnalzte mit der Zunge. »Da du es eh schon weißt: Ja, er muss mit bloßen Händen erwürgt worden sein. Hast du sonst noch was mitgehört?«

Mich befiel schlagartige Übelkeit, was Frank vermutlich ahnte, denn er kannte mich. Malin, Ben und Hector standen mir in der engen, belebten Gasse gegenüber und starrten mich gebannt an. Ich schluckte, während Frank weitersprach.

»Schatz, ich muss auflegen, die haben gerade die Türen geöffnet, wir können zum Flieger. Versuch, nicht an Riccardo zu denken. Alles wird gut. Ich bin in zweieinhalb Stunden bei dir. Ich liebe dich.«

»Gute Reise, ich liebe dich auch.«

Er legte auf. Ich sah zu meinen Freunden auf und verzog das Gesicht. »Riccardo ist mit bloßen Händen erwürgt worden.«

Ben stieß ein Grunzen aus. »Können die das erkennen, obwohl die Leiche im Wasser gelegen hat? Das Salzwasser muss doch alle Spuren verwischt haben.«

»Offenbar nicht«, sagte ich. Mich überlief eine Gänsehaut. »Denkt ihr, dass ein Mafioso auf diese Weise töten würde?«

»Glaube ich kaum«, kam es von Hector, worauf Ben die Schultern hochzog und Malin nickte. Ihre, aber auch Bens Gesichtsfarbe hatte während meines Gesprächs mit Frank von einem erregten Rot zu einem fahlen, hellen Ton gewechselt.

Nach Franks Informationen hatten wir keinen Blick mehr für die Sehenswürdigkeiten, sondern hingen unseren Gedanken nach. Dabei wanderten wir mehr oder weniger zufällig zum Bahnhof, von wo aus die drei zurück nach Piano di Sorrento fuhren, während ich mich mit dem Wagen auf den Weg zum Flughafen machte.

Die Wartezeit dort nutzte ich, um mit meinen Eltern zu telefonieren, die aus dem Häuschen waren, weil sie sich jetzt ungestört um die Mädchen kümmern konnten. Mich überfiel ein starkes Gefühl des Verlorenseins, als ich die Stimmen meiner Mäuse im Hintergrund hörte, und ich bat meine Mutter, mich mit ihnen sprechen zu lassen.

»Mama, bist du in Italien?«, hörte ich kurz darauf Ilinas süße Stimme, und ich musste lachen.

»Ja, mein Schatz, genau.«

»Paps kommt dich besuchen.«

»Und in einer guten Woche kommt ihr mich mit Oma und Opa besuchen, und danach fahren wir alle zusammen wieder heim.«

»Wir sind danz lang mit Oma und Opa in Ferien.«

»Ja, das seid ihr. Fühlt ihr euch wohl?«

»Ja. Dut, Mama?«

»Ja, alles gut.« Es lag mir auf der Zunge, ihnen zu sagen, wie sehr ich sie vermisste, aber das schluckte ich runter. »Dann viel Spaß, ich hab euch lieb.«

»Tsüss, Mami!« Und damit legte sie auf, noch bevor ich sie bitten konnte, mir noch mal Oma oder Opa ans Telefon zu holen. Ich lächelte in mich hinein.

Die restliche Wartezeit vertrieb ich mir damit, ein italienisches Modemagazin durchzublättern und zu versuchen, die Texte zu verstehen.

## Malin

Auf der Rückfahrt von Neapel und danach in Malins Wohnung hatten Ben, Hector und sie nur ein Gesprächsthema: Riccardo. Malin vermied es tunlichst, irgendwelche Themen aufkommen zu lassen, die ihr privates Leben betrafen, weil sie Angst hatte, sich Ben gegenüber doch noch zu verraten. Hector hatte sich offenbar bei der Fragerunde in Pompeji so sehr darüber erschrocken, beinahe gleich zu Anfang ihre vorherigen Absprachen torpediert zu haben, dass er ebenfalls komplett darauf verzichtete, auch nur die kleinste Andeutung über Malins und sein eigentliches Leben zu machen.

»Ich würde zu gern wissen, wie diese Spuren aussehen, die die Polizei an Riccardos Hals gefunden haben
will«, meinte Ben zum wiederholten Mal. »Ich kann mir
einfach nicht vorstellen, dass dreieinhalb Tage unter
Wasser irgendwas Verwertbares zurückgelassen haben.«

Malin stand auf und holte ihren Laptop, den sie auf
dem Tisch abstellte und aufklappte. »Das können wir
leicht überprüfen.« Damit tippte sie das Wort ›Wasserleiche‹ in die Suchzeile der Suchmaschine und gelangte
zu einer Seite mit Veröffentlichungen zur Forensik. Sie
schob den Laptop zu Ben hinüber, der sofort damit begann, durch die Beiträge und wissenschaftlichen Veröffentlichungen zu surfen.

Eine gute Stunde später musste sie derart gegen ihre
Übelkeit ankämpfen, dass sie Ben bat, mit den Nachforschungen aufzuhören. »Wir wissen jetzt viel über Wasserleichen, aber letzten Endes haben wir keine Ahnung,
welcher Art die Spuren sind, die die Rechtsmediziner
bei Riccardo gesichert haben, Ben. Ich glaube kaum,
dass sie Fingerabdrücke haben finden können, außer
denen von Riccardo selbst – an seinen Fingerkuppen.«
Sie seufzte. »Wer weiß, ob sie jemals herausfinden, wer
das getan hat. Ich meine, grobe Umrisse von menschli-
chen Händen helfen ihnen da sicherlich nicht weiter.«

Hector, der sich seit einer Weile in der Küchenzeile zu
schaffen gemacht hatte, brachte ein Tablett mit Schinken, Salami und Käse und stellte es auf den Tisch. Ben
blickte Malin mit gerunzelter Stirn an, dann klappte er
den Laptop zu. »Ja, du hast recht. Ich finde das alles einfach nur furchtbar. Und spricht diese Vorgehensweise

nicht für Leute mit Erfahrung, Berufskiller zum Beispiel?«

»Das sehe ich ähnlich«, erklärte Hector. »Aber wollen wir nicht das Thema wechseln und eine Kleinigkeit essen? Ich bin ziemlich hungrig.«

»Und ich werde mich danach auf den Weg machen, damit ich noch etwas Schlaf bekomme. Samstags ist in Pompeji die Hölle los.«

»Das heißt, du kannst morgen die finanziellen Lücken füllen, die die polizeilichen Befragungen hinterlassen haben?«, meinte Malin und griff nach einer Olive.

»Dein Kühlschrank ist übrigens leer, Schw… Malin.« Hector errötete und hob rasch sein Glas an den Mund, um einen Schluck Wasser zu trinken. Seine Augen blickten Malin über den Rand hinweg erschrocken an.

»Ich hole uns morgen in aller Frühe italienische Teilchen im *Mariniello*, die wirst du lieben«, beeilte Malin sich zu sagen, bevor Ben den peinlichen Moment bemerken konnte.

»Ja, das sind die besten in Piano«, stimmte Ben ihr zu. »Ich möchte, dass du eines weißt, Malin«, sagte er dann und legte eine Hand auf die ihre.

Fragend sah sie ihn an und registrierte einmal mehr seine grauen Augen, die so intensiv blicken konnten, und in die sie sich letzten Sommer verliebt hatte. Sie war froh, dass er ihr trotz der Trennung zur Seite stand. Warm lächelte sie ihn an. »Was denn?«, fragte sie sanft.

»Du kannst auf mich zählen, egal was kommt.«

Was wollte er damit sagen? Wusste er etwa mehr und hatte es ihr verschwiegen? Aber etwas Schlimmeres als Riccardos Tod konnte sie sich kaum vorstellen. Sie legte den Kopf leicht schief und sah ihm in die Augen.

»Ich meine«, er räusperte sich und warf einen raschen Seitenblick auf Hector, bevor er weitersprach. »Du bist mir sehr wichtig, das weißt du hoffentlich? Du kannst dich auf mich verlassen. Du wirst immer Rückhalt bei mir finden, egal worum es geht.«

Malin schluckte. »Danke, Ben. Unsere Freundschaft bedeutet mir sehr viel. Ich bin froh, dass wir uns so gut verstehen.«

Ben atmete ein, als wollte er noch etwas hinzufügen, dann nickte er lediglich und aß weiter. Sie schwiegen alle drei, als ob jeder seiner eigenen Interpretation des Geschehenen nachhängen würde.

Es war bereits nach halb elf, als Ben sich von Malin und Hector verabschiedete.

»Cooler Typ«, meinte Hector, nachdem sich die Tür hinter Ben geschlossen hatte, »ich mag ihn. Und er scheint Gefühle für dich zu haben.« Er ließ seinen Blick über ihr Gesicht wandern. »Wie sieht es bei dir aus?«

Sie zog eine Schnute. »Ich mag ihn, mehr ist da nicht. Wir ...« Sie hielt inne. Sollte sie ihren Bruder einweihen? Dann zuckte sie die Schultern. Warum nicht? Früher hatten sie vieles voneinander gewusst, wenn auch nicht jedes Detail. »Wir waren letzten Sommer ein Paar, es hat nicht gehalten, weil Ben für mich eine Spur zu ... besitzergreifend ist. Er ist ein guter Kerl, kein Zweifel, aber ich fühlte mich zu sehr eingeengt durch ihn.«

Hector verzog den Mund. »Verstehe, das klappt bei dir natürlich nicht. Deine Freiheit muss man dir lassen.«

Malin nickte. »Erst recht, da ich eh nicht gerade frei lebe. Ich meine, sieh mich nur an, hier in meiner Scheinwelt mit meiner Scheinidentität. Jemanden, der mir dann noch sagt, dass ich mein Leben komplett nach ihm ausrichten soll, kann ich da echt nicht gebrauchen.« Sie rieb sich die Augen. Es wurde Zeit, die Kontaktlinsen herauszunehmen. »So wie wir jetzt miteinander umgehen, ist es perfekt. Den ganzen Winter war Ben weg, und ich dachte schon, ich hätte ihn verloren, aber er hat in Australien seine Wunden geleckt und ist dann wiedergekommen, als Freund.«

»Das zeugt von innerer Größe.«

Malin zog die Schultern hoch. »Stimmt. Lass uns schlafen gehen, ich bin unfassbar müde.«

# Kapitel 15: Ringlein, Ringlein, du musst wandern

## Lucy

Was für ein Fest! Ich hatte völlig vergessen, wie das war, wenn man sich liebe und nichts und niemand ein Paar störte. Frei, ungezügelt, voller Lust hatten Frank und ich die nächtlichen Stunden in meinem großen italienischen Bett genutzt, und ich fühlte mich wie neugeboren, auch wenn die Nacht durchaus eine sportliche Herausforderung bedeutet hatte. Am liebsten wäre ich gar nicht mehr aufgestanden, sondern in den Armen meines Herzensbullen liegen geblieben und hätte sein Bäuchlein gestreichelt, bis er mir endlich glaubte, dass die paar Pfunde mehr auf seinen Rippen mir wirklich nichts ausmachten. Glückselig lächelte ich ihn an, nachdem wir dem Morgen unseren ganz eigenen Sonnengruß entboten hatten und ich ein unmissverständliches Knurren hören konnte, das aus seiner Körpermitte aufstieg.

Ich kicherte. »Normalerweise bin doch ich die mit dem knurrenden Magen.«

»Hm, irgendwie haben wir es gestern Abend ja nicht mehr geschafft, uns noch zu verköstigen, und im Flieger gab es nur einen kleinen Snack. Jetzt ist es schon nach zehn.« Er drehte sich, sodass er seitlich neben mir lag – wie ich den Geruch seiner nackten Haut liebte! Dann knabberte er an meinem Ohr und murmelte: »Es wird Zeit, dass ich etwas zwischen die Kiemen bekomme, sonst muss ich richtig zubeißen. Hast du was im Haus?«

Ursprünglich hatte ich geplant, dass wir im *Mariniello* frühstücken könnten, aber im Grunde war ich noch nicht bereit, unsere intime Nähe zugunsten von Fremden, Sonne, frischer Luft und zugegebenermaßen unschlagbar gutem Essen aufzugeben, also schnurrte ich wohlig und sagte: »Italienischen Kaffee, ein spezielles italienisches Brot, Schinken und Salami. Wenn dir das fürs Frühstück reichen würde, könnten wir in zehn Minuten essen und danach wieder –« Nun knabberte ich an seinem Ohr.

Er lachte leise. Damit war es beschlossene Sache.

Am Ende dauerte es zwar doppelt so lang, bis der Kaffee duftend und von einem bedrohlich klingenden Brodeln begleitet in der *Caffetiera* nach oben stieg, aber das gab uns auch genügend Zeit, den Tisch zu decken. Wir feierten den Tag, indem wir auf dem Balkon frühstückten, mit Blick über den riesigen Zitronengarten und die Berge, die zwischen Piano di Sorrento und Neapel lagen. War das Leben nicht wunderbar?

Frank erzählte mir, wie die Tage zu Hause ohne mich gelaufen waren, worauf ich ihm ein paar Details über

Malin, Alessio, Ben und Riccardo berichtete, die er noch nicht kannte.

»Allerdings gibt es noch eine Kleinigkeit, über die ich mit dir sprechen muss, Liebes«, sagte er, nachdem wir uns über das Essen hergemacht hatten.

Ich betrachtete ihn, wie er zurückgelehnt dasaß, den Stuhl mit der Lehne zur Hauswand gedreht und die Augen geschlossen, das Gesicht zur Sonne. Er war noch saarlandblass, und seine Nase bekam bereits einen leichten roten Schimmer. Ich genoss den Anblick meines Liebsten, der wie ich noch seinen Shortypyjama trug. »Welche Kleinigkeit denn?«, fragte ich.

»Die Apothekerin.«

Ich stöhnte. »Meine Mutter? Was hat sie wieder angestellt?«

»Sie will ihren sechzigsten Geburtstag mit mir zusammen feiern!«

»Wie«, rief ich aus. »Aber der liegt schon fast ein Jahr zurück, sie wird bald einundsechzig!« Meine Mutter hatte es nicht gut aufgefasst, als die Sechs vor ihre Lebensjahre trat, weshalb sie den Tag einfach ignoriert hatte. Nicht einmal der obligatorische Familienbrunch hatte stattgefunden, geschweige denn eine große Feier mit allen Verwandten und der Belegschaft der Apotheke, wie sie sonst runde Geburtstage zu begehen pflegte. Und nun wollte sie nachfeiern, und das ausgerechnet zu Franks Vierzigstem? Ich verzog das Gesicht und schlug mir die Hand vor die Stirn. »O no.«

»Ja, sie will mit mir gemeinsam die Hundert feiern.« Er setzte sich wieder aufrecht hin und wandte sich mir zu. »Ich will das nicht, Lucy.«

»Das hast du ihr hoffentlich nicht gesagt?« Nicht dass ich ihn nicht verstehen könnte, aber wir würden Fingerspitzengefühl aufbringen müssen, um ihr das klarzumachen. Am besten holten wir uns vorher meinen Vater und meine Geschwister ins Boot.

»Nein, sie wollte zum Glück nicht sofort eine Antwort.«

»Okay, da müssen wir uns eine Strategie zurechtlegen, bevor meine Eltern hierherkommen. Dein Geburtstag ist ja schon in fünf Wochen.«

Er machte gerade den Mund auf, um zu antworten, da hörte ich das charakteristische Vibrieren eines Smartphones und stellte überrascht fest, dass seines auf dem kleinen Tischchen neben seiner Tasse lag. Konsterniert beobachtete ich, wie er auf das Display linste, »Tina« murmelte und ranging. Und das in unserem Urlaub, noch dazu an einem Samstag! Wütend blinzelte ich ihn an, doch er grinste nur schief.

»Tina, hast du was Neues für uns?«

Für uns? Es musste um Riccardo gehen, wurde mir dann klar, und meine Wut verflog. Malin fiel mir ein, und ein Anflug schlechten Gewissens befiel mich, weil ich mich seit dem Nachmittag am Tag zuvor, als ich Frank am Flughafen in die Arme geschlossen hatte, nicht mehr bei meiner Freundin gemeldet hatte.

»Verstehe«, sagte Frank. »Mhm, aha. Gut, danke für die Info. Wenn es etwas Wichtiges gibt, halte mich auf dem Laufenden – ansonsten bekommst du auch alles allein hin. Ja, danke, es ist traumhaft hier. Okay, bis dann.« Er sah mich an.

»Du musst deine Nase mit Sonnencreme einreiben, sie ist ganz rot«, entwischte es mir, was bei ihm ein Stirnrunzeln hervorrief.

Frank schnaubte, bevor er mich auf den neuesten Stand brachte. »Das war Tina. Ich hatte sie gebeten, mich zu informieren, falls die italienische Polizei neue Erkenntnisse nach Deutschland meldet. Und das hat sie. Die Abdrücke an Riccardos Hals sind relativ groß, was vermuten lässt, dass der Täter ein Mann war oder eine sehr große Frau.«

»Na sowas«, rief ich aus. »Wieso erzählst du mir das, wo du sonst nie mit Infos herausrückst?« Noch bevor er antwortete, wurde mir klar, woran es lag: Das waren Erkenntnisse, die öffentlich mitgeteilt werden durften. Vielleicht wurde just in diesem Moment eine Pressekonferenz abgehalten.

»Eins nach dem anderen.« Frank begleitete seinen Satz mit einer beschwichtigenden Handbewegung. »Außerdem konnten die Forensiker anhand der Abdrücke noch etwas Besonderes feststellen: Der Täter muss zwei Ringe getragen haben, und zwar einen am linken Daumen, den zweiten am Mittelfinger der rechten Hand. Es müssen eher breite, vielleicht sogar klobige Ringe gewesen sein, jedenfalls etwas Auffälliges.«

Ich zog die Luft ein. Da war doch was!

»Das sind Anhaltspunkte, die weiterhelfen könnten«, fuhr Frank fort, »und die Fahndung ist ausgeschrieben. Die Polizei sucht nach einem Mann oder einer großen Frau mit zwei solchen Ringen. Und weil sie es für möglich halten, dass der Täter aus Riccardos heimatlichem Umfeld kommt, gibt es auch in Deutschland eine entsprechende Suchmeldung. Hier in Italien wird die Suche über den Funk, das Internet und die Zeitungen verbreitet.«

Mir war inzwischen mit einem inneren Paukenschlag eingefallen, welche Assoziation die Erwähnung eines Rings am Daumen wachgerufen hatte: Ben! Diese Erkenntnis zeichnete sich wohl in meinem Gesicht ab, denn Franks Blick bekam etwas Alarmiertes, und er legte seine Hand auf meine.

»Das ist Ben!« Meine Stimme piepste vor Aufregung, als ich diese Worte ausrief. Ich sprang auf, um nach drinnen zu laufen und mein Smartphone zu suchen. Ich musste Malin warnen! Noch während ich wie ein kopfloses Huhn durch alle Zimmer der Wohnung flatterte, weil ich das vermaledeite Handy nicht wie sonst auf meinem Nachtkästchen abgelegt hatte, kamen mir Bilder in den Kopf, und ich fragte mich, wie ich so blind hatte sein können.

Ich sah Ben vor Augen, wie er diesen bestimmten Ausdruck im Gesicht hatte. Viel zu spät hatte ich ihn als Eifersucht gedeutet – und dann aus der Erkenntnis nichts geschlossen, ich Depp! Dann erinnerte ich mich daran, wie Malin mir berichtet hatte, dass er in ihrer Zeit als Paar im Grunde Selbstaufgabe von ihr gefordert hatte, und darauf sah ich ihn, wie er auf Hector reagierte, und hörte noch mal all die Fragen, mit denen er ihn bei unserem Ausflug nach Pompeji gelöchert hatte. Mir wurde klar, wie sehr er sich darauf versteift hatte, dass Alessio der Mörder sein müsse. Und als letztes sah ich ihn vor mir, wie er gestern bei unserem Spaziergang durch Neapel erblasst war, als ich ihm sagte, dass Riccardo mit bloßen Händen erwürgt worden war. Ich musste wohl während meiner kopflosen Suche nach meinem Handy die ganze Zeit ein panisches Wimmern ausgestoßen haben, denn Frank, der mir gefolgt war, griff plötzlich mit beiden Händen nach meinen Oberarmen und drehte mich zu sich um, schüttelte mich sogar leicht.

Er sah mir eindringlich in die Augen. »Lucy, sprich mit mir! Was heißt ›Das ist Ben‹?«

Meine Sicht, die irgendwie unscharf geworden war – ungefähr so, wie wenn im Sommer über einer Asphaltstraße ein Hitzeflimmern lag –, normalisierte sich wieder, und ich blickte in die braunen Augen meines Liebsten. Da er seine Brille nicht aufhatte, nahm ich umso deutlicher seinen Silberblick, die helle, dünne Narbe auf seiner Wange und die leuchtende Röte auf seinem Nasenrücken wahr. Mir war gar nicht klar gewesen, dass er so schnell Sonnenbrand bekam. Bei diesem unwichtigen Gedanken war ich endlich wieder in der Lage, ihm zu antworten. Ich griff meinerseits mit meinen Händen an seine Ellbogen, wodurch wir wie in Verschwörerpose dastanden, und antwortete endlich auf seine Frage. »Ich habe bei Ben gesehen, dass er wohl am linken Daumen einen Ring getragen hat. Der ist jetzt verschwunden, aber der helle Streifen, den man bekommt, wenn die Haut drumherum in der Sonne braun wird, ist an der Stelle klar zu erkennen.«

»Hast du an der rechten Hand auch einen Streifen gesehen?«

»Nicht bewusst, aber ich weiß, dass er noch einen Ring besitzt, denn es war die Rede von einem, den er Malin hatte schenken wollen. Der soll besonders breit sein, mit einem keltischen Muster. Und Malin hat, glaube ich, erwähnt, dass er den am Mittelfinger trug. Das war alles in einem scherzhaften, lockeren Gespräch, und keiner von uns hat auf seine Hände geachtet.« Ich meinte sogar, mich zu erinnern, dass Ben die Hände in den Hosentaschen gehabt hatte, als wir dieses Gespräch führten – auf der Außenterrasse der *Osteria Russo*, Alessio war dabei gewesen. Hatte er seine Hände damals womöglich vor uns versteckt gehalten, damit wir nicht bemerkten, dass er diesen »Verlobungsring« nicht mehr trug?

Mir wurde schlagartig die Tragweite all dessen bewusst: Ben hatte uns alle hinters Licht geführt. Er hatte Riccardo ermordet und ihn anschließend ins Meer gestoßen. Aber zuvor hatte er noch eiskalt den Gürtel um seinen Hals gelegt, um einen falschen Verdacht aufzubringen.

Was hatte er mit den beiden Ringen gemacht? Mir wurde noch eine weitere Sache bewusst: Sobald Malin – und Alessio – im Radio die Fahndung hörten, würden die beiden ebenfalls Bescheid wissen. Und wie würde erst Ben auf den Aufruf an die Bevölkerung reagieren? Ich wurde panisch und hörte kaum Franks Worte, mit denen er all meine Befürchtungen noch steigerte.

»Ein Muster auf dem zweiten Ring? Das passt. Es war die Rede davon, dass der Abdruck des Rings an der rechten Hand ungleichmäßiger war, und die Forensiker haben vermutet, dass eine tiefe Gravur der Grund dafür sein könnte.«

Ich brüllte ihn fast an, um gegen die Enge in meinem Hals anzukämpfen, die all diese Erkenntnisse in mir ausgelöst hatten: »Wir müssen Malin Bescheid sagen, und du musst die italienischen Kollegen informieren!«

# Kapitel 16: Herr der Ringe

## Malin

### Zwei Stunden zuvor

Es war eine Erleichterung, als dieser Morgen herauf-
dämmerte, denn die Recherchen über Wasserleichen,
die Ben am vorherigen Abend noch durchgeführt hatte,
hatten Malins schlimmste Ängste wieder wachgerufen
und zu einer Nacht geführt, in der sie immer nur oberflächlich eingeschlafen war, um wenig später wieder
aus einem Albtraum aufzuwachen. Ihre Träume hatten
sich nicht auf tote Körper beschränkt, die im Meer zu
Boden sanken, sondern auch ihre früheren Zeiten, in
denen sie dem Verbrechen in Hamburg die Stirn gebo-
ten hatte, machten sich bemerkbar. Sie wurde von ge-
sichtslosen Männern verfolgt, die ihr nach dem Leben
trachteten oder sie fangen und foltern wollten, und
dann träumte sie sogar, dass sie ins Meer gestoßen
wurde und unaufhaltsam nach unten sank, obwohl sie
schwimmen konnte.

Als die ersten Sonnenstrahlen in ihr Schlafzimmer
krochen, empfand sie es deshalb als Erlösung, stand

auf, nahm eine lange Dusche und wusch alle Schre-
ckensbilder mit dem warmen Wasser ab. Danach
fühlte sie sich etwas besser. Sie sah nach ihrem Bruder,
der auf der Wohnzimmercouch lag und fest schlief.

Wenigstens er konnte sich erholen, dachte sie und
sah zur Uhr. Mit acht war es noch relativ früh, aber die
Bar *Mariniello* hatte 24 Stunden geöffnet, also wollte sie
wahrmachen, was sie gestern angekündigt hatte, und
für Hector und sich dort ein paar der unvergleichlichen
Frühstücksteilchen kaufen.

Eine Viertelstunde später wählte sie in der Auslage
am Tresen zwischen den Teilchen aus. Sie dachte darüber nach, wann sie mit ihrem Bruder die geplante
Rundreise durch Süditalien antreten wollte, und was
sie dafür noch brauchen würden. Am liebsten würde
sie heute noch aufbrechen, obwohl Frank Kraus gestern erst angekommen war und sie ihn noch gar nicht
gesehen hatte. Vielleicht würde Lucy es auch als eine
Gedankenlosigkeit betrachten, wenn sie jetzt schon ab-
reisten, wo doch Lucys Eltern erst in einer Woche kommen sollten. Aber Malin spürte tief in ihrem Innern,
wie gut es tun würde, diese Region für eine Weile hinter sich zu lassen. Sie musste darüber nachdenken, ob
sie überhaupt weiter hier leben konnte. Alles, was bis
vor zwei Wochen noch gut gewesen war und funktioniert hatte, schien vor ihren Augen auscinandcrzufal
len. Wie groß war die Gefahr, dass Tymon Nowak die
Spuren ihres Bruders verfolgt hatte oder auf andere Art
herausfinden konnte, wo sie sich vor ihm versteckte?

Als sie die Bar mit einem gut verpackten Kuchen-
pappteller verließ, warf sie einen Blick zur *Osteria Russo*

hinüber. Ihren Job hatte sie verloren, Alessios Freundschaft wahrscheinlich ebenfalls. Wo er sich wohl aufhielt? Sie konnte es *Zia* Marina nicht verübeln, dass sie
damit nicht hatte herausrücken wollen.

Malin seufzte und überquerte den Corso Italia. Als sie
an der Stelle ankam, von der die Straße hinauf zu ihrem Haus führte, erinnerte sie sich an den Freitagabend zurück, an dem sie von ihrer Wohnung aus noch
gesehen hatte, wie Riccardo genau hier angehalten
hatte, bevor er zum letzten Mal ihrem Blick entschwun-
den war. Ein Detail schälte sich aus ihrer Erinnerung
heraus: Jemand hatte hier gestanden, und obwohl sie
damals geglaubt hatte, dass derjenige einfach die
Straße überqueren wollte, fragte sie sich jetzt, ob die
Person ganz andere Absichten gehabt hatte. Und sie-
dend heiß fiel ihr ein, dass sie der Polizei davon nie etwas gesagt hatte. Ihr Herzschlag beschleunigte sich.
Was, wenn die *Carabinieri* hier eine neue Spur finden
konnten?

Zitternd und mit bebenden Händen kam sie in ihrer
Wohnung an und betrachtete Hector, der noch schlief.
Ein Gefühl der Wärme weitete ihren Brustkorb, und
einmal mehr fragte sie sich, wie sie ihr Leben im Zeugenschutz weiterführen konnte. Ob sie es weiterführen
wollte. Ihre Familie fehlte ihr so sehr!

Sie begann damit, den Frühstückstisch zu decken,
und befüllte den Siebträger der *Caffetiera* mit dem
wohlriechenden, tiefbraunen Pulver, bevor sie das
Oberteil auf dem Unterteil festdrehte. Hector schlief
noch immer, und sie brachte es nicht über sich, ihn aufzuwecken. Sie warf einen Blick auf ihr Handy. Lucy

hatte sich noch nicht gemeldet, aber das war nun wirklich nachvollziehbar. Malin freute sich für ihre Freundin, die ein paar ungestörte Tage mit Frank verdient hatte. Mit einem letzten Blick auf Hector beschloss sie, rasch noch einmal hinunter in den Ort zu laufen. Sie brauchten noch Lebensmittel, und wenn sie jetzt sofort in den kleinen Supermarkt *Treesse* am Corso Italia ging, konnte sie in einer guten halben Stunde wieder zurück sein, was früh genug war, um Kaffee zu trinken. Hector war, das wusste sie ja, kein Frühaufsteher.

Und alle anderen Fragen, die unter der Oberfläche gärten und ihr keine Ruhe ließen, würden sich nicht in Luft auflösen, ob sie nun in der Wohnung herumtigerte oder die Zeit nutzte. Sie schrieb ein paar Worte auf ein Post-it und klebte es auf den Teller, den sie für Hector hingestellt hatte, dann schnappte sie sich ihre große Einkaufstasche und schlug erneut den Weg hinunter ein. Kaum hatte sie das Haus verlassen, wählte sie Bens Telefonnummer. Sie wollte mit ihm über dieses neue Detail in ihrer Erinnerung sprechen und ihn fragen, was er davon hielt, wenn sie das der Polizei meldete. Er musste um diese Zeit in Pompeji bei der Arbeit sein.

»Malin, wie schön, ich wollte mich gerade bei dir melden.«

»Guten Morgen, Ben. Ich muss etwas mit dir besprechen. Mir ist da noch etwas eingefallen.«

»Wo bist du denn?«

Was für eine eigenartige Frage! »Auf dem Weg zum Supermarkt. Hector schläft noch, ich nutze die Zeit, um einzukaufen.«

»Du wolltest doch zu *Mariniello*?«

»Ähm, ja. Da war ich schon. Wieso ...?«, sie unterbrach sich.

»Ich habe nach dir gesucht, weil ich dir etwas Wichtiges sagen muss. Es hat mit Riccardo zu tun. Wo finde ich dich denn?«

Malin hatte bereits den Corso erreicht und blickte in Richtung der Piazza Cota. »Ich bin in der Hauptstraße. Wieso bist du nicht in Pompeji?«, fragte sie verwirrt.

Ein Wagen hielt am Straßenrand neben Malin an. Irritiert sah sie zu dem Fiat, dessen Fahrertür sich öffnete.

»Malin«, hörte sie Bens Stimme nun nicht mehr aus dem Handy. Er stand neben dem Auto und winkte ihr zu. »Steig ein, dann können wir kurz reden. Ich muss gleich wieder zurück.«

Verdutzt stieg Malin auf der Beifahrerseite ein. »Guten Morgen, wieso bist du denn nicht bei der Arbeit? Und wessen Auto ist das?« Sie beugte sich zu ihm hinüber, um ihn mit den üblichen *bacini* zu begrüßen.

»Das hat mir ein Kumpel geliehen, damit ich gleich wieder zurück kann. Mit der Bahn hätte es zu lang gedauert. Der hat auch meine erste Tour übernommen. Hast du heute schon Radio gehört oder ferngesehen?«

»Nein, warum?«

»Hast du mit Lucy gesprochen?« Ben startete den Wagen und fuhr langsam los. »Ich fahre dich zum *Carrefour*, okay?«

Der *Carrefour* lag ein Stück weiter zum Ortsausgang, bot aber gegenüber dem kleinen *Treesse* das größere Sortiment.

»Mit Lucy habe ich noch nicht gesprochen. Ich wollte eigentlich nicht lange wegbleiben, weil Hector und ich noch nicht gefrühstückt haben. Vom *Carrefour* brauche ich zu lang für den Rückweg. Kannst du mir nicht einfach sagen, was es gibt, und dann laufe ich anschließend rasch zum Einkaufen?«

»Ich bringe dich wieder zurück.«

Malin betrachtete Ben von der Seite. Seine Haltung war verkrampft, und er presste immer wieder die Lippen fest aufeinander. Er warf ihr einen Seitenblick zu; anscheinend bemerkte er, dass sie ihn musterte.

In Malin stieg ein schales Gefühl auf. Sie hatte ihn schon so erlebt. Das war letzten Sommer gewesen, als sie ihm gesagt hatte, dass sie nicht mit ihm von Piano di Sorrento weggehen wolle. Sein Verhalten hatte ihr damals Angst eingejagt, weil sie kurze Zeit geglaubt hatte, er wolle ihr Nein nicht akzeptieren. Auch da hatte er die Hände zu Fäusten geballt und die Lippen zusammengepresst, bevor er etwas sagte. Überdeutlich nahm Malin wahr, wie seine Handknöchel sich weiß abzeichneten, so fest umkrallte er das Lenkrad. Der Wagen fuhr nun schneller, und Malins Angst weitete sich aus, als Ben ihn aus Piano di Sorrento hinauslenkte und die Abzweigung zum *Carrefour* links liegenließ.

»Ben, was tust du da?« Sie bemerkte, wie ihre Stimme zitterte, und umklammerte ihr Smartphone.

»Ich muss dir etwas Wichtiges zeigen, Malin. Wir fahren nach Pompeji. Keine Angst, es wird nicht lange dauern, dann bringe ich dich zurück.«

Er bemühte sich offensichtlich darum, ruhig zu sprechen, doch in seiner Stimme lag ein unterschwelliges Zittern. Malin schaltete ihr Handy ein. Sie musste Hilfe rufen! Anscheinend bemerkte Ben, dass das Display sich aktivierte. In einer schnellen Bewegung streckte er den Arm herüber und nahm ihr das Handy aus der Hand, noch bevor Malin reagieren konnte. Er ließ es auf der Fahrerseite mit einem Klappern in ein Fach in der Tür fallen.

»Ben, ich habe keine Zeit, um mit dir nach Pompeji zu fahren. Wir sind mit Lucy und Frank verabredet, die werden jeden Moment an meiner Wohnung klingeln.«

Ben schnaubte. »Eben sagtest du noch, dass du mit Hector frühstücken willst. Hast du mit ihm geschlafen?« Er warf ihr erneut einen dieser schnellen Blicke von der Seite zu. Dann fiel ihm wahrscheinlich selbst auf, dass er sich gerade verraten hatte: Hier ging es um etwas anderes als Riccardo – bloß was? Fieberhaft versuchte Malin, die Situation zu verstehen. Was war in Ben gefahren?

»Nein, Hector ist ein Freund, mehr nicht. Er hat auf der Couch übernachtet.«

»Wer's glaubt.«

»Was willst du mir zeigen, Ben? Hast du etwas Neues herausgefunden?« Malin bemühte sich, ruhig zu sprechen. In ihrem Kopf jagten sich die Gedanken. Letzten Sommer hatte sie den Verdacht gehabt, dass Ben an einer leichten Persönlichkeitsstörung litt, vielleicht einem überzogenen Narzissmus, der mit wahnhafter Eifersucht einherging. Sie war damals bereit gewesen, notfalls Hilfe zu holen. Aber dann hatte er sich wieder gefangen. Seine Telefonanrufe, seine Vorwürfe hatten aufgehört. Er war nach Australien abgereist, und als er im Frühling wiedergekommen war, hatte sie den alten Ben in ihm erkannt. Nichts hatte darauf hingedeutet, dass er ihr die Trennung noch nachtrug, im Gegenteil.

Ben hatte sich als ein guter Freund erwiesen, ein Fels in der Brandung. Sogar seine Stänkereien gegen Alessio hatte er gelassen. Offenbar hatte er sich gut verstellt.

»Die Polizei hat etwas Neues herausgefunden«, sagte er mit dieser eigenartig gepressten Stimme. »Das wüsstest du, wenn du das Radio eingeschaltet hättest.« Er lachte kurz, dann legte er ihr die rechte Hand auf den Oberschenkel.

Malin beherrschte sich, um sie nicht angeekelt wegzuwischen. Ben war in einem gefährlichen Zustand, das hatte sie begriffen. »Was hat die Polizei herausgefunden?«

»Abdrücke von Ringen an Riccardos Hals.«

Unwillkürlich flog Malins Blick zu Bens Hand auf ihrem Knie, wo der helle Streifen am Mittelfinger mittlerweile bereits etwas dunkler geworden war. An der linken Hand am Lenkrad war auch der Streifen am Daumengelenk noch zu sehen. Wieso hatte sie nicht genauer darauf geachtet? Wie hatte sie die Bedeutung davon übersehen können? Es war ihr doch aufgefallen, dass Ben seine Ringe abgelegt hatte! Jetzt begriff sie, weshalb. »Du warst es«, flüsterte sie.

Ben beschleunigte. Er schien in Richtung Pompeji oder Neapel zu fahren. Was wollte er dort?

Da erklang ein dumpfes Vibrieren. Ben zuckte merklich zusammen, und Malin war sofort klar, dass jemand versuchte, sie anzurufen. Lucy oder Hector. Ben hatte gefragt, ob sie heute schon das Radio oder den Fernseher angeschaltet hätte. Demnach hatte die Polizei wohl öffentlich nach Zeugen gesucht. Anders konnte es nicht sein.

»Das werden wir gleich abstellen«, sagte Ben. »Es wird Zeit, wir müssen schnell sein.«

»Du hast Riccardo ermordet«, flüsterte Malin erneut.

Ben presste die Lippen zusammen und starrte unverwandt vor sich auf die Straße.

Malin dachte fieberhaft nach, wie sie sich retten konnte. Doch es war zu riskant, Ben ins Steuer zu greifen, und sich während der Fahrt aus dem Wagen zu stürzen, glich einem Selbstmord.

»Er wollte es nicht anders.«

Malin schluckte. Er hatte es zugegeben! »Was meinst du?«

»Er hat dich ja nicht in Ruhe gelassen. Ich habe ihm klargemacht, dass es für ihn besser wäre, einfach wieder nach Hause zu gehen. Er hörte nicht auf mich.« Ben wirkte nun zugleich hoch konzentriert und abwesend. Den Blick fest auf die Straße geheftet, sprach er weiter, und seine Stimme klang beinahe zärtlich. Seine Worte ließen in ihrem Innern etwas erstarren. »An dem Abend, als du ihn mit zu dir genommen hast – wie konntest du so etwas nur machen, Malin? Du wusstest doch, dass ich dich liebe? An dem Abend habe ich jedenfalls unten an der Ecke gewartet. Ich musste einfach wissen, ob er bei dir übernachten durfte. Mir hast du das ja nie erlaubt, nicht mal, als wir ein Paar waren.«

Die Gestalt, die sie gesehen und dann vergessen hatte, war Ben gewesen! Wieso hatte sie ihn nicht erkannt?

»Wir hatten eine wundervolle Zeit. Ich habe dir wirklich geglaubt, dass du mich liebst, weißt du das überhaupt?«

»Ja«, piepste sie.

Er schnaubte. »Aber anscheinend nicht so sehr, wie ich dich. Ich habe es ja akzeptiert, dass du nicht mit mir weggehen wolltest. Ich sagte mir, dass ich zu früh zu viel von dir verlangt habe. Diesen Frühling wollte ich es also wieder mit dir versuchen, langsamer dieses Mal. Weißt du überhaupt, was für ein großer Liebesbeweis das ist?«

»Ja, ich verstehe es, Ben. Ich habe es nur nicht erkannt.« Während sie diese beschwichtigenden Worte zu ihm sagte, drehte sich ihr fast der Magen um. Sie fuhren über die Staatsstraße 145, auf der reger Verkehr herrschte, immerhin jedoch kein Stau, wie sonst oft um diese Tageszeit. Langsam wurde ihr klar, wohin er sie bringen wollte: nach Pompeji, denn er fuhr an der Küste entlang. Diese Strecke galt als die schnellste.

»Du weißt, dass ich Riccardo mochte. Er war mir von Anfang an sympathisch. Allerdings hat er sich dir sofort an den Hals geworfen, und du bist darauf eingestiegen. Wie konntest du, Malin? Was hast du in ihm gesehen? Oder hast du generell eine Schwäche für südländische Typen? Bei Alessio bin ich mir bis heute nicht sicher, ob du auf ihn stehst.«

»Nein, das tue ich nicht, und das habe ich nie. Ich hatte nach dir keinen anderen, Ben, das musst du mir glauben.« War es richtig, sich zu rechtfertigen, ihn zu beschwichtigen? Sie wusste es nicht.

»Riccardo hat sich jedenfalls in dich verliebt.« Er lachte bitter auf. »Das kann ich ihm nicht verübeln. Aber du bist nicht frei, du gehörst mir. Das musste ich ihm klarmachen, nachdem die Drohungen von Alessio nichts genützt hatten. Dem ging es zwar nur darum, dass Riccardo sein Scheiß-Eiscafé nicht eröffnen sollte, aber welches Argument ihn letztlich dazu bringen würde, zurück nach Deutschland zu gehen, konnte mir ja egal sein. Der ließ sich aber nicht einschüchtern, und dann hast du ihn mit nach Hause genommen. Das hat mir den Rest gegeben, wirklich. Ich hatte die ganze Zeit drüber nachgedacht, wie ich dir klarmachen konnte, dass ich dich liebe und dass du meine Frau bist. Du hattest es nur noch nicht begriffen.«

Er benutzte dauernd Wörter, die sie als seinen Besitz charakterisierten. Der Verkehr floss jetzt langsamer, und Malin fieberte auf eine Gelegenheit, die Tür zu öffnen und ihm zu entkommen. Ben runzelte die Stirn und sah zu ihr herüber. Dann setzte er den Blinker und fuhr rechts ran in eine Ausbuchtung der Straße. Malins Herz raste.

»Ich hätte gern darauf verzichtet, aber ich fürchte, ich muss dich fesseln.« Er streckte den Arm zwischen den Sitzen hindurch nach hinten und zog ein Päckchen Kabelbinder hervor. Malin hatte ihren Sicherheitsgurt bereits gelöst und öffnete die Tür, doch Ben packte mit eisernem Griff nach ihrem linken Arm und hielt sie fest. Er beugte sich zu ihr, während sie die Tür öffnete und aufstieß. Aussteigen konnte sie jedoch nicht, denn Ben zog sie fest zu sich, bis sie halb auf seinem Schoß lag.

Das musste jemand sehen. Einer der Menschen in den Autos, die an ihnen vorbeifuhren, musste doch erkennen, dass es hier ein Handgemenge gab. Sie strampelte mit den Beinen und schlug mit der rechten Hand nach Ben, doch er bekam dadurch ihren zweiten Arm auch noch zu fassen, und er schob beide Handgelenke vor ihrem Körper zusammen, um sie anschließend mit einer einzigen Hand zu fixieren, als er nach dem Kabelbinder griff. Sie hatte gewusst, dass er stark war, aber dass er mit seiner eher hageren Gestalt in der Lage war, sie so leicht zu überwältigen, hätte sie nicht geglaubt. Er hielt ihre Hände zusammen, klemmte das eine Ende des Kabelbinders zwischen zwei Finger und führte es mit seiner freien Hand um ihre Handgelenke herum. Fassungslos sah Malin zu, wie er den Kabelbinder einfädelte, als wäre es das Einfachste der Welt, und sie fühlte sich wie ein kleines Mädchen. Ihr Selbstverteidigungstraining, das sie seit drei Jahren etwas vernachlässigt hatte, nutzte ihr in diesem Moment gar nichts. Sie schaffte es nicht, sich aus dem Griff eines Mannes zu befreien, der neben ihr saß, angeschnallt noch dazu, und nicht einmal seine Größe und sein Körpergewicht einzusetzen brauchte, um sie zu bezwingen! Die Tränen liefen ihr die Wangen hinunter, als er seinen Gurt löste und kurz darauf ihre Fußknöchel mit Kabelbinder fixierte, ohne dass ihr Gezappel ihn nennenswert daran hätte hindern können. Lediglich sein Gesicht war von der Anstrengung gerötet, als er anschließend ausstieg und um das Auto herumging, um die Beifahrertür wieder zuzuschlagen.

Kurz darauf hatte er den Wagen erneut in den Straßenverkehr eingefädelt, dann setzte er sein Geständnis fort. Die Tatsache, dass er ihr alles erzählte, bedeutete nichts Gutes, das wurde Malin immer deutlicher bewusst. Er sprach zwar von seiner großen Liebe zu ihr, aber es war nur zu klar, dass diese Liebe von der falschen Art war. Malin verstand nicht, wieso sie das in den letzten beiden Jahren nicht erkannt hatte. Ihr Entsetzen wuchs, und es fiel ihr schwer, sich noch auf

seine Worte zu konzentrieren, weil ihr Kopf die Alb-
traumbilder der letzten Nacht wieder erweckte. Sie befand sich in den Klauen eines Irren, der glaubte, sie mit
sich nehmen zu können, um ein neues Leben zu beginnen.

»Du wirst noch verstehen, dass ich das Richtige tue,
denn du bist die Liebe meines Lebens. Du wirst lernen,
mich genauso zu lieben, das verspreche ich dir. Und
dann wirst du mir für das danken, was ich für dich getan habe.«

»Was hast du getan?«, flüsterte sie, halb von Sinnen.

»Es ist anders gekommen, als ich wollte, aber das Ergebnis ist das Gleiche: Riccardo lässt dich in Ruhe.«

Malin stöhnte entsetzt auf. Ben schien mittlerweile alles auf seine ganz eigene Art zu interpretieren. In seiner
Vorstellungswelt hatte er es als eine Art Liebesdienst
für sie getan.

»Du brauchst keine Angst zu haben, alles wird gut.
Das verspreche ich dir. Schon heute Abend werden wir
beide verschwinden. Ich weiß, wo ich dich bis dahin
verstecken kann.« Er blickte nochmals zu ihr und
zuckte bedauernd die Achseln. »Leider bin ich selbst in
Gefahr, seit die Fahndung läuft. Du bist ja nicht die Einzige, die meine Ringe kannte. Ich weiß zwar nicht, wo
Alessio sich hin verkrochen hat, dieser Warmduscher,
aber er ist nicht so dumm, wie er aussieht. Er wird mich
sofort bei der Polizei melden, das ist mir klar. Und vielleicht kann sogar deine kleine Freundin aus Deutschland sich zusammenreimen, dass ich der Herr der
Ringe bin.« Er lachte über seinen Witz, dann runzelte

er die Stirn. »Oder Hector. Ich habe nicht begriffen, welche Rolle er für dich spielt. Du kannst mir nicht weismachen, dass der dich nicht flachgelegt hat.«

»Das hat er nicht«, sagte sie matt. Dann, als müsse sie sich quälen, fragte sie: »Hast du Riccardo wirklich mit deinen bloßen Händen erwürgt?«

»Das war nicht geplant, das kannst du mir glauben. Ich hatte zwar für alle Fälle vorgesorgt, weil ich mir nicht sicher war, ob er für Argumente zugänglich sein würde. Aber dann kam alles anders. Er war bereit, mit mir in die *Vip's Bar* in Piano di Sorrento zu gehen. Ich stieg also hinter ihm auf seine Piaggio, und wir sind zur Via Paola Zancani hinuntergefahren, um ein Bier zu trinken und zu reden. Die Scheißbar hat um halb zwölf schon zugemacht. Da waren wir über ein kleines Geplänkel noch gar nicht hinausgekommen. Also haben wir beschlossen, runter an die Steilküste zu fahren. Riccardo hat nichts gemerkt, gar nichts. Wir haben uns eine Stelle gesucht, von der aus wir über die Küste blicken konnten, bis nach Neapel. Du weißt, wie es nachts aussieht.«

Ja, sie wusste, dass die Küstenlinie mit den glitzernden Lichtern in der Nacht aussah wie ein geheimnisvolles Paradies. Umso grausamer, dass in dieser Idylle ein Mord geschehen war.

Sie näherten sich unterdessen dem Zentrum von Pompeji, obwohl sich inzwischen die Autos an mehreren Stellen stauten und sie deshalb langsamer vorankamen. Ben erwartete keine Antwort auf seine Bemerkung und sprach weiter. »Wir haben geredet, und ich habe Riccardo klargemacht, wie sehr ich dich liebe. Ich werde nicht zulassen, dass ein anderer Mann uns auseinanderbringt, das habe ich ihm gesagt. Er wollte es nicht begreifen, also musste ich mein Messer ziehen, das ich nur eingesteckt hatte, um ihn notfalls etwas nachdrücklicher überzeugen zu können.«

»Er ist doch nicht erstochen worden?«

»Nein, der kleine Scheißer war stärker, als man denkt. Er hat mir das Messer aus der Hand geschlagen, es kam zu einem Kampf. Der hat vielleicht zugeschlagen! Dann habe ich es doch noch geschafft. Ich habe meine Hände um seinen Hals gelegt und zugedrückt. Er hätte ja einfach aufhören können, dann wäre es gut gewesen. Aber das hat er nicht. Also musste ich dafür sorgen, dass er endlich die Fresse hält. Und dann lag er da, tot. Mein Plan B war zunichtegemacht. Ich wollte es nämlich wie einen eiskalten Mafiamord aussehen lassen. Das habe ich dann trotzdem geschafft. Ich zog ihm den Gürtel aus und strangulierte ihn damit. Dann schleifte ich ihn an den Rand der Klippen. Ja, es hat Vorteile, wenn die Küste aus hohen Felsen besteht. Ich brauchte ihn nur hinunterzustoßen. Er ging sofort unter. Normalerweise wäre er auch nicht so schnell wiederaufgetaucht. Ich kann dir gar nicht sagen, was für ein Hochgefühl das war, als ich das Klatschen hörte. Mir war klar, dass meine Ringe wegmussten. Also habe ich sie hinterhergeworfen.«

Malin war entsetzt über die Kälte, mit der Ben ihr das alles erzählte.

»Okay, von da an lag es nicht mehr in meiner Hand. Ich habe gehofft, dass die Strömung ihn hinaus- und wegträgt. Mit ein bisschen Glück hätte eine Schiffsschraube ihn weiter draußen unkenntlich gemacht.

Wer weiß, was dann von ihm übrig geblieben wäre. Dass diese Fischer Riccardo so bald herausziehen würden, konnte ja niemand ahnen. Das war Pech.«

Malin schnaubte bei seinem lapidar geäußerten letzten Satz. Abermals interpretierte Ben sie falsch.

»Ja, dumm gelaufen, nicht? Aber keine Angst, wir lassen uns nicht mehr aufhalten. Da sind wir.« Zielsicher steuerte Ben eine Stelle an der Außenmauer der Ausgrabungsanlagen an, die er als Touristenführer gut kannte. Malin hatte gehofft, dass er sie ein Stück zu Fuß durch die Straßen der Stadt würde führen müssen, aber offenbar hatte er seinen Plan schon länger ausgeheckt. Es war keine Kurzschlusshandlung, die er hier durchführte. Weit und breit waren keine Menschen zu sehen, als er den Motor abschaltete, um den Wagen herumging und die Tür öffnete. Er lächelte sie an; sie wunderte sich nicht einmal darüber, dass sein Lächeln aufrichtig wirkte. In seiner Vorstellung war das, was er hier tat, das Richtige. Er hob die Hand, und sie erkannte ihr Smartphone darin. Zunächst schaltete er es ein und betrachtete den Bildschirm, dann tippte er darauf und wischte mehrere Male über das Display. Danach löste er die Schutzhülle und öffnete das Fach, in dem die SIM-Karte steckte, hob sie vorsichtig heraus und knickte sie, bevor er das Handy und die Karte weit von sich in das störrische Gras warf, das hier wuchs. Sie waren in einer ruhigen Ecke von Pompeji, Malin erkannte ein paar Felder, Schrebergärten und Stallungen und etwas weiter in der Ferne die Häuser der Stadt.

Ben beugte sich in das Auto und schnitt den Kabelbinder an ihren Füßen mit einem Messer durch, das er aus seiner Tasche gezogen haben musste. Ihre Hände ließ er jedoch gefesselt. Er half Malin, auszusteigen und zog sie in seine Arme, als sie neben dem Wagen stand. Er berührte ihre Haare mit der Nase und flüsterte auf sie ein. »Bald sind wir für immer vereint. Ich muss noch etwas erledigen, bevor wir fliehen können. Noch hat die Polizei nichts erfahren, die Suchmeldungen sind die Gleichen.« Das musste er anhand ihres Smartphones herausgefunden haben. Malins Hoffnung, dass Hector und Lucy vielleicht bereits auf die Meldungen im Radio reagiert haben könnten, zerschlug sich. Möglicherweise schlief ihr Bruder noch immer und ahnte gar nicht, dass sie in Gefahr war. Und für Lucy und Frank traf das Gleiche zu, denn die beiden hatten keinen Grund, früh aufzustehen. Es war vielleicht gerade mal zehn Uhr.

Ben griff nach ihrem Arm, schlug die Autotür zu und zog Malin mit sich zu einer Tür in der Mauer, die vermutlich nur Eingeweihte kannten. Er öffnete das alt, aber stabil wirkende Schloss mit einem Schlüssel und schloss wieder ab, als sie beide das Gelände betreten hatten. Sofort suchte Malin mit den Blicken nach Menschen, denn an einem Samstag im August musste hier doch Hochbetrieb sein. Dann entdeckte sie hohe Metallstangen und Absperrgitter, die einen Bereich der Anlage offenbar für die Besucher abriegelten, und die Menschen, die sie dahinter erkennen konnte, waren so weit weg, dass sie mit Sicherheit nicht sehen konnten, was mit der Frau und dem Mann zwischen den Gebäuden hier vor der Mauer los war. Wahrscheinlich würden sie die beiden für Arbeiter oder Archäologen halten.

Ben griff erneut nach ihrem Oberarm. »Versuch nicht zu schreien, es hört dich hier keiner. Dazu ist dort hinten viel zu viel los, und die Lautstärke kennst du ja.« Damit schob er sie sacht vor und führte sie in die Richtung eines der halb verfallenen Gebäude. »Diese kleine Villa ist perfekt für uns. Da wird dich niemand entdecken.« Damit führte er sie durch den Eingang und über den unebenen Boden durch eine Türnische in einen zweiten Raum, der sogar eine Decke hatte. Das einzelne Fenster zeigte zur Mauer, durch die sie in die Anlage gekommen waren. Ben zog Malin in die Ecke neben der Tür und drückte sie unnachgiebig nach unten, bis sie sich schließlich auf den groben Stein des Bodens setzte.

»Ich muss dich wieder festbinden, aber ich verspreche dir, dass ich das in Zukunft nicht mehr machen werde. Es ist nur nötig, damit ich dich sicher wegbringen kann.«

»Ben, das brauchst du nicht. Ich verspreche dir, dass ich nicht weglaufe.« Malin schluckte und zwang sich, ruhig zu sprechen. »Ich liebe dich.«

Ben sah ihr tief in die Augen, und sie musste mit sich ringen, um seinem Blick standzuhalten. Hoffentlich erkannte er nicht ihre Angst und ihre Abscheu!

Er hob die Hand und strich ihr sacht mit der Rückseite der Finger über die Wange, bevor er sie abermals auf diese unerträgliche, zärtliche Weise anlächelte, durch die sie doch seinen Wahnsinn aufscheinen sah. »Das glaube ich dir, Malin. Trotzdem müssen wir auf Nummer sicher gehen, nicht wahr?« Er küsste sie auf die Stirn, und plötzlich hatte er erneut einen Kabelbinder in der Hand. Seit wann hatte er ihre Entführung geplant? »Ich kann es kaum erwarten, bis wir endlich ungestört miteinander leben können, nur wir zwei.« Er band mit schnellen Griffen ihre Füße zusammen, und ihre Versuche, sich dagegen zu wehren, wirkten wie die Spielereien eines Kätzchens gegen seine Kraft. »Ich werde nun das Geld besorgen, dann komme ich zurück, und wir fliehen.« Er küsste sie auf die Lippen, noch bevor sie den Kopf zur Seite drehen konnte, dann steckte er ihr ein zusammengeknülltes Taschentuch in den Mund und fixierte es mit einem weiteren Streifen Stoff, beides hatte er offenbar auch hier deponiert gehabt. Mit einem bedauernden Lächeln zog er die Schultern hoch. »Sie werden uns nicht viel Zeit lassen, bevor sie alles überprüfen. Aber ein bisschen Bargeld werden wir brauchen. Dann können wir uns nach und nach eine neue Existenz schaffen. Ich kann es kaum erwarten.« Nun lag wieder ein beinahe glückliches Lächeln auf seinen Zügen, als er aufstand und das Gebäude verließ.

Stille umgab Malin. Die Stimmen unzähliger Menschen, die durch Pompeji wanderten, drangen an ihr Ohr, doch die Entfernung schwächte sie zu einem leisen Gemurmel ab. Was für eine Ironie: Sie war mitten unter Menschen, aber weder konnte sie zu ihnen laufen, noch würden sie sie hören, wenn sie es schaffte, den Knebel loszuwerden und zu schreien.

Ilina Kowalska hatte nie geweint. Sie hatte es sich abgewöhnt, nachdem sie ihre echte Identität als Leonie Spreulhagen abgelegt hatte. Doch Malin Holm weinte jetzt bittere Tränen.

# Kapitel 17: Der Böse, der ein Guter war

## Lucy

Ich brauchte eine Weile, bis ich meinen Atem wieder unter Kontrolle und endlich das Gefühl bekam, Frank hätte verstanden, was ich auf ihn eingebrüllt hatte. Mit meinem Gezeter hatte ich mich auf etwas ausschweifende Art und Weise darüber ausgelassen, dass die Polizei sofort Bens Aufenthaltsort aufspüren müsse. Ich schleuderte ihm einen Haufen rhetorischer Fragen entgegen: Wenn ich, nachdem ich mich privat und nur in Anwesenheit meines Smartphones mit einer Freundin über Marie Kondos hirnrissige Aufräumtipps ausließ und am nächsten Tag beim Einloggen von Facebook Werbelinks auf diese Person erhielt sowie Kaufvorschläge, um das geheime Leben meines Schranks zu optimieren, dann hätte die Polizei doch rein theoretisch in rasender Geschwindigkeit herausfinden können, wo bestimmte Menschen sich aufhielten, die ein Smartphone benutzten. Oder nicht? Er kam mir mit Algorithmen. Die würden so was automatisch berechnen und nicht registrieren, wer sich wann wo aufhielt. Das war für mich nicht stichhaltig. Offenbar war die nötige Technologie, uns alle zu überwachen, vorhanden. Sobald wir ein Smartphone benutzten, wurden wir getrackt und waren abhörbar. Das bedeutete im Umkehrschluss für mich, dass Ben, der Mörder von Riccardo, innerhalb kürzester Zeit gefunden werden *musste*, da er ein Smartphone benutzte.

Als Frank mich am Arm festhielt, erklärte ich ihm all diese Dinge ein weiteres Mal, da er mir ernsthaft weismachen wollte, dass es eben doch nicht so schnell ginge. Immerhin setzte er sich sofort mit der Polizei in Verbindung, und zwar mit der saarländischen, weil er mit der einfacher sprechen konnte – ohne Sprachbarrieren. Er erklärte Tina, was Sache war. Diese wirkte überaus erfreut, weil sie nun alles in die Wege leiten konnte: Funkzellenabfrage der italienischen Polizei rund um Neapel, Pompeji und Sorrento, um Bens Aufenthaltsort zu finden. Dass man dazu einen richterlichen Beschluss brauchte, war nicht mein Problem, und ich erwartete, dass das schnell ging, wenn Zeugen den Täter mit Namen benennen konnten. Und genau das konnte ich.

Das war also mein nächster Schritt, noch bevor ich endlich nochmals versuchte, Malin zu erreichen, die momentan offenbar noch schlief, denn auf meinen letzten Anruf und meine Nachrichten hatte sie nicht reagiert. Hector übrigens auch nicht. Nur Doppelhäkchen, die mir zeigten, dass die Nachrichten zugestellt worden waren, aber gelesen hatten weder meine Freundin noch ihr Bruder meine Fragen.

Ich entschied mich für die *Carabinieri*, um den Mörder anzuzeigen, und tatsächlich sprach ich mit *Maresciallo* Bruttomesso, dessen Name nicht nur seinem Äußeren in epischem Ausmaß widersprach. Jetzt, da ich nur seine Stimme hörte, registrierte ich, dass auch sein Kehlkopf und die Stimmbänder bestens zusammenarbeiteten. Da war nichts »schlecht gebaut«. Seine übliche Überheblichkeit wich zurückhaltender Begeisterung, als ich ihm sagte, dass ich wusste, nach wem sie fahndeten.

»*Dica, Signora!*«, rief er ins Telefon.

Wie schön, nun war ich kein Fräulein mehr für ihn, sondern eine ausgewachsene Frau, die er noch dazu respektvoll siezte.

»Ben Richter. *Lui portava questi agnelli, ed adesso non li porta più.* Er hat diese Ringe getragen, und jetzt nicht mehr.«

»Sie sind sich sicher? Haben Sie die Ringe an seinen Fingern gesehen?«

»Nein, aber man kann die Spuren noch klar erkennen. Außerdem hat mir meine Freundin Malin Holm erzählt, dass er ihr den Ring vom Mittelfinger als Geschenk angeboten hat.«

»Können Sie mir sagen, wo Ben Richter sich aufhält?«

»Nein, genau das ist Ihre Aufgabe. Normalerweise arbeitet er um diese Zeit in der Ausgrabungsstätte in Pompeji.«

»*Peccato*«, sagte der *Maresciallo*, ohne weiter auszuführen, was genau er daran *schade* fand.

Erst nachdem ich aufgelegt und für Frank alles übersetzt hatte, was ich mit dem schönen *Maresciallo* besprochen hatte, sagte dieser mir auf den Kopf zu: »Dann haben sie dort nach Ben gesucht, und er hat seinen Dienst nicht angetreten.« Frank zog eine anerkennende Grimasse. »Die arbeiten schnell. Ich bin gespannt, wann sie die Handyauswertungen haben.«

»Und ich frage mich, woher sie denn bereits den Hinweis auf Ben bekommen haben, wenn sie schon in Pompeji nach ihm gesucht haben?«

»Vielleicht von dem anderen Freund, diesem Russo? Der hat ja auch allen Grund, sauer zu sein. Wer lässt sich gern als Mafioso in Mordverdacht bringen?«

»Du hast recht«, rief ich aus. »Alessio muss ich unbedingt noch sprechen und ihn überzeugen, dass er Malin den Job zurückgibt. Aber jetzt versuche ich es zuerst noch mal bei ihr.« Die Tatsache, dass Ben nicht in Pompeji war, machte mir üble Angst.

Die automatische Ansage, die ich darauf hörte, steigerte meine Furcht sogar noch, denn nun hieß es, dass die Angerufene *non raggiungibile*, also nicht erreichbar wäre, was bedeutet hätte, dass Malin ihr Handy inzwischen abgeschaltet hatte. Kurzerhand wählte ich Hectors Nummer noch einmal, und er ging sofort ran.

»Lucy! Ich wollte dich gerade anrufen. Malin ist unterwegs, um einzukaufen. Gerade habe ich gesehen, was du mir getextet hast, und ich verstehe das alles nicht. Was bedeutet, dass man Abdrücke von Ringen gefunden hat?«

Innerhalb von Sekunden ratterten alle Infos durch mein Gehirn, die ich in der letzten Stunde bekommen hatte, wodurch es mir gelang, Hectors Sätze richtig zu verstehen. Ihm war gar nicht klar, dass die Ringe Ben als Täter überführten. Das wiederum bedeutete, dass er mit Malin heute noch nicht gesprochen haben konnte, sonst hätte sie es ihm sofort erklärt. Er sagte aber, Malin wäre zum Einkaufen weg, also hatte sie es vielleicht noch gar nicht herausgefunden.

»Hast du mit Malin heute schon geredet?«, fragte ich, um diesen Punkt zu klären.

»Nein, sie hat mir einen Zettel hingelegt, dass sie gleich wieder zurück ist. Hier steht ein Pappteller mit gut riechenden Teilchen auf dem Tisch, und die *Caffetiera* steht vorbereitet auf dem Gasherd. Jetzt warte ich schon über eine halbe Stunde auf Malin, und als ich sie angerufen habe, bekam ich eine komische Ansage, die ich nicht verstehe. Sie muss das Handy abgeschaltet haben, denn meine Kurznachrichten gehen nicht durch.«

»Mist«, entfuhr es mir, worauf Frank mich mit gerunzelter Stirn ansah. Er hatte sich innerhalb weniger Minuten angezogen, was ich super fand, weil wir uns so gleich auf den Weg machen konnten. Sobald ich den Pyjama durch Straßenkleidung ersetzt hätte. »Hör zu, Hector. Wir sind gleich bei dir. Die Abdrücke der Ringe führen zu Ben Richter als Täter. Der ist heute nicht an seiner Arbeitsstelle aufgetaucht. Wenn Malin nicht mehr erreichbar ist, kann das nur eines bedeuten ...« Ich musste mich unterbrechen, weil es mir mit einem Wühlen im Bauch gerade erst richtig klar wurde.

»Er hat sie«, sprach Hector meine Befürchtung aus. Das hatte er schneller kapiert als ich. »Und ich sagte gestern Abend noch zu Malin, dass ich Ben für einen coolen Typen halte. Mist!«

»Wir sind in zehn Minuten bei dir.«

***

Kaufe Proviant im Supermarkt, bin gleich zurück.

Das hatte Malin auf den Post-it-Zettel geschrieben, den sie auf Hectors Teller geklebt hatte. Ich checkte meine WhatsApp-Chats und sah, dass ich die nicht zugestellte Nachricht kurz vor halb elf an Malin geschickt hatte. Inzwischen war eine Stunde verstrichen, in der ich mit Frank die Funkzellenabfrage in die Wege geleitet und mit *Maresciallo* Bruttomesso über Ben Richter gesprochen hatte. Mir war klar, dass die Polizei mir keine Informationen über den Stand der Ermittlungen geben würde, aber ich fand, dass Frank als Kollege mit mehr Entgegenkommen rechnen konnte.

Seine Telefonate mit der *Polizia di Stato* und den *Carabinieri* waren allerdings nicht sehr ergiebig, denn sie förderten nichts zutage, was wir uns inzwischen nicht selbst zusammengereimt hatten.

»Was machen wir denn jetzt?«, fragte ich, nachdem ich dabei zugeschaut hatte, wie Hector und Frank sich über die *Sfogliatelle* mit Riccota- und Reisfüllung hergemacht und den Kaffee getrunken hatten. Unfassbar, oder nicht? Wie konnte man unter diesen Umständen noch was essen?

»Lucy, wir müssen warten. Die Fahndung nach Ben und nach Malin läuft. Mehr können wir nicht machen.«

»Das meinst du nicht ernst, oder?«

»Schatz, es ist noch völlig unklar, wo sie sich aufhält. Wir haben im Grunde keinen Hinweis darauf, dass Ben etwas mit ihrem Verschwinden zu tun hat.«

»Wie bitte? Wenn ihr bei der Polizei so arbeitet, wundert mich gar nichts mehr, Frank!«

»Liebes, die italienische Polizei fahndet nach den beiden. Mehr kannst du nicht tun.«

»Das kann ich sehr wohl. Ich will mit Alessio sprechen. Kommst du mit, Hector?« Schon hielt ich mein Smartphone in der Hand, um Alessios Nummer zu suchen.

Frank war bei meinen Worten aufgesprungen, Hector stand etwas zögerlicher auf und sah mich fragend an.

»Alessio Russo?«, hakte er nach. Mir wurde klar, dass er ihn ja noch gar nicht kannte, weil Alessio seit seiner Entlassung aus dem Polizeigewahrsam verschwunden war. Hector war ihm noch nicht begegnet.

*Ciao Alessio. Dove sei?*

tippte ich in das Chatfenster. Es war das erste Mal, dass ich eine WhatsApp-Nachricht an Alessio schickte. Ein Glück, dass Malin mir seine Nummer gegeben hatte, bevor der ganze Ärger mit seiner Vernehmung angefangen hatte! Ich sah, wie die Häkchen sich blau färbten. Bingo.

»Ja, Alessio Russo«, beantwortete ich Hectors Frage und ignorierte geflissentlich Franks »Lucy«-Ruf. Seine Hand, die sich auf meinen Unterarm legen wollte, schüttelte ich ab, denn schon erreichte mich Alessios Antwort.

*Auf der Polizeistation in Sorrento. Und ihr?*
*Was ist mit Malin, hat sie endlich kapiert, wer der Mörder ist?*

»Alessio ist noch bei der Polizei. Entweder kommst du mit nach Pompeji, oder du lässt es bleiben«, erklärte ich meinem Herzensbullen, der einigermaßen verblüfft aus der Wäsche schaute.

»Natürlich komme ich mit. Was willst du dort?«

»Es ist der einzige Ort, an dem ich ansetzen kann, um Ben zu finden.«

»Das ist aussichtslos, Schatz. Da wäre es klüger, auf die Funkzellenabfrage zu warten.«

»Hm, und wenn er sein Handy längst entsorgt hat?«, gab Hector zu bedenken.

*Mein Smartphone vibrierte, und ich sah eine neue Nachricht von Alessio.*
*Antworte mir. Ich mache mir Sorgen.*
*Hast du die Fahndung gehört?*
*Sie suchen jemanden, der seine Ringe trägt wie Ben.*

»Na gut.« Mein Liebster lenkte ein, wahrscheinlich erwachte endlich sein Bulleninstinkt. Er blieb sonst ja auch nicht so tatenlos, wenn er ermitteln musste. »Lasst uns nach Pompeji fahren.«

Ich nickte und tippte eine Antwort an Alessio ein:

*Malin ist verschwunden, und ich befürchte das Schlimmste.*
*Wir fahren nach Pompeji, weil ich nicht wüsste, wo man sonst mit der Suche anfangen könnte.*

Er antwortete sofort:

*D'accordo. Vengo anch'io.*

Es dauerte fast eine Stunde, bis wir endlich an der Ausgrabungsstätte ankamen, nur um zu sehen, wie endlos lange Warteschlangen sich unendlich langsam voranschoben. Enttäuscht stöhnte ich auf. Wie sollten wir da hineinkommen, und hatte es überhaupt den geringsten Sinn, Ben hier zu suchen?

Alessio, mit dem ich die ganze Zeit in Kontakt gestanden hatte, stieß zu uns. Er stellte sich Hector und Frank vor, und im Gegensatz zu sonst wirkte er geradezu seriös. Ich sah ihm an, dass viel mehr hinter seinem Engelsgesicht und seiner Engelsgestalt verborgen war als nur ein Charmeur und Bonvivant. Ich erkannte seine Sorge um Malin. Dass er die Zusammenhänge durchschaut hatte, hatten wir bereits in unserem WhatsApp-Chat geklärt. Alessio hatte in den letzten paar Tagen einiges durchmachen müssen, und er würde an den Konsequenzen seiner Beziehung mit der schönen Frau des *Maresciallo Maggiore* Marcante noch lange zu knabbern haben. Er wirkte erwachsener und gereifter.

Dank ihm gelangten wir an den Warteschlangen vorbei zu einem Sondereingang, wo er in einem leidenschaftlichen Gespräch, in dem mehrfach »*Poliziotto tedesco*« fiel, den Türwart überzeugte, uns hineinzulassen.

Doch kaum waren wir hinter den Mauern, wurden wir von Uniformierten der *Polizia di Stato* angehalten, die die hereinströmenden Menschen zusätzlich überprüften.

Alessio begann auch mit ihnen eine hitzige Unterhaltung und versuchte den Polizisten klarzumachen, dass Frank als deutscher Kriminaloberkommissar in den Fall eingebunden war. Währenddessen ließen Hector und ich uns von einem der Polizisten checken. Nachdem er meinen Rucksack durchwühlt hatte, winkte er uns weiter. Verstohlen gab ich Hector ein Zeichen und hastete mit ihm davon. Frank war schon groß, er würde allein zurechtkommen. Außerdem hatte er ja Alessio an seiner Seite.

Als hätten wir uns vorher abgesprochen, liefen Hector und ich um die nächste Häuserecke, damit wir für die anderen nicht mehr zu sehen waren. Die Polizeiarbeit in allen Ehren, aber die hielten uns hier doch nur auf. Keiner wusste irgendwas, also warum sollten wir Zeit verplempern, indem wir alle an einer Stelle doof herumstanden und darüber diskutierten, dass keiner irgendwas wusste?

»Wo sollen wir ihn suchen, was meinst du?« Ich sah mich um. Die Touristen bevölkerten die Straßen der Anlage, und hätten sie altertümliche Gewandungen getragen, hätte man sich vorstellen können, wie es damals, vor dem Ausbruch des Vesuvs, ausgesehen haben mochte.

»Hier kann er sich nirgendwo versteckt halten, da sind ja viel zu viele Menschen. Da würde man ihn und Malin bemerken. Und ich glaube kaum, dass meine Schwester freiwillig mit ihm gegangen ist.«

»Nein, das ist sie nicht. Sie weiß inzwischen, was Ben getan hat, da bin ich mir sicher. Ich kenne deine Schwester ziemlich gut.«

Hector sah mich einen Moment nachdenklich an, dann nickte er. »Allerdings. Ich will mir gar nicht vorstellen, was ihr beide gemeinsam erlebt habt. Aber dann war es vielleicht dumm, hierherzukommen. Vielleicht hat er sie in seinem Haus versteckt.«

Ich schüttelte den Kopf. »Ben lebt in einer Art WG, soweit ich es verstanden habe. Da könnte er sie nicht mitnehmen. Außerdem wüssten ja seine Mitbewohner auch, dass er diese Ringe getragen hat. Überhaupt«, sagte ich nachdenklich, »je mehr Zeit verstreicht, desto mehr Menschen, die ihn kennen, werden den Fahndungsaufruf gehört oder gesehen haben. Denk nur an seine Arbeitskollegen, die kennen seine Ringe auch. Ihm läuft die Zeit davon.« Kurz überfiel mich ein Anflug von Hoffnungslosigkeit. »Vielleicht ist er längst über alle Berge. Mit Malin.«

Mein Smartphone vibrierte. Frank hatte mir eine Nachricht geschickt. Ich musste grinsen, weil er mich inzwischen gut genug kannte, um zu wissen, dass ich in dieser Lage nicht ans Telefon gehen würde, wenn er mich anrief. Ich tippte die Nachricht an, und mir wurde warm ums Herz. Er motzte nicht, sondern informierte mich.

*Funkzellenabfrage: Ben wurde zum letzten Mal vor neun Uhr in Piano di Sorrento geortet, danach keine Spuren mehr. Malins Handy ist gegen zehn in Pompeji vom Netz gegangen.*
*Wo bist du?*

Malins Handy war hier vom Netz gegangen? Das bedeutete, dass sie in der Nähe gewesen war – und vielleicht immer noch war! Ich zeigte Hector Franks Nachricht. Er blickte vom Handy in meine Augen.

»Sie war hier.« Er legte einen Finger an seine Unterlippe. »Das heißt, Ben hat sie tatsächlich hergebracht. Lass uns nachdenken!«

»Vielleicht gibt es irgendwo in der Stadt noch ein gutes Versteck, einen stillgelegten Schacht, ein verlassenes Haus oder eine dieser Schluchten, die man hier manchmal findet. Weißt du, in Sorrento ist doch diese tiefe Schlucht. Vielleicht gibt es hier auch eine.« Ich tippte in meinem Smartphone die Suchmaschine an und dachte darüber nach, wie ich meine Frage am besten formulierte, um zu einem brauchbaren Ergebnis zu gelangen, da sah ich, wie Hectors Brauen nach oben wanderten.

»Ich habe eine Idee! Wo war denn dieser abgeschlossene Bereich nochmal, den wir gesehen haben, als Ben uns durch die Anlage geführt hat?«

»Du hast recht!« Suchend blickte ich um mich und versuchte, unter den menschenvollen Straßen diejenige zu erkennen, die am geradlinigsten zum anderen Ende der Anlage führte. »Das war ganz auf der anderen Seite, vor der Mauer.« Ich trat vom hohen Randstein auf die Straße hinunter und deutete mit der Hand in die Richtung, in der ich den abgesperrten Teil vermutete. Da die meisten Menschen lieber auf den ebeneren Randsteinen gingen als auf den stark zerfurchten Wegen dazwischen, konnten wir uns einigermaßen flott durch die Touristenströme schlängeln. Ich schaltete mein Smartphone ein und tippte eine Nachricht an

Frank, damit er mir hinterher nicht die Hölle heiß-
machte.

*Sind auf dem Weg zum abgesperrten Teil der Anlage.*

Ich überließ es ihm, herauszufinden, wo das war.
Schließlich waren genügend Polizisten vor Ort. Wenn
sie ordentlich arbeiteten, würden sie schnell wissen,
was ich meinte. Und sollten sie meine Ideen für unsinnig halten, brauchte ich wenigstens keine Überzeu-
gungsarbeit zu leisten. Stattdessen würden Hector und
ich Tatsachen schaffen und die Stelle checken.

Es kostete uns trotzdem wertvolle Minuten, uns
durch die Menschen zu pflügen, bis wir endlich dort
angekommen waren, wo einige römische Villen vor
dem Zugang der Touristen gesperrt waren. Wir liefen
an den hohen Metallgittern entlang, um eine Stelle zu
finden, an der wir hindurchschlüpfen konnten. Ich sah
diese Gebäude an, die im Gegensatz zu den anderen verlassen dastanden – auch das Gras wuchs hier höher,
weil es offenbar nicht gemäht wurde –, und meine
Angst um Malin nahm zu. Was, wenn sie dort versteckt
war? Was, wenn sie *nicht* dort versteckt war, was ja
noch schlimmer wäre?

Etwas kopflos fasste ich eines der Metallgitter an und
rüttelte daran. Da bemerkte ich, dass sie anscheinend
nur in breite Betonfüße eingesteckt waren, der Beton
und das Metall waren nicht miteinander verbunden.

»Sieh mal, das kann man herausheben.« Ich sah Hector an, der mich dabei beobachtete, wie ich das eine Gitter an einer Seite aus dem Betonklotz hob und zur Seite
schob.

»Perfekt«, murmelte er, und wir schlüpften beide hindurch, worauf wir das Metall wieder in den Betonfuß steckten. Einige der Touristen beobachteten uns und manche fingen an, vor sich hin zu schimpfen.

»*Lavoriamo qui*«, rief ich aus und machte eine ausholende Geste mit beiden Händen, um den Eindruck zu erwecken, dass Hector und ich hier unserer Arbeit nachgingen. Dann hasteten wir beide über die unebenen Steine weiter zu den Häusern, hinter denen die Mauer aufragte. Als wir uns ein gutes Stück von den Touris entfernt hatten, wagte ich, nach Malin zu rufen. So würde mich Ben zwar auch hören, aber vor allem wüsste Malin, dass ich in der Nähe war!

Hector hielt es offenbar ebenfalls für sinnvoll, nach seiner Schwester zu rufen, denn er stimmte mit ein. Als wir kurz vor den Gebäuden angekommen waren, die über eine weite Fläche verstreut vor uns lagen, blieben wir kurz stehen, sahen uns an und teilten uns auf.

»Ich gehe hier lang«, erklärte Hector und wendete sich den links liegenden Bauten zu. Ich nickte und lief nach rechts rüber, wo ich gleich darauf das erste Haus betrat. Ich sah sofort, dass sich dieser Ort perfekt als Versteck eignete, denn hinter den Wänden konnte man eine Person leicht vor den Augen der Besuchenden verbergen. Dieses Haus hatte, wie so viele, kein Dach, aber von den Außenmauern und Wänden war noch alles vorhanden. In den Ritzen zwischen den Steinen wuchs dürres Gras, auch die eine oder andere Mohnblume trotzte der Trockenheit.

Ich arbeitete mich langsam Haus für Haus vor, doch irgendwann kam ich auf den Gedanken, dass Ben sicherlich nicht die vorderen Gebäude für sein Versteck ausgesucht hätte, sondern eher diejenigen, die weiter hinten standen, näher zur Außenmauer. Also entschied ich, meine Suche dort hinten weiterzuführen und mich dann Stück für Stück wieder nach vorn zu arbeiten. Ich lief zwischen mehreren Häusern hindurch und betrat eines der hintersten.

»Malin«, rief ich noch immer in regelmäßigen Abständen, allerdings etwas leiser als zuvor. Ich hörte auch Hector nach ihr rufen. So wusste ich, dass er noch nicht fündig geworden war. Gerade hatte ich ein Gebäude untersucht, von dessen Wänden nur noch die Hälfte stand, und wollte es durch den Eingang wieder verlassen, da hörte ich ein ersticktes Schnauben.

»Malin?«, rief ich nochmals in der Hoffnung, dass sie sich zu erkennen gäbe, doch nichts. Etwas kopflos rannte ich zum nächsten Gebäude, weil ich leider die Quelle des Geräuschs nicht hatte orten können, und bemerkte, als ich dieses Haus betrat, dass meine Sicht vor Aufregung zu verschwimmen begann.

»Malin«, flüsterte ich nun mehr als zu rufen, dann kam mir der Gedanke, dass es klüger wäre, stehenzubleiben und zu lauschen. Und da wurde mir klar, was sich seit dem Schnauben geändert hatte: Hectors Rufe waren verstummt! Was konnte es bedeuten, dass er nicht mehr nach Malin rief?

Entweder hatte er sie gefunden ... *Wieso dann dieses eigenartige Schnauben?*, meinte ich fast, eine Stimme im Kopf zu hören, die ich beiseiteschob. Oder Ben hatte ihn erwischt! Und umgekehrt? Wenn Hector Ben erwischt hatte? Dann hätte er sicher nach mir gerufen, um mir Bescheid zu geben. Oder sie kämpften noch miteinander! Das wäre die vierte Möglichkeit ...

Auf jeden Fall hatte das Schnauben tatsächlich eher nach einem Mann als nach einer Frau geklungen, und ich befürchtete, dass die letztere Möglichkeit die richtige war. Was also tun?

Fieberhaft dachte ich nach. Wie ging ich am klügsten vor? Die Frage war ja, ob Ben meine Rufe gehört hatte, und wenn ja, ob er ahnte, wo ich mich aufhielt.

Ich zog mein Smartphone heraus und schaltete es zuallererst stumm. Nichts war unangenehmer, als wenn ein Handy vibrierte oder gar andere Töne von sich gab, während man gerade jemanden beschattete oder sich vor jemandem verstecken wollte. Dann tippte ich auf den Chat mit Frank und las seine letzte Nachricht, die er mir vor etwa zehn Minuten geschickt hatte.

*Nichts unternehmen, Verstärkung ist unterwegs.*

*Haha*, dachte ich.

*Kommt zum abgesperrten Bereich!,*

tippte ich dann ein.

*Hector ist verschwunden. Ich vermute, Ben hat ihn. Der muss hier irgendwo sein.*

Franks Antwort kam postwendend:

*Versteck dich, unternimm nichts! Ein SEK ist auf dem Weg.*

In meinem Kopf jagten sich die Gedanken.

*Ben könnte in der Zwischenzeit mit Malin über alle Berge fliehen.*

*Ben könnte Hector etwas antun, so eifersüchtig wie er gewesen war.*

*Außerdem konnte er ihn auf der Flucht nicht gebrauchen. Er hatte schon einmal getötet. Was, wenn er es wieder tat? Was sollte ich bloß tun?*

Langsam schlich ich wieder zum Ausgang der Ruine und spähte um die Ecke. Wie erwartet sah ich nichts. Außer Steinen, Sand, Gras und Mohn. Doch, da war etwas! Mein Blick fiel auf eine Tür in der Mauer, die mit einem rustikalen Schloss versehen war. Wenn das mal nicht die Stelle war, an der Ben mit Malin hereingekommen sein musste! Ich beschloss, an den Häuserwänden der Gebäude entlang zu schleichen, die am nächsten zur Stadtmauer standen, weil ich vermutete, dass Ben eines davon auserwählt hatte.

Viele der Häuser hatten Fensternischen, durch die ich hineinspähen konnte. Mein Herz raste, während ich mich gezwungen langsam voran arbeitete. Es war still, nur das entfernte Murmeln der Touristen klang herüber. Die ganze Zeit fragte ich mich, ob Ben mich gehört hatte und deshalb wusste, dass ich hier irgendwo war.

*Wahrscheinlich schon, denn ich war ja nicht gerade leise gewesen!* Bei dem Gedanken lief mir eine Gänsehaut das Rückgrat entlang, obwohl hier zwischen Mauer und Häuserwänden eine flirrende Hitze herrschte.

Dann blieb mein Herz fast stehen, als ich durch eines der Fenster blickte: Malin! Sie lag in Embryonalhaltung auf der Seite, die Hände waren vor ihrem Bauch gefesselt, auch die Füße waren zusammengebunden. Offenbar hatte Ben sie geknebelt. *Ist sie tot?*, dachte ich in einer Schrecksekunde. Mit dem Wiedereinsetzen meines Herzschlags sah ich, dass ihre Brust sich hob und senkte, als schliefe sie. Vielleicht hatte Ben ihr ein Beruhigungsmittel verpasst.

Ich versuchte im düsteren Innern des Hauses, das zum Teil noch überdacht war, mehr zu erkennen, und suchte nach Hector und Ben. Die beiden waren offenbar nicht hier.

Ich schlich um das Gebäude herum zum Eingang auf der anderen Seite. Weit und breit niemand zu sehen. Ein kurzer Blick zu den Touristen in der Ferne zeigte mir, dass dort niemand irgendwas bemerkt hatte. Ich lauschte, ob ich jemanden atmen hören konnte, aber es schien tatsächlich niemand da zu sein. Also fasste ich mir ein Herz und huschte geduckt in das Haus und durch einen weiteren Durchgang in den hinteren Raum, in dem Malin lag. Behutsam legte ich meine Hand auf ihre Schulter und flüsterte ihren Namen.

Sie bewegte sich leicht. Vorsichtig lockerte ich das Tuch in ihrem Nacken und zog einen zusammengeknüllten Stofffetzen aus ihrem Mund. Sie schlug die Augen auf, und ich bemerkte, wie sie mich nach einem kurzen Moment erkannte. Ihr Blick war schreckgeweitet.

»Wo ist er?«, flüsterte sie, während ich nachsah, womit Ben sie gefesselt hatte, und leise aufstöhnte: Kabelbinder.

»Ich weiß es nicht, aber er hat Hector.«

»Oh nein«, flüsterte Malin. »Er ist eifersüchtig auf ihn.«

Ich nickte grimmig, weil ich das ja inzwischen auch endlich kapiert hatte. Erfolglos zerrte ich an den Kabelbindern herum.

»Wir müssen hier weg, bevor Ben zurück ist.«

Mein Rückenmark übernahm das Denken für mich. Wie immer, hatte ich meinen Rucksack dabei, der sich in diesem Fall als kleine Wundertüte erweisen konnte, denn seit die Babys da waren, verließ ich nie ohne den Rucksack das Haus, und zwar aus dem einfachen Grund, weil ich darin immer eine kleine Wickelunterlage und zwei Ersatzpampers für alle Fälle hatte.

Aber nicht nur das, sondern ich hatte seitdem auch immer ein »Necessaire« dabei. Dass mir in diesem Moment der altmodische saarländische Begriff für ein kleines Maniküreset in den Kopf kam, rief einen Moment die Liebe zu meiner Mutter in mir wach, weil sie in ihrer Apotheke natürlich Necessaires in allen Preiskategorien verkaufte.

Innerlich sendete ich einen Dankesgruß an meine Mutter, dann kramte ich mit fahrigen Bewegungen das kleine Kunstlederetui aus der Außentasche meines Rucksacks und öffnete es.

Meine Finger zitterten derartig, dass ich beim Versuch, den verdammt dicken Kabelbinder an Malins Füßen zu durchtrennen, mehrfach abrutschte. Doch dann glückte es, und ich machte mich an ihren Handgelenken zu schaffen.

»Schnell, schnell, schnell!«, zischte Malin. »Er ist bestimmt jeden Moment wieder da. Der ist vollkommen abgedreht.«

Endlich schaffte ich es, Malins zweite Fessel zu durchtrennen, und sie rappelte sich mit meiner Hilfe auf.

Ihre ersten Schritte wirkten wacklig. Ben musste ihr ein Sedativum verabreicht haben. Ich hielt ihre Hand und ging zur Tür vor, um hinauszublicken. Von Ben konnte ich nichts sehen, leider auch nicht von Hector.

Ich drehte mich zu Malin um. »Wir verstecken uns erst mal in einem der anderen Häuser, dann sehen wir weiter, okay?«

Sie kämpfte sichtlich dagegen an, wieder in sich zusammenzusacken, und nickte halb resigniert. Ich legte den Arm um ihre Taille und zog ihren Arm über meine Schulter. So würden wir nicht sehr weit kommen, also beschloss ich, nur bis zu einem der nächstgelegenen Gebäude zu gehen, damit wir uns dort wieder verbergen konnten. Auf dem Weg versuchte ich zu erkennen, ob die Polizei sich bereits näherte, aber unter den Touristen schien sich nichts Aufregendes zu tun, die wanderten dort hinten nach wie vor die Sehenswürdigkeiten ab und nahmen Malin und mich gar nicht wahr. Malins Schritte wurden immer unsicherer, deshalb zog ich sie in eines der nächsten Häuser hinter die schützende Wand, wo wir uns an das Mauerwerk lehnten und heftig atmend versuchten, unseren Herzschlag wieder in den Griff zu bekommen.

»Na sieh mal an«, hörte ich da Bens Stimme, und sie klang nicht erfreut. Dann spürte ich einen heftigen Schlag auf meinen Kopf, und es wurde dunkel um mich herum.

# Kapitel 18: Zwillings-kräfte

## Malin

Das Seufzen, mit dem Lucy neben Malin in sich zusammensackte, um dann wie in Zeitlupe zur Seite zu fallen, hörte Malin wie durch einen Nebel. Sie fühlte sich, als wandle sie im Halbschlaf umher, hatte aber inzwischen begriffen, dass Ben sie mit dem Schluck Wasser, den er ihr nach seiner Rückkehr verabreicht hatte, ins Reich der Träume geschickt hatte. Wie er sie anschließend erneut knebelte, hatte sie schon nur noch halb mitbekommen. Sie wusste auch nicht, wie viel Zeit vergangen war, bevor dann plötzlich Lucy bei ihr gestanden und sie befreit hatte.

Nun kämpfte sie dagegen an, wieder einzuschlafen, und versuchte, mit vollem Verstand zu begreifen, was sie vor sich sah: Etwas weiter lag ein gefesselter Mann auf dem gestampften Boden, offenbar bewusstlos. Ihr war sofort klar, dass es sich um ihren Bruder handelte, obwohl sie nur einen Streifen seines Gesichts erkennen konnte. Aus einer Wunde an seiner Wange rann Blut, das bereits eintrocknete. Wann und wo hatte Ben Hector erwischt? War er eigens noch mal nach Piano di Sorrento gefahren, um ihn zu entführen, und wenn ja, warum? Verwirrt schüttelte sie den Kopf und wehrte nur halbherzig Ben ab, der bereits wieder einen der verhassten Kabelbinder in der Hand hielt, um sie zu fesseln.

Die Frau gleich neben Malins Knien – sie war wieder zu Boden gesunken – sah aus wie Dornröschen. Mit rosigen Wangen, die Augen geschlossen, lag sie da wie in einem süßen Schlaf. Sie musste sich zusammenreißen, beschwor Malin sich selbst. Das war Lucy, und es war *nicht* richtig, dass sie hier lag und schlief!

*Denk nach*, sagte sie sich dann. Ohne dass sie es bewusst entschieden hätte, begann sie damit, sich heftiger gegen Ben zu wehren, der es noch nicht geschafft hatte, den Kabelbinder um ihre Hände in ihrem Rücken zu schließen. Irgendwie musste sie sofort wieder ihre volle Kraft wachrufen. Sie war Meisterin im Taekwondo, verdammt. Das konnte sie doch nicht alles vergessen haben. Unverhofft sah sie vor ihrem inneren Auge das Bild von Leonie und Ilina, Lucys Zwillingsmädchen, und in ihr erwachte der unbändige Wunsch, den Mädchen die Mutter zu retten. Doch nicht nur sie, auch Hector und sich selbst wollte sie retten. Dieser Irre, der glaubte, sie besitzen zu dürfen, und dafür über Leichen ging, durfte nicht siegen!

»Lucy, wach auf«, stieß sie so klar und scharf aus, wie sie konnte. Lucy war noch nicht gefesselt; sobald sie wach war, konnte sie helfen.

»Sei still, Täubchen, sonst war alles umsonst«, beschwor Ben sie. Der glaubte allen Ernstes, sie würde ihn lieben und fände richtig, was er tat. Vielleicht war dieser Liebeswahn der Grund dafür, dass er sie weniger fest anfasste als vorher bei der Entführung. Dieses Mal gelang es Malin jedenfalls besser, sich seiner Kraft entgegenzustemmen. Sie verwickelte ihn damit in ein ungleiches Handgemenge, bei dem sie früher oder später die Unterlegene sein würde, aber wenigstens schindete sie Zeit heraus.

»Wach auf, Lucy, Illi und Leo schreien!«, rief sie und hoffte darauf, dass an den Sagen um den Mutterinstinkt wirklich was dran war und diese Nachricht Lucy wachrütteln würde.

Ben griff fester zu und führte ihre beiden Hände zusammen. Als er sie mit der einen Hand festhalten wollte, um mit der zweiten erneut den Kabelbinder um ihre Gelenke zu legen, riss sie sich los, sodass er seine beiden Arme brauchte, um sie wieder zu fassen zu bekommen.

»Lucy, verdammt, deine Kinder brauchen dich!« Malin sah im Augenwinkel, dass ihre Rufe zumindest bei Hector etwas bewirkten, denn er schien sich zu regen. Doch Lucy rührte sich nicht.

»Malin, sei still, sonst muss ich dir eine verpassen«, zischte Ben und verstärkte seine Griffe um ihre Handgelenke noch, sodass sie unwillkürlich einen Schmerzenslaut ausstieß. Auch Hector stöhnte leise, und er bewegte den Kopf. Da er mit dem Rücken zu Malin lag, konnte er nicht sehen, was hier gerade passierte.

»Hector, Lucy und ich sind hier, Ben hat uns in der Gewalt. Er versucht gerade, mich zu ...« Dann wurde es schwarz um sie.

## Lucy

In meinem Kopf regte sich etwas, und ich glaubte, zwei Stimmen zu hören. Das war nicht wirklich neu, aber wo war ich eigentlich? Und wer? Eine neue Stimme mischte sich darunter, sie hörte sich panisch an. Dann brummelte eine vierte Stimme etwas, sie musste zu einem Mann gehören. Ich war überfordert, und weil es dort im See des Unbewussten so friedlich, ruhig und warm war, ergab ich mich seinem Reiz.

Während ich so im warmen Wasser trieb, wurden die Stimmen in meinem Kopf leiser, aber dann erklang plötzlich eine reale Stimme, und das, was sie rief, katapultierte mich zurück in die wache Welt, nach Pompeji, in eine alte römische Villa, von der nicht viel mehr als die Wände standen und in der ich hinterrücks niedergeschlagen worden war. Ich hörte die Worte »Ben hat uns in der Gewalt. Er versucht gerade, mich zu ...«, dann war Schweigen. Jemand stöhnte leise, ein anderer atmete hektisch.

Ich fühlte mich trotz meiner Kopfschmerzen lebendig, alle Instinkte waren geweckt. Das Stöhnen kam von einem Mann, das hektische Atmen von Ben. Das erkannte ich, als ich, ohne mich zu rühren, die Augen öffnete. Ben war dabei, Malin, die offenbar bewusstlos auf der Seite lag, zu fesseln. Ich ließ den Blick ein Stück weiterwandern, dorthin, wo das unterdrückte Stöhnen herkam, und erkannte Hector, der ebenfalls gefesselt auf dem Boden lag, mit dem Rücken zu mir.

Mir wurde schlagartig die gesamte Situation bewusst, und dann begriff ich, welche Aufgabe ich hatte: Wie die Dinge lagen, hing in diesem Moment alles davon ab, dass ich Ben überwältigte.

Plötzlich standen mir meine Monstermädchen innerlich vor Augen, und genau dieser Anblick verlieh mir die Superkräfte, die ich jetzt brauchte. Ich spannte meinen Körper an und sprang auf, stieß einen lauten Schrei aus und machte etwas, das ich von meinen beiden Herzensmonsterchen gelernt hatte: Mit voller Kraft hechtete ich auf Ben, der, über Malin gebeugt, mit einem Bein auf der Erde kniete und damit beschäftigt war, ihre Fußgelenke zu fesseln. Ich krallte mich an ihm fest, als er überrumpelt zur Seite fiel. Noch bevor er sich wehren, mich schlagen oder nach mir greifen konnte, ballte ich die Rechte zur Faust, holte aus und verpasste ihm einen Schlag auf die Schläfe, so fest ich konnte. Für meine Kinder! Was der konnte, konnte ich auch!

Heftig atmend kniete ich dann über diesem Kerl, den ich wirklich und wahrhaftig mit meiner Zwillingskraft bewusstlos geschlagen hatte, und konnte nicht fassen, dass ich das gewesen war.

*Fessel ihn!*, kam mir in den Sinn, und ich war dankbar, dass Ben es mit seinem Vorrat an Kabelbindern nicht nur etwas übertrieben hatte, sondern besagten Vorrat sogar mit sich herumtrug. Meine Finger zitterten kein bisschen, als ich zuerst seine Hände und danach seine Füße fesselte – wie er es mir vorgemacht hatte. Auch, als ich Malin mit einer Berührung an der Schulter sacht ins Leben zurückrief, und selbst während ich Hector half, sich aufzusetzen, zitterten sie noch nicht.

Das große Zittern setzte unmittelbar danach ein, und mit dem Bibbern all meiner Glieder verschwamm mir die Sicht vor Augen, und mir wurde flau. Meine Knie nahmen eine eigenartige, gelähnliche Konsistenz an, wie ich sie in meinem Leben leider schon mehrere Male erfahren hatte.

»Hast du dein Handy?«, fragte mich Malin, womit sie mir half, mich zusammenzureißen. Ich nickte, ließ mich sicherheitshalber auf dem Boden nieder, zog mein Smartphone aus der Hosentasche und wählte Franks Nummer.

»Lucy«, schrie er mir ins Ohr, und ich hörte seine Sorge in seiner Stimme. »Wir sind im abgesperrten Bereich. Wo seid ihr?«

»In einem der Häuser hinten vor der Stadtmauer. Ich bin k. o. und kann nicht mehr aufstehen. Malin und Hector auch nicht. Ben ist bewusstlos. Bitte, kommt schnell her, ich glaube, ich kippe um.«

»Leg auf, stell dein Handy laut, ich wähle deine Nummer. Geh nicht ran.«

Ich tat, was er mir sagte, und als mein Smartphone kurz darauf klingelte, schaltete ich die Lautstärke hoch. Der coole Saxophonklang, den ich als Signalton für Frank benutzte, hallte durch die Gassen von Pompeji.

Kurz darauf wimmelte es in dem winzigen Römerhäuschen von Polizisten aller Sorten, die Malin, Hector und mir auf die Beine halfen und uns mit Decken versorgten. Alessio hielt Malin, Frank hielt mich, und wir beobachteten, wie *Maresciallo* Bruttomesso neben Ben in die Knie ging, um seinen Puls zu überprüfen. Mit einem anerkennenden Nicken sah er zu mir auf. »Ordentliche Rechte, *Signora*«, brummelte er.

Mir kamen komischerweise die Tränen, und ich wusste nicht genau, weshalb.

Frank zog mich noch etwas fester in seine Arme, küsste mich aufs Haar und flüsterte: »Deine geheimen Zauberkräfte, nicht wahr, Liebes?«

***

Was danach kam, wirkte auf mich wie eine skurrile Feiertagsprozession. Ben und wir anderen wurden abgeführt, zumindest fühlte ich mich ein bisschen so, als wir alle durch die Straßen von Pompeji zum Eingang zogen und die Leute überall, wo wir aufkreuzten, stumm eine Gasse bildeten, als wollten sie uns Spalier stehen. Wir gaben ein denkwürdiges Bild ab, und vermutlich war es nur den finsteren Blicken von *Maresciallo* Bruttomesso und *Commissario* Mangiatopi zu verdanken, dass niemand wagte, Fragen zu stellen. Jedenfalls war das mein Eindruck.

Bens Hände waren in seinem Rücken mit Handschellen gesichert. Zwei *Carabinieri* führten mit ihm in ihrer Mitte unseren Umzug an. Eine Spur von Hochachtung musste ich Ben zollen, weil er sich sehr gerade hielt und den Leuten wohl direkt in die Augen sah, denn vereinzelt konnte ich erkennen, dass sie den Blick abwandten, nachdem er in ihre Richtung geschaut hatte.

Mein Herzensbulle wiederum war ja nicht dienstlich hier und deshalb nicht als Polizist zu erkennen. Er ging neben mir, den Arm um meine Schultern gelegt. Die

Decke, die man mir zuvor gereicht hatte, war ich glücklicherweise bereits losgeworden. Somit konnten die staunenden Touristen nicht wissen, dass ich eine der Nebendarstellerinnen dieser Truppe war. Selbst als Statistin fühlte ich mich bereits unwohl.

Nachdem wir einige Meter zurückgelegt hatten, straffte Malin vor mir die Schultern, worauf der *Poliziotto*, der sie gestützt hatte, seinen Arm herunternahm und die Wolldecke, die sie ihm reichte, mit geübten Handgriffen zusammenfaltete. Anscheinend verstand er, dass sie es keineswegs genoss, wie eine Zirkusattraktion begafft zu werden. Ich musste grinsen und wunderte mich kein bisschen, als ich sah, dass Hector seinerseits die Decke ebenfalls zusammenlegte, kurz wartete, bis Malin auf seiner Höhe war und dann neben ihr weiterging.

Vorm Ausgang standen mehrere Polizeiautos bereit, ihre Blaulichter warfen unruhige Reflexe auf die Gebäude, und auch hier blieben die Menschen stehen, als wir auftauchten. Sie bildeten einen großen Kreis, wie um eine Gruppe von Straßenkünstlern zu bestaunen, die etwas vorführen.

Die beiden *Carabinieri* geleiteten Ben zu einem der Polizeiautos. Als einer von ihnen die hintere Tür öffnete und der zweite seine Hand auf Bens Schopf legte, um ihm mit etwas Nachdruck zu zeigen, dass er einsteigen solle, ruckte dieser, als wäre er plötzlich aus einem Traum erwacht, heftig mit dem Kopf. Die Hand des *Carabiniere* rutschte ab und Ben drehte sich, so weit es der Griff des zweiten Polizisten zuließ, herum. Sein Blick irrte über die Gesichter der Menschen und blieb an Malin hängen, die mit Hector, Alessio, Frank und mir zusammenstand. »Malin, sag ihnen, dass sie sich täuschen! Es war nicht unrecht, was ich getan habe.«

Ich konnte sehen, wie Malin erstarrte und Hector schützend den Arm um sie legte. Ihr Gesicht sah aus, als befände sie sich in einem Albtraum. Wahrscheinlich hatte das Betäubungsmittel ihren Körper noch nicht ganz verlassen. Ich bemerkte, wie sie die Augen zusammenkniff und den Kopf schüttelte, als wolle sie ein Schwindelgefühl vertreiben.

»Sei still«, zischte der Polizist und legte Ben erneut die Hand auf den Kopf, und dieses Mal achtete er darauf, dass sie nicht wieder abgeschüttelt wurde. Während er gemeinsam mit seinem Kollegen Ben dazu brachte, in den Wagen zu steigen, stieß dieser immer weiter flehende Rufe in Malins Richtung aus.

»Malin, ich liebe dich! Das muss die Welt erkennen. Unsere Liebe ist unzerstörbar, das weißt du doch.« Als er endlich im Fond saß, schrie er noch immer. »Ich habe das alles für uns ...« Mit einem irritierten Blick zu Malin schlug der *Carabiniere* die Autotür zu, und die absurden Versicherungen, die Ben offensichtlich weiter von sich gab, waren nicht mehr zu hören. Der Polizeiwagen fuhr davon.

»Was geschieht jetzt mit ihm?«, fragte Hector in Franks Richtung.

»Er wird erst mal in Haft genommen, verhört und möglichst bald angeklagt. Das wird nicht wenig, denn er hat nicht nur einen Menschen ermordet, sondern drei weitere entführt und tätlich angegriffen.«

*Comissario* Mangiatopi trat zu uns und erklärte, dass Hector, Malin und ich uns einer ärztlichen Untersuchung unterziehen müssten, und zwar direkt. Frank und er begleiteten uns ins Krankenhaus in Neapel, wo wir durchgecheckt und kurz darauf wieder entlassen wurden. Malin wurde geraten, sich dringend psychologischen Beistand zu suchen, worauf sie zustimmend nickte.

Als wir anschließend zur *Questura* fuhren, um unsere Zeugenaussagen zu machen, erklärte sie leise, aber nachdrücklich, dass sie mit ihrem Bruder verreisen und sich dabei erholen werde. Alles weitere würde sie danach entscheiden.

Während wir unsere Aussagen machten, hatte ich den Eindruck, dass sowohl die *Carabinieri* als auch die *Polizia di Stato* etwas an uns gutmachen wollten. Sie versorgten uns mit Caffè, zogen die Befragungen nicht unnötig in die Länge und bedankten sich anschließend geradezu überschwänglich. Sie baten uns, uns weiterhin zur Verfügung zu halten, und kündigten an, dass wir irgendwann zur Gerichtsverhandlung eingeladen würden. Es war bereits Abend, als wir zusammen mit Alessio, der ebenfalls ausgesagt hatte, die *Questura* verließen und in meinem Twingo und Alessios Auto nach Piano di Sorrento zurückkehrten. Kurz darauf trafen wir uns auf der Außenterrasse der *Osteria Russo*, wo wir die Geschehnisse wieder und wieder durchsprachen.

*Zia* Marina und Olivia verwöhnten uns mit frischer Pizza und gesellten sich später am Abend zu uns an den Tisch, um die Geschichte aus erster Hand zu hören.

*Zia* Marina warf einen Blick auf ihren Neffen und sagte dann entschlossen: »Malin, ich möchte, dass du wieder hier arbeitest. Du hast Alessio vor dem Gefängnis bewahrt.«

»Das war nicht ich. Alessio hat das Filomena zu verdanken. Sie ist wirklich mutig.«

Ein glückliches Lächeln legte sich auf Alessios Gesicht, als er nickte. »Ja, das ist sie. Ich habe einige Dinge geregelt, und sie wird sich von ihrem Mann trennen. Wir werden heiraten.« Er atmete tief durch, reckte die Schultern und sagte dann: »Und wir werden hier leben. Es wird Zeit, dass wir alle im dritten Jahrtausend ankommen. Marcante wird darüber hinwegkommen müssen, dass seine Frau ihn verlassen hat.«

»Darauf trinke ich«, sagte Frank. Ich schmiegte mich an ihn.

Wir stießen auf das Leben an, auf die Liebe und auf *bella Italia*.

In den Tagen danach bereiteten Malin und Hector sich darauf vor, ihre Reise zur Stiefelspitze anzutreten. Sie wollten so lange wegbleiben, wie meine Eltern hier sein würden. Die waren inzwischen mit Illi und Leo auf einem gemütlichen, mit vielen Aufenthalten und Übernachtungen geplanten Weg hierher. Jeden Abend skypten wir, und ich konnte es kaum noch erwarten, meine Monstermädchen wieder in die Arme zu schließen. Aber es tat gut zu sehen, dass sie für eine Weile ohne Frank und mich auskommen konnten. Allerdings dauerte die Verabschiedungsszene jeden Abend etwas länger, was mir zeigte, dass sie anfingen, sich auf unser Wiedersehen unbändig zu freuen. Ich wirkte meiner Sehnsucht nach ihnen tagsüber entgegen, indem ich in den bezaubernden italienischen Modeläden für Kinder zuschlug. Immerhin konnte ich mir da viele Anregungen für unser Modelabel *Little ones* mitnehmen.

So hatte denn alles ein gutes Ende genommen. Selbst das Schreckgespenst Tymon Nowak hatte seine Wirkung verloren. Er schien so weit weg wie nie zuvor. Ich hatte keine schlaflosen Nächte, keine plötzlichen Angstgefühle mehr. Auch Malin fühlte sich inzwischen sicher, und sie sagte mir, dass sie sich entschlossen hatte, weiter in Piano di Sorrento zu leben. Es war uns gelungen, ihre Scheinidentität aufrechtzuerhalten, also gab es keinen Grund, weshalb sie sich erneut hätte verpflanzen lassen sollen. Ihr Buch sollte diesen Winter erscheinen, und sie hatte schon viele Ideen für weitere Romane.

Mein Glück war perfekt, als ich meine Herzensmonstermädchen wieder in die Arme schloss. Das Leben war einfach wunderbar.

# Epilog

»Darf ich Ihnen noch etwas bringen, *Signore*?« Der hochgewachsene Kellner, der sein blondes Haar in einem kleinen Dutt am Hinterkopf trug, balancierte das schwarze Tablett auf einer Hand und stellte Tymons geleertes Glas darauf ab.

»Noch einen Aperol Spritz, bitte. Sagen Sie, wie heißen die Inhaber dieses Lokals dort?« Er deutete über den Platz zu der *Osteria*, auf deren Außenterrasse die meisten Tische bereits besetzt waren, obwohl die Sonne gerade erst ihren Rückzug hinter den Horizont angetreten hatte. Tymon liebte das goldene Licht, das dadurch zwischen den Gebäuden und auf den Plätzen hervorgezaubert wurde.

»Die Inhaberin heißt Marina Russo. Man isst gut dort.«

Zufrieden lächelnd lehnte Tymon sich zurück. »Danke, das dachte ich mir schon.«

In diesem Moment liefen zwei kleine Mädchen auf die Terrasse der *Osteria* zu, beide rotgelockt und in lustige Trägerröcke mit Monstermotiv gekleidet. Ihm war sofort klar, zu wem diese Mädchen gehörten, noch bevor er seinen Blick weiterwandern ließ in Richtung des Corso Italia, wo kurz darauf die lässige Gestalt von Frank Kraus auftauchte – hatte er zugenommen? An seiner Hand schritt das Kätzchen einher, und die leicht gebräunte Haut, aber auch ihre entzückende Figur in dem hellen, beinahe transparenten Sommerkleid riefen eine Reaktion in ihm hervor, die er in dieser Stärke gar nicht erwartet hätte. *So so*, dachte er versonnen. Der Wille, diese Frau zu besitzen, war kein bisschen kleiner geworden.

Hinter den beiden erschienen nun die Eltern von Lucy Schober. Der Herzchirurg und seine Gattin machten wie immer eine gute Figur. Nur eine kreuzte nicht auf, was bedauerlich war. Nun gut, Tymon hatte Geduld. Zumindest war er auf der richtigen Fährte.

Kurz darauf beobachtete er vom Corso Italia aus, wie der Kellner, der mehr einem Schweden als einem Italiener ähnelte, mit einem frischen Glas Spritz und einem Schälchen Knabbereien vor die Bar *Mariniello* trat. Am Tisch angekommen, sah er sich suchend um. Tymon lächelte, als der junge Mann den Zwanzigeuroschein aufhob, den Tymon für ihn auf dem Tisch hatte liegen lassen, dann wandte er sich um und ging davon.

# Danksagung

Was gibt es Schöneres für eine Autorin, als eine Neuausgabe ihrer Bücher, wenn die gesamte Reihe unter einem Verlagsdach und in rascher Folge veröffentlicht
wird, noch dazu mit neuen, aufeinander abgestimmten
Covern versehen?

Hier halten Sie den vierten Band der Reihe um Lucy
Schober und Kriminalkommissar Frank Kraus in Händen, den ich im Corona-Jahr 2020 im Selbstverlag unter
dem Titel »Tote Männer essen kein Gelato« herausge-
bracht habe. Es ist mir der liebste der Lucy-Schober-Kri-
mis, was besonders daran liegt, dass Lucy in mein Lieb-
lingsland reist und dort einen spannenden Fall löst.

Es liegt nun an Ihnen, liebe Leser*innen, ob es einen ab-
schließenden Band fünf noch geben wird. Aber falls
nicht, rege ich Sie dazu an, selbst weiterzuspinnen, ob
und wie Tymon Nowak handeln wird ...

Ich danke Ihnen, liebe Leser*innen, für Ihre Lesefreude
und Ihre Treue. Wenn Sie die Zeit und Muße dazu haben, würde ich mich sehr über Ihre Meinung in Form
von Buchbesprechungen, Postings auf den sozialen Me-
dien und gern auch Nachrichten an mich und den Verlag freuen.

Dem Verlag dp Digital Publishers, insbesondere der
Programmleiterin Stephanie Schönemann, danke ich

sehr für die Möglichkeit, die vier Bände um Lucy und Frank, Leonie/Ilina und die ganze Mischpoke nochmals neu herauszugeben, und ebenfalls dafür, dass erneut ein Lektorat durchgeführt wurde. Es liegt in der Natur der Dinge, dass der Aufwand des Lektorats mit jedem Band geringer wurde, da ich mich als Autorin im Laufe der vier Bücher damals schon weiterentwickelte (genau wie meine Protagonistin Lucy). Über alle vier Bände hinweg hat mich Dani Baker mit ihren Anregungen und Vorschlägen umsichtig und hilfreich begleitet. Dafür danke ich dir sehr, liebe Dani!

Wenn Sie noch mehr Informationen über mich, meine Bücher und Übersetzungen suchen, werden Sie auf https://www.angelikalauriel.de fündig.

Auf Instagram und Facebook finden Sie mich ebenfalls unter dem Namen Angelika Lauriel. Dort finden Sie auch Hinweise auf Lesungstermine und anderes.